Key to symbols

- Interchange stations
- Connections with National Railways
- Connections with National Railways within walking distance
- Airport interchange
- ★ Closed Sundays
- ★★ Closed Saturdays and Sundays
- Mornington Crescent closed for rebuilding - re-opens early 1998
- ▲ Served by Piccadilly line trains early morning and late evening

† Restricted services.

Barbican All day Mondays to Saturdays. 0800 to 2345 Sundays.

Cannon Street Until 2100 Mondays to Fridays. Closed Saturdays and Sundays.

Chigwell Until 2000 daily.

District line Earl's Court - Kensington (Olympia) 0700 to 2045 Mondays to Saturdays. 0800 to 2045 Sundays.

Grange Hill Until 2000 daily.

Hammersmith & City line No service Whitechapel - Barking early morning or late evening Mondays to Saturdays or all day Sundays.

Certain stations are closed on public holidays.

Heathrow Terminal 4 Until 2345 Mondays to Saturdays and 2315 Sundays.

Kensington (Olympia) 0700 to 2045 Mondays to Saturdays. 0800 to 2045 Sundays.

Piccadilly line No service Uxbridge - Rayners Lane early mornings and late evenings.

Roding Valley Until 2000 daily.

Shoreditch Monday to Friday peak hours. Closed Saturdays. 0800 to1415 Sundays.

Waterloo & City line 0615 to 2130 Mondays to Fridays. 0800 to 1830 Saturdays. Closed Sundays.

Keith Lowe

Auf ganzer Linie

Roman

Aus dem Englischen von
Claus Varrelmann und Annette von der Weppen

PIAZZA

Die Originalausgabe erschien unter dem Titel
»Tunnel Vision«
bei Heinemann, London

Für Liza

Umwelthinweis:
Dieses Buch ist auf chlor- und säurefreiem Papier gedruckt.

Piazza ist ein Unternehmen der Heyne Verlagsgruppe, München
Satz: Leingärtner, Nabburg
Druck und Bindung: GGP Media, Pößneck
Printed in Germany

ISBN 3-453-19802-6

Prolog

Es ist fünf Uhr morgens, und ich stehe verkatert mit einer Plastiktüte voller Kodak *Fun Cameras* vor der U-Bahn-Station Morden. Der Tag fängt nicht gut an. Es ist kalt, es ist finster, aber am allerschlimmsten ist, dass der Eingang zum Bahnhof eigentlich bereits vor vier Minuten hätte aufgesperrt werden sollen. Ich bin schon hinter meinem Zeitplan zurück, dabei habe ich noch gar nicht richtig losgelegt.

Verzweifelt schaue ich mich um. Ich bin noch nie in Morden gewesen. Es ist eine ziemlich trostlose Gegend – eine Gegend, die man sich nicht anders als düster oder verregnet oder sonst wie hässlich und ungemütlich vorstellen kann. Der Blick durch die Absperrung trägt auch nicht viel dazu bei, meine Stimmung zu heben. Drinnen gibt es die klassische Londoner Nahverkehrsarchitektur – eine Halle, die ansprechend sein könnte, es aber wegen des kackbraunen Bodenbelags und den zwei Dutzend Exemplaren der scheußlichsten Neonröhren, die die Leute von der U-Bahn haben auftreiben können, irgendwie doch nicht ist.

Ich schaue wieder auf meine Uhr – *fünf* Minuten zu spät. Nicht zu fassen.

Ich habe zunehmend das Gefühl, völlig fehl am Platz zu sein. Ein einziger Blick auf die Männer um mich herum sagt mir, dass ich nicht hierher gehöre. Rechts von mir liegt ein älterer Penner regungslos im U-Bahn-Eingang und hat die Finger fest um eine Dose Tennants Super gekrallt. Links stehen zwei Arbeiter und treten von einem Bein aufs andere, um sich warm zu halten. Einer der beiden hat mich vor ein paar Minuten freundlich angelächelt, fast so, als würde er mich kennen, worauf ich mich genötigt sah, ihm zuzunicken – der Verpflichtung, ein Gespräch anzufangen, bin ich zum Glück entronnen, indem ich mich abgewandt und die Straße entlanggeschaut habe. Ich versuche seitdem, Augenkontakt mit ihm zu vermeiden.

Diese Männer gehören hierher. Ich gehöre nicht hierher. Ich sollte in diesem Moment letzte Vorbereitungen für Paris treffen. Eigentlich soll ich dort nämlich in zirka vierundzwanzig Stunden Hochzeit halten, verdammt noch mal – ich sollte jetzt also meinen Anzug und die Klamotten für die Flitterwochen packen, meine Rede ausarbeiten, oder wenigstens gemütlich im Bett liegen und mit Rachel einen Vorgeschmack auf die ehelichen Freuden genießen. Stattdessen stehe ich hier draußen in der Kälte. In Morden.

Ich nehme mir eine der *Fun Cameras* und mache ein Foto des Haltestellenschilds. Der Penner mit der Bierdose zuckt beim Aufleuchten des Blitzlichts kurz zusammen, schläft aber gleich wieder ein. Die beiden Stampfer ignorieren mich völlig, als wäre es ganz normal, bei Tagesanbruch abgelegene Bahnhöfe zu fotografieren, und der Mann, der mich vorhin angelächelt hat, lächelt nicht mehr – inzwischen schnalzt er missbilligend, starrt durch die Absperrung und hält Ausschau nach einem Bahnangestellten, den er zur Zielscheibe seines Ärgers machen kann. Mir ist klar, dass er es mittlerweile bereut, mich angelächelt zu haben. Möglicherweise hält er mich für einen Touristen. Möglicherweise glaubt er, es sei allein meine Schuld, dass wir hier draußen stehen, statt in dem warmen, neonerhellten Bahnhof.

Ich schaue betrübt hinunter auf meine *Fun Camera* (von wegen *Spaß*-Kamera!) und frage mich, wieso ich hier gelandet bin. Ich meine nicht hier in Morden – ich habe mir ja um halb fünf von Belsize Park hierher ein Taxi genommen –, ich meine an diesem Punkt meines Lebens. Wie wird man zu einem Menschen, der bei dem Gedanken, in der Rushhour mit der U-Bahn zu fahren, tatsächlich Vorfreude empfindet? Wie wird man zu einem Mann, der unverdrossen die gesamte Northern Line abfahren wird, nur um an der Endhaltestelle den Zug zu wechseln und gleich wieder zurückzufahren? Die Sorte Mann, die Rachel hasst (wir hatten einen Streit über eben dieses Thema, als ich heute Nacht nach Hause kam) – die Sorte Mann, über die sich andere Leute unverhohlen lustig machen?

Oder, noch wichtiger, wie bin ich zu einem Mann geworden, der leichtfertige Wetten mit irgendwelchen Bahn-Freaks eingeht – Wetten, die zu gewinnen er nicht den Hauch einer Chance hat?

Als ich Rachel erzählte, worauf ich mich eingelassen habe, sagte sie, es sei bei mir ja nur eine Frage der Zeit gewesen, bis so etwas passierte. Nicht besonders verständnisvoll, aber wahrscheinlich hat sie Recht – in gewisser Weise ist es schon seit meiner Kindheit nur eine Frage der Zeit gewesen. Oder vielleicht sogar schon seit meiner Geburt: Könnte ein solch übertriebenes Interesse am Londoner Untergrundnetz womöglich genetisch bedingt sein? Ich weiß, dass mein Großvater früher einmal Lokführer war und an seinen freien Tagen in Crewe die Nummern von British-Rail-Zügen in seinem Notizbuch festgehalten hat. Nicht dass es *so* schlimm um mich stünde.

Als Kind habe ich mich mit ganz normalen Dingen beschäftigt – ich war vernarrt in *Beano*-Comics und Hubba-Bubba-Kaugummi und überlegte mir ständig neue Strategien, um eine der Auszeichnungen zu bekommen, die in der Kindersendung *Blue Peter* verliehen wurden – die U-Bahn war bloß ein Verkehrsmittel, das meine Eltern und ich gelegentlich benutzten, wenn unser Auto in der Werkstatt war. Ich weiß gar nicht mehr genau, wie mein Interesse an der U-Bahn geweckt wurde. Es passierte einfach irgendwie – an einem Tag spielte ich noch mit Star-Wars-Figuren, und am nächsten beschäftigte ich mich plötzlich mit dem Streckenplan der U-Bahn, fasziniert von den Namen weit entfernter Haltestellen, die ich nicht einmal richtig aussprechen konnte.

Wenn ich mich festlegen müsste, würde ich sagen, dass es der Streckenplan war, der mich als erstes fesselte. Er war so kompliziert, so detailliert und dennoch so *übersichtlich*. Als ich etwa neun oder zehn war, studierte ich den Plan, bis ich jede einzelne Linie auswendig kannte. Ich entdeckte wunderschöne Orte mit hübsch klingenden ländlichen Namen, und da ich keine Ahnung hatte, wie es an solchen Orten aussah, überließ ich meiner Fantasie das Feld. In meiner Vorstellung gab es in Covent Garden ziemlich eindrucksvolle Blumenbeete, und Shepherds Bush war… nun ja, ein Gebüsch, das einem Schäfer gehörte. In Chalk Farm stand vermutlich ein Bauernhof, St. John's Wood war ein großer unberührter Wald, und unten in Swiss Cottage wohnte eine nette Familie aus Zürich. Dann gab es noch White City, was meiner Ansicht nach ein biblischer Ort sein musste, eine Art himmlisches Jerusalem. Dort ging ein Engel am Wochenende hin, wenn er von Islington die Nase voll hatte. Vielleicht war es aber auch ein Ort, der nur Weißen vorbehalten war, so wie die Autobusse in Südafrika – ich war äußerst aufgebracht und zornig darüber, dass die Blackfriars, obwohl diese »Schwarzkutten« als Dominikaner eindeutig fromme Männer waren, dort offenbar keinen Zutritt hatten. Erst später erfuhr ich, dass die Namen nur sehr selten Rückschlüsse auf das Aussehen der Orte zuließen. Ich erinnere mich noch, wie hart es mich traf, als mein Vater mir erklärte, es gebe in Piccadilly Circus keine Löwen und Tooting Bec sei mitnichten der Wohnort meiner Cousine Rebecca, die damals kaum den Windeln entwachsen war und häufig furzte. Das war alles schrecklich desillusionierend, brachte mich aber nicht von meinem Interesse an der U-Bahn ab. Nichts da – sie hatte mich in ihren Bann geschlagen!

Als ich zu einem linkischen Teenager herangewachsen war, begann ich, mich mit der Geschichte der U-Bahn zu beschäftigen und an den Wochenenden abgelegene Bahnhöfe zu besichtigen. Häufig drückte ich mich in der Nähe der Fahrkartenautomaten einer der Haltestellen von Hampstead herum, immer in der Hoffnung, jemand würde mich mal fragen, wie man nach Gummersbury kam, um so meine neu erworbenen Kenntnisse anwenden zu können. Mit der Northern Line bis zum Embankment, hätte ich gesagt, und dann die District Line in Richtung Westen nehmen. Es sei denn, natürlich, Sie wollen das Risiko eingehen und mit der Victoria Line nach Euston fahren, wodurch Sie einige Minuten sparen können, aber nur, wenn Sie gleich Anschluss haben. Jedoch wollte niemand je von mir wissen, wie man nach Gummersbury kam. Niemand fragte mich nach dem Weg nach Chorleywood oder Theydon Bois. Die Leute fragten mich noch nicht einmal, wie spät es war – sie schauten mich bloß mit merkwürdigen Blicken an, als ob sie rätselten, wieso sich ein pickliger Jugendlicher stundenlang im U-Bahnhof herumtrieb. Die Einzigen, die mich je nach dem Weg fragten, waren Touristen, aber die wollten immer bloß zu den üblichen Sehenswürdigkeiten in der Innenstadt. Meiner Ansicht nach beleidigten sie dadurch meine Intelligenz, und ich hielt es deshalb für mein gutes Recht, sie dennoch nach Chorleywood oder Theydon Bois zu schicken.

Meine Schulkameraden fanden es zugegebenermaßen etwas abgefahren, dass ich die Haltestellen der Central Line in richtiger Reihenfolge auswendig kannte (sie wussten eben nicht, dass die Anfangsbuchstaben der Haltestellen aneinander gereiht das Wort »Ewnewshnqlmbothcsblbmsllsswbldte« ergaben – eine ziemlich einprägsame Eselsbrücke). Und ich kann auch nicht gerade behaupten, dass meine Fähigkeit, den Fahrplan der Northern Line aufzusagen, großen Eindruck auf das andere Geschlecht machte – die ersten Mädchen, die ich mit nach Hause brachte, machten meist auf dem Absatz kehrt, sobald sie die vielen Bücher über U-Bahn-Architektur in meinem Zimmer entdeckten. Ich konnte mich glücklich schätzen, wenn es gelang, dass wir uns bis auf die Unterwäsche auszogen, ohne dass das Mädchen entsetzt aufsprang und kreischte: »Igitt! Ein Slip mit 'nem U-Bahn-Plan drauf!«

Also lernte ich schon sehr bald, über mein Hobby Stillschweigen zu bewahren – es dauerte nicht lange, bis ich begriff, dass die U-Bahn in den meisten Teenager-Cliquen als *uncool* galt. Und es geht einem binnen kurzem auf die Nerven, wenn man von anderen Leuten »Bahn-Freak« genannt wird. Oder »trübseliger, zwanghafter Trottel«, wie mich Rachel ab und zu nennt. Noch nicht einmal *sie* versteht mich, und dabei ist sie bereit, mich zu heiraten.

Wissen Sie, sobald man begonnen hat, sich ernsthaft mit der U-Bahn zu beschäftigen, kann man nicht mehr so ohne weiteres damit aufhören. Es ist eine Sucht. Aber bilden Sie sich bloß nicht ein, dass ich anders als andere U-Bahn-Fahrgäste bin, das bin ich nämlich nicht. Zuerst merkt man sich die Haltestellen, an denen man auf dem Weg zur Arbeit, zur Uni oder sonst wohin vorbeikommt – ich habe Leute wie Sie dabei beobachtet, wie sie im Zug sitzen und ab und zu hoch zum Streckenplan schauen, um sich zu vergewissern, dass Sie die Reihenfolge der Stationen richtig im Kopf haben. Das tun Sie aus purer Langeweile, stimmt's? Aber dann schauen Sie sich andere Linien an und prägen sich diese ebenfalls ein. Als Nächstes behalten Sie im Gedächtnis, an welcher Stelle des Bahnsteigs Sie a) stehen müssen, damit sich die Zugtüren *direkt* vor Ihnen öffnen, und b) bei welcher Tür Sie aussteigen müssen, damit Sie möglichst dicht beim Ausgang sind. Wissen Sie noch, wann Sie zum ersten Mal einen Gang benutzt haben, über dem »Kein Ausgang« stand, weil Sie herausgefunden hatten, dass sie dadurch Zeit sparen? Wetten, Sie wissen es nicht mehr? Wetten, Sie tun es inzwischen andauernd? So groß ist der Unterschied zwischen Ihnen und mir also gar nicht, oder?

Wenn Sie nur ein wenig weiterforschen würden, würden Sie Sachen herausfinden, die wesentlich interessanter sind als das Wenige, was Ihnen bisher bekannt ist. Wussten Sie, dass Tauben manchmal auf den U-Bahn-Dächern quer durch London fahren, weil sie zu faul zum Fliegen sind, oder dass in den Tunneln eine neue Gattung riesiger Ratten lebt, die gegen alle bekannten Sorten Rattengift immun ist? Wussten Sie, dass es mehrere Dutzend stillgelegter »Geisterstationen« gibt – in manchen hängen noch Plakate aus der Zeit des Zweiten Weltkriegs an den Wänden –, als wären sie unter London vergrabene Kassetten mit Zeitdokumenten? Oder dass der Staub, den wir einatmen, während wir auf dem Bahnsteig warten, Asbest und andere giftige Substanzen enthält? Wussten Sie's? Ich bin mir sicher, die Antwort lautet nein. Es sei denn, Sie sind ein U-Bahn-Fan wie ich, und in diesem Fall würde ich natürlich einem Konvertiten predigen.

Also, die U-Bahn ist keine normale Eisenbahn. Sie ist immer und überall präsent und sie ist *sexy*. Man kann sie nicht mit Connex oder Virgin Trains oder einer der anderen Firmen vergleichen, die die Nachfolge von British Rail angetreten haben – das wäre etwa so, als würde man eine Mata Hari mit einem staubtrockenen Fernsehansager vergleichen. Die U-Bahn ist die Hure des Eisenbahnverkehrs – Millionen von Menschen benutzen sie, Millionen hassen sie, und wir wünschten uns zwar oft, sie wäre überflüssig, aber die meisten von uns wissen trotzdem zu würdigen, dass sie uns äußerst nützliche Dienste leistet.

Oder, um es anders zu formulieren, wenn der Orientexpress das eine Ende des Bahn-Spektrums ausmacht, dann bildet die U-Bahn das andere Ende. Damit will ich jedoch keineswegs behaupten, ihr Flair sei nicht ebenso romantisch. Die U-Bahn hat viel an Glamourösem, Aufregendem, Tragischem zu bieten. Wie viele Menschen werfen sich schon vor den Orientexpress, na, was meinen Sie? Wie oft passiert es einem, dass man betrunken auf den Orientexpress wartet, ein Gespräch mit einer wildfremden Frau anfängt und noch am selben Abend mit ihr im Bett landet? Nicht sehr oft jedenfalls – zumindest nicht bei Leuten in meiner Einkommensklasse.

Die U-Bahn ist Londons Lebensader: Die Bahnlinien sind die Venen und Arterien, und wir, die Fahrgäste, sind bloß die Blutkörperchen, die durch den Kreislauf strömen (oder vielmehr sickern). Obwohl, vielleicht ist das doch nicht das passende Bild – die U-Bahn hat nicht nur etwas Physisches, sondern auch etwas Geistiges. Wie ein Tempel. Ein riesiger, 390 Kilometer langer Tempel mit Bahnsteigen anstelle von Altären und Neonleuchten anstelle von Kerzen. Wenn sich jemand vor einen der Züge wirft, opfert er sich sozusagen der Gottheit mit Namen U-Bahn. Wenn die Gemeinde auf den Bahnsteigen zusammentrifft und beschwörend zu den Mitteilungen auf den elektrischen Anzeigetafeln hochschaut, bringt sie stille Gebete dar – und wenn sie den Sinn von zweistündigen Wartezeiten nicht versteht, dann nur, weil die Ratschlüsse der U-Bahn sich unserem Begriffsvermögen entziehen. Okay, vielleicht treibe ich es jetzt ein bisschen zu weit, aber Sie haben bestimmt begriffen, worauf ich hinauswill. Die U-Bahn ist total cool und ich mag sie. Ich liebe sie. Und sollten Sie nur ein abfälliges Wort gegen sie sagen, bekommen Sie es mit mir zu tun.

* * *

Ich werde jetzt mal erklären, wie ich in den Schlamassel geraten bin, in dem ich momentan stecke.

Angefangen hat es mit einem Freund von mir namens Rolf. Nun ja, ich nenne ihn zwar einen Freund, habe ihn aber dennoch nicht zu meinem Junggesellenabschied am Dienstag eingeladen, und hauptsächlich weil ich deswegen ein schlechtes Gewissen hatte, habe ich mich gestern mit ihm verabredet. Rolf ist ein U-Bahn-Freund. Er ist jemand, der für das Zusammensein mit normalen Menschen nur sehr bedingt tauglich ist. Wir sehen uns eigentlich nur, um uns über aktuelle U-Bahn-Neuigkeiten auszutauschen. Meistens treffen wir uns in einem Pub, trinken ein paar Gläser und unterhalten uns dabei über rollendes Material oder Spurweiten – worüber man eben so redet. Manchmal trinken wir auch mehr als nur ein paar Gläser. Und manchmal, gestern Abend zum Beispiel, trinken wir ein bisschen zu viel. Aber ich muss betonen, dass wir im Allgemeinen nicht zu leichtfertigen Aktionen neigen, egal, wie betrunken wir auch sind. Und selbstverständlich habe ich noch nie zuvor mit ihm gewettet.

Es gibt ein paar Dinge, die man über Rolf wissen sollte. Zum einen ist es so, dass er einfach alles weiß. Ich meine damit nicht, dass er *vorgibt*, alles zu wissen – er weiß tatsächlich alles. Jedenfalls was U-Bahnen angeht. Man braucht ihm bloß irgendeine Frage über die Geschichte der U-Bahn zu stellen, schon bekommt man von ihm nicht bloß die Antwort, sondern auch noch eine Unmenge anderer Einzelheiten über Eisenbahntechnik geliefert, die man überhaupt nicht hören wollte. Rolf hat die Statistiken über das Fahrgastaufkommen ab dem Jahre 1890 im Kopf. Er kann das Zischen des Absperrventils der Züge der Piccadilly Line perfekt imitieren. Und es ist allgemein bekannt, dass Rolf die weltweit umfangreichste Sammlung von U-Bahn-Fahrkarten aus den Jahren vor 1990 besitzt. Der Mann ist ein Besessener.

Zum anderen sollte man über Rolf wissen, dass er furchtbar neidisch auf mich ist. Nicht etwa weil ich mehr über die Fahrpreispolitik von London Transport oder Ähnliches wüsste als er – nein, Rolf ist aus dem einfachen Grund neidisch auf mich: weil ich eine Freundin habe und er nicht. Er hat sein Lebtag noch keine Frau geküsst, ich hingegen werde morgen eine heiraten. Und hinzu kommt noch, dass es sich bei dieser Frau um Rachel handelt, in die Rolf verknallt ist, seit er sie vor zwei Jahren kennen gelernt hat.

Rolfs Gefühle für Rachel haben mich, offen gestanden, nie besonders gestört. Er hat nämlich nicht den Hauch einer Chance bei ihr, denn sie kann ihn nicht ausstehen und lässt sich das auch bei jeder Begegnung der beiden deutlich anmerken. Aber es hat zur Folge, dass Rolf mich auf eine verquere Weise als Rivalen betrachtet. Ich nehme an, ihm ist dergleichen noch nie passiert – hauptsächlich weil die einzigen Menschen, mit denen er Kontakt hat, U-Bahn-Fanatiker sind, von denen es keiner mit Rolfs enzyklopädischem Wissen auf diesem Gebiet aufnehmen kann. Nun jedoch gibt es zum ersten Mal in seinem Leben jemand, der etwas hat, was er nicht haben kann – und zwar Rachel. Angesichts dieser Tatsache war es vermutlich sehr dumm von mir, eine Wette mit ihm auch nur in Erwägung zu ziehen. Wenn man zudem noch bedenkt, dass ich gestern Abend betrunken war, musste ich mich dadurch zwangsläufig in Teufels Küche bringen.

Es passierte nach dem vierten Glas. Wir waren mitten in einer Meinungsverschiedenheit, vor uns auf dem Tisch lag ein durchweichter, bierfleckiger U-Bahn-Plan, als Rolf mir plötzlich eine echte Herausforderung präsentierte.

»Die Sache ist undurchführbar«, sagte er.

»Ach was, das kann jeder schaffen.«

»Ich wette, *du* nicht.«

»Warum nicht? Andere Leute haben das auch schon hingekriegt. Der Weltrekord liegt bei 18 Stunden und 19 Minuten – wenn man einen ganzen Tag Zeit hat, bringt das jeder Trottel fertig.«

Rolf lächelte mich gönnerhaft an. »Vergiss nicht, dass die Weltrekordhalter Profis sind. Die haben sich monatelang vorbereitet. Und selbst dann reicht ein einziger Zugausfall und alles ist vorbei.«

»Also, ich bin mir sicher, dass es machbar ist«, sagte ich trotzig. Rolfs Gebaren ging mir auf die Nerven. Immer musste er alles besser wissen.

»Oh, versteh mich bitte nicht falsch«, sagte Rolf. »Natürlich ist es nach ein paar Trainingsversuchen möglich. Aber ich glaube kaum, dass es realistisch ist, irgendeinen Tag auszusuchen, sagen wir mal morgen, und zweifelsfrei vorherzusagen, dass man das ganze Netz an diesem einen Tag schaffen wird.«

Ich nahm einen Schluck Bier. Ich war inzwischen beim fünften Glas angelangt, und der Plan auf dem Tisch verschwamm langsam vor meinen Augen, aber Rolfs überhebliches Gehabe regte mich allmählich auf. »Du glaubst, du hast immer Recht, was? Aber diesmal irrst du dich. Diesmal habe *ich* Recht, und ich sage dir, es ist machbar. Morgen oder an jedem x-beliebigen anderen Tag.«

»Was, jede einzelne Haltestelle?«

»Ja.«

»An einem einzigen Tag?«

»Kein Problem.«

»Und das ist nicht bloß leeres Gerede von dir?«

Ich nahm einen weiteren Schluck. »Nein.«

Und das war's dann, damit war ich die Wette eingegangen. Rolf konnte sich sein breites Grinsen kaum verkneifen.

Auf folgende Wettbedingungen haben wir uns geeinigt: Ich muss heute zwischen Betriebsbeginn und Betriebsschluss der U-Bahn zu jeder Haltestelle auf dem U-Bahn-Plan fahren. Die Docklands Light Railway und das neue Teilstück der Jubilee Line ab Waterloo darf ich auslassen, weil es beide noch nicht gab, als der Weltrekord aufgestellt wurde – aber die Waterloo & City Line, die erst seit kurzem zum U-Bahn-Netz gehört, muss dabei sein. Als Beweis, dass ich in den Haltestellen gewesen bin, muss ich unterwegs jede einzelne fotografieren. Insgesamt muss ich am Ende in 265 U-Bahn-Stationen gewesen sein.

Um den Reiz der Wette ein bisschen zu erhöhen, brauchten wir natürlich einen Wetteinsatz – einen, der die Mühe lohnte. Und das war der Punkt, an dem die Sache außer Kontrolle geriet.

»Wie wär's mit hundert Pfund?«, schlug ich vor. »Das dürfte die Kosten für die Kameras abdecken, und ich hätte noch ein bisschen Taschengeld für die Flitterwochen übrig.«

Rolf schnaubte und tat mein Angebot mit einer ausladenden, alkoholisierten Handbewegung ab.

»Okay«, sagte ich, »zweihundert Pfund?«

»Lächerlich«, sagte Rolf. »Mach dreihundert draus, und dazu noch deine Monatskarte, dann kommen wir vielleicht ins Geschäft.«

Ich kam mir vor wie in einem dieser Poker-Filme. Rolf war Mr Big und ich Cincinnati Kid.

»Alles klar! Wenn du's unbedingt drauf anlegst: Wie wär's mit *fünf*hundert Pfund plus meine Monatskarte gegen deine Sammlung von U-Bahn-Plänen aus den Fünfzigern?«

Ehe ich weitererzähle, möchte ich zu meiner Verteidigung anführen, dass ich in letzter Zeit nicht ganz ich selbst gewesen bin. Die Sache mit der Hochzeit hat mich doch etwas aus der Bahn geworfen. Ich habe mich regelmäßig betrunken – nicht bloß gestern Abend und bei meinem Junggesellenabschied, sondern auch an jedem anderen Abend dieser Woche. Und es war auch kein normales Betrinken, vielmehr hatte es etwas beinahe Zwanghaftes. Irgendwie scheine ich mich um Jahre zurückentwickelt zu haben, denn ich habe Dinge getan, die ich seit langem nicht mehr gemacht habe – in Pubs herumkrakeelt, mit Kellnerinnen geflirtet, auf dem Nachhauseweg Baugerüste hochgeklettert, ganz so als wäre ich ein besoffener Student oder einer dieser biederen Familienväter, die sich selbst beweisen wollen, dass sie immer noch jung sind. Es ist erbärmlich, ich weiß, aber ich war machtlos dagegen – und je näher der Samstag rückte, desto schlimmer wurde es. Die Ereignisse von gestern Abend waren nur die logische Konsequenz daraus, aber trotzdem kann ich nach wie vor kaum glauben, wie weit ich gegangen bin.

»Meine Fünfzigerjahre-Pläne plus mein gesamtes U-Bahn-Fotoarchiv gegen deine Flugtickets nach Antigua.«

»Meine Flugtickets nach …! Die kann ich unmöglich verwetten! – Das ist meine Hochzeitsreise!«

»Na schön. Dann sagen wir die Wette eben ab. Wenn du glaubst, dass du keine Chance hast zu gewinnen …«

Angesichts unserer alkoholisierten Macho-Prahlereien bei der Frage, wer Recht hatte und wer nicht, ist klar, wieso die Sache eskalierte. Ich bin eigentlich kein Spieler, aber gestern Abend schien ich von einer Art Fieber gepackt zu sein. Der Wetteinsatz erhöhte sich zusehends, und mir machte es direkt Spaß, ihn immer weiter in die Höhe zu treiben. Ich wollte unbedingt beweisen, dass ich überzeugt war, Recht zu haben, und dass es egal war, was ich verwettete, weil ich ja sowieso gewinnen würde. Vielleicht spielte ja auch noch etwas anderes, wichtigeres eine Rolle – ich weiß es nicht. Egal, am Ende wetteten wir beide, glaube ich, um mehr, als wir je vorgehabt hatten, denn was wir beide schließlich aufs Spiel setzten, war für uns beide sehr viel wichtiger, von sehr viel größerem persönlichen Wert als bloß ein paar U-Bahn-Sammlerstücke.

Was Rolf betraf, so war es der Schlüssel zu einem Bankschließfach, den er feierlich vor sich auf den Tisch legte. In diesem Schließfach befindet sich Rolfs Fahrkarten-Sammlung – sein ganzer Stolz. Diese Sammlung ist der Hauptgrund, weshalb Rolf so viel Ansehen unter Gleichgesinnten genießt: Es ist eine vollständige Sammlung aller Arten von Fahrkarten, die in der Geschichte der Londoner U-Bahn je ausgegeben wurden. In der Welt der U-Bahn-Enthusiasten ist sie so etwas wie der Heilige Gral – absolut ohnegleichen. Als Rolf den Schlüssel vor sich auf den Tisch legte, wusste ich daher, dass er es todernst meinte.

Im Gegenzug stapelte ich alle möglichen Dinge vor mir auf: meine Monatskarte, meinen Pass, die Reservierungsunterlagen meiner Hochzeitsreise, meine Schlüssel, meine Kreditkarte und meine Eurostar-Fahrkarten für einen speziellen Sonderzug, der Rachel und mich heute Nacht zu unserer Hochzeit nach Paris bringen soll. Kurzum, all die Dinge, die ich seit einer Woche ständig bei mir getragen habe, weil ich Angst hatte, sie bei meiner Abreise zu Hause zu vergessen.

Begleitet von einem Handschlag gab er mir den Schlüssel und ich ihm meinen Stapel. Anschließend vereinbarten wir noch ein eher unbedeutendes Detail, das ich später erläutern werde, aber im Prinzip war es das. Die Wette galt.

Anschließend tranken wir noch ein paar Biere, dann ging ich nach Hause, voller Begeisterung über die Herausforderung, die mich erwartete. Es war wie die Summierung all der Dinge, die ich in letzter Zeit getan hatte: Ich fühlte mich dadurch jung und frei – voller Selbstbewusstsein. Erst als ich zu Hause war, kam mir der Gedanke, dass ich mich womöglich auf etwas eingelassen hatte, auf das ich mich lieber nicht hätte einlassen sollen. Aber da war es zu spät.

Wie auch immer, das ist also der Grund, warum ich um fünf Uhr morgens hier stehe, vor dem U-Bahnhof Morden, und mit einem Vorhaben konfrontiert bin, neben dem Michael Palins verrückte Weltreisen geradezu ein Klacks waren. Bei genauerer Betrachtung muss ich jetzt zugeben, dass ich leichtfertig war – dumm und kindisch. In regelmäßigen Abständen zwicke ich mich selbst, um mich zu vergewissern, dass das alles nicht bloß ein schlimmer Albtraum ist: Ich habe praktisch mein Leben aufs Spiel gesetzt – und wofür? Für eine

Sammlung Bahnfahrkarten. Da fragt man sich doch zwangsläufig, was Rolf mir wohl ins Bier geschüttet hat.

***

Ich stopfe die *Fun Camera* zurück in die Tüte und fange an, vor der Absperrung hin und her zu laufen. Inzwischen bin ich *acht* Minuten zu spät dran. Ich bin nicht besonders glücklich.

Die beiden Arbeiter sind es auch nicht – in ihrem Schnalzen liegt jetzt ein aggressiver Unterton. Die Entscheidung, vorhin kein Gespräch mit ihnen angefangen zu haben, war eindeutig richtig, denn sie hätten es nur als Gelegenheit benutzt, um ihrer Entrüstung Luft zu machen. Zwei Arbeiter, die auf die Northern Line schimpfen: Das hätte mir heute Morgen gerade noch gefehlt. Der Einzige von uns vieren, der einen zufriedenen Eindruck macht, ist der Penner. Er ist inzwischen aufgewacht, und nachdem er sich ausgiebig gereckt und gestreckt hat, kramt er nun in einer großen Sporttasche herum. Kurz darauf holt er einen Kamm heraus, zieht ihn sich mehrmals durchs Haar und steckt ihn dann wieder weg. Als Nächstes holt er eine Zahnbürste und eine Tube Zahnpasta heraus und putzt sich die Zähne. Nachdem er damit fertig ist, spuckt er den Zahnpastaschaum in den Rinnstein; mangels Wasser benutzt er zum Ausspülen einen Schluck Bier aus seiner Dose.

Ich bin von dieser befremdlichen Morgentoilette derart fasziniert, dass ich erst mit Verzögerung den U-Bahn-Angestellten bemerke, der endlich zur Tür gekommen ist, um sie aufzusperren. Die Arbeiter hingegen scheinen ihn sofort bemerkt zu haben, denn sie haben sich unmittelbar vor der Absperrung aufgestellt, bereit hineinzustürmen. Und es ist noch jemand aufgetaucht, wie aus dem Nichts, ein Mann, der mit einer Monatskarte wedelt.

Als der U-Bahn-Angestellte das Tor aufzuschließen beginnt, zögere ich. Jetzt ist es so weit – gleich wird meine Fahrt beginnen. Einen Moment lang will ein Teil von mir einen Rückzieher machen, die Wette abblasen, nach Hause gehen. Noch ist Zeit dazu. Ich könnte Rolf erzählen, dass ich nur Spaß gemacht habe und nie ernsthaft vorhatte, sämtliche U-Bahn-Linien abzufahren. Aber selbst während ich das denke, weiß ich, dass ich das nicht tun werde. Und jetzt, wo die Gittersperren offen sind, steht für mich außer Frage, dass ich hineingehen werde – fast glaube ich, die U-Bahn nach mir rufen zu hören.

Und außerdem wäre es unehrenhaft, jetzt aufzugeben. Eine Wette ist eine Wette, auch unter Bahn-Freaks.

Teil eins

Ostlondon

Kapitel 1

5:08 Morden – Colliers Wood, Northern Line

Als die Gittersperren offen sind, findet als Erstes ein Wettlauf zum Fahrkartenautomaten statt. Der Mann mit der Monatskarte schlendert mit selbstzufriedener Miene zum Bahnsteig hinunter und schwenkt beim Gehen die in einer blauen Schutzhülle steckende Monatskarte hin und her, wir anderen müssen jedoch zum Fahrkartenautomaten hetzen und dort anstehen. Auch ich, denn Rolf bestand gestern darauf, dass meine Monatskarte ein Teil des Wetteinsatzes sei – vermutlich, um mir die Fahrt noch ein klitzekleines bisschen zu erschweren.

Da ich abgelenkt war, als der U-Bahn-Mensch die Sperren öffnete, haben die beiden Arbeiter natürlich keine Mühe, vor mir am Automaten zu sein. Ich bin gezwungen, hinter ihnen zu warten, während sie herauszufinden versuchen, welcher der hundert Knöpfe auf dem Gerät der richtige ist. Das ist äußerst ärgerlich. Wo *mein* Knopf ist, weiß ich nämlich genau. Ich könnte mit geschlossenen Augen darauf zeigen – verdammt, warum lassen die beiden mich nicht vor?

Der Einzige, der hinter mir ansteht, ist der Penner, der draußen gelegen hat. Er war zu sehr damit beschäftigt gewesen, in einem Beutel voller Kleingeld herumzukramen, um schneller als ich zu sein – was vermutlich ein

Segen ist. Während ich ungeduldig warte und mich frage, ob ich wohl den Zug verpassen werde, spüre ich die Nähe des Penners – ich kann geradezu *riechen*, wie sein Bieratem über meinen Rücken streift. Das ist ziemlich nervig. Ich drehe mich ein Stück zur Seite, damit ich ihn aus den Augenwinkeln beobachten kann, aber das hat leider überhaupt keinen beruhigenden Effekt, denn ich stelle jetzt fest, dass der Penner mich anstarrt. Er guckt nicht etwa nur zufällig in meine Richtung, nein, er *fixiert* mich regelrecht, so als hielte er mich für eines dieser Magisches-Auge-Poster, die man auf dem Camden Market kaufen kann und die sich in ein 3-D-Bild verwandeln, wenn man nur lange genug draufschaut.

Ich bin wirklich erleichtert, als die beiden Arbeiter es endlich schaffen, dass der Automat ihre Fahrkarten ausspuckt, aber als sie sich dann umdrehen, passiert etwas Sonderbares – auch sie starren mich jetzt an. Sie sehen mir eine kurze Weile unverwandt ins Gesicht – und lächeln. Dann schüttelt einer von ihnen den Kopf und sie gehen weiter. Eine groteske Situation – es war, als hätten sie irgendwie geglaubt, mich irgendwoher zu kennen oder so – und für einen Moment bringt mich das aus dem Konzept.

Erst nach ein paar Sekunden fällt mir wieder ein, wie eilig ich es habe. Ich verdränge die Arbeiter und den Penner aus meinen Gedanken, löse meine Fahrkarte und renne die Treppe hinunter, um meinen Zug zu kriegen.

Mit der Northern Line hat es etwas Komisches auf sich – sie hat ihr ganz eigenes Aroma. Ich roch es sofort, als ich den Bahnhof Morden betrat; es wurde immer stärker, während ich meine Fahrkarte kaufte (eine einfache Fahrt nach Epping, da Tageskarten erst ab 9:30 gültig sind); und jetzt, da ich tatsächlich im Zug sitze, spüre ich, wie es in meine Kleidung sickert. Es gleicht keinem der Gerüche der anderen Linien – genau genommen gleicht es keinem anderen mir bekannten Geruch. Es ist eine Art

Mischung aus uraltem Staub, verbranntem Gummi und abgestandenem Alkohol. Die beste Haltestelle, um es kennen zu lernen, ist Camden Town, aber auch hier draußen in Morden ist es noch ziemlich intensiv. Die Northern Line ist die älteste unterirdische Bahnstrecke der Welt – sie hat seit 1890 Zeit gehabt, diesen speziellen Duft zu kreieren –, und selbst wenn die Leute von London Transport sich je zu Modernisierungsmaßnahmen aufraffen würden, bezweifele ich, dass es ihnen gelänge, den Geruch zu beseitigen. Er hat sich einfach in jedem Winkel festgesetzt.

Als der Zug endlich den Bahnsteig hinter sich lässt und in den U-Bahn-Tunnel einfährt, wird die frühmorgendliche Dunkelheit draußen vor der Haltestelle von einer noch dichteren Dunkelheit abgelöst, und ich weiß genau, dass diese Dunkelheit, genau wie der Geruch, unterwegs immer intensiver werden wird. Ich befinde mich jetzt in der längsten komplett unterirdischen U-Bahn-Teilstrecke Londons – fast 28 Kilometer Finsternis quer durch die Innenstadt. Rolf vertritt die Theorie, dass dieser Mangel an Licht denselben Effekt hat wie der lange Winter in Finnland – 25 Prozent aller Selbstmordversuche in der U-Bahn passieren auf der Northern Line. Allerdings glaube ich, dass das eigentlich bloß an der enormen Zahl der Fahrgäste liegt. Jahraus, jahrein benutzen mehr Menschen die Northern Line als die Jubilee, Metropolitan und Circle Line zusammengenommen. Dennoch wird am wenigsten Geld in sie investiert. Die Züge funktionieren nicht ordentlich. Die Tunnelröhren sind baufällig. Nicht umsonst lautet ihr Spitzname »Leidenslinie«. Wenn die U-Bahnen die Huren unter den Eisenbahnen sind, dann ist die Northern Line die heruntergekommenste, verlebteste, ausgezehrteste dieser Stadt.

So leicht es jedoch auch sein mag, auf sie zu schimpfen, man kommt trotzdem nur schwer umhin, für sie, schäbig wie sie ist, eine gewisse Zuneigung zu empfinden. Schließlich ist sie die Veteranin des U-Bahn-Betriebs.

Überall auf der Welt sind Metro-Linien nach ihrem Vorbild entstanden – kaum zu glauben, ich weiß, aber es stimmt. Während der Zug durch das schmutzige Dunkel der Tunnelröhre rollt, überkommt mich unwillkürlich eine sentimentale Regung. Das passiert mir bei jeder Fahrt auf der Northern Line, vor allem wenn das Abteil so leer ist wie jetzt. Es ist ein Gefühl, das vermutlich viel mit Liebe zu tun hat. Nicht mit *leidenschaftlicher* Liebe, wie beispielsweise der Liebe, die man für die Jubilee Line Extension oder die Docklands Light Railway empfindet – sondern einer Art nostalgischer Liebe, die aus lebenslanger Vertrautheit entsteht. Wenn es eine U-Bahn-Linie gibt, in der ich mich zu Hause fühle, dann ist es diese hier.

Rachel hasst die Northern Line natürlich. Sie hasst es, morgens in den Zügen nie einen Sitzplatz zu bekommen. Sie hasst die ewigen Verspätungen. Sie verabscheut den Geruch und den Dreck und die Finsternis. Ihr ist es egal, dass die Northern Line einzigartig ist – sie wünscht sich vielmehr, sie wäre weniger speziell und würde stattdessen zuverlässig ihren Dienst tun. Aber vor allem hasst sie es, dass ich die Northern Line so sehr liebe. Das ist auch einer der Gründe, wieso der gestrige Abend mit einem Streit zwischen uns geendet hat.

Als der Zug sich der Station South Wimbledon nähert, krame ich in meiner Plastiktüte nach der *Fun Camera*, mit der ich bereits fotografiert habe. Ich runzele leicht missbilligend die Stirn über mich – wegen meines übereilten Aufbruchs heute Morgen bin ich nicht so gut ausgerüstet, wie ich es gern wäre. Außer den *Fun Cameras* habe ich nur einen Schreibblock, ein A-4-Blatt mit einer Vergrößerung des U-Bahn-Plans und zwei Stifte – einen roten und einen schwarzen – dabei. Weder ein Buch noch eine Illustrierte für die Zeit zwischen den Haltestellen. Keine Sandwiches, die ich essen könnte, wenn ich später Hunger bekomme. Keine Wasserflasche, keine Thermoskanne mit Kaffee, keine Extratüte für die benutzten

Kameras – ich habe sogar vergessen, mein eigenes Exemplar des Fahrplans mitzunehmen. In meinen Taschen habe ich nur etwas Geld und Rolfs Schließfachschlüssel – ein Gegenstand, der ebenso nutzlos wie bedeutsam ist. Ich bin komplett unvorbereitet.

Als ich von der Tüte hochschaue, merke ich, dass mich der Bier trinkende Penner immer noch anguckt. Ich versuche, ihn zu ignorieren, aber das ist gar nicht so einfach – er starrt mich an und lächelt dabei verlegen, so als versuchte er, all seinen Mut zusammenzunehmen, um mich anzusprechen. Mir kommt der Gedanke, dass er wahrscheinlich glaubt, mich irgendwoher zu kennen – obwohl ich keine Ahnung habe, wo ich einem Penner aus Südlondon je begegnet sein könnte. Übrigens starren die zwei, drei anderen Leute im Abteil mich ebenfalls an. Vielleicht halten sie mich ja für einen Prominenten. Vielleicht sehe ich irgendeiner örtlichen Berühmtheit, von der ich noch nie etwas gehört habe, einem Kneipen-Original oder Bonvivant aus Morden, zum Verwechseln ähnlich. Vielleicht starren sie aber auch nur einfach gerne andere Leute an. Ich komme zu dem Schluss, dass jeder, der hier unten, am südlichsten Zipfel des U-Bahn-Netzes, wohnt, wohl etwas schrullig sein muss, und ich nehme mir vor, sie während der weiteren Fahrt allesamt mit Nichtachtung zu strafen.

Und überhaupt, ich habe an Wichtigeres zu denken, beispielsweise daran, dass wir gerade in die Haltestelle South Wimbledon einfahren. Ich hieve mich träge vom Sitz hoch und mache im Stehen ein Foto vom Bahnhofsschild South Wimbledon.

Zwei Haltestellen sind abgehakt, sage ich mir – bleiben noch 263 übrig.

Die Aufgabe, an der ich mich versuche, ist ehrgeizig, vielleicht sogar undurchführbar – aber wenn es irgendjemand gelingen kann, dann mir. Ich kenne die U-Bahn wie meine Westentasche. Ich kenne das Streckennetz, ich kenne ihre Geschichte, und auch ohne ein Exemplar des

Fahrplans könnte ich vermutlich korrekte Auskünfte über die Abfahrtszeiten an den meisten Haltestellen geben. Ich habe bereits eine Fahrtroute im Kopf, und für den Fall, dass unterwegs etwas schief geht, habe ich mir eine ganze Reihe Alternativrouten überlegt. Dieses Unterfangen mag zwar der reine Wahnsinn sein, aber es ist auch eine Herausforderung, die meiner würdig ist.

Vielleicht ist das der Grund, weshalb mich heute Morgen alle anstarren. Vielleicht sind sie sich meiner Gabe bewusst, meiner natürlichen Überlegenheit in Nahverkehrsdingen. Vielleicht verströme ich die Aura eines Mannes, der genau weiß, was er tut. Ich wollte, Rachel würde mich jetzt sehen, umhüllt von den respektvollen Blicken meiner Mitreisenden – dann würde sie nicht mehr mit mir streiten. Dann würde Sie mich nicht einen Idioten, einen Bahn-Freak oder einen Fanatiker schimpfen, sondern mich so anschauen, wie diese Leute – mit Bewunderung.

Als ich mich wieder hinsetze und auf die Weiterfahrt des Zuges warte, muss ich irgendwie an unseren Streit von gestern Abend denken. Es ist wie mit einer Wunde, die immer noch brennt – ich will, dass sie heilt, aber ich kann nicht anders, als hin und wieder auf die Stelle zu drücken, um festzustellen, ob sie noch wehtut. Ich gehe in Gedanken die Worte durch, die wir uns in unserer unbeleuchteten Küche an den Kopf geworfen haben, und bestimmt zum zehnten Mal an diesem Morgen denke ich mir schlagfertige Entgegnungen auf ihre Tiraden aus, Entgegnungen, die sie zum Schweigen gebracht hätten, wenn sie mir nur gestern Abend eingefallen wären. Aber natürlich ist das alles zwecklos. Es gelingt mir nach wie vor nicht, ohne Groll an die letzte Nacht zu denken.

Wahrscheinlich sollte ich ein paar Dinge über Rachel erzählen. Obwohl sie ein paar Jahre jünger ist als ich, ist sie im Vergleich zu mir sehr viel erwachsener. Sie ist intelligent, im Allgemeinen eher sanftmütig (außer bei hitzigen Streitereien, natürlich) und durch und durch sentimental. Ihr Vater ist Franzose, und sie ist in Paris, in der Nähe von Versailles, aufgewachsen – was vielleicht erklärt, warum sie eine unverbesserliche Romantikerin ist. Bei uns ist *sie* diejenige, die *mir* Blumen schenkt, und nicht umgekehrt. Manchmal ruft sie mich bei der Arbeit an, nur um mir zu sagen, dass sie mich liebt, und der Valentinstag ist in ihrem inneren Kalender ein wichtigeres Datum als Weihnachten. Normalerweise verzeiht sie mir, dass ich nicht so romantisch bin wie sie. Sie zeigt in der Regel Verständnis dafür, dass ich ihr nicht so oft sage, dass ich sie liebe. Und sie veranstaltet meistens keinen Aufstand, wenn ich ein wichtiges Datum vergesse, wie beispielsweise den Jahrestag unserer ersten Begegnung. Meistens.

Rachel ist eine sehr schöne Frau – viel schöner, als ich verdient habe. Das Eigentümliche an ihrer Schönheit ist allerdings, dass man sie immer wieder neu entdeckt – so fällt mir alle paar Monate voller Staunen auf, was für große braune Augen sie doch hat oder wie hübsch ihre Sommersprossen sind. Als ich gestern Abend durch die Wohnungstür gewankt bin, hatte ich ein solches Erlebnis. Ich starrte voller Bewunderung, also mehr oder weniger mit demselben Ausdruck, mit dem mich offenbar heute Morgen alle Leute anschauen, auf ihre Lippen. Mir ist natürlich ständig klar, dass Rachel hübsche Lippen hat, aber gestern Abend fand ich sie beinahe überwältigend üppig und verführerisch. Allerdings übersah ich dabei in meinem alkoholisierten Zustand geflissentlich, dass jene Lippen außerdem vor Verärgerung geschürzt waren.

»Hallöchen«, sagte ich, wahrscheinlich etwas zu munter, als ich die Wohnung betrat. »Entschuldigung, dass es so spät geworden ist. Lag an der U-Bahn – du kennst das ja. Der Zug ist vor Camden Town stecken geblieben.«

Rachel sagt immer, ich hätte die lästige Angewohnheit, stets so zu tun, als wäre alles in Ordnung, selbst wenn das ganz eindeutig nicht der Fall war, aber in meiner trunkenen Weisheit fasste ich spontan den Entschluss, genau diese Marschrichtung zu verfolgen. Vermutlich glaubte ich, wenn ich nur fröhlich und nett genug wäre, würde das auf sie abfärben und sie würde dann ebenfalls fröhlich und nett sein, und alles wäre prima.

Rachel hingegen redet nie um den heißen Brei herum. »Wo warst du?«

»Das hab ich doch schon gesagt – in der U-Bahn. Vermutlich war eine Weiche kaputt oder so ...«

»Nein, vorher.«

»Ich war einen trinken.«

Rachel machte ein langes Gesicht. »Vielen Dank, dass du mich gefragt hast, ob ich mitkommen will. Ich sitze hier schon seit Stunden rum und rätsele, wo du bleibst. Du hättest zumindest anrufen können.« Sie machte eine rasche Geste in Richtung Küchentisch, auf dem eine ungeöffnete Flasche Wein und zwei fast vollständig heruntergebrannte Kerzen standen. »Ich hatte ein nettes romantisches Abendessen für uns vorbereitet, aber wer nicht auftaucht, bist du.«

»O Mann ...« Mir stockte der Atem. »Es tut mir Leid ...«

»Mit wem warst du denn unterwegs?«

Ich schluckte mühsam. »Mit Rolf ...«, sagte ich zögerlich.

»Rolf!« Binnen einer Sekunde verwandelte sich ihre Gekränktheit in Zorn. »Du hast dich lieber mit diesem ... diesem Spinner getroffen, als hier mit mir zu feiern?!«

»Feiern?«

»Ich habe stundenlang die Wohnung geputzt und mich hübsch gemacht, und du hast nichts Besseres zu tun, als dich mit Rolf irgendwo zu betrinken?«

Stirnrunzelnd dachte ich nach. »Feiern?«

»Ich hab es dir doch letzte Woche gesagt.«

»Was?«

Rachel seufzte ungehalten. »Falls es dir entgangen sein sollte, Andy: Wir heiraten diesen Samstag. Ich hab mir gedacht, wie schön es doch wäre, einen letzten gemeinsamen Abend zu genießen, solange wir noch – na, du weißt schon – in wilder Ehe leben.« Sie ließ sich auf einen Stuhl fallen. »Also, ich weiß schon, dass eigentlich erst morgen die letzte Nacht ist, aber morgen übernachten wir ja im Zug. Ich wollte dir etwas Schönes kochen und mich dann mit dir ins Bett verziehen. Das war unsere letzte Chance. Morgen werden wir mit Einkaufen und Packen vollauf beschäftigt sein – und ich muss auch noch mein Hochzeitskleid abholen und zu Sophie bringen ...«

Ich spürte, wie sich meine Stirn in noch tiefere Falten legte. »Ähm, Rachel ... was morgen angeht, da muss ich dir etwas sagen ...«

An dieser Stelle sollte ich vielleicht erwähnen, dass meine Aufmerksamkeit Rachel gegenüber in den vergangenen Tagen etwas zu wünschen übrig gelassen hat. Während sie sich die ganze Zeit um die letzten Vorbereitungen für Paris gekümmert hat, bin ich hingegen jeden Abend ausgegangen, um alle möglichen Freunde zu treffen, die ich schon seit Jahren nicht mehr gesehen habe: ehemalige Studienkollegen, Schulkameraden, sogar Exfreundinnen. Und Leute von der London Underground Railway Society. Ich hatte das unstillbare Bedürfnis, Menschen zu sehen – Menschen, bei denen es sich nicht um Rachel handelte. Irgendwie hatte ich das Gefühl, dass statt meiner Hochzeit mein Tod bevorstand. Es war, als hätte ich nur noch wenige Tage zu leben und wollte jetzt mit der Welt meinen Frieden machen, bevor ich dahinschied und das Leben nach dem Tode in Form der Ehe begann. Wie ich schon sagte, habe ich jüngst leichte Anzeichen von Wahnsinn bei mir entdeckt.

Und zu allem Überfluss habe ich mir auch noch die letzten paar Tage freigenommen, um sie damit zu verbringen, die neuen Haltestellen der Jubilee Line Extension zu begutachten und mir die aktuelle Ausstellung im London Transport Museum anzuschauen. Außerdem habe ich gestern Acton Works besichtigt – was eine Art Mischung aus Eisenbahn-Krankenhaus und einem Friedhof für ausrangierte Züge ist. Ich habe versucht, Rachel zu erklären, dass ich ihr nicht aus dem Weg gehe, sondern ganz im Gegenteil beschlossen habe, mein restliches Leben mit ihr zu verbringen, aber sie hatte wohl dennoch den Eindruck gewonnen, Züge, Bahnhöfe und anderes »U-Bahn-Zeugs«, wie sie es nennt, seien mir wichtiger als sie.

Da jetzt die Vorgeschichte bekannt ist, kann man sicherlich begreifen, wie schwer es mir fiel, ihr von der Wette mit Rolf zu erzählen. Mir war klar, dass sie das nie im Leben verstehen würde. Natürlich habe ich ihr nicht die *ganze* Geschichte erzählt. Ich habe ihr nicht erzählt, dass ich meinen Pass, die Tickets für unsere Hochzeitsreise und all die anderen Sachen eingesetzt habe – ehrlich gesagt, habe ich ihr gar nichts von einem Wetteinsatz erzählt. Dennoch nahm sie die Neuigkeit nicht sonderlich gut auf.

»Sag ab«, sagte sie.

»Was meinst du mit: ›Sag ab?‹«

»Ich meine: Nimm den Telefonhörer in die Hand, wähl Rolfs Nummer und sag die Wette ab.«

»Man kann eine Wette doch nicht einfach so absagen.«

»Wieso denn nicht?«

»Das tut man nicht. Wie würde ich denn vor ihm dastehen, wenn ich ihn anrufen und ihm sagen würde, dass ich kneife? Das wäre genauso, als würde ich zugeben, dass ich Unrecht habe.«

»Na und?«

»Aber ich habe nicht Unrecht.«

Der anschließende Streit zog sich eine ganze Ewigkeit hin. Rachel bedachte mich mit etlichen Schimpfworten. Sie nannte mich einen Idioten, weil ich den Abend mit einem Bahn-Freak verbracht hatte, obwohl ich zur selben Zeit Eiscreme von ihrem nackten Körper hätte schlecken können. Sie nannte mich einen Schwachkopf, weil ich zugestimmt hatte, den nächsten Tag mit der U-Bahn durch die Gegend zu fahren, obwohl ich zur selben Zeit mit ihr im Bett liegen, Wein trinken und Sex haben könnte. Und sie sagte es zwar nicht ausdrücklich, ließ aber durchblicken, dass sie mich sowieso für einen Volltrottel hält, weil ich mich für die U-Bahn interessiere. Zu meiner Schande muss ich gestehen, dass mir im Eifer des Gefechts keine einzige schlagfertige Entgegnung einfiel.

»Weißt du, was ich glaube?«, sagte sie, nachdem wir uns eine halbe Stunde lang gegenseitig nach Kräften angebrüllt hatten. »Ich glaube, dir liegt an dieser U-Bahn-Sache mehr als an unserer Hochzeit.«

»Ja – und?«, sagte ich trotzig. »Was ist daran auszusetzen?«

»Andy, das tust du doch nur, um zu beweisen, dass du El Ubahno Supremo bist, dass dir keiner deiner blöden Bahnkumpels das Wasser reichen kann. Findest du daran denn *gar* nichts auszusetzen?«

»Nein.«

»Und was ist, wenn du es nicht schaffst? Wir müssen morgen Nacht um eins den Eurostar-Sonderzug kriegen – was ist, wenn du es nicht rechtzeitig schaffst?«

»Ich schaffe es aber.«

»Woher willst du das wissen?«

»Ich weiß es eben.« Als ich das sagte, zuckte ich innerlich leicht zusammen, denn diese Antwort klang sogar in meinen Ohren reichlich dürftig.

»Das heißt also, du bist bereit, alles aufs Spiel zu setzen – auch mich – nur für die Aussicht auf einen Sieg über das U-Bahn-Netz?«

»Ja.«

Sie seufzte. »Tja, wenn das so ist, dann kann ich dir nur raten zu gewinnen, denn wenn du morgen Nacht bei Abfahrt des Zuges nicht am Bahnhof bist, fahre ich ohne dich nach Paris.«

Für einen kurzen, heiklen Moment erwog ich, ihr die Wahrheit zu sagen – dass ich die Wette schon allein deshalb zu Ende bringen musste, weil es mir ohne Pass, Fahrkarte und die anderen Dinge gar nicht *möglich* wäre, nach Paris zu fahren. Aber aus irgendeinem Grund war ich dazu nicht in der Lage. Ich weiß nicht, wieso – meine Kehle schien blockiert zu sein, als befände sich dort ein Filter, der die Worte nicht durchließ, und ehe ich mich's versah, marschierte Rachel aus dem Zimmer. In jenem Augenblick erlosch in mir jeglicher Wunsch, sie zu überzeugen, und ich spürte nur noch die Wut, die in mir aufstieg. Ich holte ihre Eurostar-Fahrkarte aus der Tasche (meine hatte ja Rolf, zusammen mit meinen anderen Sachen) und schmiss sie auf unseren Nachttisch, damit Rachel sie sich morgen nehmen konnte. Wenn sie ohne mich nach Frankreich fahren wollte, war mir das nur recht. Sollte sie doch. In diesem Moment wäre ich um keinen Preis aus der Wette ausgestiegen. Selbst wenn Rolf mich angerufen hätte, um mich zu bitten, es mir noch einmal zu überlegen, hätte ich trotzdem an der Wette festhalten müssen. Gewisse Dinge kann ein Mann sich einfach nicht bieten lassen.

Und nebenbei bemerkt, hatte Rachel natürlich Recht – das dürfte sogar Ihnen aufgefallen sein. Ich will den Sieg über das U-Bahn-Netz davontragen. Das ist für mich wie die Besteigung des Mount Everest. Um heute Erfolg zu haben, war meine ganze Findigkeit gefragt und jedes Detail meines Wissens über die Londoner U-Bahn: Eine kleine Unachtsamkeit – und alles wäre verdorben. Ist eine größere Herausforderung vorstellbar? Ich hatte nur nicht bedacht, dass so viel davon abhängen würde, das ist alles.

Als wir ins Bett gingen, war zwischen uns noch nichts geklärt. Wir lagen nebeneinander, getrennt durch eine unsichtbare Mauer in der Mitte der Matratze, und schliefen irgendwann ein. *Ich* jedenfalls schlief ein. Mir kommt es aber so vor, als hätte Rachel schweigend wach gelegen und über unseren Streit gebrütet, denn als ich um Viertel nach vier aufwachte – gerade noch rechtzeitig, um mit dem Taxi pünktlich nach Morden zu kommen –, war ihre Seite des Bettes leer. Ich verkniff es mir, in der Wohnung nach ihr zu suchen, um ihr auf Wiedersehen zu sagen. Ich redete mir ein, dass die Zeit dafür zu knapp sei, nahm mir etwas Geld von der Kommode – genug, um das Taxi zu bezahlen und mir in einem durchgehend geöffneten Laden ein Dutzend *Fun Cameras* zu kaufen – und verließ die Wohnung.

Und jetzt bin ich also hier, sitze in aller Herrgottsfrühe in einem Zug, der gerade in das Netzwerk aus U-Bahn-Tunneln eingetaucht ist, das kreuz und quer durch London führt, und merke, dass ich mich in eine unvorstellbar absurde Lage gebracht habe. Nach meiner Einschätzung bieten sich mir folgende Perspektiven: Gewinne ich die Wette, wird das für Rachel der Beweis sein, dass ich ein noch größerer U-Bahn-Trottel bin, als sie je vermutet hatte, und werde daher in ihren Augen noch verachtenswerter sein als ohnehin schon. Warum sollte sie so jemand wie mich heiraten wollen? Verliere ich jedoch, dann wird sie herausfinden, dass ich sie nicht nur belogen, sondern auch quasi unsere Hochzeit verschachert habe. Und zwar nicht an irgendwen, sondern ausgerechnet an Rolf – den Mann, den Rachel von allen Menschen auf dieser Welt am widerlichsten findet. Großartig, was? Ich kann nur verlieren – wenn ich gewinne, bin ich verratzt, wenn nicht, auch.

Inzwischen fährt der Zug wieder in eine Haltestelle ein, und ich stehe auf, um das nächste Foto zu machen: Colliers Wood. Als ich mich umdrehe, um mich wieder hinzusetzen, schaue ich unwillkürlich zu dem Penner am anderen Ende des Abteils hinüber. Er sagt zwar nichts, zieht aber meinen Blick auf sich, weil er mich schon wieder so anstarrt. Und damit nicht genug, er grinst auch noch und klopft sich mit einem Finger an die Stirn, und zwar auf die Stelle, wo bei Inderinnen der *Bindi* ist. Was hat der Typ? Ich hätte nicht übel Lust, ihn zu fragen, was mit ihm los ist, warum er mich die ganze Zeit anglotzt. Aber irgendetwas sagt mir, dass er mich nicht belästigen, sondern mich auf etwas aufmerksam machen will. Vielleicht liegt es an der Beharrlichkeit, mit der er sich gegen die Stirn klopft, vielleicht aber auch daran, dass er gleichzeitig die Augen hebt, um mir auf die Stirn zu schauen – jedenfalls habe ich das Gefühl, als wolle er mir etwas mitteilen.

Als der Zug hinter Colliers Wood wieder in den Tunnel rollt, drehe ich das Gesicht zur Fensterscheibe, sehe mein Spiegelbild und entdecke endlich den wahren Grund, warum mich heute Morgen alle so anstarren. Wie es scheint, hat Rachel schließlich das letzte Wort behalten. Und das meine ich nicht im übertragenen Sinne. Denn auf meiner Stirn prangt in großen Blockbuchstaben, geschrieben mit Rachels mattrotem Lippenstift, ein kurzes Wort: »ARSCH«.

Kapitel 2

5:13 Colliers Wood – Tottenham Court Road, Northern Line

Über die nächsten paar Minuten möchte ich lieber nichts erzählen. Ich habe keine Lust, über die widerstreitenden Gefühle zu reden, die mich innerlich aufwühlen (was um Himmels willen treibt jemanden dazu, das Wort »ARSCH« auf die Stirn eines Schlafenden zu schreiben?) oder über die peinliche Situation, in der man ist, wenn man sich in einem U-Bahn-Abteil, begleitet vom unterdrückten Gelächter der Leute um einen herum, hektisch bemüht, dieses Wort mit dem Ärmel abzuwischen.

Und ich habe keine Lust, über die widerstreitenden Gedanken zu reden, die mir durch den Kopf jagen, über die zahllosen Rachepläne, die ich schmiede, über meinen festen Vorsatz, Rachel vorm Altar den Laufpass zu geben, nur um ihr eine Lektion zu erteilen. Ich will über all dies nicht reden, obwohl ich es ja eben in gewisser Weise schon getan habe, denn es ist grässlich, macht mich wütend, und ich fühle mich dreckig – es ist wirklich zum Kotzen.

Also stelle ich Ihnen stattdessen eine Frage: eine schwierige Frage, die Sie eine Weile beschäftigen dürfte. Hier ist sie: Wenn Sie vorhätten, an einem einzigen Tag zu jeder U-Bahn-Haltestelle Londons zu fahren, welche Route würden Sie wählen? Schauen Sie sich den U-Bahn-

Plan an und denken Sie darüber nach. Na los. Ich versuche währenddessen, den restlichen Lippenstift wegzuwischen. In ein paar Minuten habe ich mich beruhigt, dann bin ich wieder ansprechbar.

***

Verdammt schwierig, was? Es gibt bestimmt Dutzende von Wegen, die durchs komplette Netz führen, aber wahrscheinlich sind nur ein paar davon erfolgversprechend. Die richtigen herauszufinden ist schon unter optimalen Bedingungen mühsam, aber wenn man stinksauer, gekränkt und von Rachegelüsten erfüllt ist, dann ist es praktisch unmöglich.

Ich will Ihnen dennoch ein paar simple Grundregeln verraten. Erstens sollte man zu häufiges Umsteigen vermeiden, denn Umsteigen kostet Zeit. Zweitens sollte man die Fahrt an einer Endhaltestelle beginnen, aber nicht auf einer U-Bahn-Linie, die sich in den Außenbezirken mehrmals verzweigt – man sollte unbedingt vermeiden, sich frühmorgens in abgelegenen Teilstücken herumzutreiben, weil zu dieser Zeit dort nicht viele Züge verkehren: Sparen Sie sich diese Gegenden für die Rushhour auf. Probieren Sie es nicht am Wochenende, denn einige Haltestellen sind samstags und sonntags geschlossen. Ach, und noch etwas: Denken Sie daran, dass es Haltestellen gibt, die nur in der Hauptverkehrszeit angesteuert werden. Versuchen sie beispielsweise gar nicht erst, über Mittag zur Station Shoreditch zu gelangen, denn das geht nicht, und damit basta.

Ich habe beschlossen, zu *meiner* Fahrt in Morden aufzubrechen, weil dieser Bahnhof mit am frühesten öffnet. Außerdem will ich diesen Abschnitt der Northern Line so schnell wie möglich hinter mich bringen. Die südliche Hälfte dieser Linie ist nämlich nicht besonders anheimelnd. Der größte Teil der Gewaltverbrechen und Diebstähle in der U-Bahn passiert hier. Die alten, baufälligen

Haltestellen sind total versifft. Die Station Tooting Bec hat eine der höchsten Selbstmordraten aller Bahnhöfe (kaum verwunderlich, wenn man sich dort einmal umschaut), dicht gefolgt von Oval und Waterloo. Und außerdem erfüllt einen eingefleischten Nordlondoner wie mich allein schon die Vorstellung, in das Gebiet südlich des Flusses vorzudringen, mit Widerwillen.

Der bestehende Weltrekord im Befahren des gesamten U-Bahn-Netzes liegt wie erwähnt bei 18 Stunden und 19 Minuten, aber ohne Training werde ich es vermutlich bestenfalls in 19 Stunden schaffen. Dann wäre ich um Mitternacht fertig. Betriebsschluss ist zwischen halb eins und eins, je nachdem, auf welchem Teilstück man gerade ist – das heißt, ich habe für Verspätungen ein Polster von etwa 45 Minuten. Wenn ich allerdings bis um ein Uhr beim Eurostar sein will, sollte ich es lieber früher als später schaffen. Sofern ich unterwegs nicht allzu viel Pech habe, dürfte ich es gerade so eben hinkriegen.

Beim nächsten Stopp des Zuges ist es mir etwas unangenehm ein Foto des Bahnhofsschilds zu machen. In Colliers Wood sind ein paar Streckenarbeiter mit reflektierenden Jacken eingestiegen, und ich komme mir zwangsläufig reichlich blöd vor, unter den Augen solcher Zuschauer Bahnhofsschilder zu fotografieren. Ich weiß, dass ich auffalle – es ist anders als am späten Nachmittag, wenn ich von unzähligen Touristen umgeben wäre, die genau dasselbe tun –, und ich weiß, dass sie glauben werden, ich sei nicht ganz dicht. Als ich die Kamera vor mein Gesicht halte, spüre ich, wie die Streckenarbeiter mich anstarren, und es fühlt sich an, als würden ihre Blicke das Wort »Arsch« in meine Stirn einbrennen. Ich setzte mich wieder hin und versuche, sie nicht anzuschauen, damit keiner von ihnen mich anspricht – ich weiß, dass ich mich mit jedem Versuch, mein Vorhaben zu erklären, lächerlich machen würde.

Sicher haben Sie schon erlebt, was passiert, wenn man sich bemüht, etwas Bestimmtes *nicht* anzuschauen – man starrt schließlich etwas anderes an. Es ist, als würde die Anstrengung, nicht hinzuschauen, die Augen lähmen, sie unbeweglich machen. In der U-Bahn ist das ziemlich gefährlich, denn dort kann man nicht viele Dinge anstarren, sondern nur andere Menschen, und das wiederum verstößt gegen das oberste Gebot für U-Bahn-Fahrten, das da lautet: Schaue niemals *irgendwen* an. Offenbar habe ich den angetrunkenen Penner angeschaut – ein selten dämlicher Fehler, denn er benutzt das sofort als Anlass, um mit mir ein Gespräch anzufangen. Noch bevor ich irgendwie reagieren kann, steht er auf, kommt zu mir herüber und setzt sich neben mich. Einfach so. Er wartet nicht einmal, bis der Zug anhält und er für seine Absicht den Anschein eines Vorwandes hätte.

»Fährst du weit?«, fragt er.

»Ja«, antworte ich und bereue es sofort, denn ich habe gerade ein weiteres U-Bahn-Gebot missachtet: Wenn du dich mit jemand nicht unterhalten willst, antworte stets mit nein, egal, wie die Frage lautet.

»Wohin willst du?«, fragt er weiter.

»Überallhin.«

Der angetrunkene Penner scheint das als eine philosophische Äußerung aufzufassen, denn er nickt weise und murmelt: »Wie Recht du hast.« Er trinkt einen gemächlichen Schluck aus seiner Bierdose und sagt dann: »So ist das mit dem Leben, nicht wahr? Man glaubt die ganze Zeit, irgendwohin unterwegs zu sein, aber das stimmt nicht. Man ist nirgendwohin unterwegs. Oder wie du eben gesagt hast, überallhin.«

»Ja«, sage ich. »Stimmt.« Er umschließt die Bierdose mit den Fingern, und mir fällt auf, dass er ziemlich kräftig ist. Nicht so sehr stark gebaut, einfach nur kräftig.

»Mal ehrlich, wer von uns nimmt sich denn schon die Zeit zu überlegen, warum wir es immer so eilig haben?«, fährt er fort. »Ich sitze jeden Tag in der U-Bahn und schaue den Leuten zu, wie sie drängeln und rennen, und ich frage mich immer, wozu das alles? Was spielt es schon für eine Rolle, ob man fünf Minuten zu spät zur Arbeit kommt? Wenn man immer so hektisch durch die Gegend läuft, steuert man in Wirklichkeit nur auf *ein* einziges Ziel zu, wenn du verstehst, was ich meine.«

»Ja«, sage ich. Er hat einen Totenkopf mit gekreuzten Knochen darunter auf den Unterarm tätowiert. »Wahrhaft weise Worte.«

Aber er ist noch nicht fertig. »Denkst du jemals an den Tod?«, sagt er. »Ich meine damit nicht Selbstmord oder irgend so etwas Krankes – ich meine das, was hinterher kommt ...?«

Daraufhin gibt er seine persönliche Theorie über das Leben, das Universum und so weiter zum Besten. Ich muss zugeben, dass er für jemanden, der zu dieser Tageszeit Tennants Super trinkt, ziemlich klar und verständlich redet. Die Penner, die mir sonst immer in der U-Bahn begegnen, sind meistens laut und aggressiv und sprechen einen abstrusen Pennerjargon, der jeden Linguisten vor Rätsel stellen würde. Erst letzte Woche bin ich so einem in der Station Angel begegnet – erst brüllte er mir wirres Zeug ins Ohr, dann setzte er sich neben mich und entleerte seinen Darm. Als ich aufstand und wegging, um dem Gestank zu entfliehen, fing er wieder an, mich anzuschreien. Von Anfang bis Ende verstand ich kein einziges Wort – ich habe mich gefragt, ob er überhaupt Englisch sprach und nicht vielleicht Ungarisch oder Baskisch oder so. Der Mann, der jetzt neben mir sitzt, wirkt da völlig anders. Er spricht mit einem deutlichen Ostlondoner Akzent, bemüht, seine Worte klar zu artikulieren. Er muss Anfang sechzig sein, hat ordentlich geschnittenes, wenn auch fettiges graues Haar, und seine Kleidung ist zwar dreckig, macht aber einen relativ neuen Eindruck. Ich komme zu dem Schluss, dass er eigentlich kein angetrunkener Penner, sondern vielmehr ein obdachloser, kräftiger alter Mann mit schaurigen Tätowierungen ist, der einfach gern ein Bierchen trinkt. Um fünf Uhr früh.

Jetzt lächelt der Säufer. Ich glaube, er findet mich sympathisch. »Los, erzähl mal«, sagt er, »was ist das erste Ziel auf dieser Fahrt deines Lebens.«

»Tottenham Court Road.«

»Tatsächlich? Da will ich auch hin.«

»Na ja, ich steige dort bloß in die Central Line um.«

Ein überraschtes Strahlen überzieht sein Gesicht. »So ein Zufall – ich auch! Und bis wohin dann mit der Central Line?«

»Bis Epping, aber ...«

»Also, das ist ja 'n Ding! Genau da will ich auch hin! Wer hätte das gedacht.«

Ich bekomme es mit der Angst. Mir ist klar, worauf das alles vermutlich hinausläuft. Ich will auf gar keinen Fall diesen Mann hinter mir herschleifen – nicht ausgerechnet heute.

»Nein, Sie haben mich nicht richtig verstanden«, sage ich, »als ich sagte, ich würde überallhin fahren, meinte ich das wortwörtlich. Ich werde wirklich *überallhin* fahren.« Ich erzähle ihm kurz von der Wette und zeige ihm die Tüte voller *Fun Cameras*.

»Herrje«, sagt der Säufer. »Da bin ich aber platt.«

Für eine Weile sagt er nichts, und ich freue mich schon, dass es mir gelungen ist, ihn zum Schweigen zu bringen. Als ich in Clapham South aufstehe, um das Schild zu fotografieren, nehme ich mir vor, mich anschließend woanders hinzusetzen, damit der Säufer keine Gelegenheit mehr hat, mich voll zu labern, aber am Ende traue ich mich doch nicht und plumpse wieder auf den Platz neben ihm.

Er hingegen scheint keinerlei Vorbehalte mir gegenüber zu hegen. Auf seinem Gesicht liegt ein Ausdruck echten Mitgefühls, den ich, wenn er ein Freund von mir wäre oder mir seine Gegenwart etwas weniger Unbehagen bereiten würde, vermutlich anrührend fände. »Dann gehörst du ja wohl zu den wenigen, die es *tatsächlich* eilig haben«, sagt er. »Du hast wirklich allen Grund, hektisch durch die Gegend zu rennen, denn schließlich steht für dich einiges auf dem Spiel ... Was sagtest du, steht für dich auf dem Spiel?«

»Meine Freundin.«

»Deine *Freundin* ist der Wetteinsatz?«

»Nein, nicht *sie* ist der Wetteinsatz – der Wetteinsatz ist ... Na ja, er besteht aus etlichen Dingen. In Upminster hole ich meine Kreditkarte ab, und dort erfahre ich auch, wo genau der nächste Gegenstand versteckt ist, beispielsweise mein Pass oder die Flugtickets für meine Hochzeitsreise. Wenn ich das dann gefunden habe, erfahre ich, wo ich anschließend hinmuss, und so geht das weiter, bis ich alles eingesammelt habe. Erst, wenn ich an sämtlichen U-Bahn-Stationen gewesen bin, habe ich meinen ganzen Wetteinsatz wieder – aber ich brauche ihn *komplett* zurück, wenn ich meine Hochzeit retten will.« Ich lache kurz und nervös auf – was ich eben geschildert habe, ist das zusätzliche Detail der Wette, das ich vorhin nicht der Erwähnung wert fand. Erst jetzt, nachdem ich es jemand erzählt habe, wird mir richtig bewusst, was ich mir da eingebrockt habe.

Der Penner schaut mich bestürzt an. »Weiß deine Freundin über das alles Bescheid?«, fragt er.

»Um Gottes willen, nein! Das hätte ich ihr nicht erzählen dürfen! Sie hält mich ohnehin schon für total bescheuert.«

»War sie es, die ... na ja, das da?« Er weist mit einem Kopfnicken in Richtung der Lippenstiftspuren auf meiner Stirn.

Unwillkürlich hebe ich peinlich berührt die Hände. »Wenn es Ihnen nichts ausmacht, würde ich lieber nicht darüber reden.«

Der Penner dreht sich um, lehnt sich zurück und betrachtet nachdenklich den Plan der Northern Line über der gegenüberliegenden Sitzbank. Ich werfe ihm einen kurzen Blick zu, dann wende auch ich mich ab. Ich bereue es bereits, ihm von der Wette erzählt zu haben.

Mit einem Fremden zu sprechen widerspricht schon allem, was ich als Londoner und U-Bahn-Fahrer gelernt habe, aber mit einem Fremden wie dem neben mir – einem Fremden, der frühmorgens Lagerbier trinkt – zu sprechen ist ein eindeutiges Zeichen von Wahnsinn. Tja, gerade deshalb passt es vermutlich auch zu all den anderen Dingen, die ich diese Woche getan habe. Ich schaue ihn erneut aus den Augenwinkeln an. Immer wieder hebt er die Bierdose an die Lippen. Ihr Inhalt scheint unerschöpflich zu sein. Im Prinzip hätte sie längst leer sein müssen.

»Übrigens«, sagt er schließlich, »wie geht deine Fahrt eigentlich weiter?«

»Bitte?«

»Wie geht die Fahrt weiter? Das heißt, nachdem du in Epping angekommen bist.«

Ich zögere. Ich bin mir nicht sicher, ob ich ihm erzählen will, wie ich im Einzelnen fahren werde. »Also«, sage ich etwas unsicher, »zuerst muss ich mit der District Line nach Upminster, um meine Kreditkarte zu holen …«

»Gut«, sagt er. »Upminster ist ein guter Anfang.«

»Und danach hängt es ein bisschen davon ab, wo Rolf die nächsten Sachen versteckt hat, aber ich habe mir gedacht, ich fahre die Circle Line ohne Unterbrechung einmal ganz herum …«

»Ganz falsch.«

»Was meinen Sie mit ›ganz falsch‹?« Ich bin fassungslos. Für wen hält dieser Typ sich?

»Reine Zeitverschwendung.« Er bohrt sich beim Reden mit einem langen, grindigen Zeigefinger in der Nase. »Stell dir die Circle Line wie eine Radnabe vor und die anderen U-Bahn-Linien wie die Speichen – du solltest Stück für Stück im Kreis rumfahren, und bei jeder Abzweigung auf der Speiche hochrutschen.«

»O nein«, höre ich mich sagen, »nein, nein, nein, nein, nein …«

Ehe ich merke, wie mir geschieht, hat er mich in eine Diskussion über die beste Fahrtroute verwickelt. Ich versuche ihm zu erklären, dass ich mir einen genauen Plan zurechtgelegt habe, aber er entdeckt darin eine Schwachstelle nach der anderen. Ab und zu stehe ich auf, um ein Foto zu machen, und jedes Mal, wenn ich mich wieder hinsetzte, hat er einen neuen Grund gefunden, warum mein Route blödsinnig ist. Ich muss zugeben, dass ich überrascht bin, wie viel er über das U-Bahn-Netz weiß. Ich muss ebenfalls zugeben, dass er in Bezug auf meinen Plan nicht ganz Unrecht hat. Das ist irgendwie auch kein Wunder. Ich habe ihn mir nach etlichen Bieren und einem Streit ausgedacht – er musste ja notgedrungen ein bisschen schlampig sein. Beziehungsweise sehr schlampig. Beziehungsweise komplett unbrauchbar. Du meine Güte, was soll ich nur tun?

Der Säufer scheint mein Entsetzen zu bemerken, denn er sucht sich genau diesen Moment aus, um eine seiner schmuddeligen Hände auszustrecken und mir mit einer väterlichen Geste auf die Schulter zu legen. »Keine Sorge«, sagt er, »wir bleiben bis Epping bei deiner Route – und bis dahin ist uns bestimmt etwas eingefallen.«

Ich schaue ihn lange und durchdringend an und spüre, wie leichte Panik in mir aufsteigt. Er hat *wir* gesagt. Er geht davon aus, dass er mich bis Epping begleiten wird. Ich bin noch nicht einmal in Oval, und trotzdem ist es mir bereits gelungen, einen Irren aufzugabeln.

»Da wir diese Fahrt jetzt gemeinsam machen«, sagt er, »würde ich gern wissen, wie du heißt.«

»Andy«, sage ich.

»Freut mich, dich kennen zu lernen, Andy. Ich heiße Brian, aber die meisten meiner Freunde nennen mich *Sir*.«

»Sie nennen Sie …«

Er lacht – ein gedehntes, unbarmherziges Lachen. »Natürlich nicht. Das war nur ein Witz!«

Wie zum Teufel kann ich ihn nur loswerden? Ich könnte versuchen, das Abteil zu wechseln, aber ich bin mir sicher, dass er mir folgen würde. Ich könnte ihm gegenüber andeuten, dass ich allein sein will – nach dem Verlauf unseres bisherigen Gesprächs zu urteilen, müsste eine solche Andeutung aber schon ziemlich unverblümt ausfallen. Am besten, ich warte, bis wir in Tottenham Court Road sind, und versuche dort, ihn abzuschütteln. Das dürfte nicht allzu schwierig sein. Er ist nämlich nicht nur beduselt, sondern auch nicht mehr gerade der Jüngste – er wird unmöglich so schnell rennen können wie ich. Ausgeschlossen. Völlig ausgeschlossen.

Kapitel 3

5:39 Tottenham Court Road, Northern / Central Line

Ich bin im Laufe der Jahre in der U-Bahn einigen sehr aufdringlichen Gestalten begegnet. Einmal saß in einem Zug der Jubilee Line vier Stationen lang eine Frau neben mir und erklärte mir, es sei gefährlich, den Armlehnen zu nahe zu kommen, weil man sich mit Krankheiten infiziere, wenn man unter der Erde Kunststoff anfasse. Total plemplem, die Gute. Und ein anderes Mal hatte ich in der Circle Line eine ganze Horde Skinheads in meinem Abteil. Ich war damals noch ein Teenager, und da ich dummerweise gerade eine Rockabilly-Phase durchmachte, trug ich blaue Wildlederschuhe und eine enorme, sorgfältig modellierte Haartolle. Die Skinheads fanden es witzig, mir während der gesamten gemeinsamen Fahrt die Haare zu zerzausen, sodass ich bei meiner Ankunft in Paddington einen Mittelscheitel und ein mit Brillantine vollgeschmiertes Hemd hatte.

Ich muss gestehen, dass meine Begegnung mit Brian, was penetrante Aufdringlichkeit angeht, bei weitem nicht die schlimmste ist – mir aber aus irgendeinem Grund so vorkommt. Vielleicht liegt es an meiner Müdigkeit. Während wir die nächsten sechs U-Bahn-Stationen passieren, redet er ununterbrochen auf mich ein – danach weiß ich alles über seine Rückenbeschwerden und seinen Fußpilz (der offenbar im Verlauf seiner Erzählung zu seinen Knöcheln hoch wandert). Er berichtet, dass sich bei ihm erste Anzeichen von Skorbut bemerkbar machen und er vom ständigen Schlafen auf hartem Beton Hämorrhoiden bekommen hat. Er verkündet all dies in stolzem Ton, so als freute er sich über die lange Liste von Krankheiten, die unaufhaltsam an ihm nagen. Bis wir schließlich in der Innenstadt ankommen, habe ich das alles langsam ziemlich satt. Ich muss ihn *unbedingt* loswerden. Kaum ist das Schild Tottenham Court Road aufgetaucht, renne ich aus dem Zug, mache das Foto und spurte dann durch die Fußgängertunnel. Allein der Gedanke an Brians Hämorrhoiden bringt ein paar zusätzliche Stundenkilometer.

Es erweist sich übrigens als vorteilhaft, dass ich mich so sehr beeile, denn trotz der reibungslosen Fahrt mit der Northern Line bin ich immer noch sechs oder sieben Minuten hintendran. Normalerweise hätte ich genug Zeit zum Umsteigen in die Central Line gehabt, aber als ich völlig aus der Puste oben an der Treppe zum Bahnsteig ankomme, sehe ich, dass der erste Zug in östlicher Richtung unten schon bereitsteht. Und nicht nur das – er ist kurz davor abzufahren.

Ich bin noch auf der Treppe, da höre ich zu meinem Entsetzen den hohen Pfeifton der Türpneumatik. Unter Aufbietung meiner letzten Kraftreserven stürme ich die restlichen Stufen hinunter und springe, kurz bevor die Türen sich schließen, in das erstbeste Abteil.

Aber ich bin nach wie vor nicht allein. O nein. Wider Erwarten ist Brian verdammt flott auf den Beinen. Er steht jetzt neben mir – und während ich, den Oberkörper tief gebeugt, krampfhaft bemüht bin, wieder zu Atem zu kommen, wirkt er so frisch wie der junge Morgen, so als hätten wir gerade einen gemütlichen Parkspaziergang gemacht. »Mann, war das knapp«, sagt er. Es scheint ihm nichts auszumachen, dass ich sofort losgerannt bin, als der Zug der Northern Line hielt – offenbar geht er davon aus, dass ich es nur deshalb so eilig hatte, weil ich den Anschlusszug erreichen wollte. Und er ist ausgeruht genug, um mir, der ich immer noch nach Atem ringe, gönnerhaft zu erklären: »Einen Moment lang hatte ich Angst, du würdest es nicht schaffen. Ich dachte schon, ich muss vorauslaufen und dir die Tür aufhalten.«

»Ich wusste, dass ich den Zug erwischen würde«, sage ich hechelnd, fest entschlossen, mich vor diesem Säufer nicht zu blamieren. »Keine Sorge, ich hab alles im Griff. Total im Griff.«

Ich warte, bis Brian sich hingesetzt hat, und gehe dann ein paar Schritte weiter zu einem freien Platz, damit ich nicht auf der ganzen Strecke nach Epping neben ihm sitzen muss.

Kapitel 4

5:40 Tottenham Court Road – Holborn, Central Line

Der Zug der Central Line ist für diese Tageszeit erstaunlich voll. Allein in meinem Abteil sind zehn bis fünfzehn Leute. Die meisten kauern mit gesenkten Köpfen auf ihrem Platz, nur der eine oder andere hat eine Zeitung vor sich ausgebreitet und einen Plastikbecher mit dampfendem Kaffee in der Hand. Am gegenüberliegenden Ende des Waggons sitzt eine Frau, die einen großen blauen Koffer dabeihat. Sie wirkt, als wäre diese U-Bahn-Fahrt für sie lediglich der Auftakt einer weiten Reise. Niemand spricht, alle machen einen in Gedanken versunkenen oder schläfrigen Eindruck. Es herrscht eine friedliche Atmosphäre – es könnte fast Sonntagnachmittag sein.

Meine Stimmung ist jedoch alles andere als friedlich. Mir brennen die Augen, die Gelenke schmerzen und mir ist übel – aber vor allem bin ich so missmutig wie seit Jahren nicht mehr.

Ich verfluche den Tag, an dem ich Rolf das erste Mal traf. Ich verfluche den Umstand, dass ich mich mit ihm angefreundet habe, ich verfluche unsere blöde Wette und ganz besonders verfluche ich Rolf selbst, weil der noch im Bett liegt und ich nicht. Na ja, eigentlich verfluche ich die ganze Zeit bloß mich selbst, weil ich mich von Rolf in diesen Schlamassel habe hineinreiten lassen, genauso wie ich mich von Rolf in vieles anderes habe hineinreiten lassen.

Es fällt einem leicht, von Rolf die denkbar schlechteste Meinung zu haben – wenn Sie ihn kennen würden, wüssten Sie, was ich meine. Zunächst einmal sieht er ziemlich sinister aus. Er trägt seit Jahr und Tag eine John-Lennon-Brille, die ihm eine unheimliche Ähnlichkeit mit dem Typen verleiht, der in der alten Kindersendung *Mr Benn* das Kostümgeschäft besaß – man bräuchte ihm nur einen Fes aufzusetzen, und schon würden alle möglichen Leute vor seinen Umkleidekabinen Schlange stehen. Außerdem wirkt er irgendwie dunkel, und damit meine ich nicht, dass er eine dunkle Hautfarbe hat – er ist sogar ziemlich blass, weil er so viel Zeit unter der Erde verbringt –, ich rede vielmehr von einer gewissen Aura, die ihn umgibt. Er ist einer jener Menschen, die immer dann, wenn man es am wenigsten erwartet, aus einer finsteren Ecke auftauchen. Er gleicht einem wandelnden Schatten.

Rachel hat Rolf vom ersten Moment an verabscheut. Sie ist nicht bloß eifersüchtig, weil ich relativ viel Zeit mit ihm verbringe, nein, sie kann den Mann einfach nicht ausstehen. Normalerweise nennt sie ihn »Spinner« oder, wenn sie in schlechter Stimmung ist, »beknackter Oberspinner«. Immer, wenn ich zu Hause seinen Namen erwähne, steckt sie sich andeutungsweise den Zeigefinger in den Hals, so als hätte sie das Bedürfnis, sich jeglichen Gedankens an ihn zu entledigen. Das ist nicht gerade eine ihrer sympathischsten Eigenschaften.

Der Gerechtigkeit halber sei erwähnt, dass Rolf anfangs von Rachel auch nicht gerade begeistert war. Bevor er sie persönlich kennen lernte, stellte er sie sich, glaube ich, als eine Art nudelholzschwingende Matrone vor, die mich erst dann zum Spielen nach draußen lässt, wenn ich meine häuslichen Pflichten erfüllt habe. Er entwickelte die Angewohnheit, sie in allen Situationen, in denen er meinte, es ungestraft riskieren zu können, »Hitler« zu nennen. (Es versteht sich von selbst, dass das eine ungeheure Beleidigung ist – schließlich haben Hitlers Bomben 1940 Dutzende von U-Bahn-Stationen auf Jahre hinaus unbenutzbar gemacht und die Bahnstrecke zwischen Latimer Road und Kensington Olympia völlig zerstört. Ein schlimmeres Verbrechen ist für Rolf kaum vorstellbar.)

Ich habe die beiden einander in einem Restaurant namens My Old Dutch in Holborn vorgestellt. Da sie sich überhaupt nicht kennen lernen wollten, musste ich sie unter Vorspiegelung falscher Tatsachen dorthin locken. Zu Rachel sagte ich, es gebe in dem Restaurant die leckersten Pfannkuchen jenseits der Innenstadt, was auch der Wahrheit entsprach, und Rolf sagte ich, es befinde sich genau an der Stelle, wo früher die Haltestelle British Museum gewesen sei, was ebenfalls der Wahrheit entsprach – aber ich verschwieg beiden, dass noch jemand drittes dabei sein würde.

Sie erwarteten also verständlicherweise, ein gemütliches Abendessen zu zweit mit mir zu verbringen und über Liebes- beziehungsweise U-Bahn-Dinge zu plaudern. Hätte ich mir die Sache vorher gut überlegt, wäre mir klar gewesen, dass der Abend eine Katastrophe werden würde. Aber wie inzwischen ja schon aufgefallen sein dürfte, habe ich die Angewohnheit, mir selbst bei einem noch so hirnrissigen Vorhaben einzureden, es sei eine gute Idee.

Die gegenseitigen Höflichkeitsbezeigungen mit anzuhören war schon qualvoll genug.

»Endlich«, sagte Rachel, »lerne ich den Mann kennen, der Andy dazu bringt, ganze Abende in irgendwelchen U-Bahn-Tunneln zu verbringen.«

»Und ich habe endlich die Ehre, die Frau kennen zu lernen, die Andy ans Haus fesselt.«

»Ich? Andy ans Haus fesseln? Selbst wenn ich das wollte, würde mir es wohl kaum gelingen.«

Rolf musterte sie und ließ den Blick dabei den Bruchteil einer Sekunde zu lang auf ihrem Körper ruhen. »Stimmt«, sagte er, »wohl kaum.«

Ein paar Sätze hatten ausgereicht. Die beiden lächelten sich an, aber ich kannte sie zu gut, um mich täuschen zu lassen. Mir kam es eindeutig so vor, als hätten sie ihre lächelnd entblößten Zähne frisch gewetzt, um dem anderen bei nächstbester Gelegenheit an die Gurgel zu springen.

Wir bestellten unsere Pfannkuchen, und ich fuhr mit meinen Bemühungen fort, ein normales Gespräch in Gang zu bringen – was äußerst schwierig war, da Rolf sich über nichts anderes als U-Bahnhöfe unterhalten wollte, Rachel hingegen über alles, nur nicht über U-Bahnhöfe. Immer, wenn ich zwischen ihnen zu vermitteln versuchte, ließen sie ihren Ärger an mir aus und beschimpften mich. Das schien ihnen Freude zu bereiten. Immerhin.

Ich war erleichtert, als der Kellner endlich unsere Vorspeisen brachte. Nicht nur, weil ich Hunger hatte, sondern auch, weil Rolf den Kellner, noch während dieser die Teller vor uns hinstellte, über die Geschichte des Restaurants (genauer gesagt, über die Geschichte des Bahnhofs, der sich früher an dieser Stelle befunden hatte) auszufragen begann. Das war zumindest ein Hoffnungsschimmer – denn schließlich war Rolf ja nur deswegen hergekommen. Sobald er die gewünschten Informationen haben würde, gäbe es für ihn keinen Grund, länger zu bleiben, wodurch dieses grauenvoll missglückte Experiment womöglich ein Ende fand.

Zu unser aller Unglück hatte der Kellner jedoch noch nie etwas von dem U-Bahnhof British Museum gehört. Weshalb Rolf es als seine Pflicht ansah, ihn zu belehren.

»Es war ein *wunderschöner* Bahnhof«, sagte er. »Von Harry Measures entworfen, der beim Bau von Bahnhöfen besonders gern eiserne Stützpfeiler verwendete. Womöglich sind hier einige Exemplare erhalten geblieben. Wissen Sie etwas davon?«

Der Kellner, bei dem es sich offenbar um einen italienischen Studenten handelte, der in London war, um Englisch zu lernen, schien nicht recht zu verstehen, wovon Rolf redete. »Weiß nicht«, sagte er.

»Was ist mit gusseisernen Verzierungen?«, sagte Rolf.

»Weiß nicht.«

»Oder den Originalfliesen? Erzählen Sie mir bitte nicht, dass Sie hier keine Originalfliesen haben?«

Bei jedem Satz wurde Rolfs Stimme ein bisschen lauter. Der arme Kellner wurde immer nervöser und wiederholte beständig: »Weiß nicht, weiß nicht.«

»Würde es dir etwas ausmachen, leiser zu sprechen?«, sagte Rachel frostig. »Du siehst doch, dass der Mann es nicht weiß.«

»Und wieso weiß er es nicht? Was glaubt er denn, aus welchem Grund die Leute herkommen?«

»Wegen der Pfannkuchen vielleicht?«, sagte Rachel.

Nun war es passiert. Es herrschte offener Krieg. Aus irgendeinem Grund brachte das Wort »Pfannkuchen« all die unterdrückten Aggressionen zum Ausbruch, die die Gehässigkeiten der letzten zwanzig Minuten nicht zu entladen vermocht hatten. Die Phonzahl ihrer Bemerkungen steigerte sich merklich. Was Rachel einfalle, zu behaupten, Pfannkuchen seien wichtiger als Londons historisches Erbe? Und was Rolf einfalle, so viel Aufhebens um einen Bahnhof zu machen, den es seit über sechzig Jahren nicht mehr gebe? Mittlerweile schaute das gesamte Restaurant zu uns herüber – ohne dass Rolf oder Rachel sich dadurch bemüßigt gefühlt hätten, weniger laut zu brüllen. Ich rutschte auf meinem Stuhl so weit wie möglich nach unten, zum Teil, weil mir der Auftritt der beiden peinlich war, zum Teil aber auch aus Furcht vor der Gewalt des Sturms, den ich heraufbeschworen hatte.

Schließlich kam der Geschäftsführer herbei, angelockt von dem Lärm an unserem Tisch. »Stimmt irgendetwas nicht?«, fragte er. Auf seinem Gesicht lag ein Lächeln, das aussah, als würde es beim geringsten Anlass in ein fieses Grinsen umschlagen.

»Nein«, sagte Rachel kleinlaut, da ihr wohl plötzlich bewusst wurde, was für einen Aufruhr sie veranstaltet hatten, »es ist wirklich nichts Wichtiges ...«

»Unsinn«, unterbrach Rolf sie, »natürlich ist es wichtig. Wir wollen wissen, was mit dem Bahnhof British Museum passiert ist, und Ihr Kellner will es uns nicht sagen.«

»Ich bitte vielmals um Entschuldigung«, sagte der Geschäftsführer, »aber dieser Kellner ist erst seit kurzem bei uns und kennt sich mit der Geschichte dieses Stadtteils nicht so gut aus. Aber Sie haben Recht: Der Bahnhof British Museum befand sich tatsächlich früher auf diesem Grundstück ...«

»Natürlich habe ich Recht. *Niemand* weiß mehr über den Bahnhof British Museum als ich. Ich wollte vielmehr wissen, ob einzelne Teile des Bauwerks noch existieren.«

»Auf diese Frage lautet die Antwort nein.«

»Nein?«

»Nein.«

Rolf wirkte verstört. »Was ist mit den Fliesen? Vielleicht gibt es bei Ihnen im Keller an den Wänden noch einige original Central-London-Railway-Fliesen.

»Nein«, sagte der Geschäftsführer. »Gibt es nicht.«

»Was, gar keine?«

»Gar keine«, sagte der Geschäftsführer. Er lächelte zufrieden, so als wüsste er, wie sehr eine solche Neuigkeit Rolf schmerzte. »Von der alten U-Bahn-Station ist nichts übrig geblieben. Sie wurde dem Erdboden gleichgemacht, die Fahrstuhlschächte wurden zugeschüttet und mit Erde bedeckt, und alle Reste der Kelleranlage wurden zerstört, um für das Fundament des neuen Gebäudes Platz zu schaffen. Die Haltestelle British Museum ist komplett beseitigt worden.« Sein Lächeln wurde noch breiter. »Ist Ihnen damit gedient, Sir?«

Rolf nickte.

»Gut«, sagte der Geschäftsführer, und ließ uns wieder allein, damit wir in Ruhe unsere Hauptgerichte verspeisen konnten, die soeben gebracht worden waren.

Rachel wartete, bis der Geschäftsführer außer Hörweite war, dann wandte sie sich an Rolf. »Ich bin nie in meinem Leben in einer so peinlichen Situation gewesen«, sagte sie und zeigte mit einer Gabel voll Käse-Spinat-Crêpe auf ihn. »Konntest du dich denn nicht beherrschen?«

»Mich beherrschen?«, sagte Rolf. »Wieso?«

»Na ja, zum Beispiel wegen des armen Kellners.«

»Wegen des Kellners!«, sagte Rolf ungläubig. »Soll mir der Kellner etwa Leid tun? Was hier zählt, ist allein der U-Bahnhof British Museum!«

Ich entschied mich in diesem Moment, laut zu lachen, so als hätte Rolf einen Witz gemacht, allerdings war das nicht besonders schlau, denn wir wussten ja alle, dass er es todernst meinte. Außerdem hatte ich den Mund voll, weshalb mir beim Lachen ein paar Brocken Pfannkuchen herausfielen, mit denen ich mir mein Hemd bekleckerte. Rachel schaute mich angewidert an, hieb ihr Besteck in ihr Essen und murmelte, nicht gerade im Flüsterton, etwas über »bescheuerte Bahntrottel«. Der Rest der Mahlzeit wurde schweigend absolviert, aber mir blieb nicht verborgen, dass Rolf hin und wieder verstohlen in Rachels Richtung schaute. Trotz der eisigen Stimmung, die bei uns herrschte, gab es keinen Zweifel: Er war völlig hingerissen von ihr.

Kapitel 5

5:42 Holborn – Liverpool Street, Central Line

Der Geschäftsführer jenes Restaurants hatte übrigens nicht ganz Recht – es ist nämlich doch etwas von der Haltestelle British Museum übrig. Wir fahren gerade hindurch. Zwischen Tottenham Court Road und Holborn tut sich der Tunnel für eine Weile auf, und man kann an der Stelle, wo früher die Bahnsteige waren, durch die Lücken in der Tunnelwand die Züge in Gegenrichtung vorbeifahren sehen. Unter der Erde, außer Sichtweite der Gäste oben im Restaurant, existieren also nach wie vor Überreste der Haltestelle.

Mir fällt ein, dass ich Rachel einmal eine Geschichte über die Haltestelle British Museum erzählt habe, damals, als sie mir noch nicht bei jeder Erwähnung der U-Bahn an die Kehle ging. Wir standen spät abends in Holborn am Ende des Bahnsteigs und ich versuchte ihr mit einer Gruselgeschichte Angst einzujagen. Sie gruselte sich natürlich überhaupt nicht, klammerte sich aber dennoch fest an mich. Was ja auch der eigentliche Zweck der Übung war.

Vielleicht haben Sie ja Lust, es auszuprobieren, wenn Sie das nächste Mal mit Ihrer Freundin oder Ihrem Freund in Holborn sind. Die Geschichte geht in etwa wie folgt:

Anfang der Dreißigerjahre, als die Haltestelle British Museum noch in Betrieb war, ging das Gerücht um, dass es in ihr spuke. Viele Leute berichteten, sie hätten gegen Mitternacht gesehen, wie eine Gestalt aus dem Tunnel auftauchte – eine Gestalt in einem Lendentuch, mit einem Kopfschmuck und einer sonderbaren Gesichtsbemalung. Binnen kurzem begannen die Leute zu behaupten, im Bahnhof gehe der Geist eines alten Ägypters um, der nachts vom Museum aus zu den Bahnsteigen hinunterwandere. Die Londoner nahmen das Gerücht damals so ernst, dass eine Lokalzeitung sogar jedem eine Belohnung versprach, der es wagte, über Nacht auf dem Bahnhofsgelände zu bleiben. Dem Zeitungsarchiv zufolge hat niemand je Anspruch auf das Preisgeld erhoben.

Bald nachdem der Bahnhof geschlossen wurde, mietete ihn ein Filmteam, um ihn wegen des Rufs dieses Ortes als Kulisse für die Kriminalkomödie *Bulldoggen-Jack* zu benutzen. Der Film, der 1935 entstand, spielt in einer stillgelegten U-Bahn-Station namens »Bloomsbury«, von der aus ein Geheimgang zu einem ägyptischen Sarkophag im British Museum führt. Die Filmproduzenten hatten nichts weiter im Sinn gehabt, als von einer harmlosen örtlichen Legende zu profitieren – aber am Abend der Filmpremiere verschwanden zwei junge Frauen vom Bahnsteig in Holborn, dem Bahnhof, der dem British Museum am nächsten lag. Und dann wurden Inschriften auf den staubigen Bahnhofsmauern entdeckt – Inschriften, die Hieroglyphen glichen. Immer öfter hieß es, jemand habe den Geist gesehen oder merkwürdige Geräusche durch die Tunnelwände gehört. Mehr und mehr Leute waren verunsichert – vielleicht gab es ja tatsächlich einen zum Museum führenden Geheimgang. Vielleicht wanderten ja tatsächlich Mumien hinunter zur U-Bahn. Natürlich bestritt die Verkehrsbehörde die Existenz eines solchen Gangs. Da sie jedoch eine öffentliche Diskussion vermeiden wollte, unternahm sie nichts zur Klärung der Angelegenheit, sondern wartete einfach ab, bis die Gerüchte verstummten und die Sache sich so von selbst erledigte.

Leider gibt es heutzutage nicht mehr viel von der Haltestelle British Museum zu sehen – die Bahnsteige sind beseitigt, die Werbeplakate aus den Dreißigerjahren größtenteils heruntergerissen oder übermalt worden. Wenn man jedoch bei einer Fahrt in westlicher Richtung zwischen Holborn und Tottenham Court Road das Gesicht dicht vor ein Fenster auf der rechten Seite des Abteils hält, erkennt man immer noch die schmutzigen, ehemals weißen Kacheln der Bahnsteigwände. Und wenn man auf dem Bahnsteig in Holborn steht und angestrengt lauscht, hört man manchmal – aber wirklich nur manchmal – ägyptisch klingende Klagelaute durch den Tunnel hallen …

Wenn Sie diese Geschichte erzählen, ist das jetzt der Punkt, an dem Sie beginnen sollten, Geistergeräusche zu machen. Dann wünscht man sich von seiner Begleitung, sofern es eine Frau ist, dass sie in bezauberndes Kichern ausbricht und sich in gespielter Furcht an einen klammert. Man wünscht sich *nicht* von ihr, dass sie sich mit genervtem Blick abwendet und einem sagt, man solle endlich erwachsen werden – was Rachel, fürchte ich, tun würde, wenn ich ihr die Geschichte heute erzählte.

Als wir aus dem Bahnhof Holborn rollen, reißt mich die laute Stimme von Brian, dem Penner, aus meinem Tagtraum. Er sitzt hingefläzt am anderen Ende dieser Abteilhälfte und hat die Beine weit vor sich ausgestreckt. Beim Klang seiner Stimme stockt mir das Herz – mir ist klar, dass ich mit ihm reden muss, ob ich nun will oder nicht. Für einen Augenblick habe ich den Verdacht, Brian könne ein Freund von Rolf sein, der auf mich angesetzt ist, um mir den Beginn meiner Fahrt zu erschweren. Rolf hat bestimmt gewusst, dass ich in einem Außenbezirk wie Morden aufbrechen würde – er weiß, wie mein Verstand arbeitet –, und ich traue ihm durchaus zu, mein

Vorhaben sabotieren zu wollen. Aber nach den ersten paar Worten des Penners schlage ich mir diesen Gedanken aus dem Kopf. Es gibt Dutzende von Haltestellen, an denen ich hätte losfahren können – Rolf konnte unmöglich an jeder einzelnen einen Freund postiert haben. Und außerdem wäre selbst Rolf zu einer solchen Gemeinheit nicht fähig.

»Es ist klasse, so viel Platz zu haben, was Andy, altes Haus?«, sagt Brian. »Man kann es sich richtig gemütlich machen. Wenn ich könnte, würde ich nur um diese Zeit fahren. Das ist viel weniger stressig als den Rest des Tages über.«

»Ja«, sage ich. »Stimmt.«

»Und wenn man es sich gemütlich machen will, ist man bei der Central genau richtig.« Er lacht. »Die Züge hier sind viel komfortabler als früher. Und ich muss das schließlich wissen. Ich bin nämlich mit der Central Line aufgewachsen.«

»Tatsächlich.«

»Und ob. Ich stamme aus Bethnal Green.«

Jetzt geht's los, denke ich: Garantiert wird er mir seine gesamte beschissene Lebensgeschichte auftischen. Ich versuche, ihn zu ignorieren, indem ich zu den Reklameschildern hochschaue – direkt über Brians Kopf hängt die Anzeige eines Partnerschaftsinstituts, wo ein Bild von einem Mann und einer Frau drauf ist, die sich auf einer sonnenbeschienenen Gartenbank anlächeln –, aber das wirkt bei Brian nicht. Ich kann dem Mann nicht entrinnen.

»Aber eigentlich hat sich hier nichts verändert«, fährt er fort. »Das ist der entscheidende Punkt. Da oben« – er zeigt auf das Zugdach – »da oben ist alles anders geworden. Die Straßen aus meiner Kindheit sind nicht mehr wieder zu erkennen. Das London, in dem ich aufgewachsen bin, würde dir völlig fremd vorkommen. Aber hier unten in der U-Bahn ist es noch so wie damals.«

Ich muss den Drang bekämpfen, ihm zu widersprechen. Die Central Line hat sich seit den Jahren, in die seine Kindheit vermutlich fällt, radikal verändert: Die Ausstattung, die Züge und die U-Bahn-Technik sind komplett ausgewechselt worden. Es juckt mich, ihm zu sagen, dass er völligen Unsinn redet, aber ich habe den Verdacht, er tut das absichtlich, nur um mich in ein Gespräch zu verwickeln. Ich versuche, gleichgültig die Achseln zu zucken, so als wäre es mir egal, was er sagt, aber das funktioniert auch nicht. Er scheint meine Gedanken lesen zu können.

»Schau mich nicht so an, als wär ich bekloppt«, sagt er. »Klar, die Leute von der U-Bahn setzten ab und zu mal neue Züge aufs Gleis oder spendieren ein paar Eimer Farbe, aber der *Geruch* hier drin ist immer noch derselbe. Und das wird sich auch nie ändern.«

Unwillkürlich atme ich tief ein.

»Gut so – saug den Geruch ein! Na, wonach riecht es?«

»Ich weiß nicht«, sage ich mürrisch, »einfach nur nach U-Bahn.«

»Es riecht nach Leben, danach riecht es. Nach Leben und Neubeginn. Es ist erstaunlich, dass man Leute wie uns überhaupt mitfahren lässt.«

»Was meinen Sie mit *Leute wie uns*?«

Er übergeht meine Frage. »In meiner Kindheit war Bethnal Green die Endhaltestelle. Ich habe miterlebt, wie das U-Bahn-Netz sich ausgebreitet hat – es ist heutzutage größer als je zuvor. Wusstest du, dass die Central Line die Linie mit den meisten Haltestellen ist?«

»Ja«, sage ich leicht entrüstet. »Natürlich weiß ich das.«

»Die Central Line und ich sind gewissermaßen gemeinsam groß geworden. Ich habe als junger Mann sogar auf den Baustellen von einigen Bahnhöfen gearbeitet – ich bin nämlich gelernter Schreiner. Vielleicht ist das auch der Grund, warum ich den Geruch mag – er erinnert mich an meine Jugend.« Er schweigt einen Moment, so als hätte ihn eine Kindheitserinnerung übermannt. »Na egal«, sagt er anschließend, »jedenfalls riecht es hier viel besser als in den Zügen der anderen Linien. Vor allem besser als in der Northern Line – dort riecht es bloß nach Elend.«

Reflexartig hebe ich zur Verteidigung meiner Stammlinie an. »*So* schlimm ist die Northern Line nun auch wieder nicht«, sage ich. »Okay, sie ist ein bisschen verdreckt, und vielleicht auch ein bisschen veraltet, aber das könnte man ohne weiteres in Ordnung bringen.«

»Es riecht nach Elend«, sagt er noch einmal. »Ich muss das schließlich wissen, denn ich verbringe den größten Teil meiner Zeit in Zügen der Northern Line. Das geht den meisten Säufern so. Wenn du eines Tages mal ein Säufer wie ich bist, wirst du auch dort enden.«

»Was soll denn das schon wieder heißen? Wie kommen Sie auf die Idee, dass *ich* je als Säufer enden könnte?«

Er antwortet nicht, sondern schaut lediglich auf meine Kleidung. Ich muss leider zugeben, der Unterschied zwischen meinem Aufzug und Brians ist wirklich nur minimal. Als ich heute Morgen durch die dunkle Wohnung taperte, habe ich der Einfachheit halber wieder die Sachen von gestern angezogen, statt mir neue herauszusuchen – infolgedessen sehe ich jetzt reichlich zerknittert aus. Auf meinem Hemd ist ein Bierfleck, weil Rolf im Pub eines unserer Gläser umgestoßen hat, und meine Hose ist mit Zigarettenasche irgendeines Rauchers beschmutzt. Außerdem kann man sich leicht vorstellen, dass ich nicht besonders gut rieche.

»Glauben Sie nur ja nicht, dass ich immer so aussehe«, verteidige ich mich hastig. »Normalerweise ziehe ich mich ziemlich schick an. Das hier ist sozusagen ein besonderer Anlass …«

»Ach ja?«

»Allerdings. Es hat doch keinen Sinn, schicke Sachen anzuziehen, wenn man den ganzen Tag in der U-Bahn verbringen will, oder?«

»Schon gut, mein Freund«, sagt er. »Ich hab sowieso nicht an deine Kleidung gedacht.«

»Na gut«, sage ich, da mir nichts besseres einfällt. »In Ordnung.«

»Was ich sagen wollte: Die Central riecht gut, ganz anders als die Northern Line, die …« Und er beginnt mit einem Vortrag über die Unterschiede zwischen den verschiedenen Gerüchen der beiden Linien. Ich höre ihm jedoch kaum zu, denn mich beschäftigt jetzt etwas anderes, ein lästiger Gedanke, den ich einfach nicht loswerde.

»Warten Sie mal einen Moment«, unterbreche ich seinen Monolog, »wenn Sie nicht an meine Kleidung gedacht haben, was ist es dann, was Sie glauben lässt, ich würde als Säufer enden?«

Er zögert und schaut mich verlegen an. »Eigentlich sind es mehrere Gründe, aber was hat das für einen Sinn, jetzt hier …«

»Mehrere Gründe – als da wären?«

Er wendet sich ab, als könnte er mir nicht in die Augen sehen. »Nichts besonderes. Wirklich.«

»Na los«, sage ich. »Raus damit.«

»Also, wenn du's unbedingt wissen willst: Es liegt an deiner Ausstrahlung – du bist irgendwie verkrampft, nervös. Du erinnerst mich an einen Kumpel, der in einem U-Bahnhof lebt – netter Kerl, aber ein bisschen zu besessen. Du weißt schon, von Dingen, die eigentlich unwichtig sind.«

»Wie bitte?« Inzwischen fange ich an, mich wirklich aufzuregen. »Sie vergleichen mich mit einem Kumpel von Ihnen, einem Penner, der in einem U-Bahnhof lebt?«

»Ja.«

»Aber das ist doch lächerlich! Ich habe eine Wohnung in Belsize Park.«

»Aha«, sagt er, so als würde er mir nicht glauben.

»Und ich habe eine Freundin …«

»Momentan noch«, unterbricht er mich.

»Eine Freundin«, wiederhole ich, »und einen guten Job. Ich führe ein angenehmes Leben. Völlig ausgeschlossen, dass ich jemals so enden werde wie …« Ich verstumme.

»Nur weiter, sag es. Wie *ich*.«

»Also gut – ja, wie Sie. Es ist ausgeschlossen, dass ich je in der Gosse lande. So weit werde ich es schlicht und einfach nicht kommen lassen.«

Er wird nicht böse, als ich das sage – vielmehr lächelt er, als gäbe es nichts Schöneres, als so ein Leben wie er zu führen – in U-Bahn-Eingängen zu übernachten, sich von Dosenbier zu ernähren. »Hör mir mal gut zu, Andy«, sagt er. »Ich hatte früher auch einen Job und eine Frau und all die Dinge, die du hast, aber das hat mich nicht davor bewahrt, so zu enden. Es ist unsinnig zu glauben, dir könnte das nicht passieren, denn das hieße, die Augen zu verschließen. Du bist dicht dran, du begreifst es nur noch nicht. Ich behaupte nicht, dass es morgen oder übermorgen passieren wird, ich sage bloß, wenn du nicht aufpasst, wird es dich vielleicht eines Tages kalt erwischen. Falls du also deinen netten Job und deine Freundin nicht verlieren willst, dann überleg dir, ehe es zu spät ist, was dir wirklich wichtig ist.«

Er lächelt immer noch, und vermutlich glaubt er, gerade etwas äußerst Tiefschürfendes gesagt zu haben. Stattdessen hat er lediglich etwas äußerst Ärgerliches gesagt. Für wen hält er sich – Dickens Geist der zukünftigen Weihnacht? Und glaubt er im Ernst, dass ich ihm für seine Predigt dankbar bin? Mir fallen unzählige Sachen ein, die ich ihm liebend gern sagen würde, um ihn zu widerlegen, aber ich weiß, dass es zwecklos ist – er würde mir nur mit weiteren Kostproben seiner Pennerweisheit kommen. Ich beschließe daher, den Mund zu halten. Da ich nun einmal noch knapp zwanzig Haltestellen gemeinsam mit ihm fahren werde, ist es wohl das Beste, mich an den Vorsatz zu halten, den ich vorhin gefasst habe, ehe ich in dieses alberne Gespräch verwickelt wurde – die Reklameschilder zu betrachten und ihn zu ignorieren.

Ich schaue nach oben auf die Reihe rechteckiger Plastiktafeln über Brians Kopf und versuche, die Unterhaltung zu vergessen. Mein Blick bleibt erneut bei der Annonce des Partnerschaftsinstituts hängen, und diesmal bemerke ich, dass die Frau auf dem Bild einen Blumenstrauß in Händen hält. Sie ist zwischen fünfzig und sechzig, und obwohl sie strahlend lächelt, drückt ihre Miene eher Erleichterung als Freude aus. Der Mann, der ihr die Blumen gibt, ist mindesten zehn Jahre jünger als sie, aber auch er sieht aus, als wäre er soeben von einer unbeschreiblich bedrückenden Zukunft erlöst worden. Widerwillig stelle ich fest, dass er genau so einen hellblauen Anorak anhat, wie ich ihn als Dreizehnjähriger trug. In der Brusttasche des Anoraks steckt ein kleines Heft. Ich sage das nur ungern, aber von weitem sieht es verdächtig nach dem Fahrplan der Jubilee Line aus.

Kapitel 6

5:50 Liverpool Street – Epping, Central Line

Von Anfang an gab es Werbung in der U-Bahn. Zu Hause habe ich ein Foto von den Bahnsteigen der Central Line in der Haltestelle Tottenham Court Road aus dem Jahre 1903 – die Wände sind mit Plakaten bepflastert, auf denen für Oxo, Nestlés Swiss Milk und Sonntagabend-Konzerte in den örtlichen Veranstaltungssälen geworben wurde. In den Achtzigerjahren des 19. Jahrhunderts wurden die Züge der Metropolitan Line innen mit moralischen Traktaten zur Erbauung der Fahrgäste beklebt – ein wenig wie die *Poems on the Underground* heutzutage und nur geringfügig uninteressanter. Wie weit man auch in die Vergangenheit zurückgeht, stets waren die U-Bahn-Fahrgäste Annoncen ausgesetzt, seien es Plakate, die die Vorzüge von Ogden's Pfeifentabak preisen, oder ellenlange Sermone darüber, wie man durch den Wechsel der Autoversicherung Geld sparen könne.

Reklame in der U-Bahn unterscheidet sich grundlegend von jeder anderen Reklame. Die Leute, die Anzeigen in Zeitungen schalten, wissen, dass sie die Aufmerksamkeit des Lesers im Nu erregen müssen, damit er nicht achtlos umblättert. Mit Plakaten am Straßenrand ist es dasselbe, denn sie müssen ihre Botschaft in den wenigen Sekunden vermitteln, die es dauert, bis man im Wagen vorbeigefahren ist. Die Werbespots im Fernsehen müssen irgendwie spannend, erotisch oder sogar regelrecht geschmacklos sein, um sicherzustellen, dass man zuschaut, statt sich in der Küche eine Tasse Tee zu machen. In der U-Bahn dagegen ist die Situation eine ganz andere. Die Anzeigen brauchen nicht fesselnd oder faszinierend oder wenigstens ansatzweise unterhaltsam zu sein, denn es ist klar, dass man sie früher oder später sowieso wahrnimmt. Hier unten gibt es sonst nichts zu gucken. Und man kann nicht einfach rausgehen.

Machen wir ein kleines Experiment. Versuchen Sie, sich das Wort in dem Kasten anzuschauen, ohne es zu lesen:

RACHEL

Sehen Sie? – Es klappt nicht, hab ich Recht? Auch wenn Sie sich noch so sehr bemühen, lediglich eine Ansammlung von Buchstaben oder schwarzen Tintenklecksen auf weißem Papier zu sehen, kommen Sie doch nicht an der Tatsache vorbei, dass Sie in Wahrheit das Wort »Rachel« sehen – und wenn Sie Rachel so gut kennen würden wie ich, würden Sie zwangsläufig an ihre üppigen, leider sehr verführerischen Lippen denken.

Mit den Annoncen in der U-Bahn ist es genauso – wenn man sie nur lange genug anschaut, liest man sie notgedrungen auch. Und schlimmer noch, man misst ihnen eine gewisse Bedeutung zu, so als wären sie tatsächlich für das eigene Leben bedeutsam. Ich weiß mehr über Tabletten gegen das prämenstruelle Syndrom und über Kosmetika als für einen dreißigjährigen Mann gut sein kann. Ich bin machtlos dagegen – die Worte hüpfen quasi von den Reklametafeln auf die Strahlen gelblichen Neonlichts und dringen durch meine Augen in das Gehirn vor. Ob es mir nun passt oder nicht, ich weiß alles über die Kosten von Reiseversicherungen (für Europa *und* Übersee), kenne die komplette Geschichte der Jack-

Daniel's-Brennerei in Tennessee und kann eine lange Liste von Telefonnummern aufsagen – von der Telefonseelsorge bis hin zur Tickethotline des *Holsten Bier Fest*. Es macht einen ganz kirre.

Heute Morgen habe ich das Glück, gegenüber einem stimmungsvollen Foto der Waliser Landschaft zu sitzen – aber dennoch kann ich dem Text nicht entrinnen:

Wales – Cymru
Nur zwei Stunden Fahrt und doch Welten entfernt

Daneben ist ein Reklame für Cathay Pacific, in der behauptet wird, die Fluggesellschaft sei »Das Tor zum Osten«. Ich pruste laut. Das einzige Tor zum Osten, das *ich* kenne, ist der Bahnhof Liverpool Street.

Brian ist eingeschlafen (Gott sei Dank), und so nimmt mich nichts anderes in Beschlag, als Fotos zu machen und die Anzeigen zu studieren – erst als ich die Texte zum zehnten Mal durchgelesen habe, gelingt es mir, mich von ihnen loszureißen. Lange Zeit starre ich auf das eigene Spiegelbild und denke an nichts anderes als an die U-Bahnhöfe, die noch vor mir liegen.

Sämtliche Haltestellen, die wir passieren, sind wie ausgestorben. Bei der Liverpool Street steigen alle anderen Fahrgäste aus unserem Abteil aus und Brian und ich fahren von da an allein weiter. Auch in Bethnal Green, Brians Geburtsort, ist niemand zu sehen. In Mile End kann ich beide Bahnsteige überblicken – keine Menschenseele, Totenstille. Kurz nach Stratford taucht der Zug aus dem Tunnel auf, hinein in das gespenstische blaue Licht der Lampen eines mehrstöckigen Parkhauses, und mir wird bewusst, dass ich im Begriff bin, etwas sehr viel Abenteuerlicheres zu erleben als eine Reise nach Wales oder nach Hongkong. Ich unternehme vor Tagesanbruch von London aus eine Expedition in die Wildnis von Essex.

Um 6:04 hält der Zug in Leytonstone (selbst hier draußen gibt es Reklame: Pepsi, Virgin, Woodpecker

Cider). Wir haben drei Minuten Zeit, über die Brücke zum anderen Bahnsteig zu gehen, um unseren Anschlusszug zu bekommen. Dies hier ist die letzte Haltestelle für all jene, die im Londoner Stadtgebiet bleiben wollen. Anschließend führt der Weg unausweichlich nach Epping, dem Ende der Central Line.

Ich schüttele Brian wach und sage ihm, er soll mitkommen. Außer uns steigt niemand aus – ich habe den Eindruck, dass wir nicht nur das Abteil, sondern den gesamten Zug für uns allein hatten. Als wir die Brücke überqueren, wirft uns der Bahnhofsvorsteher, ein dicker Mann mit leuchtend roter Mähne, merkwürdige Blicke zu, so als hätte er um diese Zeit noch nie Städter hier draußen gesehen und verstünde nicht, was wir am Nord-ost-Rand von London verloren hätten. Sein besonderes Misstrauen scheint der Kamera in meiner Hand zu gelten. Wir nicken ihm im Vorbeigehen zu, ernten aber keine Reaktion. Da ich vermute, dass er einfach nicht weiß, was diese Geste zu bedeuten hat, gehe ich rasch weiter und scheuche dabei den schläfrigen Brian vor mir her.

»Nicht besonders freundlich, die Leute hier draußen, was?«, murmelt Brian, vielleicht etwas zu laut.

»Hier im Osten herrschen eben andere Sitten«, sage ich leise, damit der Mann es nicht hört.

Wir gehen die Treppe zum Bahnsteig hinunter und besteigen eine Minute vor Abfahrt den Zug nach Epping.

Zeit wird langsam zu einem Problem für mich. Ich hätte nicht geglaubt, dass es so lange dauern würde, hierher zu gelangen. Vor über einer Stunde bin ich in Morden losgefahren, habe das Ende der Central Line aber noch längst nicht erreicht. Ich verspüre mittlerweile eine leichte Nervosität; als ich heute Morgen auf meine Armbanduhr schaute, habe ich nur die Zeitangabe gesehen, aber inzwischen sehe ich die Zeit, die mir noch bleibt – knapp achtzehneinhalb Stunden.

Der Zug rollt wieder in die Dunkelheit. Das Ende des Tunnels liegt zwar schon kilometerweit hinter uns, aber jetzt sind die Gleise von hohen Mauern gesäumt, so als wollten sich die Menschen in dieser seltsamen, östlichen Grafschaft vor müßigen Touristen wie uns verbergen. Ich kann durch das Abteilfenster lediglich den Lichtschein der Straßenlaternen über die Mauerkrone fallen sehen: Straßenlaternen, die eine fremdartige, vor unbefugten Blicken geschützte Welt erleuchten.

Nach und nach werden die Mauern jedoch niedriger, bis ich schließlich sehen kann, dass wir offene Felder durchqueren. Ab und zu hält der Zug an einem Bahnhof (Snaresbrook, Buckhurst Hill, Debden), und ich erhebe mich jedes Mal, um das notwendige Foto zu machen. Inzwischen verwende ich schon die zweite Kamera.

Der Abstand zwischen den Haltestellen wird immer größer, und die meiste Zeit sitze ich ausgestreckt im Abteil, beobachte den schlafenden Brian und versuche, nicht auch noch einzudösen. Das Schlimmste an meiner Müdigkeit ist, dass ich anfange, Gespenster zu sehen. Als ich in Theydon Bois, der vorletzten Haltestelle, das Foto mache, fällt mir eine schemenhafte Gestalt am Ende des Bahnsteigs auf. Ich erkenne ihn sofort – die unverwechselbaren schattenhaften Bewegungen, die Gläser der unverwechselbaren John-Lennon-Brille, die im Schein der Bahnhofslampen funkeln –, als der Zug aber an der bewussten Stelle vorbeifährt, ist niemand zu erblicken. Der Bahnsteig ist leer. Ich schüttle kurz den Kopf, um wieder einen klaren Verstand zu bekommen, aber das Erlebnis hat mir doch einen gehörigen Schrecken eingejagt. Ich beschließe, eine Weile auf und ab zu gehen, damit ich wach bleibe.

Um 6:31 bremst der Zug endlich in Epping, der Endhaltestelle. Vor fünfzehn Jahren, als ich Teenager war, gab es einen Zug, der von hier aus noch weiter fuhr, vorbei an dem inzwischen verwaisten Bahnhof in Blake Hall bis nach

Ongar – aber kaum ein Mensch war unerschrocken genug, sich derart weit vorzuwagen, weshalb dieses Teilstück Mitte der Neunzigerjahre wohl auch stillgelegt wurde. Also, das war's dann. Epping. Das Ende der U-Bahnlinie.

Ich steige aus und mache als Erstes mein Foto. Besonders beeindruckt bin ich von dem sich bietenden Anblick offen gestanden nicht. Am Ende einer solchen Expedition hätte ich irgendein Monument erwartet, so etwas wie die Heraklessäulen, um das Ende der erforschten Welt zu markieren. Aber hier sieht man nichts als eine schier endlose, leere Betonfläche, die kreuz und quer mit weißen Strichen bemalt und von einem Drahtzaun umgeben ist. Es dauert einen Augenblick, bis ich kapiert habe: Das ist ein Parkplatz. Epping scheint lediglich aus einem riesigen Parkplatz zu bestehen. Na toll, denke ich. Die Fahrt hierher hat sich ja echt gelohnt.

Als Nächstes geht es einfach retour: erst bis Woodford, dann in einem anderen Zug im großen Bogen via Hainault stadteinwärts bis Mile End und von dort aus dann weiter mit der District Line. Aber ehe der Zug sich auf den Rückweg macht, habe ich noch etwas zu erledigen.

»Brian«, sage ich und schüttle ihn vorsichtig wach. Ich lächle dabei stillvergnügt – endlich werde ich den Kerl los. »Wir sind da, Brian. Sie müssen aussteigen.«

Er schlägt die blutunterlaufenen Augen auf und setzt sich mühsam gerade hin. »Danke, dass du mich aufgeweckt hast«, sagt er. »Sehr nett von dir.«

»Sie müssen aussteigen. Wir sind in Epping. Da wollten Sie doch hin.«

Er guckt mich an. »Epping. Okay. Danke.« Er schließt wieder die Augen.

»Nicht einschlafen, Brian!« Ich schüttle ihn noch mal, diesmal etwas kräftiger. »Der Zug fährt in zwei Minuten zurück in die Stadt.«

»Ja. Ich weiß. Das passt mir gut.«

Einen Moment lang bin ich sprachlos. »Was meinen Sie damit: Das passt mir gut? Sie haben doch gesagt, dass

Sie nach Epping wollen – und wir sind da, also sollten Sie lieber aussteigen.«

»Muss das jetzt sein?«

»Ja!«

»Tja, Epping gefällt mir auf den ersten Blick irgendwie nicht. Ist wohl besser, ich fahre zurück in die Stadt.«

»Aber ...«

»Kein Aber.« Zum ersten Mal an diesem Morgen wird der Penner grantig. »Draußen ist es noch dunkel. Im Zug ist es wenigstens warm. Ich bleib hier sitzen.«

Ich bin wie vor den Kopf geschlagen. Wären die vielen Pendler nicht, die nach und nach eingestiegen sind, würde ich Brian wahrscheinlich eigenhändig aus dem Zug werfen. »Wenn Sie nicht vorhaben, hier zu bleiben«, sage ich missmutig, »wohin wollen Sie denn dann?«

»Keine Ahnung. Irgendwohin. Ist mir egal. Ich hab bloß deshalb Lust gehabt, hierher zu kommen, weil ich fand, es wäre mal was anderes, als den ganzen Tag nur mit der Northern Line hin- und herzufahren. Hab natürlich auch gedacht, ich könnte dir behilflich sein.«

»*Mir* behilflich sein ...?« Ich fasse es nicht. In Leytonstone habe ich den Mann praktisch in diesen Zug geschleppt. Ich hätte ihn genauso gut dort zurücklassen können.

»Genau, dir behilflich sein.« Er lächelt mich jetzt an, als wollte er mir zeigen, dass er mir verzeihe, ihn aufgeweckt zu haben. »Ist schon okay – spar dir den Dank. Ich sage mir immer: Solange du noch einem Kumpel aus der Patsche helfen kannst, hat dein Leben noch einen Sinn.«

In diesem Moment steht für mich fest, dass ich den Mann endgültig loswerden muss. Er wird mir sonst den letzten Nerv rauben. Ich könnte es nicht ertragen, den ganzen Tag mit ihm durch die Gegend zu fahren. Auf gar keinen Fall. Und wo würde das enden? – Würde er erwarten, dass ich ihn mit nach Hause nehme? Ihn in meinem Bett schlafen lasse? Ihn zum Ersatzopa meiner Kinder mache? Damit es mir endlich gelingt, ihn mir vom

Hals zu schaffen, beschließe ich, ihm klipp und klar zu sagen, dass sich unsere Wege ab jetzt trennen.

»Also, ich fahre als Nächstes mit der District Line nach Upminster ...«

Augenblicklich hellt sich Brians Miene auf. »Das ist wirklich nett von dir.«

»Ha? Nett von mir ...?«

»Das Angebot. Und die Antwort lautet ja. Ich komme gern mit. Nur bis Upminster, versteht sich. Wenn wir dort sind, ist es draußen bestimmt wärmer geworden.«

»Moment mal ...«

»Ich mach auch die Fotos für dich, dann kannst du dich ein bisschen ausruhen. Ich war schon immer ein Freund von ... Teamwork oder wie das heißt.«

»Ich glaub's einfach nicht«, murmele ich leise, aber tief im Innern glaube ich es doch. Das ist wieder mal typisch. Ich will jemand etwas Bestimmtes mitteilen, erwecke aber nur den Eindruck, genau das Gegenteil zu meinen. Das Leitmotiv meines Lebens.

Schon während der Zug sich in Richtung Innenstadt in Bewegung setzt, sogar während ich mir bereits überlege, wie ich ihn in Upmister abschütteln kann, sieht ein Teil von mir jedoch gezwungenermaßen ein, dass es ziemlich langweilig werden könnte, den ganzen Tag lang allein U-Bahn zu fahren. Und würde ich diesen Teil tief in meinem Innern näher betrachten, liefe ich wahrscheinlich ernsthaft Gefahr festzustellen, dass ich insgeheim irgendwie, aus irgendeinem Grund, froh über Brians Gesellschaft bin.

Kapitel 7

6:35 Epping – Woodford, Central Line
7:05 Woodford – Mile End via Hainault, Central Line

Um 6:35 verlässt der Zug Epping, und Brian und ich fahren bis Woodford, wo wir wieder umsteigen, diesmal jedoch, um auf der Nebenstrecke der Central Line in großem Bogen in die Stadt zurückzukehren. Um 7:05 nehmen wir einen Zug Richtung Northolt, der uns mit dem Umweg über Hainault nach Mile Ende bringen wird.

Ein bisschen frustrierend ist es ja schon – erst ganz reinzufahren nach London, danach mit einer anderen Linie wieder ganz nach Upminster rauszufahren, nur um hinterher wieder in die Stadt zu fahren –, aber anders ist es nicht zu machen. Es herrschen strenge Regeln beim »Stromern«. Es wäre zum Beispiel toll, wenn es zwischen der Endhaltestelle der Central Line und der District Line eine Verbindung gäbe, aber die dürfte ich nur nehmen, wenn sie von öffentlichen Verkehrsmitteln angeboten würde – ich darf keinesfalls mit dem Taxi nach Upminster fahren. Aber selbst wenn es eine Schnellbahn nach Upminster gäbe – vergleichbar mit der Metropolitan Line, die ja nicht an allen Stationen hält –, die Stationen, an denen sie nicht hielte, würden dann nicht zählen. Also, der Zug mag zwar etwas langsam sein, wie er so an Golf- und Rugbyplätzen und unverbauter Natur vorbeirumpelt, aber mir bleibt nichts anderes übrig, als mich damit abzufinden.

Um 7:26, hinter Newbury Park, fährt der Zug wieder in den Tunnel, ein sicheres Zeichen, dass wir bald zurück im Zentrum sein werden. Je mehr wir uns der Innenstadt nähern, desto voller wird der Zug, und ich bin froh, dass ich Brian dabeihabe, der mir immer wieder meinen Sitz freihält, wenn ich aufstehe, um Fotos von den Bahnhofsschildern zu machen. Ich bin jetzt auch froh, in ihm einen Gesprächspartner zu haben. Während der letzten drei, vier Stationen hat er mich mit Fragen über die Londoner U-Bahn gelöchert, insbesondere über den Teil der Central Line, mit dem er quasi aufgewachsen ist. Ich muss gestehen, dass ich mich ziemlich gebauchpinselt fühle ob der vielen aufmerksamen Zuhörer (und ich meine wirklich Zu*hörer*, denn obwohl sie alle irgendwo anders hingucken, weiß ich genau, dass der gesamte Waggon meinen Ausführungen lauscht).

Als wir um 7:31 aus dem Bahnhof Wanstead rollen, lasse ich mich zufrieden auf meinen Sitz sinken. Die nächsten Bahnhöfe habe ich schon auf dem Weg nach Epping fotografiert, das heißt, ich kann mich jetzt ein bisschen ausruhen.

Um 7:34 sind wir wieder auf der Hauptstrecke. Bis jetzt läuft alles absolut planmäßig.

Ich schätze es, um diese Tageszeit U-Bahn zu fahren. Trotz der stickigen Enge und der mürrischen Gesichter der zahllosen Menschen, die sich zwischen halb acht und halb zehn durch das U-Bahn-System quetschen, symbolisiert die Rushhour für mich Lebendigkeit. Diese Völkerwanderung von A nach B – sie beweist, dass wir leben, dass wir als Gesellschaft gut funktionieren können. Wann und wo sonst findet man Manager und Straßenhändler so eng aneinander gedrückt? Wo sonst gehen alte Damen und pubertierende Jungs derart dicht auf Tuchfühlung? In der U-Bahn sind alle gleich. Da mischen sich Schwarze,

Asiaten und Weiße mit Touristen, Tippsen und Tunten – es gibt keine Hierarchien, keine Privilegien, keine Diskriminierung.

Während Brian sich offenbar überlegt, was er mich noch fragen könnte, sehe ich mich unter den anderen Fahrgästen im Abteil um. Es ist noch ziemlich früh, aber es müssen trotzdem schon einige stehen. Die Leute fangen an zu drängeln, die Jagd auf Sitzplätze geht los, und ich weiß, dass ich, wenn ich jetzt aufstehen würde, meinen Platz nur unter größten Mühen zurückbekäme. Als dann tatsächlich jemand aufsteht, kommt es zwischen einer Frau und einem jungen Asiaten sofort zu einem Wettkampf um den freien Platz. Ein irres Funkeln liegt in ihren Blicken, so als wüssten sie, dass sie dazu verdammt sind, dieses Ritual für den Rest ihres Lebens jeden Tag zu wiederholen. Der Asiate hat Pech, denn die Frau berechnet den Winkel, in dem der Aussteiger seinen Platz verlässt, besser als er. Sie schlägt ihn um eine Nasenlänge.

Einen Schritt von mir entfernt steht ein Endfünfziger mit buschigem Schnauzbart mitten im Gang. Neben ihm ist ein junges Mädchen, dessen Gesicht an verschiedenen Stellen mit insgesamt fünfundzwanzig Ringen (ich habe sie gezählt) durchbohrt ist. Der Mann starrt sie, genau wie die meisten anderen Leute im Abteil, geradezu zwanghaft an. Die Enden seines Schnauzers beben jedes Mal, wenn sie den Kopf bewegt und ihr Schmuck dadurch leise klimpert, und sobald sie ihre gepiercten Lippen schürzt, zuckt er immer deutlich sichtbar zusammen. Ich muss mich beherrschen, um ihn nicht drauf hinzuweisen, dass sie bestimmt an noch viel schmerzempfindlicheren Stellen gepierct ist.

Hinter den beiden versucht eine Frau mittleren Alters, sich mit Hilfe eines Taschenspiegels zu schminken. Ich beobachte sie, wie sie sich die Wimpern tuscht, wobei in mir die Befürchtung aufsteigt, dass der Zug einen unerwarteten Ruck machen könnte und sie sich das Mascarabürstchen ins Auge bohrt, aber sie schminkt sich beide Augen zu Ende, ohne dass etwas passiert. Glück gehabt. Dann holt sie den Lippenstift heraus, und in dem Moment, wo sie ihn ansetzt, macht der Zug dann *doch* einen unerwarteten Ruck und sorgt auf diese Weise für einen dunkelroten Strich auf ihrer Wange.

Abgesehen davon, sehe ich zwischen all den Beinen und Taschen und Körpern nur wenige Fahrgäste: einen teuer gekleideten Schwarzen Mitte dreißig, dessen Kopf so kahl ist wie ein Kinderüberraschungsei; einen selbstgefällig wirkenden, überaus farbenfroh angezogenen Australier (*zu* farbenfroh für diese frühe Stunde); eine herrschsüchtig aussehende Frau mit roten Pausbacken, die mich an meine Französischlehrerin aus der siebten Klasse erinnert. Alle diese Menschen sind zusammengepfercht wie Hühner in einer Legebatterie, aber keiner von ihnen beklagt sich oder lässt seinen Frust an den anderen Fahrgästen aus. Keiner schreit, weint oder bringt in irgendeiner anderen Form zum Ausdruck, dass sie oder er nicht besonders bequem steht – eine Szene vorbildlicher Toleranz.

Gerade als ich mir selbst dazu gratuliere, in einer so vorurteilsfreien Gesellschaft zu leben, gerade als ich erwäge, der Queen einen Brief zu schreiben, in dem ich ihr vorschlagen will, den Londoner U-Bahn-Benutzern eine Auszeichnung zu verleihen, steigt auf einmal jemand ein, der meine Illusionen zerstört.

»Kiss me!«, sagt er, als er zwischen den sich schließenden Türen gerade noch ins Abteil schlüpft. *»Kiss me!«*

Der Neuankömmling ist klein und braun und sieht aus, als stammte er aus Südostasien. Indonesien vielleicht. Oder von den Philippinen. Er wirkt irgendwie unbefleckt, als würde die U-Bahn-Patina noch nicht an ihm haften.

»Kiss me, kiss me!«, sagt er und schiebt sich durch die Menge. Der Mann mit dem Schnauzer sieht ihn entsetzt an, aber die meisten anderen haben schon begriffen, dass

der Neue keinen Kuss einfordert, sondern bloß Schwierigkeiten hat, »*excuse me*« richtig auszusprechen. Natürlich entschuldigen sie sein Verhalten trotzdem nicht. Kein Gedanke daran. Man macht es ihm so schwer wie möglich, und zwar aus dem einfachen Grund, dass diese Fahrt für ihn offenkundig eine Premiere ist. Man sieht es ihm schon aus einem Kilometer Entfernung an: Er ist ein Novize. Ein U-Bahn-Neuling.

So tolerant die Leute in der U-Bahn sonst auch sein mögen: Was sie absolut nicht leiden können, sind Anfänger. Einen U-Bahn-Anfänger kann man ganz leicht erkennen: Das ist einer, der auf der Rolltreppe auf der falschen Seite steht und nicht merkt, dass sich hinter ihm eine Menschenschlange gebildet hat, die ihn am liebsten lynchen würde. Das ist einer, der einem so blöde Fragen wie »Wo ist denn hier der Ausgang?« stellt und der sich einem hinterher auch noch mit Namen vorstellt, als rechnete er damit, einem irgendwann wieder einmal zu begegnen. Wenn man so jemand auf der Straße trifft, hilft man ihm spontan, aber wenn er in einem der unterirdischen Gänge, in denen man nicht überholen kann, vor einem her trödelt, weil er im Gehen den Stadtplan lesen will, dann packt einen das unwiderstehliche Verlangen, ihn aus reiner Boshaftigkeit in die falsche Richtung zu schicken. Und wenn er zudem kaum Englisch versteht, kann man sich selbst dabei ertappen, wie man plötzlich unverständlichen Cockney-Slang spricht. So ist das nun mal in der U-Bahn: Zu Anfängern darf man nicht nett sein, das gehört sich einfach nicht. Hier unten sind Anfänger Freiwild.

Ich habe mal eine Geschichte über einen Chinesen auf der Northern Line gehört, der noch nie in seinem Leben mit der U-Bahn gefahren war. Es war kein Sitzplatz mehr frei, also musste er stehen. Da er in einem der alten Wagen gelandet war, baumelten um ihn herum zwei Reihen Halteknäufe von der Decke. Weil der arme Mann aber wie gesagt noch nie mit der Northern Line gefahren war, wusste er natürlich auch nicht, worum es sich bei diesen baumelnden Dingern handelte. Er steht also mehrere Haltestellen lang im Gang und hält sich nicht fest, glotzt diese baumelnden Dinger an, als hätte er Angst, sie zu berühren, und rempelt in jeder Kurve seine Mitreisenden an. Und während er so nach links und rechts rempelt, kommt der Zug auf einmal mitten im Tunnel zum Stehen, und die Stimme des Lokführers teilt mit, dass der Zug leider Verspätung haben wird. Der Chinese hört die Stimme des Fahrers und strahlt. Endlich hat er es kapiert: Die baumelnden Dinger müssen Mikrofone sein! Schließlich sehen sie ja wie Mikrofone aus! Er grapscht also nach dem erstbesten Knauf, fängt an hineinzuplappern und glaubt doch tatsächlich, ein Gespräch mit dem Fahrer zu führen. Und niemand im Wagen denkt auch nur im Traum daran, ihn aufzuklären. I wo! Nachdem dieser Typ sie nun schon die letzten vier, fünf Haltestellen ständig angerempelt hat und sie von ihm höllisch genervt sind, stehen sie jetzt einfach da, gucken zu und lachen, bis die Bahn weiterfährt und den Chinesen an der nächsten Haltestelle absetzt.

Da haben Sie's – so behandeln wir Anfänger in der U-Bahn. Man hilft ihnen nicht, und sie können schon von Glück reden, wenn sie nur ausgelacht werden. Ja sicher, die Geschichte von dem Chinesen stimmt wahrscheinlich gar nicht. Ist wahrscheinlich eine von diesen U-Bahn-Legenden, die immer geraume Zeit kursieren, um dann genauso schnell wieder zu verschwinden, wie sie aufgetaucht sind. Aber sie veranschaulicht, worauf ich hinauswill.

Der Typ, der jetzt eingestiegen ist, trägt alle Merkmale eines Anfängers: Stadtplan, Minirucksack, ein T-Shirt, das vielleicht vor acht Jahren *in* war. In dem Moment, in dem er den Wagen betritt, scheinen alle hörbar aufzustöhnen und ihn anzufunkeln, als wollten sie ihn fragen, was zum Teufel ein Filipino in Leytonstone zu suchen habe. Ich muss zu meiner Schande gestehen, dass ich genau das Gleiche denke. Als hätte die Central Line zur Rushhour eine latente Fremdenfeindlichkeit in mir zum Leben erweckt.

»Kiss me!«

Er wiederholt seinen Spruch, bis er ein Fleckchen gefunden hat, wo er stehen kann – und das ist direkt vor meiner Nase. Der schwarze Glatzkopf wirft mir einen viel sagenden Blick zu und verdreht dann die Augen, als hätte er noch nie im Leben etwas derart Peinliches erlebt. Der Australier in dem farbenfrohen Outfit grinst hämisch, aber auch ein klein wenig nervös vor sich hin – bestimmt war er vor nicht allzu langer Zeit selbst noch U-Bahn-Neuling. Einen Moment lang sieht die Frau mit den Piercings ziemlich beleidigt aus. Plötzlich steht sie nicht mehr im Mittelpunkt.

Brian dagegen nimmt die anthropologischen Fallbeispiele um uns herum offenbar überhaupt nicht wahr. Er macht einen ziemlich beklommenen Eindruck. Anders als ich sieht er vermutlich nicht die Individuen in dieser Menschenmenge, sondern nur die Menge als solche, eine Menge, die jetzt das gesamte Abteil ausfüllt.

»O Gott!«, murmelt er auf einmal. »Wie viele Leute passen denn überhaupt in so ein Abteil?«

Ich drehe mich zu ihm um. Ihm stehen Schweißperlen auf der Stirn. »Ungefähr zweihundert«, verrate ich ihm. »Maximal zweihundertzehn.«

»O Gott!«, sagt er noch einmal. »Ich hasse die Rushhour. Da wird mir immer ganz mulmig.«

Ich wittere die Chance, ihn endlich und endgültig loszuwerden. »Sie können ruhig aussteigen«, sage ich hoffnungsvoll. »Ich komme schon allein zurecht.«

»Ach was. Ich komme bis Upminster mit. Versprochen ist versprochen.«

Unbekümmert lasse ich den Blick durch den Wagen schweifen. Die Frau mittleren Alters mit dem Lippenstiftstrich im Gesicht starrt mich mit saurer Miene an, so als könnte sie meine Gedanken lesen. »Wie ich schon sagte«, fahre ich fort, »zweihundertzehn Leute pro Wagen. Macht ungefähr tausendsiebenhundert in einem ganzen Zug. Über zwei Millionen Passagiere befördert die U-Bahn täglich, die meisten davon in der Rushhour. Da kann man sich schon mal fragen, wie das überhaupt möglich ist, was?«

»Ja, aber – wie können die denn da alle atmen?«

Er selbst atmet plötzlich ziemlich schwer, fängt richtiggehend an zu keuchen. Ob Asthma vielleicht auch zur Liste seiner Leiden gehört? »Wollen Sie das wirklich wissen?«, frage ich.

»Und ob!« Seine Stimme verrät Panik. »Das heißt, reicht denn da der Sauerstoff für alle?«

Ich weide mich ein wenig an seiner Klaustrophobie, was aber nicht lange anhält. Wie ich's auch anstelle, er tut mir ganz einfach Leid. Außerdem sind hier Leute, die zuhören – und Brian hat mir gerade eine ganz konkrete Frage über die U-Bahn gestellt. »Also, wenn Sie's unbedingt wissen wollen«, sage ich schließlich mit einem Seufzer. »Sauerstoff gibt's hier mehr als genug. Im gesamten U-Bahn-System sind genau einhundertsiebenundzwanzig Ventilatoren verteilt. Aber nicht nur das. An den meisten Haltestellen wird gefilterte, mit Sauerstoff angereicherte Luft in die Gänge geblasen. Und selbst wenn nicht, bräuchte man sich keine Sorgen zu machen. Anfang des Jahrhunderts haben die Leute hier unten ja auch überlebt, und da gab es gar keine Belüftung – es hat wohl ein bisschen muffig gerochen, aber lebensgefährlich war es nicht.«

»Du meinst also, ich kann aufatmen?«, fragt Brian, der sich der Doppeldeutigkeit seiner Aussage offenbar nicht bewusst ist.

»Ja.«

»Na, Gott sei Dank!«

Er kramt in seiner Tasche herum, wahrscheinlich auf der Suche nach einer weiteren Dose Bier. Ich habe irgendwie das Gefühl, dass er etwas zu glimpflich davongekommen ist.

»Nein, nein«, sage ich deshalb, »über die Luftversorgung brauchen Sie sich wirklich keine Sorgen zu machen. Ich an Ihrer Stelle hätte viel mehr Angst vor einem Zugunglück.«

»Zugunglück?« Er hört auf zu kramen.

»Genau. Besonders auf der Central Line. Wussten Sie, dass auf der Central Line seit dem Krieg mehr Züge verunglückt sind als auf jeder anderen Strecke? So eine Statistik hängt London Transport natürlich nicht an die große Glocke. Und wissen Sie was? Die meisten dieser Unfälle sind in der Gegend von Stratford passiert, und das ist...« Ich werfe einen Blick auf den Streckenplan über mir. »... das ist rein zufällig die nächste Station.« Ich komme mir vor wie ein unartiger Schuljunge. »Das heißt, sollte die Bahn einen plötzlichen Ruck machen, wenn wir in die Haltestelle einfahren, dann würde ich mir ernstlich Sorgen machen!«

Ich stelle fest, dass Brian nicht der Einzige ist, der mir zugehört hat. Ich ernte ängstliche Blicke von der Dame, die wie meine ehemalige Französischlehrerin aussieht, und der Mann mit dem Schnauzer mustert besorgt das Mädchen mit dem gepiercten Gesicht, als könnte er sich nichts Kompromittierenderes vorstellen, als in einem zerquetschten U-Bahn-Waggon gleich neben ihr gefunden zu werden. Der farbenfrohe Australier aber grinst, als wollte er sagen: »Zugunglück? – Geil!«

Der Einzige, der garantiert keine Ahnung hat, wovon ich geredet habe, ist der Filipino direkt vor mir. Er scheint nur ein einziges Wort verstanden zu haben. *»Kiss me«*, sagt er und beugt sich mir entgegen, *»... Stra'ford?«*

In dem Moment, in dem er das sagt, fahren wir in Stratford ein. »Ja«, sage ich, »da wären wir.«

»Stra'ford?«, sagt er lästigerweise noch einmal.

»Ja.« Ich zeige zum Fenster hinaus auf den Bahnsteig. »Stratford.«

Der Filipino zögert einen Augenblick, als wäre er

immer noch nicht recht davon überzeugt, aber dann drängelt er sich doch zur Tür.

Brian hat währenddessen wieder in seiner Tasche gekramt und schließlich noch eine Dose Bier gefunden, die er jetzt aufmacht, wobei ein paar Spritzer auf dem Mantel des Schnauzbarts landen.

»Was du da gerade von den Unfällen erzählt hast«, sagt Brian nach einem Schluck Bier, »das passiert doch nicht oft, oder?«

»Nein. Nicht sehr oft.«

»Gut.« Er sieht jetzt wieder viel besser aus, richtig entspannt. Er hält sich an seiner Bierdose fest wie ein Ertrinkender an einem Rettungsring.

»Das letzte Unglück auf dieser Strecke ist fünfzehn Jahre her.«

»Ist doch bestimmt viel sicherer jetzt, wo alles per Computer läuft, oder?«

»Ja, ziemlich sicher. Wenn man die Zahl der Todesopfer im Verhältnis zur Zahl der zurückgelegten Kilometer betrachtet, ist die U-Bahn mehr als dreimal so sicher wie das Auto und fast viermal so sicher wie das Zu-Fuß-Gehen.«

Brian sieht mich verwundert an. »Woher weißt du eigentlich diesen ganzen blödsinnigen Kram?«

»Weil mich das interessiert.«

»Und wieso?«

Ich merke, wie ich mich etwas verkrampfe, und ich will eigentlich gerade entgegnen, dass es in keiner Weise blödsinnig ist, über die Welt, in der man lebt, Bescheid wissen zu wollen, als an der Tür ein kleiner Tumult ausbricht.

Verursacher ist der Filipino, der hektisch mit den Fäusten gegen die Scheibe hämmert, weil er die Tür nicht aufkriegt. Er kann offensichtlich keine englischen Worte lesen, denn sonst würde er in seinem Drang, aus diesem Zug zu entkommen, wohl kaum immer wieder auf den roten Knopf mit der Aufschrift »Tür schließen« drücken. Der Panik nahe, wendet er sich an die Dame neben sich.

»*Kiss me!*«, fleht er sie an, aber die Frau wendet sich entrüstet von ihm ab.

Dann fährt der Zug langsam wieder an. In einem Akt der Verzweiflung reißt der Mann an der Notbremse, und die Bahn kommt mit kreischenden Bremsen abrupt zum Stehen.

»Herrgott noch mal«, sagt der Australier zu der Frau an der Tür. »Sie hätten den Knaben doch ruhig küssen können.«

Von weiter hinten im Wagen hört man verhaltenes Kichern, aber die meisten Passagiere um mich herum machen eine versteinerte Miene. Sie müssen zur Arbeit.

Der Filipino ist kurz vorm Durchdrehen. Trotz all seiner Anstrengungen öffnet sich die Tür *immer* noch nicht. Er startet eine neue Attacke auf den roten »Tür schließen«-Knopf, dieses Mal allerdings mit der Handfläche. Alle anderen sitzen oder stehen schweigend da und warten ab. Einen Moment lang glaube ich, dass der Filipino gleich in Tränen ausbricht.

Dann, endlich, öffnet sich die Tür, und ein Mann von London Transport taucht auf, gefolgt von zwei Bahnpolizisten. Der Beamte füllt den Türrahmen nicht nur mit seinem ziemlich massigen Körper, sondern auch mit seiner Präsenz. Er strahlt Autorität aus, und ich spüre, wie meine Mitreisenden allesamt erleichtert aufseufzen. »Also«, ruft der Mann von London Transport barsch in den Wagen, »wer von Ihnen hat die Notbremse gezogen?«

Zunächst herrscht kurzes Schweigen, aber dann zeigen *alle* in diesem Abteil gleichzeitig auf den Filipino: »Der war's!«

Der Beamte sieht auf den Filipino herab und schnaubt so verärgert, als könnte auch er auf den ersten Blick erkennen, dass es sich bei dieser Person um einen Novizen handelt. Der Filipino schaut liebevoll zu seinem Retter hoch. »*Kiss me ...*«, gurrt er.

»Okay, das reicht jetzt!«, sagt der Beamte und nickt

den Polizisten zu. Die machen einen Schritt nach vorn, nehmen den Filipino in ihre Mitte und führen ihn ab. Dann, endlich, schließt sich die Tür und der Zug fährt an. Die übrigen Fahrgäste wenden sich wieder – als wäre nichts geschehen – den Dingen zu, mit denen sie sich beschäftigt haben, bevor der Tumult entstand. Sie sind sichtlich froh, dass es weitergeht.

Brian dagegen sehe ich an, dass er entsetzt ist. »Keiner hat ihm geholfen!«, sagt er. Er blickt sich im Wagen um und starrt dabei die anderen an, die ihn jedoch überaus erfolgreich ignorieren. »Ich fasse es nicht – keiner hat ihm geholfen!«

»Na, *Sie* doch auch nicht«, sage ich zu ihm.

Sonst sagt niemand etwas. Die Doppelgängerin meiner Französischlehrerin vertieft sich wieder in ihr Buch, der schwarze Glatzkopf beschäftigt sich wieder mit der Reklame über meinem Sitz, und die mittelalterliche Frau bemerkt endlich den Lippenstiftstrich in ihrem Gesicht und fängt hektisch an, ihn sich mit einem Taschentuch abzuwischen. Der Mann mit dem Schnauzer versinkt wieder ganz in der Betrachtung des gepiercten Mädchens. Der Australier lächelt mich an; er scheint den Vorfall sehr amüsant gefunden zu haben. Ich werfe ihm einen finsteren Blick. Das, was da eben passiert ist, war nicht witzig. Überhaupt nicht. Ich schaue auf die Uhr. Wir haben sieben Minuten verloren.

Kapitel 8

7:53 Mile End – Stepney Green – Whitechapel, District Line
8:02 Whitechapel – Shoreditch – New Cross, East London Line
8:20 New Cross – New Cross Gate, zu Fuß
8:30 New Cross Gate – Whitechapel, East London Line
8:46 Whitechapel – Upton Park, District Line

Die nächste Stunde verbringe ich damit, mich durch das Streckengewirr östlich der City of London zu arbeiten. Auf Schritt und Tritt bin ich von Pendlern umzingelt und schaffe es beileibe nicht, der ganzen Aktion etwas Positives abzugewinnen – wie ein Zombie schleppe ich mich von einem Zug zum nächsten und knipse durch einen Schleier aus Müdigkeit brav meine Fotos. Einmal bin ich so im Tran, dass ich vergesse umzusteigen und auf der gleichen Strecke kehrtmachen muss – weitere fünf Minuten vergeudet. Aber mein Ärger darüber hält sich in Grenzen, weil ich jetzt nämlich endlich, endlich auf dem Weg nach Upminster bin – zur ersten Abholstelle. Dort wartet meine Kreditkarte auf mich, die in einem grünen Umschlag an die Rückseite eines Süßigkeitenautomaten geklebt sein soll.

Brian ist schon seit einigen Haltestellen ungewöhnlich still. Nach dem Zwischenfall mit dem Filipino hat er mir zwar eine ganze Weile immer noch Fragen rund um die U-Bahn gestellt, aber seit New Cross hat er nicht mehr viel gesagt – ist mir stattdessen nur wie ein folgsamer Hund hinterhergedackelt. Er scheint jedoch trotz allem gute Laune zu haben, er singt nämlich leise vor sich hin (irgendein Lied aus einem Fünfzigerjahre-Musical, glaube ich). Ich fange gerade an, das Schweigen richtig zu genießen, da bricht er es urplötzlich und fängt an, mir Fragen über die Linie zu stellen, mit der wir gerade fahren.

»Gibt es irgendwelche interessanten Geschichten über die District Line?«, sagt er.

Ich seufze (absichtlich so laut, dass er es hören muss). »Hab ich Ihnen denn für heute nicht bereits genug über die U-Bahn erzählt?«

»Komm schon!«, sagt er. »Nimm es als Herausforderung. Ich wette, du kannst keine interessanten Geschichten über die District Line erzählen. Ist doch die langweiligste Linie vom ganzen Netz.«

»Von wegen«, sage ich. »Die Bakerloo Line ist die langweiligste.«

»Na, dann – wo ist das Problem? Du hast dreißig Sekunden Zeit, dir was Interessantes über die District Line einfallen zu lassen. Wenn du's nicht schaffst, gibst du mir in Upminster einen aus.«

Ich unterlasse es, ihn darauf hinzuweisen, dass die Pubs noch gar nicht auf sein werden, wenn wir in Upminster ankommen – garantiert kennt Brian irgendeine Spelunke, in der auch vor elf Uhr Alkohol ausgeschenkt wird. Abgesehen davon will ich mir heute keine einzige Herausforderung entgehen lassen.

»Na schön«, sage ich. »Eine Statistik aus dem Jahr 1996 besagt, dass die District Line das zweitgrößte Fahrgastaufkommen von allen Londoner U-Bahn-Linien hat.«

»Etwas Interessantes, hab ich gesagt!« Brian lächelt.

»Okay, okay. Wie wär's mit den Haltestellen? Von denen stehen ziemlich viele unter Denkmalschutz.«

»Nein. Das reicht nicht. Noch zehn Sekunden.«

»Die Züge sind hauptsächlich D78er.«

»Nein.«

»Von denen jeder 1372 Passagiere transportieren kann.«

»Nein. Langweilig.«

Ich zerbreche mir wie verrückt den Kopf, muss aber einsehen, dass er wohl Recht hatte. Über die District Line gibt es nichts Interessantes zu erzählen – jedenfalls nicht für jemanden, der sich nicht für die U-Bahn begeistert. Ich unternehme einen letzten verzweifelten Versuch, meinen alkoholisierten Begleiter zufrieden zu stellen, und erzähle ihm von der einzigen *echten* Geschichte, die mir einfällt.

»Ich habe Rachel hier kennen gelernt. Auf dem Bahnsteig in Kensington Olympia. Zählt das?«

»Oh«, sagt Brian, »das hört sich doch schon *viel* interessanter an.«

Und noch ehe ich es mir anders überlegen kann, erzähle ich ihm auch schon die vollständige Genesis jener Welt, in der nur Rachel und ich existieren. Schon seltsam, wie solche Sachen passieren, oder? Ich hatte mich auf eine lange, geruhsame Fahrt nach Upminster gefreut – und jetzt plappere ich wieder wie ein Weltmeister. Aber das Seltsamste daran ist, dass ich es gern tue. Ich finde es wichtig, mich daran zu erinnern, wie Rachel und ich uns kennen gelernt haben, und ich will es unbedingt wahrheitsgetreu wiedergeben. Für mich.

Die Geschichte geht wie folgt ...

KAPITEL 9

Wie ich Rachel kennen lernte

Oktober 1997 – Kensington (Olympia), District Line

Ich saß total betrunken und total abgenervt auf dem Bahnsteig von Olympia auf einer Bank. Betrunken war ich, weil ich von einem Treffen mit ein paar ehemaligen Kommilitonen kam, die ich seit Jahren nicht mehr gesehen hatte – und bei solchen Zusammenkünften besteht gewissermaßen die Pflicht, sich zu betrinken. Und abgenervt war ich, weil ich den Großteil des Abends damit vergeudet hatte, eine der Frauen mit Wein abzufüllen (Sonya, auf die ich schon damals in den Seminaren ein Auge geworfen hatte), nur um hinterher zu erfahren, dass sie seit fünf Jahren mit einem Rennfahrer verheiratet war. Nachdem ihr Mann sie in einem todschicken italienischen Sportwagen abgeholt hatte, war mir das Bedürfnis nach geselligem Beisammensein gründlich vergangen. Also verbrachte ich den Rest des Abends damit, mich selbst mit Wein abzufüllen, und wie man sich unschwer vorstellen kann, gelang es mir auf diese Weise problemlos, am Ende sowohl betrunken als auch abgenervt zu sein.

Wie ich von dem Lokal zum Bahnhof Olympia gekommen bin, weiß ich nicht mehr – meine Erinnerung an diesen Teil des Abends ist ziemlich verschwommen. Ich weiß nur noch, dass ich ein Stück des Weges von einem anderen Typen begleitet wurde, der sogar noch betrunkener war als ich. Er hieß Ziggy (zumindest glaube ich, dass er Ziggy hieß – er hatte jedenfalls eine Zickzack-Zahnreihe) und erzählte mir folgenden sexistischen Witz:

»Wie lange braucht man eigentlich, um eine Frau ins Bett zu kriegen?«

An die Antwort – und damit die Pointe – kann ich mich leider nicht erinnern. Wenn man bedenkt, *wie* betrunken Ziggy war, ist es durchaus möglich, dass er sie mir gar nicht erzählt hat – aber egal, das war zu dem Zeitpunkt auch völlig unwichtig. Es war die Frage an sich, die wichtig war. Ich weiß noch, dass sie mir pausenlos im Kopf herumschwirrte, während ich mich schwankend der Haltestelle näherte, und dass ich mir sicher war, in meinem momentanen Zustand nie und nimmer eine Frau ins Bett kriegen zu können. Also keine besonders witzige Vorstellung.

Da saß ich also mutterseelenallein auf einer Bank am Bahnsteig, während mir die Gedanken trübsinnig im Kopf hin und her schwappten. Um mir die Zeit zu vertreiben, stellte ich mir vor, ich säße in dem großen Schwimmbecken im Swiss Cottage Sports Centre. Ich weiß nicht, ob das anderen auch so geht, aber wenn ich betrunken bin, hören sich die Geräusche in U-Bahn-Stationen für mich immer an, als wäre ich in einem Schwimmbad. Umso mehr, wenn es sich um »echte«, das heißt unterirdische Stationen handelt. Aber selbst einige von den oberirdischen wie eben auch Kensington (Olympia) täuschen den Hörsinn mit ihrer eigenwilligen Akustik. An jenem Abend hallten gedämpfte Stimmen von den Mauern der Messehalle wider, und vom anderen Ende des Bahnsteigs drang das quietschende Gelächter einiger Frauen zu mir herüber – sie hörten sich an wie kleine Mädchen, die im Kinderbecken planschen. Direkt neben mir waren zwei fünfzehnjährige Jungs, die sich gegenseitig den Bahnsteig entlangschubsten, und ich stellte mir unwillkürlich vor, dass gleich ein angeberischer Bademeister von seiner Trillerpfeife Gebrauch machen würde, um den Jungen zu befehlen, sich vom Beckenrand fern zu halten. Um das Bild abzurunden, fehlte jetzt nur noch eine Frau, die im Badeanzug vorbeispazierte. Und merkwürdigerweise tauchte haargenau so eine Frau auf.

Ich schätzte sie auf Anfang zwanzig, und sie lief in einem blauen Einteiler über den Bahnsteig. Außerdem trug sie ein Jackett, das ihr einerseits viel zu groß war, andererseits aber nur gerade eben lang genug, um ihren Po zu bedecken. Außerdem öffnete sich das Jackett bei jedem Schritt, den sie tat. Als sie die Leute auf dem Bahnsteig sah, schlang sie das Jackett fester um sich, aber selbst jetzt war es unübersehbar, dass sie kaum etwas anhatte. Zudem war sie barfuß.

Sie kam zu der Bank, auf der ich saß, und setzte sich neben mich. Ich konnte es mir nicht verkneifen zu beobachten, wie das Jackett dabei noch ein Stückchen höher rutschte. Sie zog es wieder herunter, um die Oberschenkel wenigstens ein Stück zu bedecken, was sie aber quasi vom Regen in die Traufe brachte, da jetzt eine ihrer Alabasterschultern entblößt war. Ich schaute sie wie gebannt an. Sie drehte sich zu mir um und sah mich kurz an, so als wüsste sie genau, was mit mir los war.

»Was glotzt du denn so?«, sagte sie empört.

»Ich glotz doch gar nicht«, sagte ich.

»Gut. Mich haben heute Abend nämlich schon mehr als genug Leute angeglotzt.«

»Echt?« Ich wandte mich ab und stützte den Kopf wieder auf die Hände. »Hast du ein Glück. Von mir hat heute noch niemand Notiz genommen.«

Ich hielt es für das Beste, nichts weiter zu sagen. Die Arme wollte bestimmt am liebsten so tun, als wäre sie gar nicht da. Wie auch immer es zu ihrem kleidungslosen Zustand gekommen sein mochte, es musste der reine

Albtraum sein – halb nackt in einer U-Bahnhof zu warten, in der Hoffnung, auf dem Nachhauseweg möglichst von niemand gesehen zu werden. Die Vorstellung hatte einen ernüchternden Effekt auf mich.

Wir saßen nebeneinander auf der Bank und sagten Ewigkeiten gar nichts. Die Wartezeit zog sich natürlich mindestens doppelt so lang hin wie sonst; als müssten die Minuten durch hüfthoch stehendes Wasser waten. Für mich war das ja schon lästig genug – für sie muss es die Hölle gewesen sein.

Irgendwann konnte ich dann aber trotz meines Rausches die Neugier nicht mehr unterdrücken. »Darf ich fragen …«, hob ich an.

»Nein.«

»Gut«, sagte ich. Es war offensichtlich nicht der richtige Zeitpunkt. »Tut mir Leid«, schickte ich noch hinterher.

»Also, wenn du's unbedingt wissen willst«, sagte sie schließlich. »Ich habe auf der Autoausstellung im Olympia als Model gearbeitet. Das war eine Schnapsidee meiner Mitbewohnerin. So was Erniedrigendes hab ich noch nie erlebt.«

»Hattest du denn nichts zum Anziehen dabei?«

Auf die Frage reagierte sie so prompt, als hätte sie nur darauf gewartet. »Für wen hältst du mich? Natürlich hatte ich was zum Anziehen mit. Aber das hilft einem nicht besonders viel, wenn die Sachen im Umkleideraum eingeschlossen sind und man wütend rausrennt. Ich habe nur schnell das Jackett des Chefs vom Stand schnappen können.«

»Du bist wütend rausgerannt?«

»Worauf du einen lassen kannst. Man hat mir hinterhergepfiffen, in den Arsch gekniffen – selbst der Chef hat versucht, mich zu begrabschen. Als wäre ich nur ein Stück Fleisch oder so. Also bin ich wütend rausgerannt – kapiert?«

»Aha«, sagte ich. Was sollte ich denn sonst sagen?

Zumal ich ja selbst größte Mühe hatte, *nicht* ständig ihre Beine anzustarren.

Als der Zug endlich in den Bahnhof einlief, war ich mindestens so erleichtert wie sie. Ich fühlte mich nämlich neben ihr auf der Bank nicht unbedingt wohl – es war eine seltsame Mischung aus gemeinsamer Verlegenheit, erotischer Spannung und dem Drang, sie wegen ihrer Naivität auszulachen. Jetzt hatten wir wenigstens etwas zu tun: Wir stiegen ein. Etwas völlig Normales, Alltägliches.

In unserem Abteil fuhren auch die beiden pubertierenden Jungen mit, eine ungünstige Fügung, weil sie immer wieder glucksend zu meiner Begleiterin herüberschauten. In einem spontanen Anfall von Ritterlichkeit zog ich meine Jacke aus, und hielt sie ihr hin, damit sie sich die Beine bedecken konnte. Dankbar lächelnd nahm sie das Angebot an.

»Wohin fährst du?«, fragte ich sie.

»Nach West Ham.«

»Nach West Ham! In dem Aufzug?«

»Bleibt mir ja wohl nichts anderes übrig, oder?«

Wäre sie beispielsweise nach Hampstead gefahren oder nach Richmond oder in einen anderen der vielen netten Mittelklasse-Vororte, dann wäre mir das egal gewesen. Oder nach Camden Town, das wäre auch in Ordnung gegangen – in Camden Town ist es fast schon Pflicht, nur mit einem Badeanzug bekleidet aus dem Haus zu gehen. Aber West Ham? Ich hätte große Bedenken, dort mitten in der Nacht halb nackt herumzulaufen, selbst wenn ich keine Frau wäre. Was ich ja auch nicht bin.

Auf einmal überkam mich das Verlangen, ihr irgendwie zu helfen, und da die vielen kleinen Rädchen meines Verstandes bestens mit Wein geschmiert waren, hatte ich eine meiner brillanten Ideen: »Na, so ein Zufall, ich muss nämlich auch nach West Ham«, log ich. »Wenn du willst, begleite ich dich nach Hause.« Kaum wahrnehmbar wich sie zurück, und mir war sofort klar, dass ich eine Art unsichtbare Grenze überschritten hatte. In dem Bemühen, meinen Fehler wieder auszubügeln, fügte ich eilig hinzu: »Keine Angst, ich bin kein Sittenstrolch. Wir nehmen uns am Bahnhof ein Taxi, und ich setze dich bei dir vor der Tür ab.«

»Na gut«, sagte sie, wenn auch argwöhnisch. »Okay. Danke.«

Es ist doch immer wieder dasselbe mit der Ritterlichkeit: Hat man erst einmal damit angefangen, kann man nicht mehr aufhören. Erst gibt man einem Mädchen seine Jacke, und im nächsten Moment begleitet man sie auch schon in der völlig falschen Richtung durch halb London. Aber da man gar keine andere Wahl hat, macht man eben das Beste draus und versucht, die unbekannte Schöne ein bisschen besser kennen zu lernen.

In Höhe Earl's Court erfuhr ich, dass sie Rachel hieß.

In Victoria stiegen drei *sehr* betrunkene Männer ein und brachen in grölendes Gelächter aus, weil Rachel zwei Jacken trug. Alkohol ist wirklich was Feines.

Noch ehe wir Westminster erreichten, unterhielten wir uns angeregt, und ich verspürte den Wunsch, sie zu küssen, denn mir war aufgefallen, was für herrliche Lippen sie hatte. In diesem Moment schoss mir Ziggys antwortlose Scherzfrage durch den Kopf, und ich wendete mich ab, weil ich merkte, wie ich errötete. Aber was sollte ich machen – Rachel war einfach wunderschön. Der Traum meiner schlaflosen Nächte war Realität geworden: Ich saß ganz allein mit einer wunderschönen Frau in der U-Bahn. Einer wunderschönen, halb nackten Frau. Einer wunderschönen, halb nackten Frau mit den verführerischsten Lippen in ganz London. Ich fühlte mich wie im siebten Himmel – aber natürlich nicht lange, denn kaum hatten wir Westminster hinter uns gelassen, fragte sie mich auch schon, was ich beruflich so mache.

Es ist schon seltsam, aber jedes Mal, wenn es darum ging, mich mit dem richtigen Spruch an eine Frau heranzumachen, war ich mit der Bemerkung, dass ich in einer Buchhandlung arbeite, kläglich gescheitert. Und die U-Bahn ist auch nicht gerade ein Thema, das Frauen antörnt – man braucht den Begriff »öffentlicher Nahverkehr« nur in den Mund zu nehmen, schon erstarrt selbst ein Nymphomanin zu Stein. Darum erzählte ich Rachel, ich sei Rennfahrer. Eigentlich selten dämlich, wenn man bedenkt, dass ich noch nicht mal einen Führerschein habe.

»Wow!«, sagte Rachel. »Rennfahrer! Und warum fährst du dann mit der Bahn nach Hause?«

»Weil ... äh ... ich ... äh ... Ich habe ein bisschen zu viel getrunken, und deshalb dachte ich mir, dass es wohl am Besten ist, ich lasse das Auto stehen.«

»Was für ein Auto hast du denn? Bestimmt irgendeinen tollen Sportflitzer, oder?«

»Logisch. Einen ... einen Fiat.«

»Einen Fiat«, wiederholte sie wenig beeindruckt.

Ich hätte mir in den Hintern treten können. Aus irgendeinem Grund war Fiat die einzige Automarke gewesen, die mir in dem Moment eingefallen war. »Ja, aber keinen normalen Fiat«, plapperte ich also weiter, um die Situation irgendwie zu retten, »sondern ein echtes Luxusmodell. Ein Fiat ...« Fieberhaft versuchte ich, mich an den Namen des Autos zu erinnern, mit dem Sonyas Mann aufgekreuzt war, oder mir zumindest einen Namen auszudenken, der ein klein wenig exotisch klang. »Ein Fiat Tagliatelli«, sagte ich schließlich triumphierend.

»So einen habe ich auf der Autoausstellung gar nicht gesehen.«

»Nein, natürlich nicht. Wie denn auch, die sind nämlich wahnsinnig exklusiv. Von denen gibt es auf der ganzen Welt nur zwanzig Stück. Natürlich fahre ich auch nicht allzu oft damit – erinnert mich zu sehr an meinen Job. Außerdem sind Autos die Hauptverursacher der Luftverschmutzung in London, achtzig Prozent davon gehen auf ihr Konto. Ganz anders dagegen die U-Bahn, die ja mit Strom betrieben wird, der aus Kraftwerken stammt, die Erdgas und schwefelarmes Erdöldestillat verwenden. Das heißt, die U-Bahn ist mit Abstand das umweltfreundlichere Transportmittel.«

Sie sah mich etwas merkwürdig an. »Ja dann«, sagte sie. »Trotzdem schade, dass du mir das nicht schon in Kensington erzählt hast. Dann hätte ja ich dich mit dem Auto nach Hause fahren können, wo du doch ganz bei mir in der Nähe wohnst. Ich habe schon immer mal so einen Wagen fahren wollen, so einen ... wie hieß das Modell doch gleich?«

»Äh ... Linguini. Vielleicht können wir beiden ja mal eine kleine Spritztour damit machen.«

Ich hätte mich ohrfeigen können, nachdem ich das gesagt hatte – wie wollte ich mich denn jetzt noch elegant aus der Affäre ziehen? –, aber Rachel wirkte mächtig beeindruckt. Sie sah mich mit breitem Lächeln an. »Unbedingt«, sagte sie. »So eine Chance lasse ich mir auf gar keinen Fall entgehen.«

Wir plauderten in diesem Stil weiter und ließen Embankment, Temple und Blackfriars an uns vorüberziehen. Rachel war vierundzwanzig, wie sich herausstellte, also knapp drei Jahre jünger als ich. Sie hatte gerade ihr Studium beendet und arbeitete für eine PR-Agentur. Ich habe sie mit allen möglichen Fragen überschüttet – teils, weil ich vom Gesprächsthema »Autos« ablenken wollte, und teils, weil ich es wunderbar fand zuzuschauen, wie sich ihre Lippen bewegten. Wir fuhren an einer Haltestelle nach der anderen vorbei, und ich glaube, es war das allererste Mal, dass ich die U-Bahn und alles, was mit ihr zusammenhing, gar nicht wahrnahm. Dieser Abend, dessen erster Teil so frustrierend gewesen war, hatte eine wunderbare Wende genommen. Ich wünschte mir, die Fahrt würde ewig dauern.

An der Station Tower Hill stieg ein italienisch aussehender Mann ein und warf Rachel gleich aufdringliche Blicke zu. Ich widerstand dem Drang, ihr beschützend den Arm um die Schulter zu legen (eine weise Entscheidung, wie ich später herausfand, denn jedes Mal, wenn ich das seither gemacht habe, hat sie mich deswegen angeschnauzt – sie sagt, sie hat dann das Gefühl, ich würde irgendwelche Besitzansprüche geltend machen). In Aldgate East stiegen alle anderen aus, und Rachel und ich setzten die Fahrt allein fort. Als wir Mile End erreichten, zitterte Rachel vor Kälte.

»Hier«, sagte ich, »nimm meinen Pulli.«

Dieses Angebot hatte nun allerdings *nichts* mehr mit Ritterlichkeit zu tun. Vielmehr basierte es auf eiskalter Berechnung. Dadurch würde ich nämlich nicht nur den Eindruck eines supernetten, fürsorglichen jungen Mannes verfestigen, sondern außerdem die Wahrscheinlichkeit erhöhen, ihre Telefonnummer zu ergattern – schließlich musste sie mir die geborgten Sachen ja irgendwann wieder zurückgeben. Und zudem würde sie, bevor sie den Pulli anzog, ja erst einmal das Jackett *aus*ziehen müssen – eine Aussicht, die mir offen gestanden nicht gerade unangenehm war.

»Und was ist mit dir?«, fragte sie.

»Ach, mach dir um mich mal keine Sorgen. Wir Rennfahrer sind einiges gewohnt. Ich leihe ihn dir gern. Gib mir einfach deine Telefonnummer, dann komme ich morgen vorbei und hole ihn mir wieder.«

Zu meinem Pech war Rachel leider nicht blöd. »Moment mal«, sagte sie. »Wieso bist du überhaupt so nett zu mir?«

»Einfach so. Ich bin immer nett zu anderen Leuten.«

»Du versuchst doch nicht etwa, mich anzubaggern oder so?«

»Nein …«

»Die Mühe könntest du dir nämlich sparen. Mich haben heute Abend schon genug Typen angebaggert.«

»Keine Sorge. Ich will dich nicht anbaggern.«

»Den ganzen Abend schon glotzen mir die Kerle auf den Busen und die Beine. Garantiert haben die sich vorgestellt, wie ich nackt aussehe, und sich ausgemalt, was sie alles mit mir anstellen würden, wenn sie mich abschleppen könnten. Ich will schwer hoffen, dass du nicht auch so einer bist.«

»Ich hab's doch gerade schon gesagt«, sagte ich schluckend. »Ich hab nicht vor, dich anzubaggern.«

»Nein?«

»Natürlich nicht.«

»Oh.« Sie hielt inne und dachte einen Moment nach. »Demnach willst du mir also zu verstehen geben, dass du mich unattraktiv findest.«

»Nein, gar nicht.«

»Du findest mich also doch attraktiv?«

»Na ja ... Ähm, ja, natürlich bist du attraktiv, aber das heißt doch noch lange nicht, dass ...«

»Du findest mich also attraktiv, aber mehr wie eine Schwester oder eine Tante oder so. Nicht wie eine Frau, auf die du scharf bist.«

O Graus! »Nein. Doch! Ich *bin* scharf auf dich. Das heißt, ich *wäre* scharf auf dich, wenn das nicht so unhöflich wäre. Also, ich wäre schon scharf auf dich, wenn du das möchtest, aber da du das ja nicht willst ...« Ich kam ins Schleudern. Es blieb mir wohl nichts anderes übrig, als die Karten auf den Tisch zu legen. »Okay«, sagte ich schließlich. »Um ehrlich zu sein: Ja, ich *habe* versucht, dich anzubaggern.«

»Wusste ich's doch!«, sagte sie und boxte mich ziemlich kräftig in den Arm. »Typisch Mann!«

»Ja, ich weiß. Tut mir Leid.«

Dann saßen wir schweigend nebeneinander, bis wir uns West Ham näherten. Ich schämte mich dafür, dass ich versucht hatte, mich an eine Frau heranzumachen, die in einer derart unangenehmen Lage steckte. Nicht nur das, ich kam mir richtig blöd vor, weil es eigentlich prima gelaufen war, ich aber alles verdorben hatte. Um ehrlich zu sein, der Hauptgrund für die ganze Aktion war ja eigentlich Ziggys Frage gewesen, die mir immer noch im Kopf herumspukte: Wie lange braucht man eigentlich, um eine Frau ins Bett zu kriegen? Inzwischen hatte ich den Verdacht, dass der Witz auf meine Kosten ging. Ist das nicht deprimierend? Ich hatte versucht, bei einem Mann Eindruck zu schinden, der schon vor einer Stunde in einem Hauseingang in Kensington eingepennt war.

Rachel sah immer wieder zu mir herüber, so als erwartete sie von mir, dass ich etwas sagte, aber ich schämte mich dermaßen, dass ich nicht einmal eine weitere Entschuldigung hervorbrachte. Ich sehnte das Ende dieser absurden Bahnfahrt herbei, damit ich mich endlich auf den Weg zu meinem eigenen, leeren Bett in Belsize Park machen konnte. Ich war deshalb wirklich froh, als der Zug in West Ham einfuhr.

»Hör mal«, sagte ich beim Aussteigen, »ich glaube, ich gehe lieber zu Fuß – wenn du möchtest, warte ich noch mit dir auf ein Taxi, und dann verabschieden wir uns.«

Sie sah mich irgendwie enttäuscht an. »Du willst also nicht mit zu mir kommen?«

Diese Frage brachte mich etwas aus dem Konzept. »Ich … Ich weiß nicht.«

»Wo du doch so viel getrunken hast, könntest du bestimmt eine Tasse Kaffee vertragen«, sagte sie, unsicher lächelnd. »Das ist ja wohl das Mindeste, was ich tun kann, nachdem du mir so sehr geholfen hast.«

»Ja«, sagte ich mit neu erwachtem Selbstvertrauen. »Das ist wahrscheinlich wirklich das Mindeste.«

»Und wenn du mich zu einer Spritztour in deinem schicken Fiat Maccaroni abholen willst, musst du doch wissen, wo ich wohne.«

»Wie wahr«, sagte ich. »Wie wahr.«

Das ist also die Geschichte, die ich Brian erzähle: Ich habe Rachel auf einer Bahnfahrt von Kensington (Olympia) nach West Ham kennen gelernt – vermutlich die bislang folgenreichste Bahnfahrt meines Lebens. Ehe ich mich's versah, war ich mit auf dem Weg zu ihr, und es ist wohl unnötig zu erwähnen, dass sie im weiteren Verlauf der Nacht für meine Jacke keine Verwendung mehr hatte... Aber Schluss jetzt. Mehr verrate ich nicht, das gehört sich für einen Gentleman nicht.

Nur eins noch – die Antwort auf Ziggys Frage lautet: 22 Haltestellen.

Kapitel 10

9:01 Upton Park – Barking, District Line

Brian wischt sich eine Träne aus dem Gesicht. »Mein Gott, wie romantisch«, sagt er. »Ich glaub, das war die romantischteste Geschichte, die ich je gehört hab.«

Wir haben West Ham bereits hinter uns gelassen. Es ist jetzt zehn nach neun und wir verlassen gerade Upton Park. Ich beobachte Brian dabei, wie er sich die Augen wischt und frage mich, was genau an meiner Geschichte bei ihm auf die Tränendrüse gedrückt hat. Verdammt noch mal, ich dachte immer, das sei eine lustige Geschichte! Warum ist er denn jetzt traurig? Weiß er irgendetwas, von dem ich nichts weiß? Wird die Beziehung zwischen Rachel und mir in die Brüche gehen, ein schlimmes Ende nehmen? Vielleicht habe ich die Geschichte aber auch nur falsch erzählt.

»Und wie hast du dich in der Sache mit dem Sportflitzer aus der Affäre gezogen?«, fragt Brian. »Wo du sie doch für den nächsten Tag zu einer Spritztour eingeladen hast?«

»Sie hatte mir sowieso kein Wort geglaubt. Nicht mal, dass ich Rennfahrer bin. Sie hatte sich schon gedacht, dass ich das bloß aus Spaß gesagt habe, und fand es charmant.«

Brian schüttelt ungläubig den Kopf. »Mann, bist du ein Glückspilz.«

»Na ja, eigentlich war es keine große Überraschung, dass sie mir das nicht geglaubt hat, schließlich hat sie ja meine Jacke gesehen. Ein berühmter Rennfahrer trägt wohl kaum eine abgewetzte Jacke aus dem Secondhandshop. Aber schon komisch, oder? Sie fand das charmant, dabei habe ich mich in Wirklichkeit wie ein blöder Trottel aufgeführt.«

Wir hängen schweigend unseren Gedanken nach, während der Zug die Fahrt beschleunigt. Ich muss unwillkürlich an das Wort denken, das mir Rachel heute Morgen mit Lippenstift auf die Stirn gemalt hat. Sie hat also fast drei Jahre gebraucht, um herauszufinden, dass ich doch nicht so charmant bin. Mir kommt der Gedanke, dass sie mit diesem Lippenstiftwort vielleicht mehr sagen wollte, als mir bisher bewusst war. Vielleicht will sie mich ja überhaupt nicht mehr heiraten.

»Aber sie hat sich trotzdem mit dir eingelassen«, sagt Brian nach einer Weile, »das ist doch die Hauptsache. Und nicht nur das. Ihr seid immer noch zusammen. Ist doch ganz egal, wie es dazu gekommen ist.«

»Ja, das stimmt vermutlich.«

»Natürlich stimmt es. Du musst jetzt bloß aufpassen, dass du sie nicht verlierst.« Er trinkt einen Schluck und sieht dann melancholisch aus dem Fenster. »Mann, bist du ein Glückspilz«, sagt er wieder. »Ich betrinke mich *andauernd* auf dem Bahnsteig von Olympia, habe da aber noch nie eine Frau abgeschleppt.«

Ich bin versucht, ihn darauf hinzuweisen, dass zwischen jemandem, der sich betrunken in einem Bahnhof aufhält, und jemandem, der sich nur dort aufhält, um sich zu betrinken, ein feiner Unterschied besteht, aber ich bringe es nicht übers Herz. Zum ersten Mal seit ich ihm begegnet bin, sieht Brian ein wenig bedripst aus, als hätte sein Panzer aus Pennerschläue und Tennants Super einen Riss bekommen. Ich sehe ihn an und stelle schockiert fest, dass er nicht nur ein Penner ist, sondern auch ein alter Mann – viel älter als mein Vater. Mein Widerwille gegen die Vorstellung, dass ein Penner jemand »abschleppt«, wird vom Widerwillen gegen die Vorstellung, dass ein alter Mann jemand »abschleppt«, verdrängt. Er sollte zu Hause sitzen, Pfeife rauchen und sich von seiner Frau heiße Milch und Pantoffeln bringen lassen. Er sollte sich auf seine Rente freuen und seinen Enkelkinder hinter dem Rücken ihrer Eltern Süßigkeiten zustecken. Und nicht draußen vor U-Bahnhöfen übernachten.

»Sie haben mir vorhin erzählt, dass Sie mal verheiratet waren …«

»Bin's immer noch.«

»Aber … aber was ist mit Ihrer Frau?«

Er zögert, als würde er überlegen, ob er mir überhaupt antworten will. »Wir leben getrennt. Sie hat mich vor fast zehn Jahren verlassen.«

»Und warum?«

Brian seufzt, als wäre es ihm nicht besonders recht, dass ich ihm solche Fragen stelle. »Wenn du es unbedingt wissen willst: Sie ist mit einem anderen Mann durchgebrannt. Der Kerl hat bei uns in der Straße gewohnt. Ein Küchenhändler.«

»Mein Güte, das ist ja furchtbar!«

»Ja«, brummt er. Er stiert aus dem Fenster. »Ja, das war wirklich furchtbar. Aber ich kann nichts daran ändern, also hat's auch keinen Sinn, deswegen Trübsal zu blasen. Das Leben geht weiter, wie es so schön heißt. Sie hat ihr Leben und ich hab meins.«

Als wollte er diese Aussage unterstreichen, nimmt er einen tüchtigen Schluck Bier. Vermutlich macht er das, um mir zu signalisieren, dass dieses Thema damit für ihn abgehakt ist, jedenfalls deute ich das so – es gibt eben Sachen, die sind einfach zu schmerzhaft, um sie mit fremden Leuten in der U-Bahn zu besprechen. Ich beschließe, nicht weiter in Brian zu dringen, und folge seinem Blick aus dem Fenster auf das weite flache, nur von Bahngleisen durchzogene Brachland zwischen Upton Park und Barking. Zum ersten Mal, seit ich heute unterwegs bin, fängt es an zu regnen.

Kapitel 11

9:06 Barking-Upminster, District Line

Die Gegend, die jetzt an uns vorüberzieht, ist wirklich seltsam, das kann man nicht anders sagen. Alles ist irgendwie *eckig*. Die langen Sozialwohnungsblocks an der Bow Road wurden rasch von großen, kantigen Lagerhallen abgelöst, und in Bromley-by-Bow kamen wir an einer Müllrecyclinganlage vorbei, wo Papier und Pappe zu gigantischen Würfeln gepresst wird. Jetzt sind wir in Upney und sehen reihenweise kastenförmige Kieselrauputz-Häuser mit rechteckigen Gärtchen, an deren Enden reihenweise kastenförmige Geräteschuppen stehen. Selbst der Zug, in dem ich sitze, ähnelt einem Karton – als wären wir in einer dieser überdimensionalen Teegebäck-Schachteln, nur ohne die bunten Farben.

Oder vielleicht doch *mit* den bunten Farben – sie mögen zwar nicht an unserem Zug sein, aber zumindest überall um uns herum. Während wir durch diese Kastenwelt rollen, sind wir nämlich von einem Meer aus Farben umgeben – riesige Bogen und Spiralen, die wie ein Protest gegen all die rechten Winkel wirken. Gleich hinter Barking sind wir an einem Zug vorbeigefahren, der auf einem Rangiergleis stand und der *vollständig* mit knallblauen, roten und orangefarbenen Graffiti besprüht war, und in Dagenham East gibt es eine schier endlose Wand

– bestimmt einen Kilometer lang –, die von oben bis unten mit knallbunten Buchstaben bedeckt ist. Teilweise sieht das gar nicht so hässlich aus. Diese Graffiti-Künstler haben natürlich alle so Namen wie Dodo, Jaf, Hag, JC oder Zero. Ist wahrscheinlich durchaus sinnvoll, einen kurzen Namen zu wählen, wenn man ihn per Spraydose direkt neben 630-Volt-Gleisen verewigen will, auf denen Züge mit 60 Stundenkilometern vorbeirauschen.

Schweigend durchqueren wir Elm Park, Hornchurch und Upminster Bridge. Jetzt nähern wir uns Upminster, der östlichsten Haltestelle der Londoner U-Bahn, dreißig Kilometer vom Stadtzentrum entfernt. Und wenn wir dort angekommen sind, fahren wir einfach die gleiche Strecke zurück, wenn auch wahrscheinlich nicht im selben Zug.

»Also«, sagt Brian. »treffen wir in Upminster eigentlich deinen Kumpel?«

»Nein.«

Brian wirkt verwirrt. »Aber ich dachte, du kriegst da deine Kreditkarte?«

»Richtig. Aber nicht von ihm.«

»Dann wartet da jemand anders auf dich?«

»Sozusagen.« Ich sehe mich etwas nervös um, um sicher zu gehen, dass niemand zuhört. »Er hat sie an die Rückseite eines Süßigkeitenautomaten geklebt.«

Ungläubig starrt Brian mich an. »An einen Süßigkeitenautomaten«, wiederholt er.

»Genau. Sie kennen doch die Dinger, die immer paarweise Rücken an Rücken auf den Bahnsteigen stehen. Rolf hat gesagt, er versteckt meine Karten dazwischen. Ist unter den gegebenen Umständen das Sicherste.«

Brian wendet sich ab und brummt: »Das wird ja immer schöner.«

Ohne weiter auf ihn einzugehen, nehme ich meine Plastiktüte und stelle mich ausstiegsbereit an die Tür. Eigentlich ein bisschen zu früh, denn es dauert bestimmt noch eine Minute, bis der Zug in den Bahnhof einfahren wird, aber ich habe das dumpfe Gefühl, dass Brian zu einem Vortrag anheben will, und deshalb kommt es mir irgendwie zweckmäßig vor. Doch leider stellt es sich als Fehler heraus. Schon in dem Moment, in dem ich mich erhebe, wird der Zug spürbar langsamer, und kaum stehe ich an der Tür, kommt er ganz zum Stillstand. Bis zum Bahnhof sind es noch ungefähr 200 Meter. Wir haben nur einen Steinwurf von unserem Ziel entfernt angehalten.

Ich brauche Ihnen sicher nicht zu erzählen, was für ein Gefühl das ist, weil Ihnen das bestimmt auch schon passiert ist: Sie glauben, irgendwo angekommen zu sein, und dann geht in letzter Minute etwas schief. Womöglich musste der vorausfahrende Zug aus irgendeinem Grund anhalten, und darum geht es auch für Sie nicht weiter. Oder aber die Weichen funktionieren nicht, und Sie müssen zwanzig Minuten warten, bis jemand das Problem beseitigt hat. Ich habe es sogar schon mal erlebt, dass ein Zug zu schnell in die Station einfuhr und so die automatische Notbremse aktivierte. Mit kreischenden Bremsen kamen wir zum Stehen, und mich trennte nur eine dünne Wand aus Glas und Metall vom Bahnsteig. Weil zwei der Waggons noch im Tunnel standen, durften die Türen jedoch nicht geöffnet werden. Was mich in solchen Fällen rasend macht, ist nicht die Tatsache, dass man *anhält*, sondern dass man *fast da ist*. Es gibt nichts Frustrierenderes als das Gefühl, etwas beinahe geschafft zu haben.

Der entscheidende Punkt ist, dass jedes Mal, wenn so etwas passiert, jemand zu früh aufgestanden ist, und heute war ich es. Heute bin ich derjenige, den alle anglotzen, als hielten sie mich für einen Idioten, weil ich meinen Platz verlassen habe, ehe der Zug angekommen ist. Einen Moment lang stehe ich unschlüssig im Gang herum und kann mich nicht entscheiden, ob ich mich wieder setzen oder wie ein Depp vor der Tür herumlungern soll. Ich entscheide mich für einen Kompromiss und lehne mich in bemüht lässiger Pose an die Haltestange.

Der Zug steht völlig geräuschlos da, wie festgewachsen. Ich muss gestehen, dass ich etwas nervös werde – wir hätten schon längst weiterfahren müssen. Brian sieht mich besorgt an. »Was ist denn jetzt los?«, fragt er.

»Woher soll ich das denn wissen, verdammt noch mal?«

Die Ungeduld in meiner Stimme zeigt mir, wie nervös ich tatsächlich bin. Heute zählt jede Minute, ich kann es mir wirklich nicht leisten, hier dumm rumzustehen und darauf zu warten, dass der Zug sich irgendwann wieder in Bewegung setzt. Noch dazu klebt meine Kreditkarte an einem Süßigkeitenautomaten – das heißt, während ich in diesem Zug hier festsitze, könnte sie jemand anders finden und in aller Seelenruhe … Die Minuten verstreichen, und ich werde immer unruhiger, bis ich anfange, vor der Tür auf- und abzugehen, gerade so, als sollten meine eigenen Bewegungen die fehlende Vorwärtsbewegung des Zuges ausgleichen. Drei Minuten. Fünf Minuten. Nichts passiert.

»Was zum Teufel ist da los!«, schimpfe ich vor mich hin. »Man kann die beschissene Haltestelle doch schon sehen – wir hätten inzwischen bequem zu Fuß hingehen können!«

Noch während ich das sage, sehe ich, wie auf dem Gleis nebenan ein Zug in entgegengesetzter Richtung an uns vorbeirauscht.

»Scheiße, das ist unser Zug!« Ich bin stinksauer. Wenn diese bescheuerte Blechbüchse nicht angehalten hätte, könnte ich bereits auf dem Rückweg in die Stadt sein! Hilflos schaue ich hinüber zu den unerreichbaren Abteilen voller lachender, glücklicher Menschen. Lachende, glückliche Menschen, die ihr Ziel nicht pünktlich erreichen müssen, aber trotzdem pünktlich sein werden. Während sie munter stadteinwärts rollen, rührt sich unser Zug keinen Millimeter vom Fleck.

»Andy«, ruft mir Brian mit ruhiger Stimme zu. »Andy, das Geschrei hat doch keinen Zweck. Das hilft auch nichts.«

»Was soll ich denn sonst machen?«

Ganz in der Nähe sitzt ein Mann, der etwa in Brians Alter ist. Der muss jetzt auch noch seinen Senf dazu geben. »Er hat Recht – Geschrei hat noch nie geholfen. Setzen Sie sich doch bitte wieder hin, dann ...«

Er braucht den Satz gar nicht zu beenden. Ich hätte schlicht und einfach gar nicht erst aufstehen sollen, verdammt noch mal. Ich lasse mich auf einen Platz nahe der Tür plumpsen, und augenblicklich fängt der Lautsprecher an zu knistern, so als hätte er nur auf diesen Moment gewartet, und dann ertönt die Stimme des Zugführers: »Sehr geehrte Fahrgäste. Aufgrund eines Signalfehlers in der Haltestelle Upminster verzögert sich unsere Weiterfahrt leider um einige Minuten. Wir werden die Fahrt fortsetzen, sobald die notwendigen Sicherheitsmaßnahmen ergriffen wurden. Wir danken für Ihr Verständnis.«

Ich finde solche Durchsagen unglaublich frustrierend. Vorher regt man sich darüber auf, dass niemand einem sagt, was los ist – aber Bescheid zu wissen, was los ist, hilft einem auch nicht weiter. Das Einzige, was man wirklich hören möchte, ist, dass die Warterei ein Ende hat. Alles andere macht die Sache nur noch schlimmer. Auch diese Durchsage hat – wie alle Durchsagen dieser Art – allgemeines Aufstöhnen zur Folge.

»Immer heißt es *wir*, stimmt's?«, höre ich einen der anderen Fahrgäste murmeln. »Immer heißt es, *wir* danken für Ihr Verständnis, nie, *ich* danke für Ihr Verständnis.«

Ich sage nichts, da ich ja anscheinend nichts mehr sagen darf.

Wir warten weiter. Die Rechenabteilung meines Gehirns arbeitet auf Hochtouren. Wenn ich das gesamte U-Bahn-Netz in 19 Stunden schaffen will, habe ich nur etwa 45 Minuten in Reserve. Aber ich habe schon fünf

Minuten davon vergeudet, als ich vorhin vergessen habe, in Whitechapel umzusteigen, und davor noch mal sieben, weil der blöde Filipino die Notbremse gezogen hat. Ich sehe auf die Uhr. Wir stehen mittlerweile seit acht Minuten hier, das heißt, ich habe bereits 20 Minuten verloren. Ich seufze schwer, bin aber auch ein klein wenig erleichtert. Solange wir nur *jetzt* weiterfahren, müsste ich es immer noch gerade so schaffen. Es wird knapp, aber ich habe immer noch eine knappe halbe Stunde Spielraum.

Glücklicherweise hat auch diese Qual schließlich ein Ende. Kurz bevor ich aufspringen und die Tür mit Tritten traktieren will, setzt sich der Zug plötzlich mit einem leichten Ruck in Bewegung und kriecht im Schneckentempo auf die Haltestelle zu. Dann endlich halten wir am Bahnsteig, die Zugtüren öffnen sich und spucken die erbosten Fahrgäste aus. Es ist 9:34. Seit ich heute Morgen aufgebrochen bin, habe ich insgesamt 21 Minuten verloren.

In Upminster herrscht die typische stille Endhaltestellen-Atmosphäre, die noch dadurch verstärkt wird, dass bei uns in den letzten zehn Minuten kaum jemand etwas gesagt hat. Die anderen Fahrgäste sammeln ihre Jacken und Taschen ein und hasten in Richtung Ausgang, während Brian und ich über den Bahnsteig laufen und den Süßigkeitenautomaten suchen. Er steht etwa auf halber Strecke, und an seiner Rückseite befindet sich tatsächlich ein mit Isolierband angeklebter, grüner Umschlag. Ich reiße den Umschlag auf und finde meine Kreditkarte und einen Zettel, auf dem einfach nur steht:

12:00, mittlerer Prellbock, Cockfosters

»Was soll denn das bedeuten?«, fragt mich Brian.

»Da wird wohl der nächste Umschlag versteckt sein. Vielleicht ist mein Pass drin. Oder meine Eurostar-Fahrkarten.«

Der Zug, aus dem wir gerade ausgestiegen sind, fängt auf einmal an zu brummen, als ließe jemand den Motor warm laufen. Ich packe Brian am Ärmel und zerre ihn umgehend in ein Abteil, da ich nicht riskieren will, dass der Zug ohne uns in die Stadt zurückfährt. Aber der Zug bewegt sich nicht. Kurz darauf erlöschen alle Lichter, und über den Bahnsteig hallt eine Stimme: »Bitte alles aussteigen! Dieser Zug wird vorübergehend ausgesetzt. Bitte alles aussteigen!«

Ich steige also zum zweiten Mal aus und Brian trottet mir hinterher. »Und was machen wir jetzt?«, fragt er. Er macht einen verunsicherten Eindruck.

»Ich weiß ja nicht, was *Sie* jetzt vorhaben«, sage ich schroff, »aber ich werde mit dem nächsten Zug zurück in die Stadt fahren.«

Brian betrachtet den dunklen Zug hinter uns. Es ist der einzige Zug im ganzen Bahnhof. »Sieht nicht gut aus«, sagt er.

Ich reagiere nicht darauf, weil ich gerade einen Mann von London Transport entdeckt habe, der in unsere Richtung marschiert und immer wieder »Bitte alles aussteigen!« ruft. Als er nahe genug herangekommen ist, packe ich ihn mir.

»Entschuldigen Sie bitte – wann fährt der nächste Zug nach London?«

Er sieht mich ausdruckslos an. »Keine Ahnung«, sagt er.

Mir schwant nichts Gutes. »Was soll das heißen?«

»Das soll heißen, dass zurzeit keine U-Bahnen von hier abfahren. Signalfehler. Sie müssen den Bus nehmen. Die Züge der District Line verkehren vorübergehend nur ab Dagenham East.«

»Dagenham East!« Ich schnappe nach Luft. »Das ist ja *kilometerweit* weg!«

»Acht Kilometer, um genau zu sein«, sagt er und wendet sich zum Gehen.

»Halt!«, rufe ich verzweifelt. »Der Signalfehler ist doch bloß hier – wieso ist es dann ein Problem, die Züge normal verkehren zu lassen? Schließlich ist hier die Endstation, also besteht gar keine Gefahr eines Zugunglücks!«

»Irrtum, Sir. In diesem Bahnhof macht auch die Regionalbahn halt, und wenn diese Züge planmäßig fahren sollen, muss leider der U-Bahn-Verkehr eingestellt werden. Wie ich schon sagte, Sie werden den Bus nehmen müssen.«

»A-aber …«, stammele ich. »Aber ich habe keine Zeit!«

»Tut mir Leid, mein Herr. Da kann ich Ihnen auch nicht helfen.« Und schon hat er sich umgedreht und geht weiter den Bahnsteig hinunter.

Ich lasse mich auf eine Bank sinken. Dagenham East! Es ist völlig unmöglich, innerhalb der 20 Minuten oder so, die ich noch in Reserve habe, dort hinzukommen. Ich fasse es nicht – ein einziger Signalfehler hat mich aus dem Rennen geworfen. Das war ja echt ein kurzes U-Bahn-Abenteuer.

»Aus und vorbei«, sage ich. Ich fühle mich, als stünde ich unter Schock. »Bin noch nicht mal fünf Stunden unterwegs und hab schon verloren.«

Brian sieht mich besorgt an. »Willst du's denn nicht wenigstens versuchen?«

»Nein.«

»Warum denn nicht?«

Ich würde ihm am liebsten eine runterhauen. »Weil es keinen Zweck hat. Wenn ich mich jetzt in einen Bus nach Dagenham East setze, würde ich frühestens in einer halben Stunde dort sein – vorausgesetzt, ich erwische überhaupt den richtigen Bus. Und selbst wenn alles klappt, müsste ich auf der restlichen Strecke den Weltrekord brechen, um rechtzeitig fertig zu werden. Völlig unmöglich.«

»Und wenn du mit dem Taxi nach Dagenham fährst?«

»Geht nicht. Ich darf nur öffentliche Verkehrsmittel benutzen – so lauten die Wettregeln. Und davon abgesehen, wer weiß, ob ich hier überhaupt eins kriegen würde.«

Brian setzt sich neben mich auf die Bank. »Wir könnten ja einen Zug *entführen.*« Das ist vermutlich ironisch gemeint.

»Vergiss es, Brian. Die Sache ist gelaufen.«

»Aber es muss doch irgendwie ...«

»Ich habe gesagt, die Sache ist gelaufen! Ich habe die Aufgabe nicht geschafft, kapiert? Ich habe die Wette verloren. Ich habe alles ...«

Urplötzlich wird mir in vollem Umfang bewusst, was ich getan habe, wie unglaublich dumm ich gewesen bin. Obwohl Rachel letzte Nacht so schroff zu mir war, obwohl sie mir ein unfaires Ultimatum gestellt, mich gefühlsmäßig erpresst hat, kann ich nicht anders, als ihr Recht zu geben. Ich *bin* ein Arsch. Ich muss völlig umnachtet gewesen sein, als ich glaubte, ich könnte das gesamte Streckennetz an einem Tag schaffen. Ich muss von allen guten Geistern verlassen gewesen sein. Und jetzt werde ich dafür büßen, denn selbst wenn Rachel mich momentan immer noch heiraten will – wenn sie erfährt, was ich alles verwettet und verloren habe, brauche ich mir gar keine Hoffnung zu machen, dass sie mir je verzeiht.

Kapitel 12

9:45 Upminster, District Line

Wir sitzen auf der Bank und starren die vor uns stehende U-Bahn an. Der Anblick hat etwas Symbolisches: Lichter aus, Türen zu. Kein Funken Elektrizität mehr in dem blöden Ding. Mir kommt das Gespräch mit Brian wieder in den Sinn, in dem es darum ging, dass auch ich eines Tages als Penner enden könnte, und plötzlich kommt mir das gar nicht mehr so abwegig vor. Sollte Rachel mich nach der Sache hier zu Hause rausschmeißen, wäre ich jedenfalls schon mal obdachlos. Und ohne Wohnung und Freundin wäre mir die Aussicht, mit Brian in irgendeinem Hauseingang ein paar Dosen Bier zu leeren, sogar ganz willkommen.

Als könnte er meine Gedanken lesen, hebt Brian die Dose an den Mund, aber kurz bevor sie die Lippen erreicht, hält er inne. Er blickt geradeaus, durch die U-Bahn hindurch zu dem anderen Gleis hinüber, auf dem gerade ein weiterer Zug einfährt. »Moment mal«, sagt er. »Hat der Typ nicht gesagt, dass die Regionalbahn hier hält?«

»Ja.«

»Und wo fährt die hin?«

»Weiß nicht.«

Brian und seine Regionalbahn interessieren mich herzlich wenig. Wenn er unbedingt irgendeine dämliche

Regionalbahn nehmen will, dann soll er das doch einfach tun und mich in Gottes Namen in Ruhe lassen (obwohl es mich schon ein wenig ärgert, dass er ausgerechnet jetzt vorhat, mich allein zu lassen, jetzt, da mein Vorhaben gescheitert ist).

Brian ist allerdings alles andere als ruhig. Er steht auf und hält nach dem Mann von London Transport Ausschau, mit dem wir eben gesprochen haben. Er entdeckt ihn und ruft ihm aufgeregt zu: »He! Hallo! Entschuldigung! Wann fährt die nächste Regionalbahn nach London?«

Der LT-Mann deutet auf den Zug, der gerade jenseits unserer dunklen U-Bahn zum Stehen kommt. »Jetzt gleich«, sagt er.

Endlich kapiere ich, worauf Brian hinaus will. Ich setze mich kerzengerade hin und spüre, wie sich ein Hoffnungsschimmer in mir regt. »Wo fährt der hin?«, frage ich.

»Fenchurch Street.«

Enttäuscht schaue ich Brian an. »Das ist keine U-Bahn-Station.«

»Na und?« Seine Augen leuchten vor Aufregung. »Von Fenchurch Street ist es zu Fuß nur ein Katzensprung bis Tower Hill, und da sind wir dann wieder auf der District-Line-Strecke und außerdem mitten in der Stadt!«

Ich stiere ihn mit offenem Mund an. Es dauert eine Weile, bis ich diese Information verarbeitet habe. »Mein Gott!«, stoße ich hervor. »Wieso hängen wir eigentlich noch hier rum? Wir müssen den Zug da drüben kriegen!«

Ich springe auf, schnappe mir Brians Tasche und meine Tüte und laufe, vorbei an dem LT-Mann, so schnell ich kann zu der Treppe, die hinüber zum anderen Bahnsteig führt. Als ich die unterste Stufen erreiche, hat Brian mich bereits überholt – in einem verdammt hohen Tempo für jemand seines Alters. Meine Lunge ist kurz davor zu zerplatzen, aber ich bin fest entschlossen, dicht hinter ihm zu bleiben – wenn er es schafft, den Zug zu kriegen, dann werde ich ihn gefälligst auch kriegen. Wir rennen über die Überführung und dann die Treppe hinunter auf den Zug zu, der bereits anrollt.

»Beeilung!«, schreit Brian. Es ist einer von den altmodischen Zügen, deren Türen von Hand auf- und zugemacht werden – Brian rennt den Bahnsteig entlang neben dem Zug her, bis er einen der Griffe zu fassen bekommt, und reißt die Tür auf. Er klettert hinauf und zieht mich dann mit der Tasche und der Tüte hinterher. Ich muss gestehen, dass ich es in meinem Zustand nicht einmal schaffe, meinen ganzen Körper in den Zug zu hieven – die Bahn hat die Haltestelle bereits verlassen, da hängen meine Beine immer noch draußen. Brian muss mich regelrecht hineinzerren, danach schließen wir die Tür.

Ich bin derart außer Atem, dass es mir nur unter Mühen gelingt, mich aufzurichten. Ich schleppe mich nach Luft ringend in ein Abteil voller Menschen, die uns wegen unserer Methode, den Zug zu besteigen, mit leichter Missbilligung anschauen – aber das kümmert mich nicht. Hauptsache, wir sind drin.

Ich sehe zu meinem Begleiter hinüber, der ebenfalls damit beschäftigt ist, wieder zu Atem zu kommen.

»Brian«, sage ich hechelnd, »ich könnte dich küssen!«

Für einen Moment wirkt er verstört. »Untersteh dich«, entgegnet er mir dann mit warnendem Unterton.

Seine Schamhaftigkeit macht ihn mir noch sympathischer, und einen Moment lang könnte ich ihn *wirklich* küssen. »Du dummer alter Idiot!« Ich lächle.

Der Zug saust durch Hornchurch, Elm Park und all die anderen Haltestellen, die wir bereits abgeklappert haben, in Richtung London. Er hält kurz in Barking, dann braust er weiter und überholt unterwegs regelmäßig Züge der District Line. Plaistow, West Ham und Bow rauschen an uns vorbei, und dann durchqueren wir, jenseits des U-Bahn-Netzes, Limehouse in Richtung Innenstadt. Ich verneige mich innerlich vor den Regionalbahnen – wenn die alle so schnell sind, werde ich in Zukunft womöglich überhaupt nicht mehr U-Bahn fahren.

Als wir in Fenchurch Street ankommen, haben wir zwanzig Minuten aufgeholt. Noch ehe der Zug anhält, öffnet Brian die Tür – was von den anderen Fahrgästen mit Stirnrunzeln und tadelnden Geräuschen bedacht wird – und stellt sich absprungbereit auf. Gerade erst habe ich mich von unserem letzten Sprint erholt, und schon bin ich im Begriff, von neuem loszurennen, den Bahnsteig entlang, die Treppe hinunter und über die Straße in Richtung Tower Hill. Als ich mich hinter Brian auf den Weg mache, ist mir das jedoch egal – und ich lächle sogar während des ganzen Scheißdauerlaufs. Ich kann nicht anders. Die Wette ist noch nicht verloren. Wir sind wieder voll in der Zeit.

Teil zwei

Nordlondon

Kapitel 13

10:14 Belsize Park

Als das Telefon klingelte, lag Rachel wieder im Bett. Es war schon nach zehn, und sie fragte sich, ob sie überhaupt aufstehen sollte. Das meiste hatte sie bereits frühmorgens gepackt, nachdem Andy gegen halb fünf weggegangen war, aber sie hatte trotzdem noch viel zu erledigen. Sie musste ihr Hochzeitskleid abholen. Sie musste einkaufen gehen, um noch ein paar letzte Dinge zu besorgen, beispielsweise Filme, Sonnencreme und After-Sun-Lotion – was man für Flitterwochen eben so brauchte. Außerdem war sie mit Sophie zum Mittagessen verabredet. Es gab etliches, was sie in diesem Moment hätte tun sollen, und sei es nur, ans Telefon zu gehen, aber sie konnte sich nicht einmal dazu aufraffen. Sie schaffte es einfach nicht, sich davon zu überzeugen, dass es die Mühe lohnte. Im Bett zu bleiben fiel ihr dagegen furchtbar leicht.

Das Telefon klingelte sechsmal, dann sprang der Anrufbeantworter an, und sie lauschte aufmerksam, um zu hören, wer dran war. Wenn es etwas Wichtiges war, würde sie aufstehen, aber bestimmt war es nur wieder eine ihrer Freundinnen, die wissen wollte, wie man zu der Pariser Kirche kam. Wer auch immer es war, die Wahrscheinlichkeit, dass der Anruf so wichtig war, dass sie deshalb aufstehen würde, war ziemlich gering. Und falls es Andy war, der sich bei ihr dafür entschuldigen wollte, dass er abgehauen war, ohne ihr zu sagen, wohin, dann konnte er sich zum Teufel scheren.

Sie hob den Kopf etwas an, denn sie hoffte insgeheim doch, dass Andys Stimme aus dem Anrufbeantworter zu ihr sprechen und sie bitten würde ranzugehen. Stattdessen hörte sie aber nur ein langgezogenes Tuten. Der Anrufer hatte aufgelegt.

Sie ließ den Kopf wieder aufs Kissen fallen. Warum wollte sie eigentlich so einen Arsch heiraten? Andere Frauen waren nicht mit Ärschen verheiratet. Andere Frauen wären nie und nimmer bereit, einen Mann zu heiraten, der sich auf eine völlig aussichtslose Wette einließ und sich am Tag vor der Hochzeit im Morgengrauen verdrückte. Andere Frauen mussten sich nicht mit der krankhaften U-Bahn-Begeisterung ihres Verlobten herumärgern. War sie eigentlich noch ganz dicht?

Obwohl, vielleicht mussten sich andere Frauen ja auch mit so etwas herumschlagen und trauten sich bloß nicht, es irgendjemand zu erzählen. Vielleicht bestand darin das Geheimnis einer guten Ehe: Die Frau lässt ihren Mann einen Arsch sein. Sie ignoriert geflissentlich, dass ihm an U-Bahnhöfen mehr liegt als an ihr. Und sie findet sich damit ab, dass er sie nicht anruft, wenn sie im Bett liegt und auf eine Gelegenheit wartet, nicht ans Telefon zu gehen.

Wäre gestern sein Junggesellenabschied gewesen, dann hätte sie für vieles Verständnis gehabt. Wenn seine Freunde ihn nackt ausgezogen und auf die Shetlandinseln verfrachtet hätten, wenn sie ihn in einen stillgelegten U-Bahnhof gesperrt oder ihn als menschliche Stoßstange an einen Zug der Circle Line gefesselt hätten – all das hätte sie hingenommen. Es kümmerte sie überhaupt nicht, ob Andys Freunde sich wie Idioten aufführten, schließlich wollte sie ja keinen von Andys Freunden heiraten. Aber das hier – diese lächerliche Wette, die Andy quasi in letzter Minute vor ihrer Hochzeit abgeschlossen hatte –, dafür war Andy selbst verantwortlich. Es war *seine* freie Entscheidung gewesen.

Sie drehte sich auf die Seite und starrte an die Wand. Über dem Spiegel war ein Fleck, ein Überbleibsel der Überschwemmung, als in der Wohnung über ihnen einmal die Badewanne übergelaufen war. Andy meinte, er erinnerte ihn ein bisschen an die Central-Line-Strecke. Aber für Andy hatte ja auch fast alles Ähnlichkeit mit irgendetwas, was mit der U-Bahn zu tun hatte. Sollte er je zu einem Psychiater gehen und die allseits bekannten Tintenkleckse vorgelegt bekommen, dann würde er wahrscheinlich bei allen sagen, dass sie Zügen oder Gleisen oder dergleichen glichen. Wo andere Leute ein Paar beim Sex vor Augen haben, würde Andy das Stellwerk bei Willesden Junction sehen.

Betrübt ließ sie den Blick über die anderen Dinge an der Schlafzimmerwand gleiten – den Spiegel, die Lampe, das Bild, das ihre Tante ihr zum fünfundzwanzigsten Geburtstag gemalt hatte. Der antiquarisch erstandene U-Bahn-Plan. Sie war gerade beim Bücherregal angekommen *(Stolz und Vorurteil* und *Das Tagebuch der Bridget Jones* standen Seite an Seite mit *Rails Through the Clay* und *London under London)*, als das Telefon erneut zu klingeln begann.

Sie lauschte dem Klingeln – einmal, zweimal, dreimal … sechsmal, dann sprang der Anrufbeantworter wieder an. Bitte, lass es Andy sein, dachte sie, *bitte*. Sie kam sich vor wie ein junges Mädchen, das darum betete, dass ihr Schwarm sie anrief. Mit dem einzigen Unterschied, dass sie jetzt nicht ans Telefon stürzte, so wie sie es als junges Mädchen getan hätte. Sie ging absichtlich nicht ans Telefon, um ihm sein Benehmen mit gleicher Münze heimzuzahlen. Sollte doch zur Abwechslung *er* sich einmal fragen, wo *sie* war.

Sie hörte, wie ihre Stimme den Anrufer bat, eine Nachricht zu hinterlassen, dann den Pfeifton, und dann …

nichts. Wie gemein – so ein Spielverderber. Woher sollte sie denn ihr Triumphgefühl nehmen, wenn Andy keine Nachricht hinterließ? Halbherzig boxte sie in Andys Kissen. Er war nicht nur ein Arsch, er war ein rücksichtsloser Arsch – und das würde sie ihm klipp und klar sagen, sobald er sich bei ihr zu melden geruhte.

Sie setzte sich auf und hatte im selben Augenblick einen Geistesblitz. Vielleicht hatte er versucht, sie auf dem Handy anzurufen! Er wusste, dass sie heute relativ früh hatte aufstehen müssen, weil noch so viel zu erledigen war – vielleicht hatte er angenommen, dass sie gar nicht mehr zu Hause war. Sie griff nach der Tasche neben dem Bett, fand nach kurzem Suchen das Handy und schaltete es ein.

Sie hatte drei Nachrichten auf ihrer Mailbox. Eine stammte von ihrer Freundin Sophie, die sich erkundigte, ob es bei der Verabredung zum Mittagessen bleibe. Die zweite stammte von dem Kaufhaus, wo ihre Hochzeitsgeschenk-Liste auslag – die meisten Sachen von der Liste hatte inzwischen jemand gekauft, es waren nur noch ein paar Gläser, ein Untertassenset und ein Kupferstich der U-Bahn-Haltestelle Turnpike Lane bei Nacht offen. Na, endlich mal eine erfreuliche Mitteilung. Die letzte Nachricht stammte vom Brautmodengeschäft: Ihr Kleid sei fertig.

Sie war drauf und dran, laut auf Andy zu fluchen, als das Telefon im Wohnzimmer wieder klingelte. Sie beschloss, dieses Mal ranzugehen. Sie schlug die Decke zur Seite, schwang die Beine aus dem Bett und setzte die Füße auf den kühlen, weichen, Schlafzimmerteppich. Sie lief durch den Flur – es klingelte bereits zum vierten Mal – und dann ins Wohnzimmer. Ich rate dir dringend, dass du es bist, Andy, dachte sie. Für jemand anders wäre sie nämlich garantiert nicht aufgestanden. Es hatte gefälligst Andy zu sein, der sich entschuldigen wollte. Sie ahnte jedoch, dass er es nicht war. Das Klingeln hatte einen merkwürdigen, nervenden Unterton, der ihr verriet, dass sie zu guter Letzt nur ans Telefon gehetzt war, um sich ein »Oh, Entschuldigung, falsch verbunden« anzuhören.

»Hallo?«, meldete sie sich und plumpste dabei aufs Sofa.

»Rachel?«

»Ja. Wer ist da?«

Ein kurzes Schweigen, dann war die Leitung tot.

Komisch, dachte sie, als auch sie den Hörer wieder auflegte. Da muss wohl die Verbindung unterbrochen worden sein. Sie begann zu zittern. Als sie an sich hinuntersah, fiel ihr auf, dass sie nur ein T-Shirt anhatte. Eines von Andys – er hatte es aus dem London Transport Museum, und es prangte ein großes, rot-blaues Underground-Logo mit der Aufschrift »Belsize Park« darauf. Das T-Shirt reichte ihr zwar fast bis zu den Knien, war aber trotzdem nicht warm genug, um damit in der Wohnung herumzulaufen.

Sie wollte gerade aufstehen, um ihren Morgenmantel zu holen, als das Telefon schon wieder klingelte. Leicht verunsichert nahm sie ab.

»Hallo?«

»Rachel?« Es war die gleiche Stimme wie eben – eine Männerstimme, die ihr bekannt vorkam, die sie aber nicht auf Anhieb einordnen konnte.

»Wer ist da?«

»Ich rufe wegen deinem Freund an«, sagte die Stimme. »Er steckt in Schwierigkeiten.«

»Was meinen Sie damit? Was für Schwierigkeiten?«

»Schwierigkeiten, über die du Bescheid wissen solltest, wenn du ihn heiraten willst. Er hat dich nicht verdient, Rachel. Wenn du wüsstest, wo er jetzt gerade ist. Wenn du wüsstest, was er in diesem Moment tut!«

Rachel zog sich unwillkürlich das T-Shirt über die Knie. »Wovon reden Sie überhaupt? Wer sind Sie?«

»Er setzt dich und eure Beziehung aufs Spiel. Verlass, ihn, Rachel! Er hat dich nicht verdient. Heirate ihn nicht.«

»Sagen Sie mir endlich, wer Sie sind. Wenn Sie mir nicht sofort Ihren Namen sagen …«

Aufgelegt.

Rachel legte den Hörer ein zweites Mal zurück auf die Gabel. Sie blieb neben dem Telefon sitzen und starrte es an, als erwartete sie, dass es gleich noch einmal klingeln würde. Sie fühlte sich unwohl in ihrer Haut, so als hätte sie irgendein fremder Mann im Zug begrabscht. Aber der Anrufer war kein Fremder. Sie kannte seine Stimme. Nur woher? Sie dachte angestrengt nach … Nein, es wollte ihr nicht einfallen. Wahrscheinlich einer von Andys Freunden, der sich einen geschmacklosen Scherz erlaubt hatte. Sehr witzig. Manche von Andys Freunden wussten wirklich nicht, wo der Spaß aufhörte. Sie konnte sich lebhaft vorstellen, dass Mickey oder Phil, Andys Kollege, so etwas wahnsinnig komisch fanden. Aber heute Vormittag, nach mehreren schlaflosen, einsamen Stunden im Bett, war es um Rachels Humor nicht allzu gut bestellt.

Nach einer Weile stand sie auf. Jetzt, da sie das Bett eh verlassen hatte, konnte sie auch genauso gut duschen und sich anziehen. Es sah nicht so aus, als würde Andy sie anrufen, also zum Teufel mit ihm. Sie würde losfahren, ohne mit ihm gesprochen zu haben, und den Tag so verbringen, wie sie es geplant hatte. Was ihm recht war, war ihr allemal billig!

Rachel packte das T-Shirt beim Saum, zog es sich energisch über den Kopf und schmiss es aufs Sofa neben das Telefon. Was hatte der Typ gesagt? – »Wenn du wüsstest, wo er jetzt gerade ist …« So ein blöde Bemerkung! Wenn sie wüsste, wo Andy momentan war, dann würde sie schnurstracks zu ihm fahren und ihm in aller Deutlichkeit sagen, dass er endlich damit aufhören sollte, ein derart egoistischer, unzuverlässiger, *maulfauler* Arsch zu sein!

Sie ging vom Wohnzimmer in den Flur und lief ins Badezimmer. Ihr Schatten huschte über die Wand. Früher, als sie noch ein Kind war, hatte sie Angst vor ihrem eigenen Schatten, wenn sie beispielsweise nachts von der Toilette kam. Dann rannte sie immer die Treppe hinauf zurück in ihr Zimmer. Inzwischen hatte sie natürlich keine Angst mehr vor so etwas, aber beim Anblick ihres Schattens machte es bei ihr klick. Ganz plötzlich, so als hätte sich eines der Rädchen in ihrem Gehirn ein klein wenig gedreht und dafür gesorgt, dass sich jetzt alles ineinander fügte – plötzlich wusste sie, zu wem die Stimme am Telefon gehörte. Die leise, schattenhaft klingende Stimme eines Mannes, der seinen Namen nicht verraten wollte – auf einmal war es ihr völlig klar. Diese Erkenntnis brachte allerdings keine Erleichterung, ganz im Gegenteil. Der Mann, der sie angerufen hatte, pflegte nämlich keine dummen Scherze zu machen. Er war vermutlich der einzige von Andys Freunden, der keinen Funken Humor besaß. Und er war der einzige Freund von Andy, den Rachel überhaupt nicht leiden konnte. Er war ihr unheimlich. Der Mann, der sie angerufen hatte, war Rolf gewesen.

Kapitel 14

10:16 Fenchurch Street – Tower Hill, zu Fuß

Wir rennen den Bahnsteig entlang, durch die Sperre und weiter hinaus aus dem Bahnhof. Wir stürmen eine Treppe runter und landen in dem Gewirr von Altstadtstraßen, aus dem die City of London besteht. Es ist, als würden wir eine Geisterstadt betreten, ein verlassenes Labyrinth aus Fußgängerzonen und Gebäuden aus Glas und Metall – außer uns beiden ist weit und breit keine Menschenseele zu sehen.

Brian läuft voraus, weil er sich hier besser auskennt, ich folge ihm keuchend, fest entschlossen, weder den Abstand zu groß werden zu lassen, noch ihm Anlass zu geben, langsamer zu laufen. Meine Lunge fühlt sich an, als würde sie jeden Moment den Brustkorb sprengen, aber während ich mit einem riskanten Satz die nächste kurze Treppe hinunterspringe, rufe ich mir in Erinnerung, dass ich mich ja in einem Wettrennen befinde, dass ich keine Zeit habe, mich auszuruhen oder vorsichtiger zu sein, und irgendwie verleiht mir der Gedanke neue Kraft.

Ob Frauen dieses Gefühl kennen? Diese elementare Freude, den eigenen Körper an die Grenzen der Belastbarkeit zu treiben? Empfinden Frauen das gleiche Glücksgefühl, das ich empfinde, da ich dem Sieg bei meiner Wette nachjage wie ein Jäger aus der Steinzeit einem fliehenden Hirsch? Können Frauen das verstehen? Kann eine Frau mich verstehen?

Brian und ich rennen weiter. Wir legen die gesamte Strecke im Laufschritt zurück. Es ist zwar nicht besonders weit vom Bahnhof Fenchurch Street nach Tower Hill, aber es ist für uns wichtig, keine Sekunde nachzulassen, das Tempo noch nicht einmal ein klein wenig zu drosseln. Wir rennen durch Straßen mit historisch klingenden Namen – Crutched Friars, Seething Lane, Pepys Street –, seit langem vergessene, verwahrloste Orte, und der Widerhall unserer Schritte erfüllt die Straßen wie das Wasser eines plötzlichen Wolkenbruchs Jahrhunderte alte Kanäle. Wir nehmen den kürzesten Weg, schneiden die Kurven, rennen diagonal über die leeren Straßen, ohne aufzupassen, ob womöglich ein Auto aus einer der Seitenstraßen kommt, das uns zu überfahren droht. Meine Gedanken beschränken sich allein auf das Erreichen des nächsten Etappenziels – meine Vorstellung von Zeit hat sich auf den gegenwärtigen Moment, die Abfolge meiner Bewegungen verengt. Ich höre das Echo unserer Schritte von den Hauswänden widerhallen. Vor uns ragt der Tower auf.

Jeder, der einmal an einem Wettrennen teilgenommen hat – an einen *richtigen* Wettrennen –, wird dieses Gefühl kennen, diese totale Versenkung in die Bewegungen des Körpers, in das Pumpen des Herzens. Man kommt sich vor, als stünde man im Bann eines Zaubers. Der Körper entwickelt ein Eigenleben, alle Muskeln arbeiten in perfektem Einklang, ohne Befehle aus dem Kopf zu benötigen, der sowieso ausgeschaltet ist. Man trifft keine Entscheidungen mehr, man denkt nicht mehr darüber nach, *wohin* man läuft, man läuft einfach. So geht es mir jetzt. Ich bin wie eine Flüssigkeit, die über die Kantsteine strömt, um Hausecken herum, zwischen parkenden Autos hindurch – alle Hindernisse werden geschmeidig, wie instinktiv umrundet. Meine Bewegungen erfahren keinen Widerstand, auch das gehört zu dem Zauber.

Ich höre nichts anderes als meine Schritte auf dem Pflaster und meine viel zu schnellen Atemzüge. Zwar rauscht es in meinen Ohren, aber das ist eigentlich kein richtiges Geräusch, sondern eher ein Gefühl. Tief im Innern weiß ich, dass ich dieses Gefühl schon kenne, aber dann wird der Gedanke daran von einer Vielzahl anderer Empfindungen verdrängt, die mich nun überwältigen. Meine Brust schmerzt. Sie fühlt sich an, als würde sie unter dem Ansturm des vielen Blutes zerbersten, das mein überanstrengtes Herz in die Lungenflügel pressen will – dünnes Blut, bar jeglicher Nährstoffe, weil ich seit gestern Abend nichts mehr gegessen oder getrunken habe. Ich weiß, dass mein Körper einen solchen Kraftakt nicht gewohnt ist, aber ich habe jetzt keine Zeit, stehen zu bleiben, also bewegt sich mein Körper ohne Unterlass weiter, Arme und Beine schnellen wie Kolben hin und her, um mich vorwärts zu treiben.

Wir kommen um eine Ecke, und ich sehe unser Ziel direkt vor uns – den U-Bahnhof, dessen Eingang einem Tor zur Unterwelt gleicht. Dahinter fließt dichter Verkehr den Tower Hill hinunter. Plötzlich haben wir die verwaisten Straßen, durch die wir gerannt sind, hinter uns gelassen und sind von geschäftigem Treiben umgeben. Pausenlos brausen Autos vorbei, Männer in dunklen Anzügen huschen zwischen ihnen über die Straße, und dahinter, jenseits des Towers, strömt das Wasser des Flusses unaufhaltsam in Richtung Wapping und Rotherhithe.

Eine Gruppe von Schülerinnen steuert in Begleitung zweier nervöser Lehrerinnen auf den U-Bahn-Eingang zu, und Brian und ich müssen das Tempo noch einmal erhöhen, um vor ihnen da zu sein. Die Schülerinnen kommen gerade an der obersten Stufe an, als wir an ihnen vorbeispurten. Wir gucken nicht nach unten, vertrauen blind darauf, dass unsere Füße nicht ins Stolpern geraten.

Wie durch ein Wunder erreiche ich die Halle mit den Fahrkartenautomaten in aufrechter Haltung, aber immer noch in ziemlich hohem Tempo. Ich versuche verzweifelt, meine Schritte zu verlangsamen, aber zu spät. Eine Frau kommt mir entgegen, die mit energischen Schritten zum Ausgang marschiert. Sie sieht mich erst den Bruchteil einer Sekunde, bevor wir zusammenstoßen, hat überhaupt keine Zeit, mir auszuweichen, und da ich keine Beherrschung mehr über meinen Körper habe, bin auch ich machtlos gegen das, was nun passiert. Wir prallen gegeneinander, und ich verliere den Boden unter den Füßen, fühle mich für einen herrlichen Augenblick lang wie schwerelos, schwebe in der Luft wie eine Marionette, kurz bevor jemand die Fäden kappt.

Ich schaue der Frau im Fallen geradewegs ins Gesicht – sie sieht verwirrt und erschrocken aus. Während wir zu Boden gehen, kommen sich unsere Gesichter so nah, dass ich sie küssen könnte, und dann treffe ich auf dem harten Beton auf, und sie landet bäuchlings auf mir, und ihre Hüftknochen bohren sich schmerzhaft in meine Leisten.

Eine Sekunde lang liegen wir regungslos da. Sie atmet rasend schnell, und ihr Atem riecht nach Pfefferminz – aber ehe ich mich's versehe, verwandelt sich ihr Schreck in Zorn. »Sie verdammter Idiot!«, schreit sie mir ins Gesicht. »Können Sie nicht aufpassen?«

»E-entschuldigung«, stottere ich. »Tut mir Leid – haben Sie sich wehgetan?«

»Lassen Sie mich los!«

Erst jetzt merke ich, dass ich sie an den Armen fest umklammert halte.

»Arsch!«, faucht sie mich an, während sie sich aus meinem Griff befreit und sich eilig aufrappelt. Noch bevor ich wieder auf den Füßen stehe, stürmt sie auch schon davon und bahnt sich einen Weg durch die Horde von Schülerinnen, die mich alle neugierig angaffen und sich an meiner Verwirrung zu weiden scheinen.

Hinter mir höre ich eine Stimme. »Alles in Ordnung mit dir?« Brian schiebt mir die Hände unter die Achseln und hilft mir hoch. »Komm. Wir müssen uns die Tageskarten kaufen.«

Ich ringe wegen des Sturzes noch nach Luft, aber das darf ich jetzt nicht weiter beachten, weil ich Brian zu den Fahrkartenautomaten folgen muss. Mein Körper fühlt sich irgendwie leichter an, und ich habe auch wieder das Rauschen in den Ohren. Taumelnd haste ich an den Menschen in der Halle vorbei. Meine Bewegungen haben nichts Fließendes mehr an sich. Als ich in den Hosentaschen nach Kleingeld suche, stelle ich fest, dass die Finger mir nicht mehr richtig gehorchen. Auf einmal bin ich kein geschmeidiges Tier mehr, dessen Bewegungen nur von seinem Instinkt gesteuert werden – während ich verzweifelt versuche, einen zerknitterten Zehnpfundschein in den Automaten zu schieben, fange ich am ganzen Körper an zu zittern – vielleicht vor Erschöpfung nach der vielen Rennerei –, und ich spüre, wie mir der Schweiß ausbricht.

Noch immer bin ich außer Puste, egal, wie schnell ich Luft hole, und ich habe Angst, dass sich das nie mehr ändern wird. Diese Frau hat mir buchstäblich den Atem verschlagen – »Arsch« hat sie mich genannt –, und mein Herz rast. Brian rennt wieder los, und natürlich folge ich ihm, schiebe mich durch die Fahrkartensperre und laufe die Treppe zum Bahnsteig hinunter, wo genau in diesem Moment ein Zug der Circle Line einfährt. Aus irgendeinem Grund kommen mir die Kameras in den Sinn, also bleibe ich stehen, hole eine aus der Plastiktüte und mache japsend ein Foto vom Bahnhofsschild, aber nachdem ich das erledigt habe, ist die Treppe bereits voller Schülerinnen. Ich sehe Brian jenseits dieses Pulks, wie er weiterrennt, um die Zugtür offen zu halten, aber ich komme an den vielen Mädchen einfach nicht vorbei. Ich atme nach wie vor stoßweise ein und aus, als ich mich von hinten durch eine größere Gruppe von ihnen drängele, wobei ich mich bemühe, ihnen nicht auf die Hacken zu treten, aber der Zug ist immer noch außer Reichweite, zehn Meter entfernt, und zwischen ihm und mir ein Meer aus Mädchenkörpern. Ich gerate in Panik und fange an, noch hastiger zu atmen. Einige der Schülerinnen schauen mich wieder mit der gleichen Mischung aus Aufregung und Entsetzen an, mit der sie mich schon nach meinem Sturz mit der Frau angesehen haben, und mir wird bewusst, dass ich schlimm aussehen muss. Die Haare kleben mir an der Stirn, und meine Kleidung ist fleckig und zerknautscht. Meine Hände sind schmutzig vom U-Bahn-Dreck, und auf der Stirn habe ich immer noch Reste von Rachels Lippenstift – ich sehe es bei einem kurzen Blick in einen Schminkspiegel, den eines der Mädchen in der Hand hält. Auf einmal wird mir klar, warum die Mädchen mich so angaffen. Sie glauben, ich sei ein Penner. Sie glauben, Brian und ich seien Kumpel.

Jetzt fängt alles um mich herum an, sich zu drehen, und das Rauschen in meinen Ohren wird so laut, dass es jedes andere Geräusch übertönt. Ich torkele auf die offene Wagentür zu, wo Brian zwischen unzähligen Leuten auf mich wartet, aus deren Blicken ich »Arsch« lese, und ich denke: Mein Gott, ich sehe bestimmt furchtbar aus, ich sehe bestimmt aus wie eine wandelnde Leiche im Anorak und, verdammt noch mal, sehe ich in Rachels Augen nicht auch so aus?

Kurz bevor alles dunkel wird, bin ich wieder von lauter Schülerinnen umgeben – von blauen Strümpfen, Schulranzen, Federmappen, Pferdeschwänzen, Zöpfen, einem Spiegel, festem Schuhwerk, Schülerinnen, die »Miss! Was ist mit dem Mann?« rufen – Schülerinnen, in deren Mündern metallene Spangen glitzern. Schülerinnen, überall Schülerinnen.

Kapitel 15

10:26 Belsize Park

Nach dem Duschen stellte Rachel sich nackt vor den Spiegel und betrachtete ihren Körper. Das hatte sie schon gemacht, als sie noch eine Schülerin gewesen war. Damals war es natürlich Unsicherheit gewesen, die sie dazu veranlasst hatte, ängstliche Neugier angesichts der seltsamen Veränderungen, die ihr Körper durchmachte. Aber inzwischen war es etwas anderes. Sie fühlte sich jetzt viel wohler mit all den Rundungen, Schwellungen und Haarbüscheln, und sie stellte sich vor allem aus voyeuristischer Bewunderung vor den Spiegel. Rein äußerlich hatte sie eine ziemlich gute Figur. Schön anzusehen. Attraktiv.

Heute Vormittag befiel sie eine Art vorausschauende Nostalgie, als sie ihr Spiegelbild sah. Denn früher oder später würde sich dieser Körper verändern. Sie sah es schon an den Hüften, die eine Spur breiter waren als noch vor ein paar Jahren – und ganz egal, wie sehr sie sich bemühte, aufrecht zu stehen, die Brüste fingen an zu hängen, insbesondere die linke. Und das würde in Zukunft immer schlimmer werden. Nach der Heirat würde sie es sich wahrscheinlich abgewöhnen, die Beine zu rasieren, und zwar nicht nur im Winter, sondern auch im Sommer. Sie hatte das bei einigen ihrer Freundinnen beobachtet – kaum waren sie verheiratet, hatten sie einfach keine Lust mehr, sich die Mühe zu machen. Ihre Freundin Anna rasierte sich nicht einmal mehr die Achselhöhlen, und obwohl Rachel sie dafür irgendwie bewunderte, war ihr bei der Vorstellung gleichzeitig etwas unbehaglich zumute – der Unterschied zu ihrem einstigen Schülerinnenkörper wurde dadurch doch etwas *zu* groß.

Aber wer weiß? Womöglich hatte Rachel ja schon bald ihre eigenen kleinen Schülerinnen. Wenn sie erst einmal ein paar Jahre verheiratet war, würde sie vielleicht schwanger werden und Zwillinge oder sogar Drillinge kriegen, und dann wäre es sowieso völlig egal, ob sie sich die Beine rasierte oder nicht, denn dann hatte sie ohnehin keine Zeit mehr, sich hübsch zu machen. Sie würde kugelrund werden, doppelt so dick wie derzeit, würde Brüste von den Euterausmaßen einer preisgekrönten Milchkuh haben und Waden wie eine rumänische Bäuerin – dick und aufgedunsen. Und später, wenn alles überstanden war und kreischende Kinder um sie herumtobten, würde ihr Bauch von Schwangerschaftsstreifen überzogen sein, und ihre Brustwarzen würden wie riesige, braune, weichgekaute Kaugummis aussehen. Wenn sie sich in zehn Jahren vor den Spiegel stellte, würde sie sich wahrscheinlich nicht wieder erkennen. Sie erschauderte, als sie sich vorstellte, was sie dann sehen würde. Ein halbes Dutzend schwabbelig übereinander hängender Bauchfalten? Brüste wie schlaffe Luftballons? Eine hüttenkäseartige Zellulitisschicht auf beständig dicker werdenden Oberschenkeln? Sie verstand beim besten Willen nicht, wieso Andy und nicht *sie* anlässlich der bevorstehenden Hochzeit ausrastete – sie fand, dass sie viel mehr zu verlieren hatte.

Leise Panik stieg in ihr auf. Vielleicht sollte sie das Weite suchen, solange das noch möglich war. Vielleicht sollte sie abhauen – sich bei ihrer Mutter verstecken, bis alle Welt sie vergessen hatte. Es wäre ganz einfach: Sie hatte schon gepackt, und da Andy nicht da war, würde sie auch niemand anflehen zu bleiben. Wenn sie jetzt sofort aufbrach, zur Küste fuhr und mit der nächstbesten Fähre nach Frankreich übersetzte, könnte sie bereits bei Einbruch der Dunkelheit in Cherbourg in ihrem ehemaligen Kinderzimmer sitzen. Dann brauchte sie den morgigen Tag nicht wie geplant durchzustehen. Es wäre ganz einfach …

Abrupt wandte sie sich vom Spiegel ab. Sie musste sich beeilen, musste sich anziehen und das Kleid abholen. Sie hatte heute noch so viel zu erledigen, es war keine Zeit, hier herumzustehen und Tagträumen nachzuhängen. Um elf Uhr hatte sie einen Termin in dem Brautladen, und danach würde sie zu Sophie fahren. Im Gegensatz zu gewissen anderen Menschen pflegte sie sich an Abmachungen zu halten.

Sie bückte sich, um ihre Sachen aufzuheben, aber während sie das tat, konnte sie sich einen letzten Blick in den Spiegel nicht verkneifen – einen letzten, ausgiebigen Blick auf ihren noch jugendlichen Körper –, und es war ein wehmütiger Blick. Morgen würde sie einen lebenslang gültigen Vertrag unterschreiben. Morgen würde sie, ob es ihr nun gefiel oder nicht, endgültig akzeptieren müssen, was sie schon seit Jahren wusste. Sie würde nie wieder die kleine Schülerin von früher sein. Sie war eine erwachsene Frau, mit allen Konsequenzen, die das hatte. Fett, Schwangerschaftsstreifen, Schamhaare – und das war nur die Spitze des Eisbergs.

Kapitel 16

10:23 Tower Hill – Great Portland Street, Circle Line

Ich war in meinem Leben noch nie zuvor ohnmächtig gewesen. Es ist jedenfalls ein ziemlich unerfreuliches Erlebnis – man hat das Gefühl, stundenlang geschlafen zu haben, in Wirklichkeit ist jedoch kaum Zeit verstrichen. Man hat das Gefühl, ein ganzes Jahrzehnt würde in den kurzen Moment der Bewusstlosigkeit hineinpassen. Während ich weggetreten bin, habe ich eine Art Traum. Ich träume, dass Rachel weint, ich sie aber nicht trösten kann – ich weiß nicht, warum sie weint. Ich schaue von ganz weit oben auf sie hinunter, kann aber trotzdem wie durch ein Teleskop jede einzelne Träne sehen, die ihr über die Wangen rollt. In den Tränen spiegelt sich etwas – es sieht aus wie ein schwarz gekleideter Mann.

Als ich die Augen wieder aufmache, sitze ich in einer U-Bahn direkt neben der Wagentür. Brian beugt sich besorgt über mich, und eine der beiden Lehrerinnen fächelt mir mit einem Klemmbrett Luft zu und erkundigt sich, wie es mir geht. Unwillkürlich breche ich in Panik aus.

»Wo sind wir?!«, rufe ich und rapple mich auf. »Wie lange habe ich geschlafen?«

»Ganz ruhig«, sagt Brian. »Wir sind immer noch in Tower Hill.«

»Wie das denn? Ich bin doch eingeschlafen und …«

»Du bist ohnmächtig geworden«, korrigiert mich Brian. »Du warst nur ein paar Sekunden weg. Der Zug ist gerade erst losgefahren.«

Verwirrt schaue ich mich um. Die Schülerinnen starren mich natürlich immer noch an. Ich wette, die haben noch nie eine so aufregende U-Bahnfahrt erlebt.

Die Lehrerin sagt zu einem der Mädchen, dass es ihr seinen Schokoriegel geben soll, und das Mädchen gehorcht, wenn auch nur widerwillig. Die Lehrerin reicht ihn an mich weiter. Ich lächle das Mädchen dankbar an, während ich die Schokolade vertilge – das ist meine erste Mahlzeit heute. Das Mädchen sieht mich mit finsterer Miene an, so als wäre es überzeugt, dass ich den Ohnmachtsanfall nur vorgetäuscht habe, um die Schokolade zu ergattern. Ich fasse einen Entschluss: Im nächsten Laden, am dem ich vorbeikomme, kaufe ich mir etwas zu essen.

Kurze Zeit später rollt der Zug in Aldgate ein. Ich bin immer noch etwas wackelig auf den Beinen, schaffe es aber trotzdem, aufzustehen und das Bahnhofsschild zu fotografieren. Im selben Moment steigt ein Mann ein, der einen schwarzen Anzug trägt. – Sein Anblick weckt eine unbewusste Assoziation bei mir – mit irgendetwas Beunruhigendem, das ich gesehen habe, während ich ohnmächtig war. Als ich wieder sitze, fasse ich einen weiteren Entschluss: Sobald sich die Gelegenheit bietet, rufe ich Rachel an.

Der Zug rumpelt weiter in Richtung Liverpool Street, da reißt Brian mich aus meinen Gedanken.

»Was unternehmen wir wegen dem nächsten Umschlag?«, fragt er.

Ich fasse in die Jackentasche und hole den Zettel heraus, den Rolf in Upminster hinterlassen hatte.

»Zwölf Uhr«, lese ich vor, »mittlerer Prellbock, Cockfosters.« Ich denke kurz darüber nach, bevor ich den Zettel wieder in die Tasche stecke. »Sieht so aus, als hätte Rolf so ziemlich das Gleiche vor wie beim ersten Umschlag.«

»Was tun wir jetzt?«

»Tja, es hat wohl keinen Zweck, sofort nach Cockfosters zu fahren, weil der Umschlag offenbar erst ab zwölf Uhr da sein wird. Ich finde, wir sollten zunächst mit der Northern Line raus nach Edgware und High Barnet fahren und anschließend zurückkommen, um erst dann die Strecke nach Walthamstow und Cockfosters in Angriff zu nehmen.«

»Wie wär's, wenn wir jetzt gleich nach Cockfosters rausfahren und Rolf abfangen, wenn er kommt. Dann könnten wir den elenden Wichser dazu bringen, sofort deine ganzen Sachen rauszurücken.«

»Brian …« Ich mache eine Kopfbewegung in Richtung der Schülerinnen, von denen sich allerdings keine von Brians Ausdrucksweise auch nur ansatzweise beeindruckt zeigt.

»'tschuldigung«, sagt Brian.

»Wir machen es so, wie ich eben gesagt habe, okay?«

Die Mädchen und ihre Lehrerinnen steigen in King's Cross aus. Wir hätten ebenfalls hier aussteigen können, wenn wir nicht noch nach Euston Square und Great Portland Street müssten. Es ist ziemlich unwahrscheinlich, dass wir bei diesen beiden Stationen noch auf dem Weg woandershin vorbeikommen, weshalb es das Beste ist, sie gleich jetzt abzuhaken. Wenn wir die Fotos gemacht haben, kehren wir nach King's Cross zurück und fahren dann Richtung Norden.

Als der Zug langsam anrollt, muss ich lächeln: Eine der Schülerinnen winkt mir zu – ich glaube, es ist die, deren Schokoriegel ich gegessen habe. Nach der Nummer, die ich vorhin abgezogen habe, glaubt sie mich wohl ganz gut zu kennen. Sie dagegen ist für mich nur eines von vielen Mädchen in Schuluniform. Ich winke zurück, aber nur kurz. Während der Zug Fahrt aufnimmt, hebe ich die Hand, und gleich darauf verschwinden die Mädchen und ihre Uniformen auch schon, und wir werden ein weiteres Mal vom Tunnel verschluckt.

Kapitel 16a

10:39 Belsize Park – Golders Green, per Auto

Rachel war heute Vormittag nach Fluchen zumute. Sie fluchte zwar beim Autofahren sowieso immer, aber heute fing sie schon damit an, ehe sie überhaupt eingestiegen war. Denn heute steckte bei Humphrey – nachdem sie endlich geduscht, eine Banane gegessen und das Haus verlassen hatte – bereits ein Strafzettel unter dem Scheibenwischer.

»Scheiße!«, murmelte sie und riss das Knöllchen an sich. Diese verdammten Verkehrsbullen waren in dieser Gegend wirklich auf Zack – das war schon der dritte Strafzettel in diesem Monat. »Keine Sorge, Humphrey«, sagte sie, als sie die Autotür öffnete und den Strafzettel auf den Beifahrersitz pfefferte. »Eines Tages finden wir den Kerl, der uns ständig aufschreibt, und machen ihn platt.«

Sie ließ den Wagen an und lenkte ihn schwungvoll und elegant aus der offenbar illegalen Parklücke. Augenblicklich fühlte sie sich etwas besser. Für einen vierzehn Jahre alten Käfer war Humphrey wirklich das reinste Fahrwunder. Zudem war er ungeheuer verlässlich. Ganz gleich, wie ausgiebig Rachel hinter dem Steuer schimpfte und fluchte, Humphrey blieb die Ruhe selbst. Er war Rachels Augenstern. Er war zuverlässig, er besaß Charakter und außerdem wusste sie immer, wo er war – was man von manchen Menschen ja nicht gerade behaupten konnte.

Rachel hielt sich für ihr Leben gern in Humphrey auf. Für sie war er wie ein zweites Schlafzimmer: klein, aber gemütlich. Die Rückbank verschwand unter einem Kleiderberg, im Fußraum flogen mehrere Paar Schuhe herum, im Handschuhfach herrschte ein Chaos aus Kassetten und verschiedenen Schminkutensilien, und am Armaturenbrett waren kleinen Fläschchen mit ätherischen Ölen befestigt, die Humphrey vor dem fürchterlichen Geruch bewahren sollten, der sich sonst üblicherweise in Autos breit machte. Sie fühlte sich richtig zu Hause in Humphrey. Es war der einzige Ort, wo sie so unordentlich sein konnte, wie sie wollte, ohne sich Andys Gemeckere anhören zu müssen – ihr Zimmer für sich allein.

»Mist«, murmelte sie, als sie das Ende der Belsize Avenue erreichte – die Ampel war gerade auf Rot gesprungen.

Irgendwie war Humphrey wirklich ein zweites Schlafzimmer. Geschlafen hatte sie zwar schon länger nicht mehr in ihm, aber sie hatte sich schon öfter in ihm umgezogen. Das letzte Mal vor einer Party bei Sophie, nachdem sie in einer Nebenstraße in Finchley geparkt hatte. Eigentlich hatte sie bloß ihr Make-up ein bisschen auffrischen wollen, aber dann war ihr eingefallen, dass auf der Rückbank jede Menge Kleidungsstücke lagen – also probierte sie ein paar Tops an, bis sie sich für eins entschied, und dann pellte sie sich aus ihren Jeans, um den roten Rock anziehen, den sie voriges Jahr bei French Connection gekauft hatte. Erst, als sie sich bis auf die Unterhose ausgezogen hatte, fiel ihr auf, dass sie im Grunde genommen in einem am Straßenrand abgestellten Glaskasten saß und dass ein Gruppe elfjähriger Jungs neben dem Auto stand und ihr zusah. So schnell hatte sie ihr Lebtag noch keinen Rock angezogen. Warum gab es in normalen Autos eigentlich nicht diese schönen Vorhänge, die man von Leichenwagen kannte?

Nachdem sie mit Humphrey in die Haverstock Hill eingebogen war, durchwühlte sie das Handschuhfach, um eine Kassette zu finden, die ihrer Stimmung entsprach. Sie hatte Lust auf etwas Sanftes, es durfte auch gern leicht melancholisch sein. Aber das Einzige, was sie zutage förderte, war *Soundz of the Asian Underground*, eine Kassette, die Andys Freund Mickey ihm zum Geburtstag geschenkt hatte, selbstverständlich nicht ohne den Witz zu machen, dass es sich dabei um die Aufnahme von Zuggeräuschen der Singapurer Metro handelte. Normalerweise stand Rachel nicht auf so etwas, aber sie legte die Kassette trotzdem ein und fand dann die Musik zu ihrer Überraschung sehr beruhigend. Der Klang der Tabla-Trommeln erfüllte das Auto, und zum ersten Mal an diesem Tag lächelte Rachel.

Wie kam Andy bloß auf die Idee, dass es in der U-Bahn angenehmer als im Auto war? Hier saß sie in ihrer gemütlichen, kleinen, privaten Welt, umgeben von ihrem eigenen Krimskrams, und hörte die Musik, die ihr gefiel. Das hatte die U-Bahn ja wohl kaum zu bieten, oder? Sie hatte ihren eigenen Sitzplatz – es waren sogar noch welche frei –, musste sich nicht über lärmende Schulkinder und deren kantige Ranzen ärgern, bekam keine Achselhöhlen anderer Leute ins Gesicht gedrückt und wurde nicht von ekeligen Kerlen betatscht. Und obwohl sie natürlich nicht unsichtbar war, wenn sie fluchend im Stau stand, so hatte sie doch immerhin das Gefühl, es zu sein, und das war fast dasselbe. Für sie gab es kein besseres Fortbewegungsmittel.

Leider musste sie zugeben, dass fluchend im Stau zu stehen bei ihren täglichen Fahrten immer mehr Zeit beanspruchte. Gerade jetzt geriet sie am Anfang der Rossly Hill wieder in dichten Verkehr. Elf Uhr, und in Hampstead war schon wieder Stop-and-go angesagt. In Hampstead war eigentlich ständig Stop-and-go angesagt. Sie hatte sich Andy gegenüber einmal darüber beklagt, worauf er in ironischem Ton vorgeschlagen hatte, die Stadtverwaltung solle Hampstead Heath doch einfach vollständig zubetonieren, dann sei ausreichend Platz für den Autoverkehr. Manchmal, wenn sie mit einer Durchschnittsgeschwindigkeit von zwei Kilometern pro Woche den Hügel hinaufkroch und eine halbe Stunde brauchte, um oben anzukommen, fand sie den Vorschlag ziemlich genial.

Um dem Engpass auszuweichen, beschloss Rachel, nach rechts in die Downshire Hill abzubiegen. Als sie das dann auch tat, sah sie, dass direkt hinter ihr ein Auto ihrem Beispiel folgte. Sie fragte sich, ob der andere Fahrer die gleiche Idee gehabt hatte wie sie oder ob er ihr nur hinterherfuhr, weil er hoffte, sie würde ihn um den Stau herumlotsen. Das machte sie nämlich auch manchmal. Besonders bei Taxis – wenn sie mitbekam, dass ein Taxi bei dichtem Verkehr abbog, fuhr sie ihm *immer* hinterher. Taxifahrer kannten nun einmal sämtliche Schleichwege.

Sich wohl bewusst, dass es albern war, ärgerte es sie etwas, dass der Typ ihr hinterherfuhr. Das war *ihre* Abkürzung, und sie wollte nicht, dass andere Leute sie auch benutzten – zumindest nicht derart auffällig. Wenn allgemein bekannt wurde, dass es einen zeitsparenden Weg gab, würden ihn alle benutzen, und binnen kurzem wäre die Abkürzung genauso verstopft wie die Hampstead High Street. Sie hatte das schon mehrfach in anderen Stadtteilen beobachtet. Und außerdem trat in solchen Fällen natürlich die Stadtverwaltung in Aktion und verteilte überall in der Gegend Bodenschwellen, sodass man am Ende genauso gut in dem Stoßverkehr bleiben konnte, den man umfahren wollte, weil man nur geringfügig schneller als mit Schrittgeschwindigkeit hinter einem Bus herschleichen konnte.

Sie fuhr nicht bis zur Hauptstraße am unteren Ende des Hügels, weil sie ahnte, dass es dort auch nicht zügiger vorangehen würde. Stattdessen bog sie vorher in eine der Nebenstraßen ab. Dieser Teil von Hampstead hatte leichte

Ähnlichkeit mit einem Labyrinth, aber wenn man sich einigermaßen auskannte, war es gar nicht so schwierig, sich zurechtzufinden. Außerdem waren die Häuser entlang der Straßen so schön anzuschauen, dass Rachel sogar oft ihren Neid auf die Leute vergaß, die reich genug waren, um sich eines davon leisten zu können.

Das Auto hinter ihr folgte ihr weiter, was sie irgendwie überraschte, da es nicht viele Leute gab, die diesen Weg kannten. Vielleicht wohnte der Fahrer ja hier in der Gegend und wollte nur nach Hause – obwohl man hätte annehmen sollen, dass jemand, der hier zu Hause war, sich ein etwas besseres Auto leisten konnte als einen schäbigen alten Renault. Das Auto hatte sogar Roststellen an der Stoßstange – es passte so gar nicht nach Hampstead.

Aus Spaß bog sie an der nächsten Ecke rechts ab, und dann gleich noch einmal, sodass sie praktisch wieder zurückfuhr. Das Auto hinter ihr tat es ihr doch tatsächlich gleich! Sie hatte es gewusst – das Arschloch fuhr ihr wirklich hinterher! Na, dem würde sie es austreiben, sich ihre Abkürzungen abzugucken! An der nächsten Kreuzung bog sie noch einmal rechts ab und fuhr dann fünf Minuten lang in Schnörkeln herum, bis sie sich sicher war, dass ihr Verfolger die Orientierung verloren hatte. Danach fuhr sie wieder zurück auf die Hauptstraße in Richtung Golders Green. Ohne fremde Hilfe würde der Typ den Weg quer durch Hampstead beim nächsten Mal nicht wieder finden. Das geschah dem Blödmann recht! Als sie sich in den Verkehrsstrom einfädelte, hängte sie den Renault endlich ab und wähnte ihre Abkürzung in Sicherheit.

Andy war immer sehr empört, wenn sie so etwas machte – dieser aggressive Zug, den sie beim Fahren offenbarte, missfiel ihm sehr an ihr. Aber Andy hatte ja nicht einmal einen Führerschein, also konnte er das gar nicht verstehen – und abgesehen davon war er ja nicht da, und deshalb kümmerte es sie einen Scheißdreck, was er sagen würde. Sie konnte so viel hupen, wie sie wollte. Sie konnte das Radio voll aufdrehen und aus voller Kehle die Oldies aus den Sechzigern mitsingen. Und sie konnte sich nach Herzenslust und so obszön sie wollte über die Fahrkünste der anderen Verkehrsteilnehmer auslassen. Sie war ja nicht *wirklich* aggressiv – sie fuhr lediglich Auto. So fuhren alle in London Auto – allerdings würde sie vor Scham im Boden versinken, sollten die anderen Fahrer je die Beleidigungen zu hören bekommen, mit denen Rachel sie bedachte.

Als sie jetzt die Fahrspur wechseln wollte, um sich in die Lücke zwischen zwei BMWs zu quetschen, hatte sie besonders viele Schimpfworte parat. Man hätte meinen können, irgendein Kobold hätte sie im Traum besucht und sie mit einem Vorrat an Kraftausdrücken versorgt.

»Wichser, Vollidiot, Hurenbock, Drecksack!«, schrie sie, weil der hintere BMW-Fahrer sie offensichtlich nicht reinlassen wollte. »Du mieses Schwein!«

Sie kam sich vor wie ein Kind an einem dieser Süßigkeitenstände, wo man sich den Inhalt der Tüte selbst zusammenstellen konnte. Sie durfte sich so viele Wichser und Vollidioten nehmen, wie sie wollte, und dazu noch ein paar Hurenböcke und den einen oder anderen Drecksack – oder sie verzichtete auf diese Leckereien und nahm sich dafür zwei »Arschficker« und eine »Fischfotze«, die waren nämlich wesentlich teurer. Heute Vormittag hatte sie aus irgendeinem Grund nicht geringe Lust, sich ordentlich vollzustopfen.

»Wer hat dir denn ins Gehirn geschissen, du Penner? Führerschein im Lotto gewonnen, oder was?«

Sie fluchte den ganzen Weg weiter vor sich hin, und als sie schließlich Golders Green erreichte, fühlte sie sich bereits viel besser. Fluchen war wie Pickel ausdrücken: unangenehm, aber merkwürdig befriedigend – und wenn man damit fertig war, fühlte man sich irgendwie befreit.

Als sie auf der Suche nach einem Parkplatz eine Runde nach der anderen zu drehen hatte, brachte sie es fertig, lediglich ab und zu »Mist« zu flüstern, und wurde dafür schließlich mit einer frisch frei gewordenen Parklücke in der Golders Green Road belohnt, nur hundert Schritte von dem Brautmodengeschäft entfernt. Die Lücke war ziemlich klein, aber sie schaffte es beim ersten Versuch, Humphrey problemlos hineinzumanövrieren. Sie war stolz auf sich. Genau so parkten die Leute in Werbespots immer ein.

Nur etwa zwanzig Meter entfernt in einer Seitenstraße stellte sich jemand anders deutlich weniger geschickt an. Hätte Rachel nicht andere Dinge im Kopf gehabt, hätte sie ihn vielleicht mit hämischer Freude dabei beobachtet, wie er sein Auto erst beim dritten Anlauf in die Lücke bekam. Wenn es ihr nicht so wichtig gewesen wäre, Humphrey rasch abzuschließen, um endlich ihr Hochzeitskleid abzuholen, wäre ihr vielleicht aufgefallen, dass sie das Auto schon einmal gesehen hatte – es war ein schäbiger alter Renault mit rostigen Stoßstangen. Passte wirklich so gar nicht nach Hampstead.

Kapitel 16b

10:40 Great Portland Street – King's Cross,
Hammersmith & City Line
10:46 King's Cross – Golders Green, Northern Line

Sobald wir wieder in King's Cross sind, geht das ganze Gehetze wieder von vorn los. Da ich inzwischen eine Ruhepause hatte, gibt es auch keinen Grund zu trödeln – wir sprinten also den Bahnsteig der Hammersmith & City Line entlang, kaum dass die Türen unseres Zuges sich geöffnet haben. Nachdem wir die Sperre passiert haben, rennen wir die Treppe hinunter in die Fahrkartenhalle, von der aus es durch die nächste Sperre zu den tiefer unter der Erde liegenden Bahnsteigen geht. In der Fahrkartenhalle herrscht – wie üblich – großes Gedränge, daher dauert es eine Weile, bis wir uns an den Leuten vor der Schwingsperre vorbeigedrängelt haben. Nachdem wir hindurch sind, müssen wir noch zwei Rolltreppen hinunterlaufen, bis wir endlich zur Northern Line gelangen.

Als wir auf dem Bahnsteig für die Züge in nördlicher Richtung ankommen, schaue ich als Erstes auf die Anzeigetafel. Der nächste Zug nach Golders Green fährt in einer Minute – bleibt mir gerade noch genug Zeit, um einen meiner Vorsätze von vorhin in die Tat umzusetzen. Ich zücke meine jüngst zurückerhaltene Kreditkarte und marschiere auf einen der öffentlichen Fernsprecher zu.

»Was hast du vor?«, fragt Brian.

»Ich will nur kurz Rachel anrufen, damit sie weiß, wo ich bin.«

Nachdem ich die Kreditkarte in den Schlitz geschoben habe, wähle ich die Nummer von zu Hause. Zu meinem Ärger ist besetzt. Ich werfe einen Blick auf die Anzeigetafel und sehe, dass die Minute schon fast um ist – der Zug kann jeden Moment kommen. Hastig lege ich den Hörer auf und wähle dann Rachels Handy-Nummer – aber ich muss fassungslos feststellen, dass auch dort besetzt ist. Was ist nur in diese Frau gefahren! – Wie kommt sie dazu, auf beiden Leitungen gleichzeitig zu telefonieren? Gerade will ich die Nummer ein zweites Mal eintippen, nur um sicherzugehen, dass ich mich nicht verwählt habe, da läuft der Zug auch schon ratternd in den Bahnhof ein. Ich spüre, wie Brian mich am Ärmel zupft – wir müssen los.

Ich lege den Hörer auf, ziehe die Kreditkarte aus dem Apparat und gehe zu Brian hinüber, der bereits an der Bahnsteigkante steht. Der Anruf bei Rachel wird warten müssen. Die Türen des Zuges gleiten auseinander, ich steige ein, und Sekunden später bin ich bereits auf dem Weg nach Belsize Park, Golders Green und weiter in Richtung Norden.

Kapitel 17

11:05 Golders Green

Während Rachel im Brautmodengeschäft darauf wartete, bedient zu werden, rief sie zu Hause an, um den Anrufbeantworter abzuhören. Eine Nachricht von Andys Mutter war eingegangen. Rachel hörte zwei, drei, vier Minuten lang zu – Andys Mutter hinterließ immer endlose, weitschweifige Nachrichten –, bis sie schließlich auflegte und das Handy wieder in die Tasche steckte. Noch immer nichts von Andy.

Niedergeschlagen setzte sie sich auf den Stuhl neben der Theke. Sie wartete darauf, das Esther Hillman, die Inhaberin der Boutique, für sie Zeit hatte, aber leider ging Esther gerade mit einer anderen Kundin einen Katalog mit Kleidermodellen durch. Rachel schaute ihnen zu und erinnerte sich, wie sie vor ein paar Monaten dasselbe getan hatte. Dieselben Modelle, dieselben Stoffe, sogar Esthers Kommentare waren fast identisch – der einzige Unterschied bestand darin, dass Rachel ihre Begeisterung über alles kaum hatte verbergen können, diese Kundin hingegen an allem herummäkelte.

Rachel zuckte jedes Mal innerlich zusammen, wenn die Frau – bisweilen mit ziemlich harschen Worten – abfällig über eines der Modelle sprach. Das wäre allerdings nur halb so schlimm gewesen, wenn man der Frau nicht auf den ersten Blick angesehen hätte, wie reich sie war. Sie war etwa so alt wie Rachel, aber ihrem ganzen Gebaren nach zu urteilen, hatte sie noch keinen Tag in ihrem Leben arbeiten müssen. Sie stank geradezu nach Geld. Ihre Kleidung stammte garantiert aus jenen Läden in Covent Garden, in denen keine Preisschilder an den Sachen hingen. Und ihre Uhr war wahrscheinlich mehr wert als Humphrey. Andererseits hatte sie aber auch enorm breite Hüften – es gab also doch so etwas wie ausgleichende Gerechtigkeit. Als Esther ihr signalisierte, dass sie gleich bei ihr sein werde, starrte Rachel unwillkürlich das Hinterteil der Frau an. Bitte, verkaufen Sie ihr ein Kleid mit Turnüre, dachte sie – das wär doch genau das Richtige.

Während die Kundin einen Stoff begutachtete, kam Esther herüber zur Theke.

»Hallo, meine Liebe«, sagte sie lächelnd. »Wollen Sie Ihr Kleid abholen?«

»Wenn's geht, ja.«

»Natürlich geht das. Geben Sie mir noch einen Moment, damit ich Ihro Gnaden zu Ende bedienen kann, dann kümmere ich mich um Sie.«

Rachel mochte Esther. Sie war Anfang sechzig und meistens sehr liebenswürdig, hatte aber auch eine zickige Ader, die Rachel immer wieder amüsierte. Zum Beispiel legte sie Wert darauf, sich neuen Kundinnen als *Miss* Esther Hillman vorzustellen. Da stand sie dann also mitten in ihrem Laden voller Hochzeitsartikel und machte unmissverständlich klar, dass sie selbst nie verheiratet gewesen war. »Repariert ein Schuster in seiner Freizeit Schuhe?«, sagte sie, wenn man sie nach dem Grund fragte. Oder: »Ein Konditor isst zu Hause ja auch keinen Kuchen.« Letzterer ein Grundsatz, den man einer gewissen breithüftigen Person zur Nachahmung empfehlen sollte.

Schließlich reichte Esther die schwierige Kundin an eine ihrer Verkäuferinnen weiter und kam zu Rachel, um sich mit ihr das fertige Kleid anzuschauen.

»Sie wollen es bestimmt noch ein letztes Mal anprobieren, oder?«

»Nein, ich glaube nicht, dass ...«, setzte Rachel an.

»Oh, das sollten Sie aber!«, sagte Esther energisch. »Man weiß ja nie, vielleicht müssen noch eine paar klitzekleine Kleinigkeiten geändert werden. Es wäre schrecklich, wenn Sie sich morgen Gedanken wegen Ihres Kleides machen müssten.«

»Es bleibt leider keine Zeit mehr für klitzekleine Änderungen. Eine Freundin von mir will das Kleid heute Nachmittag für mich nach Paris bringen. In einer Stunde bin ich mit ihr verabredet.«

»Dann tun Sie es schlicht und einfach für Ihren Seelenfrieden«, sagte Esther. »Oder wenigsten für meinen.«

Rachel zögerte. »Na schön ... Vermutlich haben Sie Recht.«

Sie folgte Esther in den Anproberaum und zog sich aus. Nachdem sie das Kleid angezogen hatte, stellte sie sich vor den Spiegel und schaute zu, wie Esther jeden Quadratzentimeter des Stoffs nach möglichen Mängeln absuchte.

»Also«, sagte Esther schließlich, »bei aller Bescheidenheit: Das ist ein Traum von einem Kleid!«

»Ja«, sagte Rachel leise. »Es ist wunderschön.«

»Und vor allem steht es Ihnen hervorragend. Ich hoffe, Sie finden es nicht zu persönlich, wenn ich Ihnen sage, dass Sie eine tolle Figur haben. Ihr zukünftiger Gatte kann sich wirklich glücklich schätzen.« Sie warf durch die angelehnte Tür einen Blick in den Verkaufsraum, wo sich die Kundin, die sie eben bedient hatte, mit der Verkäuferin immer noch Stoffmuster ansah. »Überlegen Sie mal, was für eine Dame ihm sonst womöglich geblüht hätte.«

Rachel lächelte. »Sie hat wirklich ziemlich breite Hüften.«

»*Ziemlich* breit? Sie sind riesig, Kindchen. Und sie hat Beine wie Baumstämme. Ich werde bestimmt sechs

Meter Stoff zusätzlich brauchen, nur um die Beine zu kaschieren.«

Rachel lachte und sagte dann: »Danke Esther. Das Kleid ist wirklich fantastisch. Es tut gut, dass ich mich heute wenigstens über eine Sache freuen kann.«

»Darf ich daraus schließen, dass bei den anderen Vorbereitungen nicht alles nach Wunsch läuft?«

Rachel zog den Reißverschluss des Kleides auf. »Na ja«, sagte sie unsicher, »die Entscheidung, in Paris zu heiraten, hat natürlich ein paar Probleme mit sich gebracht ...«

»Aber ich dachte, Ihr Vater kümmert sich vor Ort um alles.«

»Das stimmt ja auch – und er hat einen herrlichen Saal für den Empfang gefunden –, aber trotzdem muss noch die Anreise der Gäste aus England organisiert werden. Und ...« Sie verstummte. »Ich weiß auch nicht ...«

»Was ist denn, Kindchen? Sagen Sie's ruhig.«

»Also, es geht um Andy.«

»Um Andy? Was ist denn mit ihm los?«

»Das ist es ja gerade. Was *ist* eigentlich mit ihm los? Und vor allem: Wo ist er? Ich habe ihn in den letzten paar Tagen kaum gesehen, und heute Morgen ist er um halb fünf verschwunden, um den ganzen Tag U-Bahn zu fahren. Er benimmt sich ... ich weiß nicht – irgendwie seltsam.«

Esther zuckte beiläufig die Achseln, als verstünde sie nicht ganz, was Rachel hatte. »Er ist ein Mann. Er steht kurz vor der Hochzeit. Was erwarten Sie?«

»Vermutlich haben Sie Recht. Es ist nur so, ich habe heute Morgen einen Anruf bekommen, der mich etwas beunruhigt hat ...« Sie hielt kurz inne, stieg aus dem Kleid und nahm ihre Hose. »Ich weiß nicht. Sie werden mir jetzt wahrscheinlich sagen, dass ich mir keine Sorgen machen soll und bloß das übliche Nervenflattern in letzter Minute habe.«

»Um Himmels willen, nein. Wenn Sie Nervenflattern haben, Kindchen, sollten Sie den Mann nicht heiraten.

Nur wer sich völlig sicher ist, sollte heiraten. Ich habe hier genug Bräute ein und aus gehen sehen, um zu wissen, wovon ich rede. Es ist eine der wichtigsten Entscheidungen Ihres Lebens – nehmen Sie sie nicht auf die leichte Schulter. Wirklich, wenn ich *meine* Zweifel damals nicht ernst genommen hätte, wäre ich jetzt mit Solly Cohen verheiratet – und würde für den Rest meines Lebens mit seinen Schwestern Bridge spielen. Gütiger Gott, bewahre uns vor so einem Schicksal!«

Rachel lächelte matt. »Sie meinen also, ich sollte einen Rückzieher machen?«

»Das habe ich nicht gesagt. Aber überlegen Sie es sich noch mal gut. Warum reden Sie nicht mit ihm, um dann zu schauen, was Ihr Gefühl Ihnen rät?«

Rachel sagte nichts dazu. Der Vorschlag klang vernünftig, nur hatte sie keinen blassen Schimmer, wo Andy derzeit überhaupt steckte.

»Na ja«, fuhr Esther fort, »ich begreife sowieso nicht, warum Frauen wie Sie so erpicht aufs Heiraten sind. Das heißt, natürlich profitiere ich davon, und ich will mich auch bestimmt nicht beklagen – aber ich finde es eigentlich eine wahre Schande. Hat denn ein Leben in Sünde für euch junge Leute gar keinen Reiz mehr?«

Rachel zog sich an und hörte sich dabei Esthers Klatsch und Tratsch über ehemalige Kundinnen an, von denen inzwischen viele geschieden waren, ein zweites Mal geheiratet hatten oder fremdgingen. Solche Geschichten wollte sie ausgerechnet heute lieber nicht hören, aber sie konnte nichts dagegen machen, außer sich möglichst schnell zu verabschieden und den Laden zu verlassen. *Sie* war doch anders, oder? Oder war sie etwa auch launisch, flatterhaft, wankelmütig?

»Natürlich gilt das nicht nur für Frauen«, sagte Esther gerade. »Männer sind genauso schlimm – ich habe lediglich weniger mit ihnen zu tun, das ist alles. Welcher Mann kommt schon her, um sich ein Kleid auszusuchen? Von der einen oder anderen Ausnahme mal abgesehen …!«

Rachel knöpfte ihre Hose zu und ging wieder nach vorn in den Laden. Sobald Esther den Anproberaum verlassen hatte, verwandelte sie sich wieder in die geschäftstüchtige Boutiqenbesitzerin – der vertrauliche Tratsch hörte auf, und während ihre Verkäuferin Rachels Kleid einpackte, ging Esther nachsehen, wie weit die breithüftige Schnepfe mit der Stoffauswahl gediehen war. Rachel stand an der Kasse und wartete, dass Esther kam und ihr sagte, wie viel sie zu bezahlen hatte. Sie war unruhig. Sie wollte weg aus dem Laden.

Sie überlegte gerade, ob sie den Scheck auf »Bridal Paths« oder *Miss* Esther Hillman ausstellen sollte, als sie sah, wie ein Mann sie durch das Schaufenster anstarrte. Na ja, er starrte nicht direkt – es war eigentlich nur ein kurzer Blick –, aber trotzdem erschrak sie furchtbar, denn es war jemand, den sie kannte. Sie schaute zu Esther hinüber und dann die Verkäuferin an. Sie waren beide beschäftigt und hatten den Mann offenbar nicht bemerkt. Als Rachel sich wieder den Schaufenster zuwandte, war er bereits verschwunden. Aber er war dort draußen gewesen und hatte im Vorbeigehen zu ihr in den Laden gespäht. Das konnte unmöglich ein Zufall gewesen sein.

»Entschuldigen Sie mich bitte einen Augenblick«, sagte sie zu der Verkäuferin, legte ihr Scheckbuch auf die Theke und lief zur Tür.

»Rolf!«, rief sie draußen auf dem Bürgersteig.

Der Mann war etwa zwanzig Schritte weit weg und entfernte sich eilig. Sie rannte ihm hinterher. Als sie ihn eingeholt hatte, legte sie ihm eine Hand auf die Schulter.

»Rolf«, sagte sie, worauf er stehen blieb. »Hab ich's mir doch gedacht.«

»Oh«, sagte Rolf. »Hallo.« Er wirkte verlegen, hielt den Kopf gesenkt und schaute abwechselnd zu Boden, auf die Straße hinter ihr, auf die Läden – überallhin, nur nicht in ihre Richtung. Er führte eindeutig irgendetwas im Schilde.

»Hast du mich heute Morgen angerufen?«

»Ich? Nein …« Mit der einen Hand hielt er ein paar grüne Briefumschläge an die Brust gedrückt.

»Doch, das warst du«, sagte Rachel kurz angebunden, kein bisschen bemüht, ihre Verärgerung zu verbergen. »Ich hab deine Stimme erkannt.«

»Na schön, vielleicht war ich es ja …«

»Also, dann verrate mir bitte, was du damit gemeint hast, als du gesagt hast, dass Andy in Schwierigkeiten steckt? Gibt es da etwas, was ich wissen sollte?«

Rolf zögerte. »Kann schon sein …«

»Komm mir bloß nicht auf diese Tour. Entweder ja oder nein. Wenn er etwas angestellt hat, dann will ich es wissen.«

»Tut mir Leid, ich darf darüber noch nicht reden. Aber du wirst es bald erfahren. Sobald es … vorbei ist.«

Inzwischen schaute Rolf nicht mehr weg, sondern starrte sie unverwandt an. Die Wirkung war äußerst unangenehm – sein Blick schweifte von ihren Augen zu ihrem Mund bis zu ihrer Brust und dann wieder nach oben. Es war fast so, als wollte er sie aufspießen, sie mit den Augen sezieren. Unvermittelt streckte er die freie Hand aus, um ihr Haar zu berühren. Rachel beugte sich reflexartig nach hinten, um nicht von ihm angefasst zu werden.

»Hör mal«, sagte sie hastig, »du weißt nicht zufällig, wo Andy gerade ist, oder?«

»Nein«, sagte Rolf. Er schien ungehalten zu sein, weil sie vor ihm zurückgeschreckt war. »Nicht genau …«

»Nicht *genau*? Was soll das heißen?«

»Nichts. Tut mir Leid, aber ich muss jetzt weiter.« Er wandte sich ab. »Tut mir Leid«, sagte er dabei noch einmal.

»Mir auch«, sagte Rachel.

»Tschüs.« Er ging mit schnellen Schritten fort. Rachel erschauderte – der Mann war irgendwie … einfach unheimlich.

Ihr kam noch ein Gedanke, und sie rief ihm hinterher: »Verfolgst du mich eigentlich?« – aber er hastete weiter, ohne zu antworten. »Wenn ja, hör gefälligst auf damit!«

Ihr fiel eine der Bemerkungen ein, die Esther eben gemacht hatte: »Natürlich gilt das nicht nur für Frauen«, hatte sie gesagt. »Männer sind genauso schlimm.« Zum ersten Mal an diesem Tag traute sie sich, die Frage in Worte zu fassen: Ging Andy fremd? Irgendetwas stimmte nicht mit ihm, das war klar – warum hätte Rolf sie sonst angerufen? Sie hätte ihn nach der Wette zwischen ihm und Andy fragen sollen, nur um sich zu vergewissern, dass diese nicht nur ein abstruses Alibi war, aber sie hatte nicht rechtzeitig daran gedacht.

Erst, als sie wieder in der Boutique war, stellte sie fest, dass sie völlig vergessen hatte, sich die Bluse zuzuknöpfen. Die Verkäuferin wies sie mit rotem Kopf darauf hin, so als hätte sie und nicht Rachel eben halb Golders Green ihren BH präsentiert. Rachel jedoch machte ruhig die Knöpfe zu. Sie hatte sich an so etwas mittlerweile fast gewöhnt – es war gewissermaßen nur eine Wiederholung der Szene vor Sophies Wohnung, als die elfjährigen Jungen sie beim Anziehen ihres Rocks beobachtet hatten. Innerlich war sie allerdings bei weitem nicht so gelassen, wie es schien.

»Scheiße!«, sagte sie, während sie den letzten Knopf zumachte. Das Wort rutschte ihr einfach so heraus. Es war ihr ein bisschen peinlich, denn die Verkäuferin, Esther Hillman und die breithüftige Frau schauten sie konsterniert an. Sie erwog kurz, ihnen den Grund für ihren Unmut zu erklären, aber ihr wurde klar, dass sie das Ganze dadurch wahrscheinlich nur noch schlimmer machen würde, also hielt sie lieber den Mund.

So rasch wie möglich stellte sie den Scheck aus, nahm ihr Kleid in Empfang und verließ endgültig die Boutique.

Kapitel 18

11:32 1. Intermezzo in Finchley Central, Northern Line

Die Fahrt geht weiter. Ich könnte Ihnen jetzt ausführlich erzählen, wie ich erst von Golders Green nach Edgware gelangt bin, wie ich dann einen Bus nach Mill Hill East genommen habe, und all solche Sachen. Aber das werde ich nicht tun. Stattdessen werde ich meinen Bericht unterbrechen, und Sie um etwas bitten. Ich möchte, dass Sie die Augen schließen und sich den U-Bahn-Plan vorstellen. Nicht blinzeln – einfach nur die Augen zumachen und an den Plan denken. Wenn Sie fertig sind, sagen Sie Bescheid. Ich gebe Ihnen zehn Sekunden Zeit.

***

Okay, was sehen Sie? Ich habe keinen Moment geglaubt, dass Sie dafür die Augen schließen mussten – jeder weiß, wie der U-Bahn-Plan aussieht. Er besteht aus schön geraden, verschiedenfarbigen Strichen. Die Haltestellen sind in gleichmäßigen Abständen angeordnet und die Umsteigebahnhöfe deutlich hervorgehoben. Es gibt keine Dellen oder Schlangenlinien, sondern fast nur 90- oder 45-Grad-Winkel. Kurzum, er sieht ein bisschen wie das Diagramm eines komplizierten Stromkreises aus.

Aber Sie sollten wissen, dass der Plan mit der Wirklichkeit nichts zu tun hat. Er ist lediglich die Erfindung eines gewissen Harry Beck – eines sehr schlauen Menschen, dem es gelungen ist, das U-Bahn-Netz übersichtlich darzustellen. Ein *naturgetreuer* U-Bahn-Plan sieht völlig anders aus. Ein *naturgetreuer* U-Bahn-Plan ist ein kartografisches Chaos, ein Gewirr von Linien, deren Verlauf am Rand noch gut zu erkennen ist, aber zur Mitte hin immer unübersichtlicher wird. Ein bisschen wie das Leben selbst. Nur findet sich im wahren Leben selten jemand wie Harry Beck, der das Gewirr für uns auflöst.

Ich komme gerade jetzt auf dieses Thema zu sprechen, weil mein Blick soeben, als ich in Finchley Central aus der U-Bahn gestiegen bin, auf ein Plakat fiel, das ausführlich über die Entstehungsgeschichte des Plans informiert. Offenbar hat Harry Beck irgendwo hier in der Nähe gelebt – ein Detail der U-Bahn-Geschichte, das mir offen gestanden völlig neu ist, mich aber keineswegs überrascht. Finchley Central ist genau der Ort, an dem so jemand wie Harry Beck leben würde.

Es ist 11:32, und wir müssen hier umsteigen, um das nach High Barnet führende Teilstück der Northern Line abzuhaken. Es ist ein herrlicher Herbsttag, und die Asphaltoberfläche des Bahnsteigs schimmert in der Sonne. An den Bäumen rings um den Bahnhof herum verfärben sich die Blätter, werden gelb und braun, als sähen sie schon voller Schadenfreude der Zeit entgegen, in der das Laub auf den Schienen den Zugverkehr lahm legt. Ein oder zwei Bäume, die ihren großen Auftritt offenbar kaum noch abwarten können, werfen bereits ihre Blätter ab. Auf einem Zaun sitzt ein Eichhörnchen und hält die Pfoten vors Gesicht, als ob es an den Fingernägeln knabberte – womöglich fragt es sich nervös, ob ich es schaffen werde, das ganze U-Bahn-System rechtzeitig abzufahren. Es ist wirklich ein schöner Tag. Wenn man das leise Geräusch des Straßenverkehrs ignoriert, könnte man glauben, auf dem Land zu sein, weit entfernt von London, von U-Bahn-Zügen und dämlichen Wetten.

Wir müssen eine Weile auf unseren Anschlusszug warten, daher nutzt Brian die Gelegenheit, um hinter einem der Bahnhofsgebäude zu pinkeln. Als er zurückkommt, wirkt er etwas verlegen.

»Würde es dir was ausmachen, wenn ich mich mal kurz verdrücke?«

Ich bin überrascht – zum ersten Mal seit wir uns begegnet sind, äußert er einen Wunsch, der nicht besagt, dass er sich wie ein Klette an mich hängen will.

»Verdrücken? Wieso?«

»Ich brauche was.«

»Ach so.« Ich wende mich irgendwie enttäuscht ab. »Bier vermutlich.«

»Ähm, ja, stimmt. Auch wenn es dich eigentlich nichts angeht. Gleich um die Ecke ist ein Laden, da dachte ich, ich hol mir schnell ein bisschen Nachschub. Und wenn du Glück hast, bring ich dir auch gleich noch was zu beißen mit – damit du aufhörst, so ein Gesicht zu ziehen.«

Ich gebe ihm fünf Pfund und sage ihm, er soll mir ein Käsesandwich mitbringen. »Aber beeil dich. Der nächste Zug nach Barnet geht in sieben Minuten – den nehme ich, auch wenn du bis dahin nicht zurück bist.«

Ich setze mich hin, während ich darauf warte, dass er zurückkommt. Von der vielen Herumfahrerei tut mir jede Faser meines Körpers weh. Ich habe das Gefühl, als hätten wir in der letzten Stunde ganz Nordlondon durchquert. Ich glaube, wenn mir noch eine einzige Reihenhauszeile oder eine einzige mittelmäßige Hauptstraße voller mittelmäßiger Autos und mittelmäßiger Menschen unter die Augen kommt, kriege ich einen Schreikrampf. Ich befinde mich hier in der Welt von Woolworth, Boots und Marks & Spencer, wo sich die Leute niemals ändern und nie etwas passiert. Mir kommt es so vor, als hätten sich die Züge während der letzten Stunde durch einen ganzen Sumpf aus Doppelglas-Fenstern und Türklingeln, die ding-dong machen, gekämpft. Und jetzt bin ich schließlich an der Nabe dieses großen Vorort-Rades angekommen – dem superöden Finchley Central.

In Finchley Central waschen die Männer ihre *Mondeos* jeden Sonntagvormittag, bevor sie sich dann ein bisschen als Heimwerker betätigen. In Finchley Central zupfen die Frauen die Tüllgardinen zurecht und tratschen über die Frau aus Nummer 22, die gerade eine Hysterektomie hatte. Sogar der Bahnhof, an dem ich mich gerade aufhalte, verströmt Mittelklasse-Flair – ein Stück von der baumbestandenen Vorortstraße zurückgesetzt, mit sauberen Bahnsteigen und Holzbänken, auf denen gelangweilte Teenager sitzen und vor sich hin qualmen. Und es gibt das Plakat über Harry Becks Streckenplan-Klassiker, damit selbst ein Gang zum Bahnhof ein lehrreiches Erlebnis sein kann.

Zu denken gibt mir, dass es mir, trotz meines Abscheus vor dieser Gegend, hier irgendwie gefällt. Ein Teil von mir mag all die Heckenscheren und Habitat-Vasen. Ich befürchte, ich könnte ohne weiteres hierher ziehen, mein Haus mit geschmackvollen Kiefernmöbeln von Ikea einrichten und irgendwann zum Vorsitzenden der örtlichen Nachbarschaftshilfe-Vereinigung gewählt werden. Wäre ich auf meinem Lebensweg nicht an irgendeiner Stelle falsch umgestiegen und von der normalen Route abgekommen, würde ich jetzt hier leben, mit Frau und Kind und einem verantwortungsvollen, gut bezahlten Job. Statt mich in einer Wohnung in Belsize zu verschanzen, die ich mir eigentlich nicht leisten kann, und mein Gehirn mit U-Bahn-Anekdoten vollzustopfen.

Ich schaue über den Bahnsteig auf den Harry-Beck-Plan mit seinen geraden Linien und klar erkennbaren Umsteigebahnhöfen. Ich muss zugeben, dass ich in einem Punkt etwas gegen Harry Beck habe. Sein Plan mag zwar gut für Touristen und Anfänger sein, aber für meine Zwecke wäre es besser, wenn er mehr der Wirklichkeit entspräche. Angesichts des U-Bahn-Plans könnte man beispielsweise glauben, dass Edgware und Mill Hill East zig Kilometer voneinander entfernt sind, aber ich bin vor kurzem mit dem Bus die Strecke gefahren, und es hat nur zehn Minuten gedauert. In anderen Fällen ist es noch extremer. Auf dem Plan sind Heathrow und Uxbridge an den entgegengesetzten Ecken von London eingezeichnet – dabei liegen sie in Wirklichkeit ziemlich dicht beieinander. Solche Informationen könnten sich heute als meine Rettung erweisen. Aber genau diese Informationen fehlen auf Harry Becks Klassiker. Seine übersichtliche, geordnete Welt ist eine Täuschung.

Ich schaue auf die elektronische Anzeigetafel – der Zug nach High Barnet fährt in einer Minute. Wo zum Teufel bleibt Brian? Einen Augenblick rechne ich mit der unerfreulichsten aller Möglichkeiten – dass er sich mit meinen fünf Pfund verkrümelt hat –, aber als der Zug in den Bahnhof einläuft, sehe ich Brians drahtige Gestalt am Eingang auftauchen.

Ich habe keine Zeit, mir wegen meines mangelnden Vertrauens Vorwürfe zu machen. »Brian!«, brülle ich. »Beeilung!«

Er rennt über die Brücke zu meinem Bahnsteig herüber, in einer Hand seine Sporttasche, in der anderen etwas, das nach Sandwiches aussieht. Ich stelle mich in eine der Türen, um zu verhindern, dass sie zugeht – was ziemlich riskant ist, denn einmal habe ich gesehen, wie jemand deswegen aus dem Zug geworfen wurde. Zum Glück schafft Brian es noch rechtzeitig, bevor die Türen sich schließen, und weiter geht's.

Aber bevor sich diese Türen endgültig schließen, möchte ich noch eine letzte Sache über die U-Bahn-Pläne erzählen.

Fast jährlich wird eine neue Version des Plans veröffentlicht, und noch nie waren zwei aufeinander folgende Versionen identisch. Der Plan, den ich bei meiner heutigen Fahrt benutze, wurde Anfang 1997 herausgebracht und weist zwei Besonderheiten auf. Erstens ist Baron's Court auch da schon ohne Apostroph geschrieben. Und zweitens ist Mornington Crescent – die Haltestelle, nach der das Spiel auf Radio Four benannt wurde – mit einem großen roten Kreuz durchgestrichen, weil sie zu der Zeit wegen Renovierungsarbeiten geschlossen war.

Der U-Bahn-Plan ist ständigen Veränderungen unterworfen. Und mögen diese Veränderungen im Gesamtzusammenhang auch noch so minimal erscheinen, sie sind doch von Bedeutung. Wenn Sie eine ebenso umfangreiche Sammlung von Plänen besäßen wie ich, würden Sie das verstehen. Ein fehlendes Apostroph kann alle möglichen Probleme verursachen. Ein rotes Kreuz kann ein Leben verändern.

KAPITEL 19

11:32 2. Intermezzo in Finchley Central

»Also«, sagte Sophie, den Mund voll mit Käse-Spinat-Quiche, »was glaubst du, wo er ist?«

Sie saßen in einem Café am Bahnhof Finchley Central, ganz in der Nähe von Sophies Wohnung. Rachel hatte das Kleid bei Sophie vorbeigebracht, und weil Sophie so hungrig gewesen war, hatte sie sofort in das Café gehen wollen. Und da saß Rachel nun, schaute zu, wie ihre Freundin sich den Magen voll schlug und beantworte Fragen über die Sorge, die sie momentan am meisten belastete.

»Vermutlich klappert er tatsächlich U-Bahnhöfe ab – das ist die einzige Erklärung, die mir einfällt. Aber irgendwas ist daran komisch. Es ergibt nicht so recht Sinn. Das heißt, wenn ihm so viel an der Wette liegt, warum wartet er dann nicht, bis wir wieder zurück sind? Warum muss es ausgerechnet heute sein?«

Sophie schluckte den Bissen hinunter. »Vielleicht ist er ja gar nicht in der U-Bahn. Vielleicht macht er ja etwas anderes. Organisiert eine Überraschung für eure Flitterwochen oder so.«

»Vielleicht ...« Rachel klang nicht sonderlich überzeugt.

»Hast du schon bei seinen Freunden angerufen?«

»Ich habe in der Buchhandlung nachgefragt, aber da ist er nicht gewesen. Ich habe mit Phil, einem Kollegen von ihm gesprochen, aber der hat Andy seit dem Junggesellenabschied nicht mehr gesehen – er hat behauptet, das Letzte, woran er sich erinnert, ist die Schimpfkanonade der Stripperin, nachdem Andy ihr in den Hintern gekniffen hatte. Eine ungemein hilfreiche Auskunft. Dann habe ich noch ein paar andere Freunde von ihm angerufen, aber die waren alle nicht zu Hause.«

»Ich würde mir nicht so viele Gedanken machen«, sagte Sophie, während sie ein weiteres Stück Quiche auf ihre Gabel spießte. »Wahrscheinlich ist er bloß sauer auf dich und meldet sich deshalb nicht. Meine Güte, wenn Du *mir* ›Arsch‹ auf die Stirn schreiben würdest, würde ich nie wieder ein Wort mit dir reden.«

»Aber er *ist* ein Arsch. Und außerdem ist an seinem Verhalten irgendetwas faul. Da bin ich mir sicher. Was hätte dieser sonderbare Anruf von heute Morgen denn sonst bedeuten sollen? ›Wenn du wüsstest, was er jetzt gerade tut‹, hat Rolf gesagt. Vielleicht fährt Andy ja doch nicht U-Bahn. Vielleicht tut er etwas anderes. Etwas ... Schlimmes.«

Sophie lächelte und gab dabei den Blick auf die Spinat-Käse-Klümpchen zwischen ihren Zähnen frei. »Hast du mal versucht, die Nummer von der Stripperin rauszukriegen?« Jedenfalls nahm Rachel an, dass sie das gesagt hatte – es klang eher wie: »Hawu mawerwuch die Numma vondä Ftripperin raufukiegn?«

»Musst du dich denn unbedingt voll stopfen, während wir uns unterhalten? Ich dachte, wir wollten nachher noch richtig essen gehen?«

»Schulljunk«, sagte Sophie. »Ijhahunga.«

»Wie bitte?«

Sophie schluckte hinunter. »Ich sagte: Entschuldigung, ich hab Hunger. Ich bin seit heute Morgen um sechs damit beschäftigt, den Wagen zu packen, und hatte noch keine Gelegenheit zu frühstücken. Der ganze Kofferraum ist schon voll mit Geschenken für dich.«

Rachels Miene hellte sich auf. »Im Ernst ...?«

»Und ob – lauter Geschenke, auf die du nur einen kurzen Blick werfen wirst, bevor ich sie dann wieder zurück nach England karren darf.«

Sie machte sich erneut über ihre Quiche her und legte nur ein paarmal eine kurze Pause ein, um einen Schluck Milch zu trinken. Rachel staunte immer wieder, dass Sophie so viel essen konnte, ohne je zuzunehmen. Und sie staunte auch über ihre schlechten Tischmanieren. Da saß sie nun vor ihr, schaufelte sich einen Bissen Quiche nach dem anderen in den Mund, und es kümmerte sie offenbar überhaupt nicht, dass lauter Krümel auf ihrer Kleidung landeten und ein Milchschnäuzer ihre Oberlippe zierte, der einer Fünfjährigen gut zu Gesicht gestanden hätte. Es war sehr unappetitlich.

Rachel wandte sich von ihrer Freundin ab, wodurch ihr Blick auf einen Mann fiel, der gerade das Café betrat. Sein Äußeres ließ noch mehr zu wünschen übrig als das von Sophie. Allem Anschein nach war er ein Penner. In einer Hand trug er eine große Tasche, in der anderen acht Dosen extrastarkes Lagerbier, und er war sichtlich aus der Puste. Rachel beobachtete ihn, wie er zum Tresen ging, zwei große Sandwiches zum Mitnehmen bestellte und hastig seine Bierdosen in der Tasche verstaute.

»*Denkbar* wäre es schon, dass er was mit der Stripperin hat«, sagte Rachel schließlich, als sie sich wieder zu ihrer Freundin umdrehte. »Völlig ausgeschlossen ist das nicht.«

»Red doch keinen Unsinn, Rachel!«, sagte Sophie. »Das mit der Stripperin sollte ein Witz sein.«

»Ja, aber möglich ist es schon, oder? Man hört ja so einiges über diese Jungesellenabschiede. Womöglich haben Andys Freunde ihm einen Besuch bei einer Prostituierten spendiert und er ist auf den Geschmack gekommen.«

Sophie brach in Gelächter aus und schaffte es dabei nur mit Mühe, sich nicht zu verschlucken. »Meine Güte, überleg doch mal! Andy in einem Bordell! Der wüsste vor lauter Verlegenheit gar nicht, wo er hinschauen soll!«

Rachel konnte sich ein Lächeln nicht verkneifen. »Ich meine es Ernst, Sophie. Vielleicht wollte er noch ein letztes Mal über die Stränge schlagen. Einer seiner Freunde könnte ihn dazu angestiftet haben. Du weiß ja, wie betrunkene Männer sind.«

»Ich stelle mir gerade vor, wie er in diesem Moment im Verließ einer Domina halb zu Tode gequält wird!«

»Sophie!«

»Na, jetzt mal halblang, du bist hier diejenige, die sich lächerlich macht. Andy würde niemals am Tag vor seiner Hochzeit zu einer Nutte gehen. Mal abgesehen davon, dass ihm allein schon die Vorstellung dazu eine Heidenangst einjagen würde, ist er einfach nicht der Typ dafür.«

»Aber was ist mit dem Anruf von heute Morgen? Dem Anruf von Rolf?«

Sophie schob den leeren Teller zur Seite. »Ist dir schon mal in den Sinn gekommen, dass dieser Rolf dich angelogen haben könnte?«

»Warum hätte er das tun sollen?«

»Vielleicht ist er eifersüchtig. Vielleicht will er nicht, dass du ihm den Spielkameraden wegnimmst. Vielleicht hat er ja auch eine Hochzeitsphobie. Es könnte Dutzende von Gründen geben.«

Sie wurde von der Stimme des Penners unterbrochen, der den Kellner hinter dem Tresen lautstark aufforderte, nicht so zu trödeln – er habe keine Zeit, er müsse seinen Zug kriegen. Der Kellner wirkte verschüchtert, was nicht weiter überraschte, denn der Penner machte einen muskulösen Eindruck und war auf beiden Armen tätowiert. Alle Gäste des Cafés schauten gebannt zu, wie er dem Kellner die Sandwiches aus der Hand riss, dann hinauslief und die Tür hinter sich zuknallen ließ.

»Wow!«, sagte Sophie. »Ein Penner, der es eilig hat. Das hab ich echt noch nie erlebt.«

Die beiden Freundinnen sahen dem Penner hinterher, der jetzt die Straße entlang in Richtung U-Bahnhof rannte.

»Du glaubst also nicht, dass Andy mich betrügt?«, fragte Rachel.

Sophie sagte kein Wort, warf Rachel nur einen vielsagenden Blick zu und begann, eine Banane zu schälen.

»Tja, dann haben wir wohl alle Möglichkeiten abgehakt«, sagte Rachel, »und wissen immer noch nicht, wo Andy steckt.«

Sophie hob die Banane an den Mund. »Wie ich schon sagte«, bemerkte sie, »wahrscheinlich ist er bloß sauer auf dich.«

Rachel lächelte matt und schaute zu, wie sich ihre Freundin erneut einen großen Bissen in den Mund schob.

In der Ferne hörte sie das Geräusch einer bremsenden U-Bahn. Es war an der Zeit, das Thema zu wechseln.

Kapitel 20

11:39 Finchley Central – High Barnet, Northern Line
11:51 High Barnet – Bank, Northern Line
12:32 Bank – Tottenham Court Road, Central Line
12:42 Tottenham Court Road – Euston, Northern Line
12:48 Euston – Walthamstow Central, Victoria Line
13:08 Walthamstow Central – Finsbury Park, Victoria Line
13:20 Finsbury Park – Cockfosters, Piccadilly Line

Was sehen Sie hier oben? Nur eine Liste von Zugverbindungen, nehme ich an – etwa so interessant, als würde man einen Fahrplan durchlesen. Aber für mich ist es von Bedeutung. Weil ich Leute kenne, die tatsächlich Fahrpläne durchlesen, und ich langsam begreife, was sie daran reizt. Der 11:51er beispielsweise – der steht für eine lange, ruhige Fahrt von High Barnet nach Bank, auf der Brian und ich über dies und das plaudern und die Sandwiches vertilgen, die er in Finchley Central gekauft hat. Oder der 12:32er, der steht für Anspannung, für eine rasche Fahrt durch die Londoner Innenstadt, nur um zu einem anderen Teilstück der Northern Line zu gelangen. Der 12:32er steht auch für frustrierte Gesichter bei Brian und mir, denn diese Haltestellen haben wir alle heute Morgen schon abgeklappert, als wir um 5:40 den Zug nach Epping genommen haben. Sie sehen also, auch eine

Liste von Zügen kann ihren Reiz besitzen. Jede Uhrzeit und jeder Zielort steht nämlich für eine Bahnfahrt – und mit jeder Bahnfahrt verbindet sich eine Geschichte.

Unsere Geschichte im Bahnhof Tottenham Court Road ist von Neugier geprägt, denn als wir uns durch die Mittagspausen-Massen kämpfen, sehen wir uns einem Problem gegenüber, mit dem wir bisher noch nicht konfrontiert wurden – am Fuß der Treppe ist ein Mann zusammengebrochen, und zwei Sanitäter in reflektierenden Westen kümmern sich um ihn. Einer der Sanitäter ruft den Leuten immer wieder zu, sie sollen weitergehen, es gebe nichts zu sehen, aber sie beachten ihn nicht, sondern schieben sich im Schneckentempo an der Gruppe vorbei, um einen Blick auf den am Boden liegenden Mann zu erhaschen. Brian und ich hingegen sind nicht neugierig. Wir machen kehrt und laufen unter einem Schild mit der Aufschrift »Kein Ausgang« hindurch. In weniger als einer Minute haben wir die Menge hinter uns gelassen und stehen auf dem Bahnsteig der Northern Line, um in unseren nächsten Zug zu steigen.

Die anschließende Fahrt dauert nur drei Stationen, ist eine Geschichte der Ungeduld und endet in Euston, wo wir wieder rennen müssen – die Treppe hoch zur Hauptebene, und dann wieder runter zu den Bahnsteigen der Victoria Line. Brian gerät in einem der Gänge fast mit einem Straßenmusikanten aneinander, weil er über den Gitarrenkasten des Musikers stolpert, woraufhin sich die ganzen Münzen auf dem Fliesenboden verteilen – der Mann ruft uns wütend hinterher, wir sollen ihm beim Aufsammeln helfen, aber wir müssen weiter und lassen ihn allein seinen Pennys hinterherkriechen.

Die Victoria Line ist schnell und effizient, der Zug durchquert mit uns im Eiltempo Highbury, Finsbury Park und Tottenham Hale. In Seven Sisters ist eine Gruppe junger schwarzer Frauen eingestiegen, alle mit langen, kunstvoll bemalten Fingernägeln und perfekt gestylten Frisuren. Sie sehen wie wandelnde Ebenholzskulpturen aus, imposant und wunderschön – Brian starrt sie mit offenem Mund an. Als eine von ihnen sich umdreht und ihm sagt, er solle den Mund zumachen, steht er weiter verdattert da.

Nachdem wir in Walthamstow Central angekommen sind, fahren wir mit der Victoria Line auf demselben Weg bis Finsbury Park zurück. Dort steigen wir in den Zug, der uns zur nächsten Trophäe bringt – zu dem Umschlag, der in Cockfosters versteckt ist. Ich überlege, was ich wohl in dem Umschlag vorfinden werde. Mir fehlen noch fünf Dinge – meine Eurostar-Fahrkarten, die Reservierungen für das Flitterwochenhotel, mein Pass, meine Schlüssel und meine Monatskarte. Mein Gefühl sagt mir, dass Rolf nur das unwichtigste dieser Dinge dort versteckt hat. Ich kenne ihn – er will garantiert nicht zu früh zu viel an mich abgeben –, und trotzdem muss ich den Umschlag holen, denn er könnte ja doch etwas Wichtiges enthalten.

Es dürfte also einleuchten, dass die letzte Fahrt auf dieser Liste eine Geschichte der Beklommenheit erzählt. Während wir Turnpike Lane, Wood Green und Arnos Grove passieren, reden Brian und ich mit gedämpfter Stimme darüber, was uns am Endbahnhof wohl erwartet. Und als der Zug an Southgate und Oakwood vorbeirollt und sich Cockfosters nähert, rätseln wir, was unser nächstes Ziel sein wird. Denn dieser Endpunkt ist nur einer von vielen. Am Ende der Piccadilly Line wird wieder eine neue Aufgabe auf uns warten.

Kapitel 21

13:42 zu Hause in Belsize Park

Andy hatte einmal ein Gedicht für Rachel geschrieben. Es war schon ein Weile her, aber sie erinnerte sich noch an die erste Zeile. Sie lautete:

»Sonnenschein, und Rachel liegt bei mir im Bett …«

Sie hatte es eines Morgens beim Aufwachen neben dem Kopfkissen gefunden. Natürlich hatte sie nicht sofort gewusst, was es war: Als sie das Stück Papier in die Hand nahm, ging sie davon aus, dass es eine langweilige organisatorische Notiz war, mit der Bitte, einkaufen zu gehen oder seine Wäsche aus der Waschmaschine zu holen. Aber als sie die Worte auf dem Rücken liegend mit verschlafenen Augen las und ihr klar wurde, was es war … überkam sie ein nie gekanntes Gefühl. Sie glaubte, von neuem aufzuwachen. Ihr ganzer Körper kribbelte. Plötzlich war ihr, als bestünde sie aus lauter aufsteigenden Bläschen, die in so rascher Abfolge eines nach dem anderen anmutig zerplatzten, dass sie den Überblick verlor. Ihr war, als badete sie in warmem Champagner. Und sie stellte fest, dass sie weinte, denn die Sonne schien tatsächlich und sie lag tatsächlich in seinem Bett. In Andys Bett. Andys wundervollem Bett.

Nie zuvor hatte jemand ihr ein Gedicht geschrieben. Sie las es an jenem Morgen bestimmt ein Dutzend Mal, und anschließend legte sie sich das Blatt aufs Gesicht, als glaubte sie, die Worte würden sich dadurch irgendwie von dem Papier lösen und ihr in Augen, Mund, Nase sickern. Und erst, als sie das Gefühl hatte, dass ihr Körper ganz von ihnen durchdrungen war, stand sie auf und ging zur Arbeit.

Komischerweise konnte sie sich jetzt nicht mehr an den Rest des Gedichts erinnern. Sie hegte den Verdacht, dass sie sich nur deshalb nicht daran erinnern konnte, weil es keine besonders bemerkenswerten Worte gewesen waren – schließlich war Andy nicht unbedingt ein zweiter Shakespeare –, aber das spielte auch weiter keine große Rolle, weil sie sich an jenem Morgen irgendwie verändert hatte. Und als Andy ihr ein paar Wochen später zum ersten Mal sagte, wie sehr er sie liebte, war sie in der Lage gewesen, es gelassen aufzunehmen und keine großen Worte zu machen, weil jetzt eben nichts anderes zählte.

All das kam ihr jetzt wie eine Täuschung vor. Sie stand in der Tür und schaute auf Andys Bett, das zu ihrer beider Bett geworden war, und es war leer. Kein Champagner, keine Bläschen – rein gar nichts. Die Sonne schien zwar, aber wen kümmerte das schon?

Sie war erst vor ein paar Minuten zurück nach Hause gekommen. Sie hatte Sophie in Finsbury Park abgesetzt und war dann schnurstracks hergefahren: Eigentlich hatte sie vorgehabt, zusammen mit ihr ein paar letzte Kleinigkeiten für Paris zu kaufen, aber sie war wegen ihres Gepäcks, das sie am Morgen gepackt hatte, nervös geworden. Es war furchtbar früh gewesen, und sie hatte geweint – es war geradezu unvermeidlich, dass sie etwas Wichtiges vergessen hatte. Und außerdem war ja Andy vielleicht in den letzten Stunden nach Hause gekommen und wartete dort auf sie. Oder vielleicht hatte er angerufen und eine Nachricht hinterlassen. Also hielt sie an der Stroud Green Road an, ließ Sophie aussteigen und fuhr rasch zurück nach Belsize Park.

Bei ihrer Ankunft zu Hause war die Wohnungstür nach wie vor doppelt abgeschlossen, und Andys Jacke hing nach wie vor nicht an dem üblichen Garderobenhaken. Sie spürte einen leichten Stich, als ihr klar wurde, dass er nicht da war. Sicherheitshalber schaute sie dennoch im Schlafzimmer nach: Sie hoffte immer noch, ihn in seinem – ihrer beider – Bett vorzufinden, dass er wegen des Streits von gestern Nacht etwas verlegen war, aber froh, sie zu sehen. Natürlich war er nicht da. So stand sie nun also enttäuscht und missmutig in der Tür zum Schlafzimmer.

Sie ging ins Wohnzimmer, um den Anrufbeantworter abzuhören, aber sie tat es eigentlich nur aus Pflichtbewusstsein, um dann gleich zu erledigen, weswegen sie nach Hause gekommen war. Natürlich hatte er nicht angerufen. Auf dem Band waren eine weitere Nachricht von Andys Mutter, die ihnen noch einmal alles Gute wünschen wollte und sich mit einem »Dann also bis morgen« verabschiedete, und eine Nachricht von Rachels Freund Patrice. Außerdem hatte Rachels Vater angerufen und mit seinem starken französischen Akzent auf Englisch verkündet, die Vorbereitungen seien jetzt abgeschlossen und morgen werde bestimmt alles perfekt klappen. Aber nichts von Andy.

Sie setzte sich aufs Sofa, streckte sich aus und starrte eine Weile an die Decke. Sie war den Tränen nahe. Womit hatte sie es verdient, in so einer Situation zu stecken? Das hätte sie zu gern gewusst. War Andy noch sauer auf sie? Ließ er sie absichtlich im Ungewissen, als Rache für ihre Lippenstiftaktion? Vielleicht hatte er ja auch einen Unfall gehabt – vielleicht lag er in irgendeinem Krankenhaus, bewusstlos, nicht in der Lage, den Ärzten zu sagen, wie er hieß oder wo er wohnte. O Gott, bitte nicht, dachte sie. Sie wollte weinen, den Frust der letzten Stunden loswerden, aber es ging nicht, denn irgendetwas, ein Kloß in ihrem Hals, hielt sie davon ab. Und sie begriff, dass alle Bemühungen, in Tränen auszubrechen, zwecklos waren, denn sie kannte diesen Kloß in ihrem Hals ganz genau. Es war Zorn. Purer, unverfälschter Zorn.

Bei näherer Betrachtung hatte sie nämlich absolut keinen Grund zu heulen. Was hatte sie denn getan, außer sich, krank vor Sorge, den Kopf darüber zu zerbrechen, wieso ihr Freund, dieser verantwortungslose Arsch, sich in jüngster Zeit so merkwürdig benahm? War sie etwa an jedem Abend der letzten Woche um die Häuser gezogen und hatte sich in Gesellschaft von Stripperinnen, Flittchen und Gott weiß wem noch alles betrunken – oder gondelte sie etwa seit Stunden mit der U-Bahn durch die Stadt, um die Krone dieser bescheuerten Bahn-Freaks zu erlangen? Verdammt, dachte sie, ich wäre fast froh, wenn er im Krankenhaus läge – das wäre als Entschuldigung, wieso er sie allein ließ, leichter zu akzeptieren als der Grund, den er letzte Nacht genannt hatte.

Sie stand vom Sofa auf und ging in die Küche, um sich ein Glas Wein aus der Flasche zu genehmigen, die sie für das Abendessen gestern gekauft hatte – vielleicht würde sie das ein bisschen beruhigen. Vielleicht würde sie die Flasche ganz leeren, sich betrinken. Die Idee hatte ihren Reiz. Rachel entkorkte die Flasche, und spürte, wie ihr Zorn bereits etwas nachließ – ein Umstand, der sie allerdings beunruhigte. War das der erste Schritt zum Alkoholismus? Sie redete sich ein, ein Glas Wein werde bewirken, dass sie sich erwachsener fühlte, sich erwachsener benahm und rationaler dachte. Aber es bestand auch die Möglichkeit, dass sie sich gar nicht besser in den Griff bekam, sondern das Gegenteil passierte – vielleicht sehnte sie sich danach, alles zu vergessen.

Sie trank den ersten Schluck, und ihre Wut schien sich in der roten Flüssigkeit in ihrem Glas aufzulösen. Sie hob das Glas erneut an die Lippen, nahm diesmal einen größeren Schluck – der Geschmack des Weins breitete sich auf der Zunge aus und spülte ein Stückchen des Kloßes im Hals weg. Sie wollte aber wütend sein. Sie wollte heulen und schreien und gegen die Möbel treten, aber am Ende konnte sie es nicht, weil sie den Sinn dessen nicht einsah. Wenn er nach Hause kam, wenn er zugab, gedankenlos, egoistisch und rücksichtslos gewesen zu sein, dann war der richtige Moment gekommen, wütend zu sein – allerdings hatte sie keine Ahnung, was sie bis dahin tun sollte. Vielleicht war das Ganze ja ein einziges großes Missverständnis, eine Art Kommunikationsausfall. Womöglich würde er nach Hause kommen und sich gar nicht bewusst sein, etwas Schlimmes getan zu haben – sie würden sich streiten, sie würde ihn mit ihren Schuhen bewerfen, und dann würden sie sich vertragen und bis zur Besinnungslosigkeit vögeln. Das taten sie in solchen Fällen nämlich meistens. Und es war gar nicht so übel.

Sie trank einen weiteren Schluck Wein und dachte zurück an all die Auseinandersetzungen, die sie im Verlauf der letzten drei Jahre gehabt hatten. Zum ersten Mal hatten sie sich am Morgen nach ihrer ersten gemeinsamen Nacht gestritten, als Andy versuchte, sich aus der Lügengeschichte über das schicke Auto, das er angeblich besaß, herauszuwinden – anfangs hatte er fest geglaubt, sie würde ihm die Geschichte abkaufen, obwohl es doch sonnenklar war, dass er keinen blassen Schimmer von Sportwagen hatte. Und dann versuchte er ihr weiszumachen, er habe sie nicht für dumm verkaufen, sondern bloß einen Witz machen wollen. Es dauerte einen ganzen mit ihm im Bett verbrachten Tag, bis sie ihn davon überzeugt hatte, dass seine Flunkerei sie nicht störte. Genau genommen hatte er nur mit sich selbst gehadert. Sie mochte ihn – sie war in ihn verliebt –, und das genügte ihr.

Seitdem hatten sie sich über alles Mögliche gestritten. Als sie zusammenzogen, stritten sie sich darüber, wo die Möbel hinkommen sollten. Sie zankten sich, wessen Bilder aufgehängt werden würden, wer mit Abwaschen dran war und wer Schuld an der hohen Telefonrechnung hatte. Jeden Samstagabend fochten sie einen Kampf aus, bei dem es um die Entscheidung ging, ob sie sich lieber *Berühmte Bahnstrecken* oder *Herzblatt* im Fernsehen angucken würden, einen Kampf, der zumeist damit endete, dass sie sich so lange auf dem Sofa um die Fernbedienung balgten, bis die beiden Sendungen völlig vergessen waren. An einem Abend hatte die Frage, wer von ihnen der bessere Scrabble-Spieler war, zu einem einstündigen Disput geführt, der erst ein Ende fand, nachdem sie eine Partie gespielt hatten, bei der Andy sie mit 120 Punkten Abstand schlug (»Versuch *du* mal, ein Wort aus sechs *E* und einem *I* zu bilden«, sagte sie hinterher.) Ein anderes Mal hatten sie einen schlimmen Krach, bei dem es darum ging, wer an einem angebrannten Abendessen Schuld war. Andy hatte behauptet, es sei ihre Schuld, weil er mit seiner Mutter telefoniert habe und deshalb *sie* nach dem Essen hätte schauen müssen. Typisch – *er* kochte, und dennoch erwartete er von Rachel, dass sie es telepathisch mitbekam, wenn er die Küche verließ, um mit seiner Mutter zu plaudern. Sie stritten sich deswegen zwei Stunden lang, bis sie schließlich der Hunger übermannte und sie sich etwas zu essen holten. Später vertrugen sie sich wieder und vögelten auf dem Wohnzimmerfußboden, umgeben von Pizzakartons und halbleeren Coladosen.

Nichts war besser geeignet, sie beide auf Touren zu bringen, als ein hitziger Streit. In einem Moment schrien sie sich noch an und im nächsten rissen sie sich gegenseitig die Kleider vom Leib. Manchmal schliefen sie tränenüberstömt miteinander, baten zwischen leidenschaftlichen Küssen um Verzeihung. Manchmal lachten sie über sich selbst, während sie sich umarmten, ganz verlegen, aus völlig belanglosem Anlass in die Haare geraten zu sein. Einmal hatten sie sogar *gleichzeitig* gestritten und gevögelt. Laut schimpfend waren sie übereinander hergefallen, hatten den Sex als Ausrede benutzt, um sich gegenseitig zu kratzen und zu beißen – oder vielleicht war es auch umgekehrt gewesen, das wusste sie nicht mehr genau. Hinterher hatte sich der Zwist stets in Luft aufgelöst. Es war, als wäre er von Anfang an lediglich Ausdruck einer sexueller Spannung gewesen.

Manchmal war aber auch die Auseinandersetzung selbst aufregend. Wenn schon eine unbedeutende Meinungsverschiedenheit als Anlass ausreichte, wusste Rachel, das ihnen ein ordentlicher Krach bevorstand. Sie verspotteten einander dann, zielten mit billigen Argumenten und Beleidigungen auf die neuralgischen Punkte des anderen. Und im Handumdrehen waren sie von dem Streit gefangen genommen, trieben einander zu einem Crescendo aus Leidenschaft und Wut, strebten nach dem herrlichen Gefühl der Befreiung, das ihnen Schimpfworte verschafften, ehe sie dann erschöpft in Tränen ausbrachen. Solche Szenen hatten etwas Atavistisches. Die Wortgefechte waren das Vorspiel, die Entschuldigungen postkoitale Liebkosungen. Und anschließend fühlten sie einander immer stärker und zärtlicher verbunden als je zuvor.

Sie hoffte, dass es heute auch so sein würde. Sie wollte ihn eigentlich nur wieder in ihrer Nähe haben, sich vergewissern, dass alles in Ordnung war, dass er nicht vorhatte, im letzten Moment vor der Heirat zu kneifen. Sie wollte die Sonne wieder zum Scheinen bringen und mit ihm in seinem Bett liegen. Aber das war unmöglich, denn er war nicht da, und außerdem lief ihnen die Zeit davon. Warum mussten sie denn ausgerechnet morgen heiraten? Wenn der Termin nächste Woche gewesen wäre, könnten sie bis dahin alle Streitigkeiten beilegen – momentan sah es jedoch so aus, als würden sie sich noch vor dem Altar angiften.

Sie leerte ihr Glas und füllte es von neuem bis fast zum Rand. Das verschaffte ihr ein annähernd perverses Vergnügen – wenn Andy sich jeden Tag betrank, dann durfte sie das auch. Sie würde sich total voll laufen lassen und ihm dann gehörig die Meinung sagen. Aber selbst während sie sich das einredete, war ihr bereits klar, dass sie es nicht tun würde. Sie machte sich nicht viel aus Alkohol, und außerdem wusste er bereits, was er in ihren Augen war. Sie hatte es ihm in großen Buchstaben auf die Stirn gemalt. Sie wünschte sich jetzt vor allem, nicht mehr daran denken zu müssen. Sie wünschte sich vor allem, dass Andy wieder zu dem Mann wurde, der ihr ein Gedicht geschrieben hatte und der glücklich war, einfach nur mit ihr zusammen zu sein. Deswegen wollten sie ja schließlich heiraten, oder?

Sie schlich aus der Küche in den Flur und dann weiter ins Schlafzimmer. Dort sah sie ihre Eurostar-Fahrkarten auf dem Nachttisch liegen, genau an der Stelle, wo Andy sie morgens hingelegt hatte. Der Anblick versetzte ihr einen Schock, und sie fing wieder an, hektisch zu überlegen, ob sie auch wirklich alles eingepackt hatte. Sie hievte ihren Koffer aufs Bett und kontrollierte Stück für Stück den Inhalt, bis sie sich sicher war, dass sie nichts Wichtiges vergessen hatte, und dann wiederholte sie die Prozedur bei ihrem Handgepäck.

Nachdem sie das erledigt hatte, leerte sie das Weinglas und legte sich neben dem Koffer aufs Bett. Sie lag in fast genau derselben Position da, die sie am Morgen eingenommen hatte, als sie auf einen Anruf von Andy wartete – aber er hatte immer noch nicht angerufen, und sie war immer noch allein. Während sie so dalag und ziellos die Decke anstarrte, fragte sie sich, ob es womöglich in Zukunft andauernd so sein würde, ob sie andauernd auf Andy warten würde, ob sie andauernd allein hier liegen würde. Wahrlich ein trauriger Gedanke. Mit einem Mal fühlte sie sich schwer und erschöpft. Sie schloss die Augen, schob den Gedanken beiseite und ließ sich betrübt vom Schlaf überwältigen.

Kapitel 22

13:48 Cockfosters, Piccadilly Line

Cockfosters liegt am äußersten Rand Londons. Wir sind den Reihenhäusern und Vorortgeschäften entronnen und durchqueren Birkenwälder und freie Felder. Linkerhand sieht man ein paar Abstellgleise, auf denen Reservezüge stehen – Züge, die aussehen, als hätte man sie dort vergessen, sie den Graffiti-Sprayern und den Tauben überlassen. Unser Zug wird immer langsamer und schleicht auf die Endhaltestelle zu. Er hat seinen Job fast erledigt.

Ich hole Rolfs letzte Nachricht aus der Tasche und lese sie noch einmal durch: »12:00, mittlerer Prellbock, Cockfosters.« Unwillkürlich werde ich etwas unruhig. Zum einen lautet die Zeitangabe 12:00 – das war immerhin vor zwei Stunden. Offensichtlich hat Rolf erwartet, wir würden gegen Mittag in Cockfosters sein – sind wir wirklich so weit hintendran? Und zweitens, wenn der Umschlag hier schon seit zwei Stunden auf uns wartet, wer sagt uns dann, dass er nicht schon längst von jemand anders gefunden wurde? In zwei Stunden könnte alles Mögliche damit passiert sein. Obwohl ich mir verbiete, das Schlimmste anzunehmen, sehe ich einen Moment lang vor meinen inneren Auge einen Teenager durch die Straßen von Nordlondon nach Hause latschen, aus dessen Jackentasche die Tickets für meine Hochzeitsreise ragen.

Langsam schiebt sich unser Zug zwischen zwei leuchtend orangefarbenen Unterständen hindurch und rollt auf das mittlere Bahnhofsgleis. Mit einem sanften Ruck bleibt er stehen, und sobald sich die Türen öffnen, stürmen Brian und ich hinaus und rennen in Richtung Prellbock.

»Beeilung!«, rufe ich Brian zu. »Wenn wir schnell genug fündig werden, schaffen wir es vielleicht, mit dem Zug wieder zurückzufahren.«

Wir erreichen das Ende des Bahnsteigs. Da ist er – einen Meter von der Spitze des Zuges entfernt – der Prellbock, der den Endpunkt der Piccadilly Line markiert. Er ist durch ein Eisengeländer geschützt, das die Leute von den Schienen fernhalten soll – ein Geländer, das Brian und ich jedoch ignorieren müssen. Wir zwängen uns zwischen ihm und dem Führerstand hindurch, um zu dem roten Eisenteil hinunterzuklettern, das auf den Schienen sitzt.

»Wonach suchen wir eigentlich genau?«, fragt Brian.

»Keine Ahnung. Vermutlich ist es wie in Upminster ein festgeklebter Briefumschlag.«

Leider haben wir in unserer Eile, zum Prellbock zu gelangen und unsere Trophäe zu holen, eines nicht bedacht. Als ich von irgendwoher gedämpftes Rufen höre, blicke ich auf – der Lokführer des Zuges, in dem wir eben noch saßen, starrt uns aus kürzester Entfernung durch die Scheibe der Führerkabine an. Wir hätten lieber kurz warten sollen.

»He!« Der Lokführer klettert aus der Kabine. »Was zum Teufel tun Sie da?«

»Achte nicht auf ihn«, flüstere ich Brian zu. »Such weiter nach dem Umschlag.«

»Sind Sie lebensmüde oder was? Da ist Strom drin!«

Brian und ich bücken uns und suchen hinter, unter und nebem dem Prellbock alles ab. Langsam überkommt mich ein Gefühl der Verzweiflung. Wir müssten das Ding längst gefunden haben. Ein großer, grüner Umschlag müsste sich doch deutlich von dem roten Eisen abheben. Er müsste gut zu erkennen sein.

»Sagen Sie mal, sind Sie *taub*?« Der Lokführer klingt jetzt richtig wütend. »Okay, mir reicht's – ich hole den Stationsvorsteher.«

Er braucht ihn allerdings gar nicht erst zu holen, denn er ist bereits unterwegs – ich sehe, wie er eilig die Fahrkartensperre durchquert, um zu uns herüberzukommen. Sieht aus, als würden wir Ärger kriegen.

»Scheiße!«, sage ich. »Vielleicht ist das hier der falsche Prellbock.«

»Glaube ich nicht«, sagt Brian. Er zieht mich auf seine Seite des Eisengebildes hinüber und zeigt auf eine Stelle, wo ein kleines Stück weißes Klebeband pappt. Unter dem Rand des Klebebandes ist ein grüner Papierfetzen zu sehen, der genau dieselbe Farbe hat wie der Umschlag, den Rolf in Upminster versteckt hat. Jemand muss uns zuvorgekommen sein!

Inzwischen hat uns der Stationsvorsteher erreicht, sichtlich außer Atem nach dem kurzen Trab von der Fahrkartensperre bis hierher. Er ist aber auch nicht unbedingt als schlank zu bezeichnen. Seine Arme sind so dick, dass sie nicht in gerader Linie herunterhängen, sondern von seinem massigen Körper abstehen. Der Bund seiner überdimensionalen Hose gräbt eine Kerbe in seinen Bauch, die an die Einschnitte zwischen den Kammern einer Luftmatratze erinnert. Er hat die rosigsten Wangen, die ich seit Jahren gesehen habe.

»Was ist nur mit euch los, Leute?« Er stützt sich schnaufend auf das Geländer. »Warum muss andauernd irgendwer auf die Gleise klettern?«

»Tut mir Leid«, sage ich. »Ich kann das erklären ...«

»Kommen Sie sofort rauf. Ich könnte Sie beide ohne weiteres verhaften lassen.«

»Hören Sie, lassen Sie mich doch erklären ...«

Der Lokführer unterbricht mich in beleidigtem Tonfall: »Ach, so ist das also! Mit mir wollen Sie nicht reden, aber mit ihm!«

»Bitte ...« Ich steige über das Geländer. »Das ist alles ein Missverständnis ...«

»Wieso, ich habe doch wohl Augen im Kopf, oder?«, sagt der Stationsvorsteher. »Sie können von Glück reden, wenn ich Sie nicht einbuchten lasse!«

»Nein, Sie verstehen nicht, das ist alles bloß ein Scherz ...«

»Oh, ein Scherz? Sehr witzig. Wirklich *sehr* witzig.«

Der Stationsvorsteher scheint sich überhaupt nicht für meine Erklärung zu interessieren, er will mir offenbar nur eine Standpauke halten. Ich bin kurz davor, die Beherrschung zu verlieren – schließlich habe ich momentan an wichtigere Dinge zu denken. Ohne den Umschlag, der am Prellbock geklebt hat, kann ich meine Fahrt gleich beenden, denn dann fehlt mir nicht nur der Inhalt des Umschlags, sondern auch die Anweisung, wo der nächste zu finden ist, und der übernächste und so weiter: Die Kette ist unterbrochen, und ich habe keinen Anhaltspunkt, wie ich sie wieder zusammenfügen könnte. Angesichts dieser Tatsache kommt mir das Vergehen, über das der Stationsvorsteher sich ereifert, völlig lächerlich vor. Er könnte mich verhaften lassen – na und? Die Gleise stehen unter Strom – na und? Wenn ich ins Gefängnis kommen oder auf den Gleisen verschmoren würde, hätte ich Rachel gegenüber wenigstens eine Ausrede, warum ich nicht zur Hochzeit erschienen bin. Und wie die Dinge im Augenblick liegen, werde ich gewiss eine brauchen.

»Hören Sie«, sage ich, »ich hab das nicht aus Jux und Tollerei getan. Oder glauben Sie etwa, ich wäre den ganzen Weg hierhergekommen, nur um auf Ihrem dämlichen Prellbock rumzuturnen?«

»Da wären Sie nicht der Erste«, sagt der Stationsvorsteher. Seine Wangen sind noch röter geworden.

»Aber für mich wär's das erste Mal. Wenn Sie mich jetzt bitte entschuldigen. Ich muss los.«

Ich drängele mich an dem Lokführer vorbei, was ihn unglaublich zu ärgern scheint. »He!«, sagt er. »Behandeln Sie mich gefälligst nicht wie Luft!«

»Komm schon, Brian.«

Brian folgt mir nur widerwillig. »Was ist mit dem Umschlag?«, fragt er.

Ich antworte nicht, weil ich erstens zu genervt bin und zweitens keine Antwort weiß. Und, um ehrlich zu sein, weil die Frage drittens für mich keine Bedeutung mehr hat. Die Frage, die er hätte stellen sollen, lautet: Was ist mit Rachel? Was um Himmels willen wirst du ihr erzählen, wenn du nach Hause kommst?

Als wir einige Entfernung zwischen uns und die Männer von London Underground gebracht haben, steige ich in ein Abteil und setze mich hin. In der Stille des stehenden Zuges drängt sich mir aber unwillkürlich wieder die Frage auf – ja, was ist eigentlich mit dem Umschlag? Wer könnte ihn weggenommen haben? Anders als in Upminster befand er sich nicht gerade an einer leicht zugänglichen Stelle – die Unterseite eines Prellbocks, der noch dazu von einem Geländer geschützt wird, ist nicht unbedingt eine Stelle, an der man zufällig vorbeikommt. Was hätte denjenigen, der den Umschlag genommen hat, überhaupt dazu veranlassen können, dorthin zu gehen? Nach den jüngsten Erfahrungen zu urteilen, ist es in Sichtweite der Fahrkartenhalle nahezu unmöglich, unbemerkt auf die Gleise zu klettern. Warum hätte das also jemand tun sollen? Wer es auch war, der diesen Umschlag genommen hat, er muss einen Grund gehabt haben, zu diesem Prellbock hinunterzuklettern. Er muss gewusst haben, dass der Umschlag dort war. Oder aber …

Der Gedanke lässt mich aufspringen. Mein Gefühl völliger Aussichtslosigkeit ist wie weggeblasen und wird durch Wut ersetzt – Wut auf mich selbst, weil ich zugelassen habe, dass der Wortwechsel mit dem Stationsvorsteher meine Urteilskraft getrübt hat.

»Wohin willst du denn jetzt schon wieder?«, fragt Brian, als ich schon halb zur Tür hinaus bin.

»Warte hier«, sage ich. »Ich bin gleich wieder da.«

So schnell ich kann, laufe ich den Bahnsteig in Richtung Prellbock entlang. Der Stationsvorsteher hat sich bereits auf den Rückweg gemacht und watschelt zur Fahrkartenhalle. Als ich ihm auf die Schulter tippe, versinkt meine Hand förmlich in seiner Uniformjacke – mein Gott, sogar die *Schultern* von dem Kerl strotzen vor Fett.

»Ach, Sie schon wieder«, sagt der Stationsvorsteher beim Umdrehen. Es ist, als würde man der Rotation eines Planeten zuschauen. »Was wollen Sie?«

»Tja«, sage ich, »ähm, ich wollte mich bloß bei Ihnen entschuldigen und Ihnen eine Frage stellen. Was haben Sie damit gemeint, als Sie sagten, da wäre ich nicht der Erste?«

Er starrt mich aus den tief liegenden Schweinsäuglein, die in seinem fleischigen Gesicht sitzen, ausdruckslos an.

»Wissen Sie nicht mehr?«, versuche ich es erneut. »Als ich gesagt hab, ich wär nicht hierhergekommen, um auf dem Prellbock rumzuklettern, da haben Sie gesagt: ›Da wären Sie nicht der Erste.‹«

»Ich weiß durchaus noch, was wir beide gesagt haben, aber ich warte noch auf die versprochene Entschuldigung.«

»Ach so, tut mir Leid«, sage ich. Und dann zucke ich die Achseln und sage es noch einmal. »Tut mir Leid.«

Er betrachtet mich mit zusammengekniffenen Augen. »Leute wie Sie denken immer, dass ich nichts Besseres zu tun habe, als Fahrgäste anzubrüllen. Aber da irren Sie sich gewaltig, ich bin nämlich für diesen Bahnhof verantwortlich. Das bringt eine Menge Arbeit mit sich. Und wenn Leute wie Sie herkommen und sich auf den Gleisen herumtreiben, macht das auch noch *zusätzlich* Arbeit. Was Sie getan haben, war gefährlich. Vor zwei Wochen ist ein Junge gestorben, ein Graffiti-Sprayer, weil er über die Schienen gelaufen ist, als er zu den Zügen auf den Abstellgleisen wollte. Er hatte einen Herzfehler, hieß es nach der Obduktion. Und ein anderer Junge wurde schwer verletzt, nachdem er auf das Dach eines Zuges geklettert ist – als der Zug losfuhr, ist er runtergefallen und hat sich beide Beine gebrochen. Aber das waren beides noch Kinder. Sie und Ihre Kumpels, Sie sollten eigentlich zu alt für so was sein.«

»Ich und meine Kumpels? Was meinen Sie damit?« Ein Gefühl freudiger Erregung durchströmt mich.

»Sie wissen genau, was ich meine. Sie sind schon der Zweite, der heute auf dem Prellbock rumgeklettert ist. Sie sollten sich was schämen.«

»Soll das heißen, Sie haben noch jemand anders an dem Prellbock gesehen?«

»Ja, vor zwei Stunden etwa.«

»Er, äh ...« Ich zögere. »Er hat nicht zufällig etwas zurückgelassen?«

»Meinen Sie das hier?« Der Dicke greift in seine Tasche und holt einen grünen Umschlag hervor – der Inhalt klimpert dabei leicht.

»Ja«, sage ich. Aus dem klimpernden Geräusch schließe ich scharfsinnig, was der Umschlag wohl enthält. »Das Ganze ist bloß ein blöder Scherz. Dieser Freund da von mir hat mir meine Schlüssel geklaut und mir gesagt, er hätte sie irgendwo am Prellbock versteckt. Ich bin eigentlich das Opfer bei der ganzen Sache. Ich musste den ganzen Weg hier herausfahren, um mir die Schlüssel zu holen.«

Ich strecke die Hand nach dem Umschlag aus, aber der Dicke zieht ihn rasch wieder weg. »Woher weiß ich denn, dass es wirklich Ihre sind?«

»Ich kann sie beschreiben«, sage ich und tue es dann auch. Ich beeile mich dabei nach Kräften, denn ich höre hinter mir das Brummen des abfahrbereiten Zuges.

Meine Ungeduld bleibt dem Stationsvorsteher offenbar nicht verborgen, denn er überprüft seelenruhig jedes Detail der Schlüssel, die ich ihm gerade beschrieben habe, ehe er sie mir zurückgibt. Den Umschlag faltet er in der Mitte und steckt ihn in die Tasche zurück. »Äh«, sage ich verunsichert, »könnte ich vielleicht auch den Umschlag haben? Wär das möglich?«

Er schaut mich misstrauisch an. »Wieso?«

Ich denke mir rasch eine plausible Erklärung aus. »Ich bin später mit meinem Freund verabredet. Ich will ... na ja ich *sollte* ihm gehörig die Meinung sagen, weil er mir einen so gemeinen Streich gespielt hat. Aber ich brauche den Zettel, der im Umschlag steckt, um zu erfahren, wo wir uns treffen. Also, könnte ich ...«

Ungeduldig strecke ich die Hand aus. Der verdammte Zug kann jede Sekunde abfahren, zusammen mit Brian und all meinen Kameras.

Der Stationsvorsteher lässt seine Wurstfinger in die Tasche gleiten und holt den Umschlag wieder hervor. Bevor er ihn mir gibt, wirft er einen kurzen Blick auf den Zettel. »Tja, mein Freund, vielleicht verstehe ich ja nichts von Ortsangaben – aber das hier sieht mir eher nach einer Telefonnummer aus.«

»Vielen Dank!« Ich schnappe mir den Umschlag, und während ich schon zum Zug zurücksprinte, rufe ich noch über die Schulter zurück: »Vielen Dank. Ich verspreche auch, dass so was nie wieder vorkommt. Nie wieder.«

Ich erreiche unser Abteil gerade noch rechtzeitig, bevor die Türen sich schließen.

Brian sieht beeindruckt aus, als ich mich mit dem zerknüllten Umschlag in der Hand neben ihn setzte. »Na los«, sagt er neugierig, »was steht drauf?«

Ich nehme den Zettel aus dem Umschlag, streiche ihn glatt und lese laut vor: *690 – 12.20 – 891*

Wir starren uns einen Moment lang an, dann wieder auf den Zettel, bis Brian schließlich sagt: »Was zum Teufel bedeutet das denn wieder?«

»Keine Ahnung.«

Brian schaut mich mit bangem Blick an. »Und was machen wir jetzt? Wo fahren wir hin?«

Ich wende mich ab. Ich bin plötzlich todmüde. »Keine Ahnung.«

Ich lehne mich an das harte Polster der Sitzlehne und schaue resigniert aus dem Fenster. Nach und nach werden die Bäume wieder von Häusern abgelöst, ein Straßenzug nach dem anderen reiht sich südwärts aneinander, quer durch diese schier endlose Stadt, die London heißt. In meinen Händen halte ich den Schlüsselbund umklammert, den ich nur unter größten Mühen von Rolf zurückbekommen habe – es ist weder mein Pass noch meine Eurostar-Fahrkarten, noch irgendetwas anderes Unersetzliches – sondern nur meine Schlüssel. Die *wichtigen* Gegenstände befinden sich woanders, und der einzige Hinweis auf das dritte Versteck ist dieser Zettel mit den geheimnisvollen Zahlen, geschrieben in Rolfs Handschrift. Wenn ich nur nicht so müde wäre, könnte ich vielleicht herausfinden, was sie zu bedeuten haben.

Trotz der Ungewissheit, wie es weitergehen soll, lullt mich der behagliche Rhythmus ein, mit dem die Räder des Zuges über die Schienen rattern. Allein das Geräusch wirkt entspannend. Und die Schlüssel in meiner Hand fühlen sich hart und stabil an – sie erinnern mich daran, dass ich, auch wenn das Ende des Tages noch in weiter Ferne liegt, meinen Besitz tatsächlich langsam, Stück für Stück, zurückgewinne. Die anstrengende Herumfahrerei mit der U-Bahn zeitigt endlich die ersten Resultate.

Ich stecke die Schlüssel in meine Jacke und setze mich bequemer hin. Ich bin wirklich erschöpft – ich brauche dringend eine Verschnaufpause. Wenn ich doch nur schlafen könnte. Brian neben mir nickt schon langsam ein – ich sehe, wie sein Kopf nach unten sackt, nur um jedesmal, sobald das Kinn die Brust berührt, wieder hochzuschnellen –, und ich kämpfe gegen das Bedürfnis an, es ihm gleichzutun.

Der Rhythmus des Zuges hat jedoch etwas Hypnotisches, sein Ruckeln ist so beruhigend wie das Schaukeln einer Wiege, und langsam aber sicher fallen mir die Augen zu.

Teil drei

Südlondon und Westend

Kapitel 23

14:20 *Der Vorhof der Hölle, Piccadilly Line*

Sehet, wie der Tunnel gähnend sich vor mir auftut! Grabesdunkel ist's, und ihm entströmt ein auf Erden nie gekannter Geruch. Angst ergreift mich, denn ein Wind weht heraus, und bläst den Staub fort, der sich zu meinen Füßen niedergesenkt hat.

Aber ich vermag diesen Ort nicht zu verlassen, so sehr ich es auch wünschte, denn ich bin auserwählt. Ich werde in den Rachen des Tunnels gesogen; ich stürze hinab wie ein Kiesel in einen Brunnen. Ich bewege mich voran, gehe jedoch nicht; ich werde getragen, wiewohl ich meine Schuld noch nicht beglichen habe. Und um mich herum ist nichts als Finsternis.

Und dennoch kann ich sehen, denn über meinem Haupt leuchtet ein mattes Licht, welches die Gesichter der Verdammten bescheinet. Sie sitzen vor mir, reglos, wächsernen Statuen gleich. Ich sehe Könige und Kinder und Bettlerinnen: Sie vervielfachen sich vor meinen Augen, bis sie mein Abteil gänzlich füllen. Und sie vervielfachen sich weiter, jenseits der Abteilfenster, hinein in die ewige Finsternis. Gesichter ziehen wie auf Filmstreifen vor meinen Augen vorbei, und darunter sehe ich auch mein Gesicht, und der Anblick jagt mir Angst ein, denn es schimmert bleicher als der Tod.

Und mein Bemühen, die Augen vor diesem Anblick zu bedecken, ist vergebens, denn meine Hände sind hinter meinem Rücken gefesselt. Und mein Bemühen, die Augen zu verschließen, ist vergebens, denn die Lider wurden mir von den Augäpfeln gerissen. Und meine Furcht wächst immerfort.

Aber von jenseits der Furcht ertönt nun eine Stimme, die mir wohltut. Und die Stimme spricht: »Fürchte den Anblick nicht, dessen du teilhaftig wirst. Denn die Finsternis ist mein Leib, welcher tief unter der Erde ruht. Und die Gesichter der Menge sind mein Blut, welches mir Leben verleiht. Denn wahrlich, ich sage dir: Obzwar du in der Menge ertrankest und von der Finsternis verschlungen bist, wirst du doch erlöst.«

So spricht die Stimme, und ich kenne ihren Usprung nicht, wengleich sie mir großen Trost spendet. Fürwahr, auch wenn ich die Stimme fortan nicht mehr vernehme, fürchte ich mich nicht vor dem Bösen, und für eine Weile erfüllt mich Friede.

Mein Zug verlässt den Tunnel und gelangt in das Licht des Tempels. Und in dem Tempel teilen sich die Türen meines Abteils wie ein Vorhang, und Rolf tritt ein. Und ich sehe, dass Rolf in Gewänder gehüllt ist, die himmelblau, schwarz, scharlachrot und silbern und in allen anderen Farben des Streckenplans schimmern. Seine Finger sind mit unzähligen Ringen geschmückt, und er trägt einen Kranz aus Fahrkarten. In den Händen hält er eine güldene Schatulle, verziert mit Edelsteinen. Und in der güldenen, mit Edelsteinen verzierten Schatulle befindet sich ein tönernes Kästchen, welches meinen Namen trägt und meiner Seele als Behältnis dienen soll.

Und Rolf lässt sich zu meiner Rechten nieder und redet zu mir und spricht: »Du hast dein Weib verleugnet, und dafür wirst du büßen. Schon jetzt hast du deine Haltestelle verpasst. Schon jetzt fährst du im falschen Zug. Das verkünde ich dir.«

So spricht Rolf. Und als er geendet hat, blicke ich auf und werde gewahr, dass ich mit einer mir unbekannten Linie fahre, denn meine Nase füllt sich mit Schwefeldämpfen. Und rings um den Zug lodern Flammen auf, und von meiner Stirn rinnt der Schweiß. Und ich habe grässliche Angst, denn der Zug nimmt enorm viel Fahrt auf, und ich tauche in die Dunkelheit des Stollens ein. Und obwohl der Zug schneller und immer schneller fährt, lacht Rolf, denn plötzlich ragt vor uns ein riesiger Fels empor. Meine Furcht wird noch größer, denn der Zug wird mit dem Felsen zusammenstoßen. Und dennoch werden wir immer schneller, und Rolf lacht immer noch, und ich möchte schreien, denn jeden Moment werden wir zermalmt. Das Feuer brennt lichterloh, und der Rauch ist so dicht, dass ich keine Luft bekomme, und ich versuche wegzurennen, aber vergeblich, wir fahren viel zu schnell, und ich weiß, dass jeder Fluchtversuch sinnlos ist – der Zusammenstoß ist unvermeidlich. Der beschissene Zusammenstoß ist unvermeidlich.

Kapitel 24

14:28 Irgendwo auf der Strecke der Piccadilly Line

Ich schrecke auf.

Meine erste Reaktion ist Erleichterung: Es war alles nur ein Traum. Aber während ich langsam zur Besinnung komme, schwant mir, dass ich keinen Anlass habe, erleichtert zu sein. Eine meiner schlimmsten Befürchtungen ist wahr geworden: Ich bin eingeschlafen. Und nicht nur ich – Brian ebenfalls. Er ist mit dem Kopf gegen meine Schulter gesunken und hat dabei ein bisschen auf meinen Ärmel gesabbert.

Ich versuche, mir klar zu werden, wo wir sind. Wir befinden uns in einem Zug der Piccadilly Line, so viel ist sicher. Wir sind in Cockfosters eingestiegen, um dann nach Süden in Richtung Piccadilly Circus zu fahren; die letzte Haltestelle, von der ich mit Sicherheit weiß, dass ich sie fotografiert habe, ist Covent Garden. Aber inzwischen … Mist, wir könnten überall sein!

Behutsam schiebe ich Brians Kopf von meiner Schulter und beuge mich zu der Frau vor, die mir gegenüber sitzt. »Entschuldigen Sie bitte, könnten Sie mir sagen, wie die nächste Haltestelle heißt?«

Sie mustert mich kühl. »Hyde Park Corner«, sagt sie.

Viel hätte nicht gefehlt, und ich hätte laut geflucht. Wir sind zwei Stationen zu weit gefahren.

»Brian«, sage ich und schüttle ihn unsanft. »Wach auf, Brian.«

Er setzt sich mit einem Ruck auf. »Was?«, sagt er. »Was? Wo sind wir?«

»Piccadilly Line. Es ist halb drei, und wir sitzen immer noch in diesem bescheuerten Zug der Piccadilly Line. Weißt du, was das bedeutet?«

»Nein«, sagt er, während er sich mit beiden Händen die Augen reibt. Er sieht aus wie ein zu groß geratenes Kind, das sich wundert, wieso man es nicht rechtzeitig für die Schule geweckt hat. »Welche Haltestelle kommt jetzt?«

Wie um seine Frage zu beantworten, fährt der Zug in diesem Moment in den Bahnhof Hyde Park Corner ein und bremst. »Hyde Park …«, sagt Brian. »Aber hier wollten wir doch gar nicht hin!«

»Was du nicht sagst!« Ich versuche, nicht gehässig zu klingen. Schließlich ist es nicht Brians Schuld, dass wir unsere Haltestelle verpasst haben. »Komm schon«, sage ich. »Wir müssen umkehren.«

Kaum ist der Zug zum Stillstand gekommen, springen wir auch schon hinaus und rennen los. Während wir zum Bahnsteig für die Züge in Gegenrichtung hinüberlaufen, rechne ich eigentlich schon damit, dass dort jede Menge Menschen herumstehen, die alle in die Innenstadt wollen. Als wir jedoch auf den Bahnsteig kommen, ist weit und breit niemand zu sehen. Das verheißt nichts Gutes. Ein leerer Bahnsteig so nah am Stadtzentrum bedeutet um diese Tageszeit meistens, dass gerade eben ein Zug abgefahren ist. Ich schaue zu der elektronischen Anzeigetafel hoch, um festzustellen, wie lange wir warten müssen. »Fünf Minuten«, murmle ich missmutig und schieße erst mal mein Foto.

Eine Weile starren wir trübselig auf die Anzeigetafel, in Erwartung, dass die Minutenzahl sich sichtbar verringert. Aber das passiert natürlich nicht. Je durchdringender man diese Tafeln anstarrt, desto länger dauert es, bis eine Minute verstrichen ist. Es würde mich nicht wundern, wenn gleich die Minutenzahl gelöscht würde und die Mitteilung erschiene, dass der nächste Zug in Richtung Norden erst in sechs Monaten abfährt.

»Tut mir Leid«, sagt Brian plötzlich.

»Schon okay. War ja nicht deine Schuld.«

»Aber du hast doch den ganzen Tag noch kein Auge zugetan. Ich hätte wach bleiben sollen, damit du unbesorgt ein Nickerchen machen kannst.«

»Tja, daran lässt sich jetzt nichts mehr ändern, also vergiss es einfach.«

Das scheint Brians schlechtes Gewissen vorläufig zu beruhigen. »Wie viel Zeit haben wir verloren?«, fragt er.

Ich schaue auf meine Uhr. »Drei Minuten von Piccadilly Circus bis hierher, drei Minuten für die Rückfahrt. Und zusätzlich noch die Zeit, die wir hier auf den Zug warten müssen.«

»Vier Minuten!«, sagt Brian triumphierend, als die Zahl auf der Anzeigetafel umspringt.

»Vier London-Transport-Minuten«, korrigiere ich ihn. »Das kann alles Mögliche bedeuten.«

Es ist eine Qual, allein auf dem Bahnsteig herumzustehen und darauf warten zu müssen, dass endlich der nächste Zug in den Bahnhof geschlichen kommt. Wir sind beide müde, noch halb benommen von dem unsanften Ende unseres Nickerchens, und zumindest mir fällt es schwer, meine Gereiztheit zu verbergen. In so einer Situation über den Stand der Dinge zu sprechen, ist vermutlich keine gute Idee, aber offenbar kann keiner von uns beiden an etwas anderes denken.

»Wie liegen wir in der Zeit?«

Ich schaue erneut auf die Uhr. Wir sind seit neun Stunden und zweiundzwanzig Minuten unterwegs. Mit anderen Worten: Etwa die Hälfte unserer Zeit ist verstrichen, und genau das sage ich Brian dann auch.

»Was meinst du, wie viele Haltestellen haben wir schon abgehakt?«

»Ungefähr 120.«

»Nicht schlecht«, sagt Brian. »Oder?«

Ich nicke, aber nur halbherzig. Eigentlich müssten wir schon längst die Hälfte der Stationen erledigt haben, aber es liegen noch etwa 145 vor uns. Und nur wenn wir *alle* schaffen, bekomme ich meine Sachen komplett zurück.

»Weißt du inzwischen, was die Zahlen auf dem Zettel bedeuten?«

»Ich glaube schon. So in etwa.«

Ich hole den Zettel aus der Tasche und falte ihn auseinander.

»690 – 12.20 – 891«, lese ich laut vor. »Die Schreibweise ist etwas merkwürdig, aber ich glaube, 12.20 ist eine Zeitangabe – zwanzig nach zwölf …«

»Bestimmt«, sagt Brian. »Und was ist mit den anderen beiden Zahlen?«

Ich schaue sie mir noch mal an. »Das sind womöglich …« Ich zögere, weil ich mir nicht ganz sicher bin. »Es ist eine ziemlich gewagte Vermutung, aber mir fällt nichts anderes ein, als dass es Nummern von rollendem Material sind.«

»Rollendes Material? Was ist das denn?«

»Na ja, die Wagen und so.«

»Und was bitte schön hat das zu bedeuten?«

»Wahrscheinlich bedeutet es, dass Rolf den nächsten Umschlag in einem U-Bahn-Wagen versteckt hat. Entweder im Wagen Nr. 690 oder im Wagen Nr. 891.«

Brian schaut mich verdutzt an. »Aber wie wollen wir die finden? Es sind doch garantiert hunderte von Wagen unterwegs. Wenn nicht sogar tausende.«

Ich gebe keine Antwort, weil ich keine Antwort parat habe: Es könnte wochenlang dauern, bis wir auf die gesuchten U-Bahn-Wagen stoßen.

Und außerdem wird mein Gedankengang vom Geräusch des einlaufenden Zuges unterbrochen. Als er anhält und die Türen aufgehen, stolpern wir hastig hinein. Das wäre natürlich überhaupt nicht nötig – wir könnten auf allen vieren ins Abteil kriechen, und das Ergebnis wäre im Endeffekt dasselbe, aber indem wir uns beeilen, können wir uns wenigstens einbilden, etwas zur Beschleunigung unserer Unternehmung beizutragen.

Der Zug scheint jedoch anderes im Sinn zu haben. Die Türen knallen nicht zu, damit er bald wieder weiterfahren kann. Er beschleunigt nicht binnen Sekunden auf Höchstgeschwindigkeit, sodass unsere Wangen aufgrund irgendwelcher Gesetze der Schwerkraft zu vibrieren beginnen. Nein, er bleibt einfach stehen. Seelenruhig. Viele quälende Sekunden lang. Es ist, als wartete er darauf, dass etwas passierte.

Nach zirka einer Minute stehe ich auf und strecke den Kopf durch die Tür, um zu sehen, was der Grund für die Verzögerung sein könnte. Es ist aber nichts Auffälliges zu entdecken – der Bahnsteig ist immer noch genauso leer, wie er es schon war, als wir ihn betreten haben. Es hat den Anschein, als wären wir die einzigen Menschen an dieser dämlichen Haltestelle – niemand will einsteigen, niemand will aussteigen. Ich versuche mir einzureden, dass wir hier warten, weil irgendetwas den Tunnel vor uns blockiert – vielleicht ein anderer Zug –, aber das kann eigentlich auch nicht sein: Hier ist seit mindestens fünf Minuten kein Zug mehr abgefahren. Ich schaue auf meine Uhr – seit *sieben* Minuten.

Als die Türen sich endlich doch schließen, nehme ich aus den Augenwinkeln etwas wahr. Ein Stück weiter hinten am Bahnsteig springt jemand im letzten Moment in den Zug – eine dunkle, schattenhafte Gestalt, die sich von der Bahnsteigwand zu lösen scheint. Normalerweise würde mir so jemand gar nicht auffallen, aber der Mann kommt mir irgendwie bekannt vor. Natürlich sehe ich bestimmt Gespenster. Der Typ war etliche Meter von mir entfernt, und ich habe nur einen flüchtigen Blick auf ihn erhascht – wie könnte ich da irgendwen wieder erkennen? Ich ermahne mich selbst, nicht albern zu sein, vermutlich war es nur jemand, der im letzten Moment auf den Bahnsteig gekommen ist. Als der Zug schließlich anfährt, muss ich jedoch leider feststellen, dass es an der Stelle, wo der Schatten aufgetaucht ist, keinen Zugang zum Bahnsteig gibt. Wer auch immer das war, er muss die ganze Zeit dort gelauert haben.

Kapitel 25

14:39 Piccadilly Circus, Bakerloo Line

Haben Sie sich je gefragt, wie es wäre, unter der Erde zu leben? Das heißt, nicht speziell in der U-Bahn – ich meine, irgendwo. Denken Sie mal darüber nach: Wie wäre es, den Rest des Lebens in einer Höhle oder einem Tunnel zu verbringen? Wie wäre es, nie wieder an die Erdoberfläche zu kommen, nie wieder Tageslicht, Bäume, Gras oder den Himmel zu sehen, sondern für alle Zeiten von massivem Gestein und Erde umgeben zu sein? Empfinden Sie diese Vorstellung als angenehm? Oder wird Ihnen beim Gedanken daran mulmig zumute?

Mit der Vorstellung, unter der Erde zu sein, sind so viele negative Assoziationen verbunden, dass ich es manchmal für unmöglich halte, dass man sich dabei auch wohlfühlen kann. Unter der Erde ist es dunkel, und es gibt kein Leben. Unter der Erde ist die Luft abgestanden, es dringt kein Licht dorthin, und dort wachsen keine Pflanzen. Unter die Erde kommt man, wenn man gestorben ist, und man steckt dann bis in alle Ewigkeit in einer Kiste, die gerade mal groß genug für den eigenen Leichnam ist. Es wundert mich deshalb nicht, dass Brian klaustrophobische Anfälle bekommt, sobald es hier unten voll wird. Der Gedanke, auf engem Raum mit einigen hundert anderen Menschen zusammengepfercht und von zahllosen Tonnen Gestein umgeben zu sein, löst bei den meisten Menschen unwillkürlich einen Anflug von Platzangst aus – selbst bei mir. Vielleicht ist das auch der Grund, weshalb ich eben eine Art Halluzination hatte, einen Mann an einer Stelle gesehen habe, wo eigentlich niemand hätte sein dürfen. Vielleicht habe ich deshalb eben geträumt, ich führe in einem Zug zur Hölle. Das wäre nicht weiter überraschend. Die Untergrundbahn ist also die Hölle. Unter der Erde ist die Hölle.

Brian ist offenbar nicht so philosophisch gestimmt wie ich. Zumindest scheint er im Gegensatz zu mir keinen Tagträumen nachzuhängen, die sich um die Beschaffenheit der unterirdischen Welt drehen.

»Und?«

»Und was?«

»Und wo fahren wir als Nächstes hin?«

»Zum Piccadilly Circus ...«

Brian seufzt ungehalten. »*Das* ist mir klar. Aber danach? Wir haben noch immer nicht geklärt, wo wir die U-Bahn-Wagen von deinem Kumpel finden wollen. Wir wissen ja nicht einmal, auf welcher *Linie* die unterwegs sind.«

»Und ob wir das wissen«, sage ich und deute auf die Notiz in meiner Hand: *690 – 12.20 – 891.* »Falls das *tatsächlich* Wagennummern sind, dürfte es sich mit ziemlicher Sicherheit um rollendes Material der Piccadilly Line handeln, weil die nämlich nur drei Ziffern haben. Und denk an die Zeit: 12:20. Das ist nur zwanzig Minuten später als die Zeitangabe auf dem letzten Zettel. Ich nehme mal an, dass Rolf den nächsten Umschlag noch in Cockfosters in einem Wagen der Piccadilly Line versteckt hat.«

Brian seufzt tief. »Und wie wollen wir diese beiden U-Bahn-Wagen finden?«

Ich antworte nicht gleich. Der Gedanke, die ganze Piccadilly Line abzuklappern, um nach zwei bestimmten U-Bahn-Wagen Ausschau zu halten, ist absurd. Das würde

Stunden dauern. Es muss einen einfacheren Weg ans Ziel geben. Rolfs Notiz würde sonst nicht so lauten. Ich kenne doch Rolf: Er stellt einem zwar gern schwere Aufgaben, aber keine unlösbaren. Es muss irgendwie herauszufinden sein, wo sich diese Wagen zu welcher Zeit befinden, sodass wir sie unterwegs erwischen können. Und da kommt mir eine Idee.

»Paul«, sage ich.

»Wie bitte?«

»Mein Freund Paul. Er arbeitet im Zugdepot Northfields. Wenn es überhaupt jemand gibt, der uns helfen kann, rollendes Material ausfindig zu machen, dann Paul.«

»Heißt das, dass die Typen im Depot einem von jedem Wagen sagen können, wo der gerade ist?«

»Das nehme ich mal an. Aber Paul weiß das auf jeden Fall. Das ist nämlich sein Hobby.«

Brian starrt mich ungläubig an. »Sein *Hobby*?«

»Ja. So wie Briefmarken sammeln.«

»Soll das heißen, du bist mit jemandem befreundet, der Wagennummern auswendig lernt? Nur so zum Spaß?«

»Mhm.«

Ungläubig schüttelt er den Kopf.

»Was ist denn daran auszusetzen? Paul ist ein netter Kerl.«

Brian zieht den Reißverschluss seiner Sporttasche auf und holt den Rest des Sandwichs heraus, das er in Finchley Central gekauft hat. Er murmelt etwas vor sich hin, das ich aber nicht ganz verstehe. Allerdings strenge ich mich auch nicht übermäßig an, es zu verstehen. Wahrscheinlich ist es nur ein abfälliger Kommentar. Ich habe mir schon vor langer Zeit abgewöhnt, den halblauten Bemerkungen anderer Leute Beachtung zu schenken.

An der Station Piccadilly Circus steigen wir in einen Zug der Bakerloo Line um. Die Bahnsteige dieser Linie an dieser Haltestelle mag ich gern. Sie sind hell und freundlich, und die U-Bahn-Logos sind von elegant geschwungenen Mustern aus roten, grünen und cremefarbenen Fliesen umrahmt. Klaustrophobie hin, Klaustrophobie her, die andere Seite der Medaille ist jedenfalls, dass es in der U-Bahn-Unterwelt auch ziemlich *gemütlich* sein kann. Solche Stationen liegen tief unter der Erde, weshalb es in ihnen immer warm ist, selbst im tiefsten Winter. Und es ist dort alles andere als dunkel: Entlang der gekrümmten Bahnsteigwände hängen Lampen und tauchen die Station bis in den letzten Winkel in helles, warmes Licht. Schatten gibt es dort unten keine.

Ich sollte Paul so schnell wie möglich anrufen, um zu klären, ob er etwas über diese beiden Wagennummern weiß. Als ich auf dem Bahnsteig ankomme, mache ich mich deshalb schnurstracks auf die Suche nach einem öffentlichen Fernsprecher. Nachdem ich mich zwischen etlichen Leute, die auf den nächsten Zug warten, hindurchgeschlängelt habe, finde ich endlich ein Telefon. Leider stellt es sich als kaputt heraus. Ich versuche mehrmals zu wählen – ohne Erfolg. Während ich vor mich hin fluche, drehe ich mich zu den Schienen um. Ich werde warten müssen, bis sich die nächste Gelegenheit ergibt.

Obwohl viele Leute auf dem Bahnsteig sind, fühle ich mich kein bisschen beengt. Es herrscht gewissermaßen eine familiäre Atmosphäre. Neben mir albert eine junge Mutter mit ihrem Kind herum, das in einem Buggy sitzt. Daneben unterhalten sich vier junge Männer in billigen Anzügen laut darüber, was sie heute Abend im Pub tun werden, und ein Stück weiter kichern ein paar Mädchen. Am Bahnsteigende stehen drei sehr schick aussehende Menschen – zwei Männer und eine Frau. Einer der Männer hat einen Camcorder und filmt die anderen beiden, während sie sich unterhalten.

Ja, es ist ein heller, gemütlicher Bahnsteig mit einer familiären Atmosphäre. Alle hier sehen aus, als hätten sie einen Grund hier zu sein, und sie sehen alle absolut normal aus. Und doch komme ich mir irgendwie … ich weiß nicht, wie, vor. Es gelingt mir nicht so recht, es zu benennen.

»Brian«, sage ich nach einiger Zeit, »hast du manchmal auch das Gefühl, als würde uns jemand beobachten?«

»Natürlich«, sagt er offen heraus. »Wir *werden* ja auch beobachtet.«

»Wirklich?«

»Mhm. Auf Schritt und Tritt.«

Er deutet den Bahnsteig entlang auf eine Überwachungskamera, deren Linse in unsere Richtung guckt.

»Ein Freund von mir ist vorgestern verhaftet worden, weil er in Camden auf die Schienen gepinkelt hat«, fährt er fort. »›Ungebührliches Verhalten in alkoholisiertem Zustand‹ hat der Vorwurf gelautet. Natürlich hat er alles abgestritten, weil niemand auf dem Bahnsteig gewesen sein soll, als er es getan hat, aber die Leute von London Transport hatten das Video als Beweis, also ist er damit nicht durchgekommen. Sie haben ihm zweihundert Pfund Strafe aufgebrummt.«

»Zweihundert?! Nur dafür, dass er auf die Schienen gepinkelt hat?«

»Sie wollten, dass ihm das eine Lehre ist, haben sie gesagt. Sie sind wahrscheinlich davon ausgegangen, dass er sich selbst in Gefahr gebracht hat, von wegen dem Strom in den Schienen, aber deswegen hätten sie sich keine Sorgen zu machen brauchen. Eddie hat Riesenprobleme mit der Prostata. Er wäre nie und nimmer in der Lage, bis zur Stromschiene rüberzupinkeln.«

Unwillkürlich sehe ich vor meinem geistigen Auge, wie die 630 Volt auf einem Urinbogen knisternd hochschießen, aber dann rufe ich mich innerlich zur Ordnung und komme wieder zu meinem eigentlichen Thema zurück.

»Ich meinte was anderes. Hast du nicht manchmal auch das Gefühl, dass jemand ausschließlich *uns* beobachtet? Oder uns vielleicht sogar verfolgt?«

»Wie? Heute?«

»Ja, heute. Jetzt in diesem Moment, während wir hier miteinander reden.«

»Aber warum sollte uns jemand nachspionieren?«

»Normalerweise würde das bestimmt keiner tun. Aber ich kenne Rolf. Er würde sicher zu gern wissen, wie gut ich vorankomme. Ich habe mich gefragt … ich meine, eigentlich ist es verrückt … Also, ich frage mich, ob er uns nicht vielleicht folgt.«

Brian blickt sich argwöhnisch nach dem guten Dutzend Leuten um, die in unserer Nähe stehen. Niemand schaut zu uns herüber. Alle halten den Kopf in Richtung Tunnel gewandt und warten darauf, dass die U-Bahn auftaucht. Brian mustert sie der Reihe nach, bevor er sich wieder mir zuwendet. »Ist er hier?«, sagt er leise. »Welcher ist es?«

»Na ja, nein, er ist nicht persönlich hier. Ich habe mich nur gefragt, ob er vielleicht jemand beauftragt hat, uns zu beschatten. Rolf hat eine Menge Freunde, die ihm jederzeit helfen würden, uns auf der Spur zu bleiben.«

»Heißt das, du hast jemand gesehen, der sich auffällig unauffällig benimmt?«

»Na ja, nicht direkt. Es ist mehr so ein Gefühl …«

»Ach so«, sagt er sichtlich erleichtert, »nur ein *Gefühl*. So was kenne ich nur zu gut – das hat nichts zu bedeuten.«

In diesem Moment fährt die Bahn ein und rollt langsam den Bahnsteig entlang. Eine der Türen kommt unmittelbar vor uns zum Stehen. Nachdem Brian und ich alle haben aussteigen lassen, klettern wir rein. Da kein einziger Sitzplatz frei ist, bleiben wir nahe der Tür stehen. Ich betrachte die übrigen Fahrgäste im Wagen. Wahrscheinlich hat Brian Recht: Ich bin einfach nur paranoid. Keiner der Anwesenden kommt mir bekannt vor. Unmöglich, dass uns jemand folgt. So jemand würde uns garantiert auffallen.

Während wir darauf warten, dass sich die Türen schließen, stecke ich noch rasch den Kopf aus dem Wagen und schaue nach, ob sich nicht doch jemand auf dem Bahnsteig herumdrückt. Aber natürlich entdecke ich niemanden. Der Bahnsteig ist völlig leer – bis auf die Überwachungskamera, die immer noch bewegungslos auf mich gerichtet ist. Ich lächle zaghaft zu ihr hinüber. Aus einer Laune heraus strecke ich, kurz bevor die Türen zugehen, den Arm hinaus und winke ihr zu.

Ich weiß nicht, wie es Ihnen geht, aber mir wird immer ein bisschen unbehaglich, wenn ich an die vielen Überwachungskameras denke, die es inzwischen gibt. Und überhaupt: Was *überwachen* die eigentlich?

In London wimmelt es nur so von Überwachungskameras. Bei der letzten Zählung waren es in der ganzen Stadt schon mehr als 300 000, und ihre Zahl steigt täglich. Man hat jetzt sogar an der Vorderseite von Autobussen eine Kamera installiert, um die Leute zu überführen, die ihr Auto in der Busspur abstellen. Es gibt Kameras in Gebäuden, es gibt Kameras draußen vor Gebäuden, und es gibt Kameras zur Geschwindigkeitskontrolle auf den Straßen. In Finchley gibt es sogar getarnte Kameras, damit einem nicht auffällt, dass man beobachtet wird.

Besonders beliebt sind Überwachungskameras bei den Leuten von der U-Bahn. Die installieren sie praktisch überall. In King's Cross gibt es allein zwanzig Kameras zur Überwachung der Eingänge. Meiner Ansicht nach gerät das Ganze langsam außer Kontrolle. Wenn ich allein auf einem Bahnsteig stehe, fühle ich mich doch keinen Deut sicherer, nur weil ich von Kameras beobachtet werde – ganz im Gegenteil. Und nicht selten sind die Dinger gar nicht zu erkennen. Sie stecken in großen schwarzen Glaskugeln, die von der Decke hängen, sodass man nie weiß, ob man nun beobachtet wird oder nicht. Man wird gesehen, kann aber selbst niemanden sehen. Mir ist das unheimlich.

Und was kriegen diese Kameras schon mit? Leute, die auf die Schienen pinkeln? Leute, die sich vor einen Zug werfen? Leute, die betteln? Leute, die Überfälle oder Taschendiebstähle begehen und sich gegenseitig sexuell belästigen? Das Problem ist, dass in der U-Bahn relativ wenige Verbrechen verübt werden, jedenfalls viel weniger als in der Welt außerhalb. Die vielen Überwachungskameras zeichnen in Wahrheit tagtäglich Unmengen von Bildmaterial auf, das Leute zeigt, die Bücher lesen, sich in der Nase bohren, Musikanten Geld zuwerfen oder sich mit irgendwelchen öden, belanglosen Beschäftigungen die Zeit bis zum nächsten Zug vertreiben. Wahrscheinlich würde es bereits hunderte von Stunden dauern, allein diejenigen Videobänder abzuspielen, auf denen ich zu sehen bin. Die Polizei könnte bestimmt ein Dossier über mich anlegen, das all meine Bewegungen innerhalb des U-Bahn-Netzes im Laufe der letzten fünf Jahre dokumentiert.

Als endlich Sitzplätze für uns frei geworden sind, beschließe ich, Brian als Gegenleistung für die Geschichte über seinen Freund, dem das Pinkeln in einem Bahnhof eine Geldstrafe eingebracht hat, ebenfalls eine Geschichte zu erzählen. Sie handelt von einem Freund von mir, der Arnie heißt.

»Arnie arbeitet für die London Underground«, beginne ich. »Er ist so eine Art besserer Sicherheitsbeamter. Seine Aufgabe besteht darin, in einem Kontrollraum zu sitzen und auf eine ganze Reihe von Monitoren zu schauen, damit sichergestellt ist, dass auf den Bahnsteigen seiner Station alles mit rechten Dingen zugeht. Der Job ist so grauenhaft langweilig, dass er zu trinken angefangen hat, nur um sich die Zeit zu vertreiben. Er tut den ganzen Abend lang nichts anderes, als auf den Bildschirmen der Überwachungsanlage zu beobachten, wie Leute ungeduldig hin- und hermarschieren, während sie auf die nächste Bahn warten, und dabei Whisky zu schlürfen. Er schmuggelt das Zeug in einer Thermosflasche zur Arbeit, damit die anderen denken, es wäre Kaffee.

Ich habe ihn einmal, nachdem ich Feierabend hatte, besucht und eine Weile mit ihm geplaudert. Dabei haben wir uns ein paar Schlucke Whisky genehmigt und uns die Kamerabilder angesehen, aber das war so langweilig, dass ich dabei fast eingeschlafen bin. Arnie macht den Job schon jahrelang. Kein Wunder, dass er zu trinken angefangen hat.«

Brian rutscht unruhig auf seinem Sitz hin und her, als ich das sage. Ich vermute, es ist ihm unangenehm, mich so über das Trinken reden zu hören, aber ich sehe nicht ein, wieso ich darauf Rücksicht nehmen soll. Schließlich hat er sich ja bisher auch nicht gerade bemüht, mir heikle Themen zu ersparen.

»Wie dem auch sei«, erzähle ich weiter, »eines Abends sieht Arnie, als er bereits ganz schön was intus hat, auf seinen Bildschirmen plötzlich, wie ein außerirdisches Wesen aus einem Zug steigt. Arnie fand das zuerst gar nicht ungewöhnlich, denn die Bilder der Überwachungsanlage ähneln ja ein bisschen richtigem Fernsehen, und im Fernsehen sieht man bekanntermaßen des öfteren Außerirdische. Als dann aber ein zweiter Außerirdischer aus dem Zug steigt, dämmert es ihm doch allmählich, dass er keineswegs einen Fernsehfilm sieht – die Szene spielt sich unten auf dem Bahnsteig ab! Es steigen tatsächlich Außerirdische aus der U-Bahn. Nach den ersten beiden taucht ein dritter auf, dann noch einer. Alle haben sie riesige Insektenaugen und Antennen auf dem Kopf. Gleich darauf hüpft ein Stück weiter auf dem Bahnsteig ein Strauch aus einem der Waggons: ein großer wandelnder Strauch.«

»Ein Strauch?«, sagt Brian skeptisch.

»Genau«, sage ich. »Arnie, der den ganzen Abend in Gesellschaft einer Thermosflasche voll Johnny Walker in seinem Kabuff gehockt hat, bekommt natürlich einen Heidenschreck. Er springt aus seinem Stuhl hoch und läuft hinaus in den Bahnhof, um die Leute zu warnen. Schließlich war er ja der Meinung, dass die Station gerade eine Invasion von Außerirdischen erlebt. Aber als er gerade die Lautsprecheranlage einschalten und alle

Anwesenden auffordern will, die Station sofort zu räumen, holt ihn der Stationsvorsteher ein. Er schafft es dann auch irgendwie, Arnie wieder auf den Boden zu kriegen. Des Rätsels Lösung war, dass eine der Diskotheken in der Nähe eine Ufo-Party veranstaltet hat, wo alle, die sich als Außerirdische verkleidet haben, keinen Eintritt zu bezahlen brauchten. Arnie hat man für zwei Wochen vom Dienst suspendiert, seither muss er sich unangekündigte Atemkontrollen gefallen lassen.« Ich werfe Brian einen kurzen Seitenblick zu. »Eins aber ist komisch. Obwohl Arnie seinen Irrtum bezüglich der Außerirdischen inzwischen zugibt, ist er bis heute fest davon überzeugt, dass er einen Strauch aus dem Wagen hat aussteigen sehen. Er hat mir sein Ehrenwort darauf gegeben, als er mir die Geschichte erzählt hat. Er wusste sogar, was für eine *Sorte* Strauch es war: Liguster hat er, glaube ich, gesagt.«

»Ein Strauch?«, wiederholt Brian ungläubig.

»Ja. Liguster. Als ich Rachel das erzählt habe, hat sie nur gelacht und gesagt: ›Siehst du? Das ist doch der Beweis: Wenn man auf den Bildern der Überwachungsanlage einen Strauch nicht von einem Menschen unterscheiden kann, der eine Topfpflanze trägt, was soll der Mist dann?‹ Aber Arnie schwört Stein und Bein, dass an dem Abend niemand irgendwas getragen hat. Für ihn war es ein echter Strauch. Da lässt er nicht mit sich reden. Meine Theorie ist ja, dass der Strauch zur selben Party gegangen ist wie die Außerirdischen, jemand, der sich als Triffid verkleidet hat.«

»Triffid?«, sagt Brian, als ich verstummt bin. Er scheint das kein bisschen lustig zu finden. »Ist das so was Ähnliches wie Liguster?«

»Nein, Brian, das war ein Witz. Triffids sind Monsterpflanzen aus einem Science-Fiction-Roman.«

»Ach so«, sagt Brian, aber er lächelt immer noch nicht.

Ich versuche es noch einmal. »Die Sache ist die, dass er schlicht und einfach besoffen war. Er hat sich das alles nur eingebildet.«

Brian sieht mich aufgebracht an. »Ich werd dir jetzt mal was verklickern«, sagt er bestimmt. »Egal, wie breit man ist, so was bildet man sich nicht ein. Jedenfalls nicht, wenn man Scotch getrunken hat.«

»Was soll das heißen? Dass tatsächlich ein Strauch aus der U-Bahn gestiegen ist?«

»Wer weiß«, sagt Brian ungehalten. »Kann doch sein.«

»Ja, *klar*. Und wahrscheinlich war er auf dem Weg nach Hause, wo Frau Strauch schon auf ihn gewartet hat. Und die kleinen Strauchkinder.«

»Komm mir bloß nicht dumm.« Brian kramt in seiner Tasche nach etwas, scheint sich dann aber doch eines anderen zu besinnen. »Und überhaupt, warum spielst du dich hier zum Experten dafür auf, was Leute sehen oder nicht sehen?«

Ich zucke resigniert die Achseln. Mir ist völlig unklar, womit ich seinen Ärger verdient habe. »Na gut«, grummele ich, »vielleicht hat du ja Recht. Meinetwegen war es ein richtiger Strauch. Was weiß ich denn schon?«

Ich lehne mich mit verschränkten Armen und geschürzten Lippen auf meinem Sitz zurück. Ich hätte große Lust, Brian zu sagen, dass er nicht so empfindlich sein und alles lieber etwas lockerer nehmen soll, aber ich bin zu müde für eine Diskussion mit ihm. Womöglich reagiert Brian ja aus demselben Grund so gereizt auf mich: Wir sind beide ziemlich erschöpft.

Ich betrachte mein Spiegelbild im gegenüberliegenden Fenster. Ich sehe einen müden Mann, der mit verschränkten Armen zusammengesackt dasitzt. Mir fällt auf, dass ich große graue Säcke unter den Augen habe. Ich sehe echt scheußlich aus. Mit Sicherheit bin ich keine gute Werbung für die positiven Folgen einer durchzechten Nacht. Als ich an mir hinunterschaue, fällt mir auf, dass meine Kleidung durch die viele U-Bahn-Fahrerei ganz dreckig geworden ist. Unter meinen Fingernägeln klebt Schmutz. Als ich mich schnäuze, ist das, was aus meiner Nase kommt, schwarz – die Essenz des U-Bahn-Staubs, den ich seit Stunden eingeatmet habe. (Übrigens, fast 50 Prozent des U-Bahn-Staubs besteht aus dem Eisen, das durch die Reibung der Bremsen abgeschliffen wird. Deswegen ist der Staub auch so schwarz. Und er setzt sich überall fest: in den Poren der Haut, in der Nase und im Mund. Auch meine Augen fühlen sich an, als hätten sich kleine Eisenspäne in die Augenhöhlen vorgearbeitet, wo sie jedesmal an der Rückseite der Augäpfel kratzen, wenn ich blinzle oder in eine andere Richtung schaue.)

Während ich mein Spiegelbild mustere und an meiner Kleidung hinunterblicke, passiert es: Ich sehe ihn wieder. Einen dunklen Schemen. Er steht im nächsten Waggon und beobachtet mich durch die Verbindungstüren hindurch. Es ist nur ein flüchtiger Anblick, und ich kann mir eigentlich nicht sicher sein, dass es derselbe Mann ist, den ich schon in Hyde Park Corner in die U-Bahn steigen sah, aber tief im Inneren bin ich davon überzeugt, dass er es ist. In diesem einen Augenblick, in diesem Bruchteil einer Sekunde, in dem ich in seine dunklen, auf mich gerichteten Augen blicke, erkenne ich ihn unterbewusst wieder – doch gleich darauf ist er verschwunden. Ich blinzle ein paarmal und schüttle den Kopf, aber als ich wieder hinsehe, ist er nicht mehr da. Der Platz hinter der Verbindungstür ist leer.

»Hast du den gesehen?«, frage ich Brian.

»Wen?«

»Diesen Mann. Im nächsten Wagen.«

Brian schaut in die Richtung, in die ich zeige. »Ein Mann? Was für ein Mann?«

Ich blicke wieder auf die leere Stelle im Fenster der Verbindungstür, und mich beschleicht so etwas wie Zweifel. »Vergiss es«, sage ich gleich darauf. »Achte gar nicht auf mich. Ich leide unter Einbildungen.«

Brian, der offensichtlich glaubt, ich würde auf Arnies Straucherscheinung anspielen, schnaubt verächtlich.

»Du leidest also unter Einbildungen, hm?«, sagt er gehässig. »*Sehr* witzig.«

Ich schaue immer noch auf die leere Stelle im Fenster der Verbindungstür. Ich überlege kurz, ob ich Brian erzählen soll, was ich gesehen habe, aber dann rät mir eine innere Stimme, die Sache lieber für mich zu behalten. Immerhin weiß ich jetzt, dass ich keine Gespenster sehe. Irgendwie folgt mir Rolf.

KAPITEL 25A

14:45 Belsize Park

Rachel wurde im Schlaf von Träumen heimgesucht. Sie waren anders als die Träume, die sie sonst immer hatte und die eher Geschichten glichen – Kinofilmen, die vor ihrem geistigen Auge abliefen. An diesem Nachmittag bestanden die Träume jedoch aus lauter Fragmenten, lose aneinander gereiht, ein Wirrwarr aus Sinneseindrücken ...

Es war dunkel, und sie schwebte. Andy hielt ihren Kopf im Schoß – genau wie damals, als er sie gefragt hatte, ob sie ihn heiraten wolle – und sang ihr etwas vor, ein Schlaflied, aber sie konnte den Text nicht verstehen, weil die U-Bahnen solchen Lärm machten. Esther, die Boutiquenbesitzerin, saß am Ende des Bahnsteigs und rupfte eine Gans für den Festtagsbraten – die Luft war erfüllt von den Federn, die wie Schneeflocken auf sie herabschwebten. Rachel war in den Anblick der Federn so versunken, dass sie zuerst gar nicht bemerkte, dass Andy auf einmal verschwunden war. Sie war jetzt allein in der Dunkelheit. Der Luftzug der U-Bahnen pfiff ihr um die Ohren, und dann war Rolf auf einmal da, hatte eine Hand vorn in ihrem Slip und zog sie durch einen der Tunnel hinter sich her. Sie wollte nicht mitgehen, weil sie nach Andy suchte, aber Rolfs Hand fühlte sich so gut an.

Eine Weile rieb Rachel sich an ihr, doch dann wurde der Wind immer stärker, und sie wurde fortgeweht, davongetragen wie ein Blatt im Wind. Sie fühlte sich leicht, aber sie hatte Angst, derart schnell zu fliegen, weil sie keine Kontrolle über ihre Bewegungen hatte. Sie kam in eine riesige, schier endlose Höhle. Andy war auch da, weit entfernt an einem der Ränder – er winkte und rief ihr etwas zu, aber der Abstand zu ihm war zu groß, um ihn verstehen zu können. Sie wollte die Richtung ändern und zu ihm hinüberfliegen, aber das ging nicht, weil ihre Flügel auf einmal mit Geschenkpapier umhüllt waren. Sie blickte nach unten und entdeckte, dass sie von Menschen umringt war, die sie noch nie gesehen hatte. Die Menschen verschnürten sie mit Bändern und erzählten ihr, wie glücklich sie sein werde, wenn Andy sie wieder auspacken würde. Die Zuglichter flackerten wie Blitze vor ihren Augen auf, weshalb sie die Augen zusammenkneifen musste …

Rachel drehte sich im Bett um, und mit ihr drehte sich ein ganzer Wust von Bildern, der ihre Lider flattern und ihre Füße zucken ließ: ein klingelndes Telefon, eine Krähe, deren Krallen gegen ihre Scham drückten, ein Wettlauf, eine Falle, ein Toter … Einen Moment lang verharrte sie zögernd am Rande des Bewusstseins, fast hätte ihr Verstand sie aus ihren Träumen gerissen, doch dann fühlte sie auf einmal eine Wärme in sich aufsteigen – als würde Andy ihr sanft die Hand auf den Bauch legen, wie er es manchmal tat, wenn sie starke Menstruationsschmerzen hatte. Dieses Gefühl besänftigte sie. Langsam kam der Schlaf wieder über sie.

Kapitel 26

14:40 Piccadilly Circus – Elephant & Castle, Bakerloo Line

Okay, jetzt heißt es wach werden und einen klaren Kopf bewahren. Ich muss, vorläufig wenigstens, vergessen, was ich gesehen habe, und mich auf die nächste Etappe meiner Fahrt vorbereiten. Ich sage Brian, er soll seine Tasche nehmen und sich fertig machen. Und Sie sollten sich unterdessen auch schon mal innerlich vorbereiten. Ich verdränge jeden Gedanken an meine Müdigkeit und die Frage, wo zum Teufel ich die Zeit hernehmen soll, Paul im Depot der Piccadilly Line anzurufen; ich verdänge jeden Gedanken an Rolf, Rachel und den Mann, der mich verfolgt, und konzentriere mich. Ich darf jetzt keinen Fehler machen. Gleich kommen wir nämlich nach Südlondon, und das bedeutet Stress.

Wenn meine Fahrt durchs Londoner U-Bahn-System eine Quiz-Show wäre, dann wäre Südlondon die Schnellrate-Runde. Hier unten muss man seine fünf Sinne beisammen haben, weil man so oft aus dem Zug springen und umsteigen muss, dass man leicht den Überblick verliert. Man kann kostbare Minuten gewinnen, wenn man im Voraus weiß, an welchem Ende des Bahnsteigs sich der Ausgang befindet, und diese Minuten können manchmal darüber entscheiden, ob man einen Anschlusszug noch erreicht oder nicht. Man muss blitzschnell nachdenken können und genügend Ausdauer haben, x-mal irgendwelche Treppen hinaufzurennen oder durch endlose Gänge zu sprinten. Man könnte das Ganze vielleicht als eine unterirdische Variante von *Der Krypton-Faktor* bezeichnen – mit einem Schuss *Risiko* gewürzt, denn ohne fundierte U-Bahn-Kenntnisse hat man nicht die geringste Chance.

Wenn Sie sich den Streckenverlauf auf dem U-Bahn-Plan ansehen wollen, dann tun Sie das lieber, *bevor* es losgeht, sonst kommen Sie garantiert nicht mit. Schließlich sind wir hier in der Schnellrate-Runde. Unsere Route sieht wie folgt aus:

Bakerloo Line von Piccadilly Circus bis Elephant & Castle
Northern Line bis Bank
Waterloo & City Line bis Waterloo
Northern Line bis Stockwell
Victoria Line bis Brixton
Victoria Line wieder rauf bis Victoria
District Line bis Wimbledon

Alles klar? In Ordnung. Also dann: Hände über den roten Knopf. Und los geht's.

Kapitel 27

14:40 Piccadilly Circus – Wimbledon, verschiedene Linien

FRAGE: Wenn Sie am Piccadilly Circus die Bakerloo Line nach Süden nehmen, an welchem Zugende müssen Sie dann einsteigen – vorn oder hinten?

ANTWORT: Wir steigen am vorderen Zugende ein – auf diese Weise sind wir im Bahnhof Elephant & Castle beim Aussteigen schon direkt neben der Treppe, die zur Northern Line führt. (Eine falsche Antwort an dieser Stelle hat die sofortige Disqualifikation zur Folge, denn wenn wir am Ende des Zuges eingestiegen wären, hätten wir unseren Anschluss verpasst. Wir müssen ohnehin die Beine in die Hand nehmen, um den Zug der Northern Line in Richtung Norden noch zu erwischen.)

F: Was tun Sie während der Fahrt mit der Northern Line? Bleiben Sie, wo Sie sind, oder sollten Sie fürs nächste Umsteigen lieber in ein anderes Abteil wechseln?

A: Wir verschnaufen erst mal ein bisschen. Wir brauchen das Abteil nicht zu wechseln, weil unseres im Bahnhof Bank genau am Ausgang halten wird. (Stattdessen hören wir den drei staubbedeckten Bauarbeitern neben uns zu, die sich darüber unterhalten, was sie gern mit der jungen Frau anstellen würden, die mir gegenüber sitzt und schläft. Was sie sagen, ist zwar nicht besonders erbaulich, aber es lenkt mich ein bisschen ab und sorgt dafür, dass ich mich nicht alle paar Sekunden umsehe.)

F: Sie kommen in Bank an, springen sofort aus dem Zug und rennen durch den Gang, der zur Waterloo & City Line führt. Wie lang ist dieser Gang?

A: *Elend* lang. Ich hatte ganz vergessen, *wie* lang. Endlos schlängelt er sich dahin, ein unterirdisches Wurmloch, kahl und von Neonröhren beleuchtet. Nach einer Weile geht mir die Puste aus, weshalb ich das Tempo drosseln muss – ich nutze die Gelegenheit, um mich umzuschauen, aber niemand folgt uns: Der einzige Mensch, den ich im Tunnel hinter uns entdecken kann, ist eine Frau mit Stöckelschuhen in einem dezenten Kostüm. Aber ich darf mich jetzt nicht ausruhen. Wenn wir den Shuttle-Zug nach Waterloo verpassen, müssen wir fünf Minuten warten, bis der nächste kommt. Ich reiße mich zusammen und fange wieder an zu rennen.

F: Der Shuttle zwischen der Waterloo & City Line fährt um 14:50 von Bank ab. Wie lange braucht er bis Waterloo Station?

A: Vier Minuten. Es gibt bloß die beiden Endhaltestellen – eigentlich zu wenig, um die Strecke als reguläre U-Bahn-Linie zu bezeichnen.

F: Sie kommen also in Waterloo an – wie geht es weiter?

A: Wir rennen wie zwei wild gewordene Fitnessfanatiker die Treppen und Rollbänder rauf und runter. Ich habe mitgezählt, mit wie vielen Stufen man es hier beim Umsteigen zu tun hat. Schätzen Sie mal! Hundertachtundzwanzig! Ich bin ziemlich bald am Ende. Brian dagegen wirkt zu meinem Verdruss immer noch topfit. Aber vielleicht sollte ich dankbar dafür sein, denn als wir endlich auf dem Bahnsteig der Northern Line ankommen, muss ich mich sogar auf ihn stützen.

F: Ihr Zug in Richtung Süden fährt um 15:01 von Waterloo ab. Während Sie langsam wieder zu Atem kommen, fällt Ihnen etwas auf: Der Mann, der Ihnen gegenüber sitzt, trägt einen Anglerhut. Warum?

A: Das ist eine Fangfrage. Es gibt keinen Grund, eine solche Kopfbedeckung in der U-Bahn aufzusetzen. Hier gibt's keine Fische. Und auch kein Wasser. Und soweit ich weiß, sind Anglerhüte nicht gerade der letzte Schrei.

F: Sie steigen in Stockwell aus. Wie kommen Sie zum Zug der Victoria Line?

A: Wir müssen nur zum benachbarten Bahnsteig rennen. In Stockwell ist das Umsteigen von der Northern zur Victoria Line kinderleicht, weil die Bahnsteige in Richtung Süden direkt nebeneinander liegen. Und wir haben Glück, denn als wir im Laufschritt drüben ankommen, wartet dort schon ein abfahrbereiter Zug der Victoria Line auf uns.

F: Und was tun Sie, nachdem Sie Brixton, den Endpunkt der Victoria Line, erreicht haben?

A: Wir wechseln auf den Bahnsteig gegenüber, um die zehnminütige Fahrt in Gegenrichtung nach Victoria anzutreten. Und auch hier steht der Zug schon am Bahnsteig bereit und scheint nur auf uns zu warten. Es läuft alles wie geschmiert. Wenn das hier wirklich eine Quiz-Show wäre, hätte ich die Luxusreise nach Barbados für zwei Personen schon so gut wie in der Tasche.

F: Und was passiert dann in Victoria?

A: Gute Frage. *Was* passiert, nachdem wir die Treppen und Rollbänder raufgerannt und den Wegweisern zur District Line gefolgt sind? Ich werd's Ihnen verraten: Wir stehen da, wie der Ochs vorm Berg! Am Fuß des Aufgangs zur District Line in Richtung Westen lesen wir nämlich auf einem Schild den Hinweis, dass aufgrund eines Weichenschadens bei Earl's Court zurzeit keine Züge in Richtung Wimbledon verkehren. Sieht so aus, als würden wir an dieser letzten Hürde doch noch scheitern, nachdem wird bisher so prima durch Südlondon gekommen sind. Den Urlaub auf Barbados kann ich vorerst abschreiben. Wir sind hier wohl doch nicht bei *Der Krypton-Faktor* – ich komme mir eher vor wie in *Der Schwächste fliegt!*

F: Und was jetzt?

A: Also, erst mal bleibe ich eine Weile unten an der Treppe stehen und starre das Schild an. Das heißt, was würden Sie denn tun, wenn Sie plötzlich vor einer geschlossenen U-Bahn-Station stünden? Wahrscheinlich würden Sie laut fluchen und dann aufgeben – aber ich bleibe aus einem bestimmten Grund einfach hier stehen: Mein Gehirn arbeitet fieberhaft. Mag sein, dass es auf den ersten Blick schlecht für uns aussieht, aber wir sind hier schließlich nicht umsonst an der Victoria Station – und damit nicht nur am wichtigsten Knotenpunkt des *U-Bahn-Netzes*, sondern des *gesamten Zugverkehrs*. Ich beschließe Folgendes: Wenn wir momentan nicht mit der U-Bahn nach Wimbledon kommen, dann müssen wir eben einen anderen Zug nehmen. Irgendeinen.

F: Welchen denn?

A: Na ja, da wäre zum Beispiel diese Connex-Regionalbahn, die in knapp drei Minuten in Richtung Clapham Junction fährt …

F: Was tun Sie also?

A: Brian und ich sehen zu, dass wir den Zug kriegen. Wir müssen einfach – uns bleibt gar nichts anderes übrig. Wir stürmen durch die Bahnhofshalle, und als wir auf dem richtigen Bahnsteig ankommen, steht der Zug prompt auch schon da. Mit letzter Kraft klettern wir hinein. Während der Zug langsam aus dem Bahnhof rollt, setzen wir uns erschöpft hin. Im Grunde bin ich ganz froh, mal wieder über der Erde zu sein – ich genieße es, mir für eine Weile die Stadt anzuschauen, statt immer nur drunter durch zu fahren. Als wir den

Fluss überqueren, sehen wir zunächst das Kraftwerk Battersea vor uns aufragen, aber schon bald folgen die Hochhauskästen, die wie Dominosteine über ganz Südlondon verteilt sind. Trotz der ungeklärten Frage, wie es mit unserer Fahrt weitergehen soll, hat es auf mich einen beruhigende und entspannende Wirkung, die Welt draußen vorbeiziehen zu sehen. Ich erlaube mir den Luxus, ein bisschen abzuschalten.

F: Und wie lange währt dieses Glück?

A: Genau sieben Minuten. Mehr als sieben Minuten sind mir nicht vergönnt, dann sind wir in Clapham Junction, und der ganze Stress geht wieder von vorn los.

F: Und was jetzt?

A: Du lieber Himmel, woher soll ich das wissen? Clapham Junction ist das Pendant zum legendären Verkehrsknotenpunkt Spaghetti Junction in Birmingham. Nur Schienen – so weit das Auge reicht. Nachdem unser Zug wie zufällig seinen Weg durch dieses Gleisgewirr gefunden und an einem der unzähligen Bahnsteige angehalten hat, müssen wir, ob es uns passt oder nicht, aussteigen und auf der Suche nach dem Gleis, von dem aus die Züge nach Wimbledon abfahren, durch die Unterführung rennen. Zum Glück fahren sie offenbar alle vom selben Gleis ab.

F: Wie spät ist es jetzt?

A: 15:34.

F: Und wann geht der nächste Zug nach Wimbledon?

A: Um 15:35. Genau genommen fährt dieser Zug nach Dorking, aber was soll's, schließlich hält er unterwegs auch in Wimbledon, und das allein zählt. Ich bin ziemlich stolz auf mich, weil ich gerade festgestellt habe, dass wir durch den Wechsel von der U-Bahn auf den Connex-Zug sogar Zeit *gewonnen* haben. Genau wie bei der ähnlichen Sache heute Morgen hat uns das fünfzehn Minuten eingebracht. Um Viertel vor vier rollen wir also in den Bahnhof von Wimbledon, und ich kann mir ein Lächeln kaum verkneifen, als ich sehe, dass am selben Bahnsteig schon ein Zug der District Line mit geöffneten Türen steht, der sich in ein paar Minuten auf den Weg nach Earl's Court machen wird. Sieht aus, als hätten wir's geschafft. Wir liegen wieder voll in der Zeit.

F: Und wie fühlen Sie sich dabei?

A: Großartig. Verdammt zufrieden. Ich hab den kniffeligsten Teil der gesamten Strecke erfolgreich abgehakt, und Dank meines Einfallsreichtums ist das Ganze fast reibungslos abgelaufen. Ich fühl mich wie eine Art U-Bahn-Held, der sich ebenso elegant von einem Zug in den anderen schwingt wie Errol Flynn von Kronleuchter zu Kronleuchter. Ätsch, lieber Rolf und liebe Rachel – sieht aus, als wäre ich tatsächlich »El Ubahno Supremo«.

Und damit endet die Schnellrate-Runde.

Na ja, *fast*. Eine Sache muss ich noch erledigen, bevor ich in den Zug nach Earl's Court einsteige. Laut Anzeigetafel bleiben mir bis zur Abfahrt genau zwei Minuten, deshalb lauf ich schnell noch zu der Telefonzelle auf dem Bahnsteig. Hastig ziehe ich Rolfs Zettel aus der Tasche und rufe Paul an.

Kapitel 27A

15:45 Wimbledon, District Line

Paul arbeitet seit dreißig Jahren als U-Bahn-Mechaniker im Depot Northfields, und ich würde sagen, er ist für den Job wie geschaffen. Er liebt Züge sowieso, ganz besonders aber *seine* Züge: Sobald ein U-Bahn-Wagen einmal durch seine Hände gegangen ist, verfolgt er tagtäglich dessen Bewegungen – wie eine Entenmutter, die ihre Küken keine Sekunde aus den Augen lässt, während sie kreuz und quer durch die unterirdischen Kanäle der Piccadilly Line gleiten.

Paul ist über die Frage, die ich ihm stelle, als ich ihn endlich am Apparat habe, nicht im Geringsten erstaunt. Er findet es offenbar völlig normal, dass ihn jemand aus heiterem Himmel anruft und nach den Bewegungen von rollendem Material fragt.

»Mal sehen«, höre ich ihn am anderen Ende der Leitung murmeln, »der 690er und 891er – die sind doch mit dem 890er gekoppelt, oder? Ich glaub, die sind gestern Nacht zur Reparatur reingekommen, weil eine der Türen ein bisschen geklemmt hat.«

»Heißt das etwa, die stehen immer noch bei dir im Depot?«

»Nein, nicht mein Revier, da kümmern sich die Kollegen in Cockfosters drum.«

Ich fluche lauthals. Na klar! Rolf ist also vom U-Bahnhof Cockfosters direkt zum Depot gegangen, das sind höchsten fünf Minuten zu Fuß. Wenn wir das auch so getan hätten, könnten wir den dritten Umschlag längst eingesammelt haben – stattdessen wird es jetzt vermutlich das reinste Grauen, ihn zu holen. Wenn wir die ganze Strecke bis Cockforsters zurückfahren müssen, kann ich den Eurostar gleich vergessen.

Mein Gefluche scheint Paul zu beunruhigen. »Worum geht's denn eigentlich?«, fragt er. »Ist mit den Wagen irgendwas nicht in Ordnung?«

»Keine Sorge, ich muss bloß unbedingt zu den Dingern hin, sonst nichts. Und dabei war ich gerade erst oben in Cockfosters – da hätte ich das problemlos erledigen können.«

»Na, dann komm doch einfach zu mir nach Northfields«, schlägt er vor. »Früher oder später müssen sie hier vorbeikommen.«

»Hast du nicht gerade eben erst gesagt, sie sind zur Reparatur?«

»Ja schon, aber da ging es doch bloß um eine Tür, die klemmt. Das müßten die da oben eigentlich ruck, zuck in Ordnung bringen können. Bleib kurz dran, dann ruf ich auf der anderen Leitung in Cockfosters an. Die können uns bestimmt sagen, wann die Wagen wieder einsatzbereit sind …«

Er legt den Hörer hin, und dann ertönt entferntes Stimmengemurmel. Ich werfe einen Blick auf die Anzeigetafel. Mein Zug fährt in einer Minute.

Gleich darauf ist Paul wieder am Hörer und verkündet munter: »Ich hab kurz mit Nigel gesprochen. Er hat gesagt, dass die Wagen in etwa einer Dreiviertelstunde zurück in den Bahnhof rollen. Funktioniert alles wieder wie neu.«

»In einer Dreiviertelstunde, hast du gesagt?« Ich kann meine Freude nicht verbergen.

»Jawohl. Punkt 16:30 fahren sie in Cockfosters los – gerade rechtzeitig zur Rushhour.«

»Paul«, sage ich, »du bist wirklich der Größte.«

Ich verabschiede mich und lege auf. Ein Blick auf die Anzeigetafel verrät mir, dass mir nicht mehr viel Zeit bleibt – unser Zug kann jeden Moment abfahren. Brian macht schon Anstalten einzusteigen, aber ich bleibe erst mal, wo ich bin.

»Ich muss noch kurz jemand anrufen.«

»Aber der Zug fährt gleich …«, sagt Brian nervös.

»Keine Sorge. Geht ganz schnell.«

Ich schiebe meine Kreditkarte zurück in den Schlitz und tippe Rachels Handy-Nummer ein. Es klingelt, einmal, zweimal, dreimal. Ich will unbedingt mit ihr sprechen, ihr sagen, wo ich bin. Sonst macht sie sich womöglich Sorgen, und dann hat sie einen Vorwand mehr, böse auf mich zu sein.

Beim vierten Klingeln fängt der Zug an zu brummen.

»Verdammt noch mal, Rachel, geh endlich ran!«

Es klingelt und klingelt immer wieder, begleitet vom Brummen des Zuges, bis ich einsehe, dass sie nicht abheben wird. Genau in diesem Moment schließen sich plötzlich ohne weitere Vorwarnung die Türen. Brian drängt sich dazwischen, um sie offen zu halten, und macht mir aufgeregt Zeichen. Ich muss los.

Verärgert werfe ich den Hörer auf die Gabel, reiße meine Kreditkarte an mich und stolpere über Brians Beine in den Wagen hinein. Im selben Moment tritt Brian von der Tür zurück, und krachend schnappt diese hinter mir zu.

»Da hat wirklich nicht mehr viel gefehlt«, sagt Brian. Ich glaube, er ist sauer auf mich.

»Was willst du?«, sage ich. »Ich hab's doch geschafft.«

»Klar hast du's geschafft. Aber was hättest du gemacht, wenn ich mich nicht in die Tür geklemmt hätte?«

Ich antworte nicht. Es hat keinen Sinn, darauf zu antworten. Ich lehne mich einfach zurück und versuche den Umstand, dass ich mich ausnahmsweise mal entspannen kann, zu genießen. Und es gelingt mir sogar – zumindest bis zu einem gewissen Grad. In den kommenden zwanzig Minuten brauche ich nichts weiter zu tun, als ein paar Fotos zu schießen, ein paar Bahnhöfe von der Liste zu streichen und mir zu überlegen, was wir tun werden, wenn wir wieder in der Stadt sind. Endlich habe ich Zeit, mir Gedanken darüber machen, wie wir an den nächsten Umschlag kommen.

Kapitel 28

15:47 Wimbledon – Earl's Court, District Line

Dummerweise merkt man oft erst, wenn man sich entspannt, wie müde man eigentlich ist. Während der ganzen Rennerei ist mir das gar nicht aufgefallen, aber jetzt, wo ich sitze, spüre ich, wie meine Augen vor Übermüdung brennen und wie sämtliche Muskeln drum herum von der Anstrengung, die Lider offen zu halten, völlig verkrampft sind. Meine Arme fühlen sich an, als wären sie zehn Zentimeter länger geworden, weil ich schon den ganzen Tag über die Tüte mit den Kameras herumschleppen muss, und die Füße tun mir inzwischen richtig weh … Genau genommen tun mir sämtliche Muskeln am ganzen Körper irgendwie weh, außer denen in den Beinen – die sind inzwischen richtiggehend taub geworden und verschmelzen gerade wie warmer Camembert mit dem Polster der Sitzbank.

Auch Brian sieht müde aus. Als er sich neben mich setzt, stößt er einen tiefen Seufzer aus, holt dann eine Dose Bier aus seiner Tasche und macht sie auf. Aus irgendeinem Grund stört mich der Anblick, wie er trinkt. Ich versuche mich abzulenken, indem ich den U-Bahn-Plan raushole. Ich zähle die roten Kreuze und lege dann betrübt die Stirn in Falten. 137 Bahnhöfe haben wir schon geschafft – gerade mal die Hälfte.

Wenig später wendet sich Brian an mich. »Was hat dein Kumpel denn jetzt über diese beiden U-Bahn-Wagen gesagt?«, fragt er.

»Nur, dass sie im Depot sind. Im Depot in Cockfosters, wie's aussieht – womit auch klar ist, warum der Abstand zwischen den Zeitangaben auf den beiden Zetteln so gering war. Zu blöd, dass uns das nicht aufgefallen ist, als wir noch da oben waren – wir hätten einfach nur im Depot vorbeizuschauen brauchen.«

»Und was machen wir jetzt?«

»Tja, die Wagen werden erst in über einer halben Stunde wieder in Cockfosters losfahren, also bleibt uns reichlich Zeit, noch ein paar Stationen abzuhaken, bevor wir uns wieder darum kümmern müssen. Ich würde sagen, wir bringen jetzt erst mal das Westend zu Ende und fahren dann runter nach Hammersmith, um dort auf die Wagen zu warten.«

Brian stößt wieder einen Seufzer aus, als ginge ihm dieser Dauerstress langsam, aber sicher auf die Nerven. Was wiederum *mir* auf die Nerven geht. Schließlich hat ihn niemand darum gebeten, mit mir hier herumzufahren, oder? Wenn er keine Lust mehr hat, dann soll er doch verschwinden – kein Mensch zwingt ihn hierzubleiben. Ich beobachte, wie er einen Schluck aus der Dose nimmt und sich dann mit dem Rücken seiner schmutzigen, tätowierten Hand über den Mund wischt, und auch das ärgert mich.

»Brian«, sage ich matt, »warum trinkst du eigentlich so viel?«

Er seufzt ein weiteres Mal tief auf, und dann sagt er: »Weil ich so gestresst bin.«

»Bist du doch gar nicht. Du bist der entspannteste Mensch, den ich je erlebt hab. Sieh mich dagegen an – *ich* bin hier derjenige, der Stress hat.«

»Tja, vielleicht solltest du ein bisschen mehr trinken«, sagt Brian. »Dann könntest du so sein wie ich.«

Ich wende mich verzweifelt ab. »Das war keine gute Antwort.«

»Es war auch keine gute Frage. Was würdest du denn sagen, wenn ich dich fragen würde, warum du die U-Bahn so klasse findest? Du findest sie klasse, weil du sie klasse findest, sonst nichts. Sie ist ein Laster, das dich von den Dingen ablenkt, die wirklich wichtig sind.«

Ich denke einen Moment lang darüber nach. »Aber die U-Bahn ist wichtig«, sage ich dann.

»Nein, ist sie nicht. Sie ist bloß Ablenkung.«

»Das stimmt nicht, sie ist wichtig«, sage ich hartnäckig. »Stell dir vor, was hier ohne U-Bahn los wäre. Wie sollten die Leute dann zur Arbeit kommen? Ohne funktionierendes Transportsystem würde die Wirtschaft zusammenbrechen – unsere Gesellschaft würde im Chaos versinken. Für so was muss man sich doch interessieren.«

»Na klar. Aber in Maßen, mein Lieber.«

»Die U-Bahn ist der Inbegriff unserer Geschichte«, sage ich, um es noch einmal zu versuchen. »Durch sie definiert sich London als Großstadt. Sie ist ein Teil von uns *allen.*«

»Siehst du? Jetzt machst du's schon wieder.«

»Was mach ich schon wieder?«

»Die U-Bahn als Ablenkung benutzen. Ich weiß wenigstens, was ich tue, wenn ich trinke – aber du ... Du hast nicht mal den leisesten Schimmer. Du glaubst auch noch, dein Getue um diesen ganzen U-Bahn-Scheiß wäre *normal.*«

»Ist er ja auch.«

»Siehst du? Da geht's schon wieder los.«

»Was meinst du damit: *Da geht's schon wieder los?*«

»Immer wieder lenkst du das Gespräch auf die U-Bahn, als wär sie das Einzige, was zählt. Wenn du auch nur eine Sekunde aufhören würdest, über die U-Bahn nachzudenken, dann würdest du merken, dass ausgerechnet sie am *allerwenigsten* zählt. Warum zum Teufel ist es dir denn so wichtig, diese bescheuerte Wette zu gewinnen? Selbst wenn du verlierst, wird die U-Bahn doch immer noch da sein. Rolf wird immer noch da sein. Du wirst immer noch da sein. Es gibt nur eine Person, die dann vielleicht nicht mehr da ist – und *das* ist das Einzige, was wirklich zählt.«

Ich spüre, wie mir das Blut ins Gesicht schießt. »Na schön, wenn du so ein erklärter Gegner von Ablenkungen bist, warum beantwortest du dann nicht endlich meine Frage? Warum trinkst du so viel?«

»Hab ich doch schon gesagt. Um mich von was anderem abzulenken.«

»Und das wäre?«

Brian sitzt da und scheint einen Moment zu überlegen. Dann nimmt er wieder einen Schluck aus der Dose, als brauchte er den Geschmack von Bier im Mund, um sich daran zu erinnern, warum er trank. »Also gut«, sagt er dann entschlossen. »Du und ich, wir haben nicht das gleiche Problem. Dein Problem ist, dass du nicht weißt, was du willst. Du hast vor, morgen dieses Mädchen zu heiraten, aber im Grunde hast du dich niemals wirklich *entschieden*, mit ihr zusammen zu sein, es ist bloß einfach passiert. Sie verlangt Dinge von dir, die du nicht tun willst, und du hast wegen ihr Gefühle, die du nicht haben willst, aber du versuchst, nicht darüber nachzudenken, denn wenn du das tätest, würde dir wahrscheinlich dämmern, dass du was unternehmen musst, damit sie glücklich bleibt. Und während du die Entscheidung verdrängst, bist du zufrieden, solange sie nur bei dir ist. So viel zu *deinem* Problem.«

Er sagt das in einem Ton, als wäre das Thema damit erledigt. Ich öffne schon den Mund, um ihm zu sagen, er soll verdammt noch mal aufhören, meiner Frage auszuweichen – aber da redet er auch schon weiter.

»*Mein* Problem ist, dass ich meine Entscheidung längst getroffen habe. Ich hab mich schon vor Jahren entschieden, mit wem ich den Rest meines Lebens verbringen wollte. Das Dumme ist nur, dass ich sie nicht haben kann, weil sie sich für jemand anders entschieden hat. Und deshalb trinke ich.«

Ich sehe ihn an, sein stoppeliges, trauriges altes Gesicht, seine tätowierten Hände, die der Alkohol hat ruhig werden lassen. »Aber wenn du trinkst, wird es doch auch nicht besser«, sage ich.

»Das weiß ich auch. Aber darum geht es gar nicht. Ich hab doch gesagt, ich mache es, um mich abzulenken.«

Irgendwie scheint sich unser Gespräch im Kreis zu drehen. Wie fast alle unsere Gespräche bisher. Sie führen zu nichts – jedenfalls zu fast nichts. Das heißt, natürlich weiß ich jetzt ein bisschen mehr über ihn, aber im Grunde genommen sind wir doch bloß wieder dort angekommen, wo wir angefangen haben. Brian trinkt, um sich abzulenken. Und das war's.

Ich habe allerdings den Eindruck, als würde Brian – sollte er sich tatsächlich vom Verlust seiner Frau ablenken wollen – das nicht gerade sehr geschickt anfangen. Für jemanden, der so genau weiß, warum er trinkt, muss doch jede Bierdose, die er öffnet, ihm den Verlust immer wieder aufs Neue ins Gedächtnis rufen. Brian ist offenbar in einem Teufelskreis gefangen. Er trinkt, um seine Frau zu vergessen, aber weil er das so genau weiß, wird er mit jedem Schluck nur noch mehr an sie erinnert. Und deshalb muss er dann noch mehr trinken ... Er erinnert mich an das Logo der Londoner U-Bahn – ein roter Kreis mit einem blauen Balken, auf dem der Name seiner Frau steht. Jedes Mal, wenn er versucht, ihrem Namen zu entkommen, wirbelt er um 180 Grad herum, nur um dann feststellen zu müssen, dass er schon wieder vor ihm steht. Ihr Name ist wie ein Symbol, ein Logo, dessen Stempel sein ganzes Leben trägt. So ähnlich wie mein Leben den Stempel der U-Bahn trägt.

Unser Zug fährt in den nächsten Bahnhof ein: Southfields. Ich will gerade aufstehen, um mein Foto zu machen, da sagt Brian zu meiner Überraschung mit fester Stimme: »Ich werde dir eine Geschichte erzählen.«

»Was für eine Geschichte?«, sage ich, während ich mich mühsam auf die Beine rapple. Ich höre, wie es in meinen Knien knackt.

»Eine Geschichte über den Tod.«

»Ach so«, sage ich, »also was Lustiges.«

»Der Tod ist kein schlechtes Thema, auch wenn viele Leute das anders sehen. Es kann überhaupt nicht schaden, ab und zu über den Tod nachzudenken: Es erinnert einen daran, dass man lebt. Deshalb will ich dir ja die Geschichte auch erzählen. Sozusagen als Warnung.«

Der Zug hält an, die Tür gleitet auseinander, und ich werde unruhig: Wenn ich ihn jetzt nicht unterbreche, ist es womöglich zu spät. »Wart mal eine Sekunde«, sage ich, »ich muss nur eben das Stationsschild fotografieren. Danach kannst du mir so viele Geschichten erzählen, wie du willst.«

Brian sieht mich an und schnaubt verächtlich durch die Nase, aber ich achte nicht darauf. Ich gehe zur Tür, hole eine *Fun Camera* aus der Tüte und halte sie vors Auge.

Kapitel 29

SOUTHFIELDS

Kapitel 30

15:52 Southfields – Earl's Court, District Line

»Also«, sagt er, nachdem ich mich wieder hingesetzt habe, »die Geschichte handelt von einer Leiche. Nicht von irgendeiner Leiche, sondern von einer, die man 1987 nach dem großen Brand in King's Cross gefunden hat. Ich hab die Geschichte von einem Polizisten, der an den Aufräumarbeiten beteiligt war. Muss ein ziemlich unangenehmer Job gewesen sein.«

Er schaut mich kurz an, um zu sehen, ob ich zuhöre, und ich nicke beflissen.

»Ich weiß nicht, was du über das Feuer in King's Cross mitgekriegt hast. Die meisten Menschen, die dabei umkamen, sind an Rauchvergiftung gestorben, aber viele sind auch verbrannt. Einunddreißig waren bis zur Unkenntlichkeit verbrannt. An der Rolltreppe, wo das Feuer ausgebrochen ist, war die Hitze so groß, dass die Seitenverkleidungen aus Metall geschmolzen sind. Muss eine furchtbare Schweinerei gewesen sein: überall Asche, Ruß, verbogenes Metall und geschmolzenes Gummi. Und natürlich Leichen.

Die Polizei hatte die Aufgabe, die Namen der Leichen herauszufinden. Sie haben gleich damit angefangen und schon bald hatten sie praktisch alle Toten identifiziert. Ich sage ›praktisch‹, denn einen von ihnen konnten sie nicht identifizieren. Da er keinen Namen hatte, wurde er einfach nach seiner Nummer benannt, Leichnam Nr. 115.

Die Sache war merkwürdig, denn obwohl der Leichnam Nr. 115 am stärksten vom Feuer entstellt worden war, gab es trotzdem so viele gerichtsmedizinische Anhaltspunkte, dass alle dachten, es wäre ein Klacks, ihn zu identifizieren. Unter anderem hatte er offenbar mal eine Operation gehabt, bei der eine Metallklammer in seinem Gehirn befestigt worden war. Und nicht nur das, diese Klammer war auch noch ziemlich ungewöhnlich – sie stammte von einem japanischen Hersteller, und nur vierhundert Stück davon waren je in England verwendet worden. Der Polizist, der mir davon erzählt hat, meinte, normalerweise wäre so was der Traum eines jeden Gerichtsmediziners – aber als man bei den Gesundheitsbehörden eine Liste der infrage kommenden Patienten anforderte, hat sich leider herausgestellt, dass es keinerlei Unterlagen darüber gab, welche Klammer man in welchen Patienten reinmontiert hat. Also mussten sie wieder von vorn anfangen.

Als Nächstes haben sie es dann mit seinen Fingern versucht. Einer der Finger war nicht ganz so stark verbrannt, sodass man einen Abdruck nehmen konnte – der aber leider zu keinem der fünfeinhalb Millionen Fingerabdrücke passen wollte, welche die Polizei in ihrer Sammlung hat. Also haben sie es stattdessen mit seinen Zähnen versucht. Leichnam Nr. 115 trug nämlich ein Gebiss, und zwar ein ziemlich ungewöhnliches, weil im unteren Teil zwei Buchstaben eingeritzt waren: FH. Also hat die Polizei in sämtlichen Zahnarzt-Zeitschriften inseriert, aber niemand hat sich gemeldet, der weiterhelfen konnte.

Zwei Monate nach dem Feuer hat man von einem Fachmann das Gesicht des Toten rekonstruieren lassen und dann in der gesamten Umgebung von King's Cross Fotos davon ausgehängt – wieder Fehlanzeige.

Als Nächstes hat man sich die Leichen vorgenommen, die nach dem Unglück in der Nähe von Leichnam Nr. 115 gefunden worden waren. Vielleicht war er ja mit einem Freund oder so unterwegs gewesen – wenn man zwischen ihm und einem der anderen Opfer eine Verbindung herstellen konnte, würde das einen vielleicht weiterbringen. Unmittelbar neben ihm hatte man die Leiche eines stadtbekannten Obdachlosen gefunden; es konnte also sein, dass auch Leichnam Nr. 115 ein Penner gewesen war.« Brian schaut mich wieder an, ob ich noch zuhöre. Zwischendurch muss ich nämlich immer mal wieder ein Foto schießen. »Bei der Gelegenheit hab ich übrigens dann den Polizisten kennen gelernt, der mir die Geschichte erzählt hat, als ich ihn später mal wieder getroffen habe.«

»Ach so«, sage ich, »alles klar.«

»Gut, sie vermuten also, dass er ein Penner war, genau wie ich. Deshalb machen sie in der ganzen Innenstadt die Runde und fragen Leute wie mich, ob vielleicht jemand vermisst wird, ob irgendein Obdachloser seit dem Feuer verschwunden ist. Aber es wurde niemand vermisst – was allerdings auch kein Wunder war, weil die Polizei nämlich zufällig kurz vor dem Ausbruch des Feuers sämtliche Obdachlose aus der Schalterhalle rausgeworfen hatte. Ich weiß das, weil ich auch einer davon war.

Aber egal, jedenfalls gehen ihnen an dieser Stelle langsam die Hinweise aus. Scotland Yard vergleicht die besonderen Merkmale des Toten mit denen aus ihrer Vermisstenkartei, und sie finden auch ungefähr dreihundert, die in Frage kommen, aber keiner von ihnen ist der Richtige. Aus lauter Verzweiflung ziehen sie sogar einen Parapsychologen vom College of Psychic Studies hinzu. Der kann ihnen tatsächlich ein paar Hinweise geben, aber sie führen alle zu nichts.

Sie waren schon drauf und dran aufzugeben, da haben sie plötzlich eine interessante Entdeckung gemacht. Zwei Jahre nach dem Brand, und nach mehr als sechstausend

Stunden Ermittlungsarbeit, sind sie plötzlich auf einen Koffer gestoßen, den jemand unmittelbar vor der Katastrophe bei der Gepäckaufbewahrung in King's Cross aufgegeben, aber nicht wieder abgeholt hatte. Der Koffer enthielt Lohntüten mit mehr als 500 Pfund, Zahnprothesenpulver – wie gesagt, der Typ hatte ein künstliches Gebiss –, ein paar Kleidungsstücke, die einem Mann von der Größe des Leichnams Nr. 115 passen würden, und den Pass eines Matrosen der Handelsmarine, der auf den Namen Hubert Rose lautete. Sie hatten dadurch also ein Foto von diesem Rose, und das Gesicht hat genauso ausgesehen wie das, das sie haben rekonstruieren lassen. ›Bingo!‹, haben alle gedacht, ›der ist es‹ – sie waren sich sicher, ihren Mann gefunden zu haben. Es gab nur leider ein Problem: Als sie die Angelegenheit nachgeprüft haben, stellten sie fest, dass kein einziger der Fingerabdrücke, die haufenweise auf seinem Pass zu finden waren, mit denen des Toten übereinstimmte. Auch wenn sie es sich noch so sehr wünschten – Hubert Rose war nicht der gesuchte Mann, er war bloß eine falsche Spur. Also standen sie wieder ganz am Anfang.

Als wäre die Sache nicht schon schlimm genug, hatte es die Polizei auf einmal nicht nur mit einem, sondern gleich mit zwei Rätseln zu tun: Sie hatte eine Person ohne Namen – und einen Namen ohne Person. Na gut, was Leichnam Nr. 115 anging, hatten sie ja nun schon fast alles versucht – aber es gab noch einiges, was sie tun konnten, um Hubert Rose aufzuspüren. Sie haben sich also mit seinen Verwandten in Verbindung gesetzt, aber keiner von denen hatte ihn in den letzten zwanzig Jahren zu Gesicht bekommen. Sie haben es dann bei seinen Freunden versucht, aber da war es das Gleiche. Die Vermisstenstelle konnte ihnen auch nicht weiterhelfen. Aus lauter Verzweiflung haben sie die Verwandten im Fernsehen auftreten lassen, aber es hat sich nie jemand gemeldet, der etwas über ihn oder seinen Verbleib zu berichten wusste. Hubert Rose war spurlos verschwunden.

Was den Leichnam Nr. 115 angeht, so war die Polizei an einem Punkt angelangt, an dem sie einfach aufgeben musste. Sie hatte jede nur erdenkliche Spur verfolgt – alles ohne Erfolg. Nach zwei Jahren hat man den Fall schließlich zu den Akten gelegt und den Toten auf dem Friedhof St Pancras and Islington begraben. Bis heute hat niemand rausgekriegt, wer er war.«

Nun, da die Geschichte beendet ist, lässt sich Brian mit der Bierdose in der Hand zurücksinken und starrt auf die Sitzreihe vor ihm. Er wirkt gelassen, fast schon heiter – als hätte er gesagt, was er zu sagen hatte, und könnte sich jetzt zurücklehnen und entspannen.

»Eine schreckliche Geschichte«, sage ich leise.

»Ja, das ist wirklich eine schreckliche Geschichte. Da sieht man mal, wie einfach es ist, in dieser Stadt hier zu verschwinden. Der Typ mit dem Pass ist genauso unauffindbar wie die verkohlten Überreste eines Toten. Jeder von uns könnte dieser Tote sein.«

»Wir sind es aber nicht. Gott sei Dank.«

Brian nimmt einen Schluck von seinem Bier. »Nein«, sagt er sachlich, »wir sind es nicht. Aber wir könnten es sein. Darum geht es ja im Grunde. Jeder könnte es sein.«

Ich sehe ihn an, und einen Moment lang glaube ich zu begreifen, was er die ganze Zeit eigentlich sagen will. Offensichtlich handelt seine Geschichte gar nicht vom Tod, sondern von der *Einsamkeit*. Mir schießt der Gedanke durch den Kopf, ob das vielleicht der wahre Grund ist, warum Brian trinkt – nicht, um seine Frau zu vergessen, sondern um zu vergessen, wie einsam er ist.

Ich beobachte ihn, wie er an seiner Bierdose nippt, und ertappe mich dabei, wie ich mir ausmale, er könnte der vermisste Matrose aus der Geschichte sein. Die Idee ist gar nicht *so* abwegig. Eigentlich weiß ich fast nichts über Brian. Ich weiß beispielsweise nicht, wie er mit Nachnamen heißt. Ich kenne niemanden, der ihn kennt oder der ihm schon mal begegnet wäre – und erst recht niemanden, der mir bestätigen könnte, dass er wirklich der ist, der zu sein er behauptet. Ich weiß nicht, wo er wohnt – wenn er überhaupt irgendwo wohnt. Ich weiß nichts über seine Vergangenheit, außer dass er mal verheiratet war und als Schreiner in Kenton gelebt hat, aber das könnte schließlich auch erfunden sein. Genau genommen könnte alles, was er mir heute erzählt hat, erfunden sein – ich habe keinen Beweis, dass er nicht Hubert Rose oder sonst irgendwer ist. Er könnte tatsächlich genauso gut ein Spitzel von Rolf sein.

Als der Zug seine Fahrt verlangsamt, schaue ich aus dem Fenster und stelle irgendwie überrascht fest, dass wir schon in Earl's Court sind. Hier müssen wir wieder umsteigen, um den kleinen Abstecher nach Kensington (Olympia) zu machen, zu jenem Bahnhof, an dem ich Rachel vor so vielen Monaten kennen gelernt habe. Es kommt mir beinahe ungehörig vor, dass wir uns, indem wir aussteigen und die Jagd wieder aufnehmen, aus dieser Stimmung reißen, aber es muss nun mal sein. Das Leben geht weiter. Und ich bin mir sicher, Brian würde mir zustimmen, wenn ich sage, dass man bei solchen Geschichten nicht allzu lange verweilen sollte – es sind einfach nur Geschichten, an die man sich von Zeit zu Zeit erinnern sollte, damit man nicht vergisst, seinem guten Stern zu danken. Denn eines Tages, wenn man gerade beim Einkaufen ist oder den Rasen mäht, oder im Bett liegt und liest, oder auch den ganzen Tag in der U-Bahn herumfährt, um eine Wette zu gewinnen, eines Tages wird es auch einen selbst erwischen – und es kann nicht schaden, das im Hinterkopf zu behalten. Ich schätze, Brian will mir im Grunde nur sagen, dass ich mir mein Leben nicht kaputtmachen soll. Wir alle werden eines Tages sterben – und wir können in der Zwischenzeit nur hoffen, dass es wenigstens einen einzigen Menschen geben wird, der uns vermisst, wenn wir nicht mehr da sind.

Kapitel 30a

16:09 Belsize Park

Rachel wurde vom Klingeln des Telefons geweckt. Im ersten Augenblick war sie völlig verwirrt, weil sie sowieso gerade von einem Telefon geträumt hatte, aber dieses Klingeln hier war echt und riss sie mit seiner ganzen Beharrlichkeit aus dem Schlaf. Sie lag kurz mit angespannter Miene da, im Kopf nur das schrille Geräusch aus dem Wohnzimmer. Endlich verstummte das Klingeln und wurde vom Klicken des sich einschaltenden Anrufbeantworters abgelöst. Sie drehte sich auf die Seite und steckte den Kopf unters Kissen. Noch ein paar Sekunden, dann würde der Anrufer, wer immer es war, seine Nachricht hinterlassen haben, und sie konnte wieder weiterschlafen.

Erst jetzt fiel ihr plötzlich ein, dass sie ja auf einen Anruf von Andy wartete und er der Anrufer sein könnte. Bei diesem Gedanken wurde sie schlagartig hellwach und zog sofort den Kopf unter dem Kissen hervor. Hastig sprang sie aus dem Bett, lief stolpernd durch den Flur und nahm den Hörer genau in dem Moment ab, als die Ansage des Anrufbeantworters zu Ende war.

»Hallo?«, krächzte sie. »Bist du's, Andy?«

»Nein«, sagte eine ruhige Stimme. Rachel setzte sich hin. Sie hatte die Stimme sofort erkannt – es war derselbe Mann, der heute Morgen angerufen hatte.

»Rolf?«

»Andy kommt nicht nach Hause«, sagte die Stimme. »Er hat keine Zeit. Er hetzt kopflos durch die Gegend.«

»Was meinst du damit?«

»Ich meine es, wie ich es sage. Kopflos. Er hetzt kopflos durch die Gegend. Warum willst du ihn heiraten? Warum willst du jemand heiraten, der deiner offenkundig nicht wert ist?«

Sie hielt diese Worte im Geiste fest und wendete sie hin und her, um ihre Bedeutung zu verstehen. Sie war völlig durcheinander. Sie war gerade erst aufgewacht, und irgendetwas an dieser Unterhaltung erinnerte sie – willkürlich, unkontrollierbar und ein wenig beängstigend – eindeutig an den Traum, den sie zuvor gehabt hatte. Die Traumbilder schossen ihr wieder durch den Kopf: Sie hatte in einer Telefonzelle gestanden – das Telefon läutete, aber als sie den Hörer abnahm, war am anderen Ende alles still, es hatte nur immer weitergeklingelt, während draußen hunderte von Hochzeitsgästen Schlange standen. Und jetzt saß sie hier und sprach in das Telefon. »Ich will ihn heiraten, weil ich ihn liebe.«

»Das bildest du dir nur ein, Rachel«, sagte die Stimme. »Das bildest du dir nur ein. Du liebst ihn nicht. Du glaubst nur, dass du ihn liebst. Du kannst doch jemand wie ihn nicht heiraten – er verdient dich nicht, er ist nicht … *rein.*«

»Was meinst du damit? Was soll das heißen, er ist nicht *rein?*«

»Es bedeutet genau das, was ich sage – hörst du mir denn nicht zu? Er ist nicht rein. Er liebt dich nicht so, wie er es sollte – mit *reiner* Liebe.«

Ob das alles doch nur ein Traum war, in dem ihre Gedanken, ihre Ängste weitergesponnen wurden? Sie schüttelte sich innerlich, versuchte einen klaren Kopf zu bekommen. Sie wollte den Hörer auflegen, diese unwillkommene Stimme zum Schweigen bringen, aber irgendetwas in ihrem Innern riet ihr davon ab – wenn man einem Ungeheuer aus seinen Träumen begegnete, sollte man sich ihm dann nicht lieber stellen und mit ihm reden, um herauszufinden, was es wollte? Abgesehen davon hatte sie den Eindruck, dass Rolf sowieso gleich wieder anrufen würde, wenn sie jetzt auflegte.

»Was willst du von mir, Rolf? Warum rufst du mich ständig an?«

»Ich will bloß verhindern, dass du einen großen Fehler machst, sonst nichts.«

»Du willst *was*? Moment mal ... damit wir uns richtig verstehen ... Du willst verhindern, dass ich Andy heirate? Ist das der Grund für dieses ganze Theater?«

Rolf zögerte. »Na ja ... Ja.«

»Hör mal, Rolf, ich habe keine Ahnung, was in deinem Hirn vor sich geht, aber ich liebe Andy. Und ich werde ihn heiraten. Ich weiß, dass er nicht perfekt ist, aber das bin ich auch nicht.«

Stille am anderen Ende der Leitung.

»Und du auch nicht«, fügte sie hinzu.

»Okay, okay«, sagte Rolf hastig. »Ich bin vielleicht nicht perfekt, aber ich bin auf jeden Fall besser als er. Ich kann ihn *schlagen* ...«

Er brach ab, als hätte er etwas gesagt, was er eigentlich für sich behalten wollte. Aus irgendeinem Grund machte das Rachel besonders wütend. Vielleicht sollte sie doch lieber auflegen. Vielleicht sollte sie ihn auffordern, sie in Ruhe zu lassen, und dann einfach auflegen – ein verlockender Gedanke. Aber irgendetwas hielt sie gegen alle Vernunft davon ab. Sie wurde das Gefühl nicht los, dass bei diesem Gespräch mehr dahinter steckte, als sie bisher angenommen hatte, dass es um etwas ging, was sie lieber wissen sollte.

»Ist das der Grund für eure kleine Wette?«, sagte sie. »Wenn ja, dann sag ich dir gleich, dass es mir völlig egal ist, wer von euch beiden gewinnt. Meiner Meinung nach benehmt ihr euch alle beide wie kleine Kinder.«

»Ach, er hat dir also von der Wette erzählt?«

»Ja, allerdings.«

»Und hat er dir auch gesagt, um *was* wir gewettet haben?«

»Nicht direkt ... Nein ...« Sie war verunsichert. »Wieso? Um was denn?«

Rolf lachte gezwungen. »Du wirst schon sehen«, sagte er. »Du wirst schon sehen.«

»Was? Was werde ich sehen?«

Aber er hatte aufgelegt. Die Leitung war tot, und sie spürte, wie sie immer wütender wurde. Jetzt hatte sie sich nicht nur um die Befriedigung gebracht, als Erste aufzulegen, sondern diesem Mistkerl auch noch die Gelegenheit gegeben, seinerseits einfach aufzulegen. Und sie mit einem Haufen Fragen allein zu lassen! Was zum Teufel hatte er nur gemeint? Beziehungsweise: Was hatte sich Andy, dieser Idiot, da bloß eingebrockt? Es war lächerlich – sie fühlte sich hintergangen wie eine Mutter, die feststellen musste, dass ihr Kind auf die schiefe Bahn geraten war – mit dem Unterschied, dass sie vorhatte, dieses Kind, diesen nichtsnutzigen Bengel, in weniger als vierundzwanzig Stunden zu heiraten.

Wütend warf sie den Hörer auf die Gabel, aber das Geräusch des Telefons lenkte sie gleich wieder ab. Eigentlich nicht so sehr das Geräusch des Telefons, als das des Anrufbeantworters – der beim automatischen Umschalten auf die Bandrückseite ein lautes Klicken von sich gab.

Als sie begriff, dass sie offenbar ungewollt das Gespräch mit Rolf aufgezeichnet hatte, war ihr erster Impuls, auf die Löschtaste zu drücken – und das nicht etwa, weil sie auf dem Band Platz für zukünftige Nachrichten schaffen wollte. Das ganze Telefonat war ihr von Anfang bis Ende unheimlich gewesen, und am liebsten hätte sie es nicht nur vom Band, sondern auch aus ihrem Gedächtnis gelöscht. Doch im letzten Moment hielt sie inne. Vielleicht sollte sie die Aufnahme lieber doch nicht löschen, und sei es nur, um sie Andy vorzuspielen. Es konnte nicht schaden, wenn er mitbekam, was für ein Mensch sein U-Bahn-Freund in Wirklichkeit war.

Außerdem würde ihr alles Löschen nicht helfen, das Gespräch aus ihrem Kopf zu verbannen, obwohl sie das eigentlich unbedingt wollte. Sie hatte jetzt nämlich, ob es ihr passte oder nicht, einen weiteren Grund zur Sorge. Nach diesem Gespräch gab es keinen Zweifel, dass hinter Rolfs Anrufen mehr steckte, als nur die Laune eines Spinners: Aus irgendeinem Grund bildete sich dieser Sonderling – dieser Freak – ein, die sporadischen, in ihren Augen höchst unerfreulichen Begegnungen mit ihr hätten irgendetwas zu bedeuten gehabt. Allein der Gedanke verursachte ihr leichte Übelkeit, aber sie kam nicht um die Erkenntnis herum: Irgendwie, aus irgendeinem Grund war Rolf offenbar der Meinung, er sei in sie verliebt.

Kapitel 31

16:11 Kensington (Olympia) – High Street Kensington, Buslinie 9
16:15 High Street Kensington – Bayswater, District Line

Als wir in Olympia ankommen, regt sich mein Misstrauen von neuem. Ich scheine allmählich paranoid zu werden, denn obwohl uns offenkundig niemand folgt, werde ich einfach das Gefühl nicht los, dass man uns beobachtet. Während wir den Bahnsteig in Richtung Ausgang entlangrennen, blicke ich immer wieder über die Schulter zurück – aber niemand läuft hinter uns her. Außerdem sind hier sowieso nur wenig Leute zu sehen, ein paar alte Männer, eine Frau in einem Dufflecoat, ein Teenager. Falls Rolf uns tatsächlich verfolgen lässt, dann von jemandem, der das sehr unauffällig macht.

An der U-Bahn-Station hier kann man nicht direkt auf eine andere Linie umsteigen. Wir müssen also den knapp einen Kilometer langen Weg zur Haltestelle High Street Kensington irgendwie anders zurücklegen. Brian führt mich zu einem Aufgang, der an der Hammersmith Road endet, und wir haben das Glück, dort gleich einen Bus der Linie 9 zu erwischen. Ich bin verdammt dankbar dafür. Mir kommt es nämlich so vor, als geriete ich jetzt bei jedem Sprint schneller außer Atem. Während ich heute Morgen noch von Bahnsteig zu Bahnsteig gerannt bin, schaffe ich mittlerweile allenfalls noch ein gemächliches Jogging-Tempo, und die Zeit, die ich anschließend brauche, um mich zu erholen, wird von Mal zu Mal länger. Ein zusätzlicher Fußmarsch von einem Kilometer, noch dazu an einer Hauptstraße entlang, hätte mir wahrscheinlich den Rest gegeben.

Im Bahnhof High Street Kensington nehmen wir einen Zug der District Line in Richtung Norden, und ich mache mir schließlich wieder Gedanken über den Umschlag, den ich kriegen muss. Ungefähr in einer Viertelstunde müssten die beiden Wagen, deren Nummern auf Rolfs Zettel stehen, das Depot verlassen, und diese Vorstellung beunruhigt mich irgendwie. Mir fällt keine einzige Stelle in einem U-Bahn-Abteil ein, an der Rolf meinen Umschlag versteckt haben könnte – aus nahe liegenden Gründen gibt es in den Abteilen einfach keine Ecken und Winkel. Vermutlich hat er ihn an die Decke geklebt oder hinter eine der Reklametafeln geschoben oder so. Da die Wagen jetzt wieder auf der Piccadilly Line unterwegs sein dürften, könnte also jeder beliebige Fahrgast meinen Umschlag finden.

Natürlich besteht durchaus die Chance, dass niemand ihn entdeckt, selbst an einer noch so deutlich sichtbaren Stelle. Schließlich gelten U-Bahn-Pendler als notorisch unaufmerksam. Und nicht nur das, sie sind auch völlig desinteressiert: Sie würden ein grünes Stück Papier, das am Fenster oder an der Zugtür klebt, einfach nur für einen weiteren Fetzen Abfall halten – und es genauso ignorieren wie alles andere. Leider sind diese Pendler aber nicht die Einzigen, die U-Bahn fahren. Nicht jeder ist derart unaufmerksam und gegen die Außenwelt abgeschottet wie der gemeine Büroangestellte.

Das Abteil, in dem Brian und ich gerade sitzen, ist beispielsweise voll mit italienischen Teenagern. Und solche Jugendlichen benehmen sich einfach nicht wie normale

Fahrgäste. Sie stehen nicht unbeweglich da und warten mit gelangweilten Gesichtern darauf, dass endlich ihre Haltestelle kommt. Sie *versuchen* nicht einmal, gelangweilt auszusehen. Stattdessen flirten sie miteinander, schaukeln an den Haltestangen hängend herum, benutzen die Fenster als Spiegel fürs Haarekämmen und trinken freiwillig Fanta aus Dosen. Besorgt beobachte ich sie ein paar Stationen lang. Wenn einer von *denen* irgendwo zwischen den Sitzpolstern einen grünen Umschlag entdecken würde, könnte er der Verlockung, ihn mitzunehmen, garantiert nicht widerstehen.

Die jungen Italiener sind nicht die einzigen Touristen in unserem Abteil. In Notting Hill Gate steigen zwei Skandinavier ein – zwei richtige Hünen, beide bestimmt über zwei Meter groß. Sie tragen keine schicken Designer-Rucksäckchen wie die Italiener, sondern richtige Rucksäcke – riesige, unförmige Dinger, in denen man problemlos einen Grabstein verstauen könnte. Zwei sonnengebräunte Riesen mit leuchtend blauen Augen und blonden Bärten, die aussehen, als wären sie die Folge eines monatelangen Aufenthalts in der Wildnis. Die beiden haben Schultern, neben denen ein gemauertes Klohäuschen wie aus Lego aussehen würde, und auf ihren Armen reihen sich Muskelwülste aneinander, so dick wie anderer Leute Pobacken.

In Bayswater muss ich mich zwischen den beiden durchquetschen, um mein Foto vom Stationsschild zu machen. Ich bin schon drauf und dran, ihnen einen finsteren Blick zuzuwerfen, weil sie sich so breit machen, aber dann lasse ich es doch lieber bleiben. Die beiden sind wie gesagt über zwei Meter groß.

Der Zug steht mehr als eine halbe Minute am Bahnsteig herum, bevor das Zischen der hydraulischen Türen signalisiert, dass es endlich weitergeht. Aber von wegen – gerade als die Türen sich schließen, kommt eine kleine, alte Dame mit einem Hackenporsche mühsam auf den Bahnsteig geschlichen. Einer der beiden Skandinavier sieht das, worauf er die beiden Türflügel packt und sie wieder auseinander schiebt. Das heißt, er verhindert nicht bloß, dass sie zugehen, er reißt sie fast aus den Angeln.

Sämtliche Fahrgäste starren ihn entrüstet an. Man hält in der U-Bahn nicht die Türen auf, nicht einmal für alte Damen. Das ist ein ehernes U-Bahn-Gebot. Ringsherum hebt missbilligendes Getuschel unter den Fahrgästen an – aber niemand sagt ein lautes Wort.

Alle anderen Abteiltüren schließen sich, öffnen sich wieder und schließen sich dann wieder, aber der Tourist hält die seine unverdrossen auf, während die alte Frau zu uns herüberhumpelt. Gequält schaue ich zu, wie sie sich mit ihrem Einkaufswägelchen abmüht. Herrje, ist die langsam! Ich hab schon Schnecken gesehen, die schneller gelaufen sind, um einen Zug noch zu kriegen. Ich hab sogar *querschnittsgelähmte* Schnecken gesehen, die sich schneller vorwärts bewegen. Es ist wirklich zum aus der Haut fahren.

Um die Sache etwas zu beschleunigen, steige ich aus und helfe ihr. Während ich draußen bin, öffnen und schließen sich die Türen ein weiteres Mal, und für einen Moment blitzt in meinem Kopf der Gedanke auf, dass die Sache womöglich ein Trick ist – dass der blonde Riese nur darauf gewartet hat, dass ich aussteige, um daraufhin die Tür zuschnappen zu lassen. Aber er tut nichts dergleichen. Er hält sie weiter fest. Genau genommen hält er sie ein bisschen *zu* fest. Denn während ich der alten Frau beim Einsteigen helfe, ist plötzlich ein lautes Knacken zu hören, und als der Kerl die Tür endlich loslässt, bewegt sie sich keinen Millimeter mehr. Alle anderen Türen gehen ununterbrochen auf und zu, aber diese eine hier rührt sich nicht vom Fleck. Er hat sie anscheinend kaputtgemacht.

Während wir untätig warten müssen und uns fragen, was jetzt wohl passiert, spüre ich, wie mir das Blut ins Gesicht schießt – nicht nur vor Ärger, sondern auch aus einem Schuldgefühl heraus, als wäre ich mitverantwortlich für den Schaden an der Tür. Ich rede mir zwar ein, dass mich natürlich keinerlei Schuld trifft – mir war es schließlich völlig egal, ob die arme Alte ihre U-Bahn verpasst oder nicht – und dass es ganz allein *seine* Schuld war, aber ich fühle mich trotzdem irgendwie verantwortlich. Und jetzt werde ich dafür bezahlen müssen – mit meiner Zeit.

Wenig später taucht einer der Stationsvorsteher auf und inspiziert die defekte Tür. Dann richtet er seinen Blick direkt auf den skandinavischen Touristen. Für so was haben die Leute von London Transport einen sechsten Sinn. »Okay«, sagt er, »wer war das?«

»Ich«, meldet sich die alte Frau mit aufsässiger Stimme.

»Sehr witzig«, sagt der Bahnangestellte sarkastisch. »Also jetzt im Ernst: Wer war das?« Wieder blickt er den Touristen an.

»Nun werden Sie mal nicht frech, junger Mann«, sagt die alte Frau. »Ich hab die Tür kaputtgemacht. Wird höchste Zeit, dass diese alten Klapperkisten wieder in Schuss gebracht werden. Die fallen ja fast von selbst auseinander.«

Während der Bahnangestellte sich noch einmal an der Tür zu schaffen macht, lächelt sie mir und dem skandinavischen Touristen verschwörerisch zu und legt den Finger auf die Lippen, zum Zeichen, dass wir nichts verraten sollen.

»Tja«, sagt der Stationsvorsteher, »jedenfalls haben Sie ganze Arbeit geleistet. Mit so einer Tür kann der Zug nicht weiterfahren. Tut mir Leid, aber Sie müssen jetzt alle aussteigen.«

»Was?«, bricht es aus mir hervor. »Sie werden uns doch nicht alle aussteigen lassen, bloß weil eine einzige Tür kaputt ist?«

»Doch, genau das werde ich tun, Sir. Bei diesem Zug ist die Fahrsicherheit nicht mehr gewährleistet.«

»Aber ich hab doch nur noch zwei Stationen zu fahren!«

»Egal, wie viele Stationen Sie noch fahren müssen – in diesem Zug werden sie das auf keinen Fall tun.«

Wütend starre ich den Touristen an, der an dem ganzen Schlamassel schuld ist, aber er beachtet mich gar nicht. Gut gelaunt steigt er mit seinem Begleiter aus der Bahn. Für ihn ist das alles ein großer Spaß – eines von diesen Anekdötchen, die er seinen Lieben zu Hause beim Abendessen erzählen kann, während alle gierig Heringe in sich hineinstopfen oder was auch immer diese Skandinavier essen, damit sie so riesengroß werden. Ich hätte nicht übel Lust, ihn doch noch bei dem Bahnangestellten zu verpetzen.

»Komm, Brian«, zische ich mit zusammengebissenen Zähnen.

Wir steigen aus und bleiben mit den anderen Fahrgästen auf dem Bahnsteig stehen. Während wir dort stehen, kommt eine Durchsage über die Zuglautsprecher: »*Aufgrund mutwilliger Beschädigung eines Wagens muss dieser Zug außer Betrieb gesetzt werden. Bitte alles aussteigen. Alles aussteigen.*«

Der Bahnangestellte geht den Bahnsteig entlang und fordert die unschlüssigen Leute in den anderen Abteilen zum Aussteigen auf. Es dauert eine Ewigkeit, bis es alle kapiert haben – wahrscheinlich, weil die Hälfte von ihnen kein Englisch spricht.

Während ich mir noch ausmale, einen Sprachkurs zu belegen, um in mehreren europäischen Sprachen »Los, zack, zack, alle Mann raus aus dem Zug« sagen zu können, ertönt eine zweite Durchsage, diesmal allerdings nicht über den Zuglautsprecher. Sie kommt aus dem Lautsprecher am Bahnsteig.

»*Sehr geehrte Fahrgäste, wir bitten um Ihre Aufmerksamkeit. Der gesamte Verkehr zwischen den Bahnhöfen High Street Kensington und Edgware Road auf der District und auf der Circle Line muss bis auf weiteres ein-*

gestellt werden. Wir bitten die Fahrgäste, auf andere Verkehrsmittel auszuweichen. Ich wiederhole …«

Brian und ich starren uns ungläubig an. »Der *gesamte* Betrieb?«, sagt Brian. »Warum das denn?«

»Komm, wir erkundigen uns«, sage ich hastig.

Wir greifen uns einen der anderen herumlaufenden Bahnangestellten und fragen ihn, was passiert ist. Er weiß offenbar auch nicht mehr als wir. »Bitte gedulden Sie sich ein paar Minuten, Sir«, sagt er. »Sobald ich etwas erfahre, gebe ich Ihnen Bescheid.«

»Ich kann aber keine paar Minuten warten …«, hebe ich an, aber da ist der Mann schon weitergegangen. Er verschwindet inmitten der Horde italienischer Teenager, die ihn ebenfalls mit Fragen bombardieren.

»Und was jetzt?«, sagt Brian. »Wenn der *gesamte* Betrieb eingestellt worden ist, dann fährt ja auch in die andere Richtung kein Zug mehr.«

»Ich weiß«, sage ich ungeduldig. »Ich weiß. Wir müssen uns irgendwas anderes einfallen lassen.« Ich zermartere mir das Hirn nach einer Lösung. »Okay«, sage ich schließlich, »wir sind hier im Bahnhof Bayswater. Das bedeutet, dass keine hundert Meter die Straße hoch die Haltestelle Queensway ist. Wir könnten dort hinlaufen und mit der Central Line … irgendwohin fahren.«

»Ja, aber wohin denn? Ich dachte, wir wollten nach Hammersmith, um da auf den Zug zu warten, in dem dein Briefumschlag versteckt sein soll. Mit der Central Line kommen wir nie und nimmer nach Hammersmith.«

»Stimmt«, sage ich und überlege fieberhaft weiter. »Hammersmith können wir wahrscheinlich vergessen. Vielleicht sollten wir stattdessen nach Ealing Broadway rausfahren, um von dort aus dann die District Line bis Acton Town zu nehmen. Dort müsste unser Zug etwa in …«, ich schaue auf die Uhr, »in knapp einer Stunde durchkommen. Dort müssten wir ihn eigentlich problemlos kriegen. Und nachdem wir unseren Briefumschlag eingesammelt haben, erledigen wir auch gleich noch den

Rest von West London und kommen erst hierher zurück, wenn London Transport wieder Herr der Lage ist.«

»Und du meinst, das klappt?«

»Ich glaube schon. Wir müssen nur die Route ein bisschen umstellen. Über die Einzelheiten können wir nachdenken, wenn wir in Queensway sind.«

Wir rennen also den Bahnsteig entlang und dann die Stufen zum Ausgang hinauf. So erschöpft, wie ich mittlerweile bin, hat mir ein Sprint gerade noch gefehlt, erst recht durch dieses Gedränge. Genau diese Art von Gedränge macht die Sache ja so anstrengend – diese Horden von Menschen, durch die man sich hindurchkämpfen muss.

Oben an der Treppe wird es sogar noch voller, weil die Leute in Scharen zum Ausgang strömen, um genau wie wir irgendwie von hier wegzukommen. Ein oder zwei halten die übrigen noch zusätzlich auf, indem sie mit den Kontrolleuren eine Diskussion darüber anfangen, ob sie den Fahrpreis erstattet bekommen oder nicht. Brian und ich kämpfen uns verzweifelt durch die Menge, bahnen uns mit Armbewegungen ähnlich wie beim Brustschwimmen einen Weg durch dieses Meer aus italienischen, spanischen, japanischen und französischen Touristen, bis wir endlich Tageslicht sehen und ungehindert die Straße hochlaufen können.

Kapitel 32

16:30 Queensway, Central Line

Als wir nach kurzem Fußweg am Bahnhof Queensway ankommen, stehen die Leute vor dem Aufzug Schlange, weshalb wir in einen Seitengang abbiegen, um von der falschen Seite in den Aufzug einzusteigen – so was ist dreistes Vordrängeln, ich weiß, aber solange man dabei nicht schubst und schiebt, ist das in der U-Bahn erlaubt.

»Mir gefällt das nicht«, sage ich zu Brian, als wir zum Bahnsteig für die Züge in Richtung Westen hinuntergehen. »Mir gefällt das ganz und gar nicht. Erst diese Signalstörung heute Morgen in Upminster, dann der Weichenschaden bei Earl's Court, und jetzt haben sie auch noch den gesamten Verkehr auf der Circle und der District Line eingestellt – und nirgendwo eine Erklärung, nichts.«

»Das sind die Zeichen der Zeit«, sagt Brian. »Alles geht den Bach runter.«

»Aber warum haben sie keinen Grund genannt? Das tun sie doch sonst immer.«

Wir bleiben an der Bahnsteigkante stehen. Laut Anzeige kommt die nächste U-Bahn erst in fünf Minuten, eine Information, die mich etwas nervös werden lässt – irgendwie müssen wir in der nächsten Dreiviertelstunde die Piccadilly Line erreichen, sonst ist der Zug mit dem Umschlag wieder weg. Wir haben keine Zeit zu verlieren.

»Und es ist auch irgendwie merkwürdig, dass das Ganze ausgerechnet in Bayswater passiert ist«, denke ich laut weiter. »Jedes Mal, wenn es heute eine Störung gegeben hat, waren wir gerade an irgendeinem Bahnhof, von dem man problemlos auch auf andere Art wegkommen konnte. Das ist doch komisch. Als würde jemand mit uns sein Spiel treiben.«

Ich sehe zu der Überwachungskamera weiter hinten am Bahnsteig hinüber und werde das Gefühl nicht los, dass sie mich im Visier hat, dass sie zuschaut, wie mein Gehirn arbeitet, während ich hier herumstehe und auf den Zug warte. Ich starre direkt in die Kamera, um festzustellen, auf wen sie gerichtet ist. Treibst du wirklich dein Spiel mit mir, Rolf? Oder versuchst du, mich in eine perfekt vorbereitete Falle zu locken? In meiner Tasche fühle ich Rolfs Schließfachschlüssel, und es kommt mir vor, als wäre das ein Stück von ihm, etwas, was wie ein Klette an mir klebt.

Ich lasse noch einmal die Betriebsstörungen, die wir heute erlebt haben, Revue passieren, und plötzlich wird mir klar, dass sie alle etwas gemeinsam haben. Von allen dreien war die *District* Line betroffen. Und dabei dürfte die Wahrscheinlichkeit, dass sich drei derart gravierende Zwischenfälle unabhängig voneinander und binnen weniger Stunden auf ein und derselben Linie ereignen, eigentlich gleich null sein. Keine der Londoner U-Bahn-Linien ist dermaßen störanfällig. Das kann doch kein Zufall sein!

Ich habe das ungeheure Verlangen danach, mich hinzusetzen – mir ist schon richtig schlecht vor Erschöpfung –, aber ich muss hier stehen bleiben, damit mir keiner den Platz an der Bahnsteigkante wegnimmt. Unbewusst versuche ich, mich so breit wie möglich zu machen, damit die Chancen steigen, dass ich beim Halt des Zuges direkt vor einer der Türen stehe. Ich warte also. Warte auf die kaum wahrnehmbare Veränderung des Luftdrucks, die man immer spürt, wenn die Luft im

Tunnel von einem Zug wie von einem Kolben zusammengepresst wird. Warte auf das Knirschen der Schienen, das immer klingt, als ließe jemand ein Stück Eis über einen gefrorenen Teich schlittern.

Aber nichts dergleichen. Nichts, keine Druckveränderung und auch kein dumpfes Grollen eines herannahenden Zuges. Der Bahnsteig füllt sich allmählich, aber die U-Bahn kommt nicht. Langsam dämmert mir, dass hier irgendwas faul ist.

Auch die anderen Leute werden ungeduldig – hinter mir sind leise Flüche zu hören und der eine oder andere schnalzt missmutig mit der Zunge. Das Gedränge wird langsam gefährlich, weil die Menge sich immer weiter in Richtung Bahnsteigkante schiebt. Ich rücke näher an Brian heran. Rechts und links neben uns recken die Leute den Kopf über die Bahnsteigkante hinaus und starren in den Tunnel, als könnten sie dadurch den Zug zur Eile antreiben. Und wieder taucht dieses Gefühl in mir auf, dass hier irgendetwas nicht stimmt.

Als ich ihn schließlich entdecke, bin ich keineswegs überrascht. Ich erhasche nur einen flüchtigen Blick auf ihn, aber es genügt, um meine Ahnungen zu bestätigen: Er ist hier. Ich sehe, wie seine dunkle Gestalt sich auf halber Höhe des Bahnsteigs von der Wand löst und dann verschwindet, ein Schatten, der in der Menge untertaucht. Sein Gesicht habe ich natürlich nicht gesehen – nur von weitem sein Profil und die kaum wahrnehmbare Bewegung, die in der Menge entsteht, als er von ihr verschluckt wird –, aber ich weiß, dass es er ist. Er *muss* es sein. Niemand sonst auf dem ganzen Bahnsteig bewegt sich.

Jemand zupft mich am Ärmel, und als ich mich umdrehe, sehe ich, wie Brian mich anstarrt. »Alles in Ordnung?«, sagt er. »Du bist etwas blass um die Nase.«

»Mir geht's auch nicht besonders«, sage ich wahrheitsgemäß.

»Vielleicht solltest du dich mal einen Augenblick hinsetzen.« Er schaut sich um, aber die Menge hinter uns bildet eine dichte Hecke. »Na, dann vielleicht im Zug …«

Ich sehe ihn an. »Ich glaub nicht, dass hier noch ein Zug kommt.«

Er hebt an, vermutlich um mir zu widersprechen, lässt es dann aber bleiben, so als hätte etwas in meinem Gesicht ihn davon überzeugt, dass ich weiß, wovon ich rede. Hier wird kein Zug mehr kommen. Frustriert mache ich dennoch mein Foto.

Nachdem wir noch ein Weilchen herumgestanden haben, kommt schließlich auch die Durchsage – in Marble Arch hat sich jemand vor einen Zug geworfen und infolgedessen wird der gesamte Verkehr Richtung Westen bis auf weiteres eingestellt. Ein Stöhnen geht durch die Menge und hinter mir sagt ein Mann laut »verdammte Scheiße«, aber kaum einer rührt sich. Ihnen bleibt auch nichts anderes übrig. Sie müssen warten, bis der Verkehr wieder aufgenommen wird.

»Brian«, sage ich beklommen, »hier können wir nicht bleiben.«

»Aber was sollen wir stattdessen machen?«

»Keine Ahnung.« Ich werfe einen Blick in Richtung Bahnsteigende, an die Stelle, wo zuvor der Schatten verschwunden ist. »Ich will einfach nur hier weg.«

Mit einem Mal fühle ich mich ganz wackelig auf den Beinen. Während Brian mich durch die Menge lotst, kommt es mir so vor, als könnten mir jeden Augenblick die Knie einknicken, und ich bekomme es mit der Angst. Ich bin geradezu erleichtert, als ich dann höre, wie auf dem gegenüberliegenden Bahnsteig ein Zug ankommt – Richtung Osten, stadteinwärts. Das Geräusch klingt so vertraut, so alltäglich, als führe ein Symbol der Normalität auf dem anderen Gleis ein. Mit einem Schlag verdichtet sich meine Angst zu einem einzigen Bedürfnis –

ich muss diesen Zug da drüben kriegen. Es ist mir völlig egal, wohin er fährt, ich will nur so schnell wie möglich hier weg. Ohne nachzudenken, packe ich Brian am Ärmel und zerre ihn hinter mir her zum Ausgang. Und obwohl wir den Bahnsteig in Richtung Westen schon längst verlassen haben, höre ich hinter mir noch immer Radiogeräusche und das Gemurmel der Menschen von den Wänden des Gangs widerhallen.

Kapitel 33

16:35 Queensway – Oxford Circus, Central Line

Der Zug ist voller, als ich erwartet hatte. Normalerweise fährt kein Mensch um diese Zeit nach London rein, aber heute kriegen wir, vielleicht wegen der vielen Betriebsstörungen, nicht mal einen Sitzplatz.

Wir bleiben also stehen und halten uns an den Stangen fest, während der Zug sich langsam in Gang setzt. »Was hast du jetzt vor?«, fragt mich Brian.

»Keine Ahnung.« Aus irgendeinem Grund ist mein Kopf gerade völlig leer. Ich bin einfach zu müde, um eine Entscheidung zu fällen.

»Der nächste Halt ist Lancaster Gate, dann kommt Marble Arch. Vielleicht könnten wir von dort aus ja mit dem Bus weiterfahren, oder?«

»Könnten wir, aber das dürfte ewig dauern, mitten im Berufsverkehr.«

»Oder wir steigen erst Bond Street aus. Von dort brauchen wir nur eine Station mit der Jubilee Line zu fahren, um wieder auf die Piccadilly Line zu stoßen. Wenn wir uns beeilen, erwischen wir in Green Park vielleicht gerade noch den Zug, in dem Rolfs Umschlag versteckt ist.«

»Stimmt«, sage ich, aber ich bin von der Idee nicht sonderlich überzeugt. Genau das würde Rolf doch von uns erwarten. Andererseits, was bleibt uns sonst übrig? Wir *müssen* einfach diesen Zug bekommen. Und wir *müssen* diesen Umschlag kriegen. Green Park ist unsere einzige Chance.

Ich starre eine Weile aus dem Fenster, bis Brian mir plötzlich die Hand auf den Arm legt. »Andy«, sagt er leise, »alles in Ordnung mit dir?«

»Mir ist ein bisschen ... übel.«

Beim Halt in Lancaster Gate, wo viele Leute aus- und noch mehr einsteigen, werden wir noch weiter in die Abteilmitte gedrängt – Brian bugsiert mich zu einem der Sitze, die für behinderte Fahrgäste reserviert sind, und bittet den Mann dort, mir seinen Platz zu überlassen. Sobald ich sitze, streckt Brian die Hand aus.

»Gib mir die Kamera«, sagt er. »Ich mach von jetzt ab die Fotos, dann kannst du dich ein bisschen ausruhen.«

Ich schaue seine Hand an und zögere. Eigentlich will ich ihm die Kamera nicht geben. Was könnte da nicht alles schief gehen? Womöglich vergisst er sie aufzuziehen. Oder der Blitz fällt plötzlich aus. Oder es läuft ihm jemand vors Objektiv, und ich stehe dann mit einem Foto da, auf dem man nur den Kopf irgendeines Unbekannten sieht. Oder Brian zielt womöglich daneben. All das ist aber nicht der wahre Grund für mein Zögern. Wenn ich ganz ehrlich sein soll, vertraue ich ihm immer noch nicht hundertprozentig. Das heißt, wie lange kenne ich den Mann denn eigentlich?

»Andy«, sagt er mit fester Stimme, »du kannst dich doch kaum noch aufrecht halten. Gib sie mir.«

Widerstrebend reiche ich ihm die Kamera. So widerstrebend allerdings auch wieder nicht. Ich bin sowieso viel zu müde, um ernsthaft Widerstand zu leisten, und außerdem bin ich im Grunde ganz froh, das verdammte Ding für eine Weile loszuwerden. Endlich kann ich die Verantwortung einmal abgeben. Sie ist mir im wahrsten Sinne des Wortes aus der Hand genommen worden.

Nachdem noch ein paar Leute eingestiegen sind, schließen sich die Türen endlich, und der Zug setzt sich langsam in Bewegung. Als Letztes sind zwei Mädchen eingestiegen – zwei junge Frauen Anfang zwanzig. Eine von ihnen setzt sich auf den freien Platz links neben mir, während ihre Freundin rechts von mir im Gang stehen bleibt. Sie kommen offensichtlich von der Arbeit und sehen ziemlich müde aus, aber auch erleichtert, dass sie für heute Feierabend haben. Diejenige, die stehen geblieben ist, hebt den Arm, um nach der Haltestange über mir zu greifen. Dabei kommt sie mir so nahe, dass ich eine leichte Verfärbung ihrer Bluse unter der Achselhöhle erkennen kann, die gelbliche Andeutung eines Schweißflecks.

Kaum dass der Zug wieder angefahren ist, fängt der Lautsprecher über mir an zu knistern, und eine digitalisierte Ansagestimme ertönt. Sie heißt Sonia, diese Stimme. Das habe ich mir nicht ausgedacht, das ist wirklich ihr offizieller Name. Irgendwo habe ich mal gelesen, dass alle Ansagestimmen in U-Bahnen einen Namen haben.

Heute scheint Sonia allerdings etwas verwirrt zu sein. Der Zug beschleunigt gerade auf Höchstgeschwindigkeit, da schaltet sich plötzlich ihre Stimme ein: »Bitte erst aussteigen lassen«, sagt sie, obwohl niemand im Traum daran denken würde, bei diesem Tempo auszusteigen. »Bitte Vorsicht an der Bahnsteigkante. Der Zug endet hier.«

Die Leute im Abteil sehen sich lächelnd an. In meiner Nähe sitzt ein Mann mit Elvis-Costello-Brille und blättert in einer Ausgabe von *Military Illustrated*. Er blickt von seiner Lektüre auf und sieht das Mädchen vor mir mit hochgezogenen Augenbrauen an. »Typisch!«, sagt er mit gehässiger Stimme. Das Mädchen erwidert seinen Blick, dann schaut sie mich an und grinst kurz, bevor sie sich wieder abwendet – wobei die verfärbte Stelle an der Achselhöhle sich leicht in Richtung ihrer Brüste verschiebt. Ich schließe die Augen und höre Sonia zu.

Normalerweise achte ich nur selten auf die Ansagen in der U-Bahn, aber ich muss zugeben, diese Stimme hat etwas Anziehendes. Sie spricht mit einer gewissen Autorität, als wäre jedes Wort ihres Kauderwelschs von größter Bedeutung. Sie klingt jung, aber auch reif, mit einem Hauch von Koketterie. Ehrlich gesagt, klingt sie ziemlich sexy. Ich frage mich schläfrig, ob die Leute von London Underground sich irgendwelche Gedanken bei der Wahl ausgerechnet solch einer Stimme gemacht haben. Ob das die hormongesteuerte Wahl eines männlichen Begutachters war? Oder hat sich die U-Bahn-Verwaltung vielleicht absichtlich für diese Stimme entschieden – in dem Versuch, die U-Bahn-Linien kundenfreundlicher zu gestalten, sie attraktiver – oder vielmehr: verführerischer – zu machen?

Rolf hat mir gegenüber einmal zugegeben, dass ihn die Stimmen bestimmter Ansagerinnen manchmal richtig erregen. Es war das erste und einzige Mal, dass Rolf überhaupt so etwas wie sexuelles Verlangen eingestanden hat. Ich frage mich, wie er wohl reagieren würde, wenn er jetzt an meiner Stelle hier säße und wie ich durch das sinnlose Gebrabbel auf den Klang dieser Stimme aufmerksam geworden wäre. Würde er sich von ihrem lasziven Tonfall ablenken lassen? Würde er so davon gefangen genommen sein, dass er darüber vergessen könnte, rechtzeitig auszusteigen oder das Stationsschild zu fotografieren?

»Nächster Halt: Epping«, sagt die Stimme. »Umsteigemöglichkeit zur Metropolitan Line.«

Ich wette, es gibt nur einen einzigen Grund, warum Rolf von solch einer Stimme erregt wird: weil er dabei in der U-Bahn sitzt. Ich kann mir nicht vorstellen, dass ihn diese Stimme in einem Aufzug oder am Flughafen antörnen würde. Ich kann mir nicht einmal vorstellen, dass er sich jemals in eine richtige Frau verliebt, jedenfalls nicht, ohne dass dabei die stimulierende Wirkung der U-Bahn im Spiel ist – ich sehe einen schmierigen Typen im Regenmantel vor mir, der sich in überfüllten Zügen der Northern Line lüstern an irgendwelchen Frauen reibt. Bei diesen digitalisierten Ansagestimmen könnte man allerdings fast auf die Idee kommen, dass da gar nicht die Stimme einer Frau spricht, sondern die Stimme der U-Bahn selbst. Statt von dem Körper der Frau zu träumen, die sich hinter dieser Stimme verbirgt, kann man sich ganz der Realität hingeben: Es ist tatsächlich die U-Bahn, die spricht. Sie spricht zu *dir*. Und während ihr nackter Körper durch die dunklen Tunnel gleitet, verführt sie dich mit den einzigen Worten, die sie kennt, den einzigen, auf die sie programmiert ist. Wenn sie den Namen der nächsten Station ankündigt, will sie dir im Grunde nur sagen, wie sehr sie dich begehrt, wie sehr sie es genießt, dich tief in ihrem Innern zu spüren, deine Hände an ihren Halteriemen und Stangen, deinen Körper, wie er sich behaglich in ihre Sitzpolster schmiegt. Verzweifelt versucht sie, ihrer Stimme einen erotischen Unterton zu verleihen, wenn sie dich bittet, ihren Türbereich freizulassen, beim Aussteigen vorsichtig zu sein, oder dir lockend die Stationsnamen nennt, in der Hoffnung, dass du bis zur Endstation bei ihr bleibst. Ja, das ist genau die Art von Fantasie, an der sich Rolf aufgeilt.

Als der Zug seine Fahrt wieder verlangsamt, beugt sich das Mädchen mit dem Fleck auf der Bluse ein wenig vor, um etwas zu ihrer Freundin zu sagen. Ich kann ihr Parfüm riechen, während sie das tut, einen schwachen Hauch des Duftes, den sie aufgelegt hat, bevor sie heute Morgen zur Arbeit gegangen ist, vermischt mit dem erdigeren Geruch ihrer Haut.

»Oh, Entschuldigung«, sagt sie, als sie bemerkt, wie nahe sie mir gekommen ist.

»Kein Problem«, sage ich schnell. »Tun Sie, als wär ich gar nicht da.«

Ich schließe wieder die Augen, um dem Mädchen zu erlauben, sich weiterhin über mich zu beugen. Sie unterhält sich mit ihrer Freundin über eine Arbeitskollegin, eine junge Praktikantin, mit der sie ihre Schwierigkeiten hat. Auch mit geschlossenen Augen spüre ich deutlich ihre Nähe. Ich weiß, dass ich dieses Gefühl nicht genießen sollte, nicht am Tag vor meiner Hochzeit, aber ich bin zu müde, um mich dagegen zu wehren. Stattdessen sinke ich noch tiefer in meinen Sitz, eingehüllt in die Anwesenheit des Mädchens, und lasse meinen Gedanken freien Lauf.

Als der Zug einmal leicht ins Schlingern gerät, verliert sie etwas das Gleichgewicht und streift mit ihren weichen Brüsten meine Wange. Ich öffne blitzschnell die Augen und erhasche einen Blick auf die weiße Ausbuchtung ihrer Bluse, die sich hastig von mir entfernt. »Entschuldigung«, sagt das Mädchen wieder. Ich schaue lächelnd zu ihr hoch, damit sie ja nicht auf die Idee kommt, sich woanders hinzustellen, und schließe dann wieder die Augen. Auf der Wange spüre ich immer noch die zarte Berührung ihrer Brüste, als wollten die Sinneszellen meiner Haut die Empfindung so lange wie möglich aufrechterhalten. Was würde Rachel jetzt wohl von mir denken? Wie würde sie reagieren, wenn sie wüsste, dass ich an die Brüste einer anderen Frau denke? Vielleicht interessiert es sie ja gar nicht mehr, an was ich denke? Sie hält mich immerhin für einen Arsch – das hat sie mir heute Morgen, während ich schlief, unmissverständlich kundgetan.

Ich rutsche ein bisschen auf meinem Sitz hin und her und schiebe mich unauffällig ein Stückchen nach vorn – weit genug, um beim nächsten Schlingern des Zuges wieder mit dem Mädchen in Berührung zu kommen. Mein Gesicht ist ganz heiß von ihrer Nähe, als ob ihre Körperwärme auf meine Stirn und Wangen ausstrahlen würde, und ich fühle mich wie berauscht, trunken von ihrer Gegenwart. Sie ist so üppig, so begehrenswert. Sie ist so ganz *da*.

Ob diese Frau gar nicht weiß, welche Wirkung sie auf mich hat? Es kann ihr doch unmöglich entgangen sein, dass sie ihre Brüste schon minutenlang vor dem Gesicht eines Fremden herumbaumeln lässt. Vielleicht ist sie aber auch gar nicht so unschuldig und weiß ganz genau, was sie tut? Vielleicht genießt sie die Begegnung genauso wie ich, und die Unterhaltung mit ihrer Freundin dient ihr nur als Vorwand, um die Berührungen immer wieder herbeizuführen. Ich habe einmal einen Artikel in der Zeitung gelesen, wonach bei einer Befragung angeblich 70 Prozent der Frauen zugegeben haben, dass die enge Berührung mit anderen Menschen in einer überfüllten U-Bahn sie manchmal errege, aber nur 40 Prozent der Männer. Ob das vielleicht auch für diese Frau gilt? Ob sie mich attraktiv findet und die ganze Zeit ihr Spiel mit mir treibt? Vielleicht bin ich in den Augen dieser Frau ja mitnichten ein Arsch, sondern vielmehr ein *Mann*?

»Bitte erst Latimer Road«, gurrt die Stimme der Ansagerin, während die Brüste des Mädchens abermals meine Wange streifen. »Bitte die Bahnsteigkante frei lassen. Vorsicht bei der nächsten Station.«

Während der Zug im Bahnhof steht, male ich mir in Gedanken aus, das Mädchen wäre ein von Rolf engagierter Spitzel. Sie hat den Auftrag, mich zu betören, und bildet sich vermutlich ein, ich hätte vor lauter Begeisterung vergessen, meine Stationsschilder zu fotografieren – sie kann ja nicht wissen, dass ich Brian dabei habe und dass im Moment er die Fotos macht. Ich lächle still in mich hinein, während sie sich weiterhin zu mir herüberlehnt: Soll sie doch ruhig versuchen, mich mit ihrem üppigen Körper in Versuchung zu führen – bis Bond Street kann mir nichts passieren. Ich kann es mir leisten abzuwarten, dass sie Farbe bekennt, kann mich unbesorgt zurücklehnen, ihre Verführungsversuche genießen und die Wärme ihres Körpers spüren, die über die wenigen Zentimeter, die uns trennen, zu mir herüberstrahlt. Wenn ich wollte, könnte ich mich jederzeit vorbeugen und mein Gesicht in ihren weichen Brüsten vergraben, spüren, wie sie sich um Mund und Nase schmiegen und mein ganzes Gesicht in sich aufnehmen. Ich könnte auch die Hand ausstrecken und sie berühren, könnte sie zu mir heranziehen, die Knöpfe ihrer Bluse aufspringen lassen und hineingreifen, um ihre Brustwarzen zu streicheln. Ich glaube kaum, dass sie protestieren würde, jedenfalls nicht, wenn Rolf sie tatsächlich geschickt hat. Wahrscheinlich würde sie leise etwas Ermunterndes murmeln, während ich mich vorbeuge, um ihre Lippen zu küssen, belanglose, aber verlockende Worte. »Zurückbleiben bitte, zurückbleiben bitte, zurückbleiben bitte. Dies ist ein Zug der Central Line nach Hainault über Newbury Park mit Halt an allen Stationen.«

Ich reiße mit einem Ruck die Augen auf – offenbar bin ich eingenickt. Der Gang vor mir ist leer. Der Sitz neben mir ist ebenfalls leer. Einen Moment lang glaube ich, alles sei nur ein Traum gewesen, die Mädchen, die Ansagestimme, sogar die ganze Wette – aber als ich mich umschaue, sehe ich Brian neben der Tür, der meine Kamera in der Hand hält. Also habe ich die letzten zwölf Stunden doch nicht bloß geträumt. Ich sehe mich noch einmal suchend um. Das Mädchen und ihre Freundin sind nirgends zu sehen. Sie müssen an der letzten Haltestelle ausgestiegen sind.

Ich setze mich auf und sehe zu Brian hinüber. »Wo sind wir?«, frage ich unsicher.

»Nächste Station ist Bond Street.«

Diese Mitteilung bringt mich kurzzeitig aus der Fassung. »Bond Street? Schon?«

»Genau. Wir wollten doch auf die Jubilee Line umsteigen, schon vergessen? Und dann runter nach Green Park zur Piccadilly Line fahren.«

»Richtig«, sage ich.

Aber ich habe ein ungutes Gefühl. Irgendetwas ist daran verkehrt, das spüre ich genau – es ist für uns das Naheliegendste, und schon deshalb ist es gefährlich. Vielleicht hat Rolf ja auch Freunde bei der Jubilee Line. Vielleicht wartet er nur darauf, dass wir dort umsteigen, damit er uns endgültig den Rest geben kann. Ich atme ein paarmal tief durch und versuche, einen klaren Kopf zu kriegen, und während ich das tue, nimmt allmählich ein Plan in mir Gestalt an …

Ich hole meinen vergrößerten U-Bahn-Plan raus, um nachzusehen, ob es eine andere Möglichkeit gibt, von hier aus zur Piccadilly Line zu kommen. Als Erstes springt mir eine Reihe akkurater roter Kreuze ins Auge, mit denen jetzt bereits über die Hälfte der Stationsnamen ausgestrichen sind, aber der Verlauf der einzelnen U-Bahn-Linien ist trotzdem noch gut zu erkennen.

»Okay«, sage ich entschlossen, »ich habe mir Folgendes überlegt. Wir steigen nicht an der Bond Street aus, sondern erst am Oxford Circus, und fahren dann von dort aus zur Piccadilly Line.«

»Aber das dauert doch viel länger …«, sagt Brian.

»Vertrau mir. Wenn der Zug mit dem Umschlag pünktlich in Cockfosters losgefahren ist, müsste uns eigentlich genügend Zeit dafür bleiben. So gerade eben jedenfalls.«

»Wie du meinst«, sagt Brian. Er sieht jetzt auch ziemlich müde aus. Ich glaube, momentan würde er allem zustimmen, was ich sage. Sehr zu meinem Glück, denn wenn er meinen Plan tatsächlich in Frage stellen würde, dann müsste ihm klar werde, dass es Wahnsinn ist, bis Oxford Circus weiterzufahren – wir verlieren dadurch viel zu viel Zeit und laufen ernsthaft Gefahr, unseren Zug zu verpassen.

Andererseits – wenn Rolf uns tatsächlich verfolgen lässt und wir ihn endgültig loswerden wollen, dann kann ein bisschen Wahnsinn vielleicht nicht schaden.

Kapitel 33a

16:44 Oxford Circus – Piccadilly Circus, Bakerloo Line
16:48 Piccadilly Circus – Green Park, Piccadilly Line

Am Oxford Circus steigen wir um. Wir sind jetzt überall von Menschenmassen umgeben – Unmengen von Gesichtern und Hinterköpfen, Scharen von Leibern, die uns den Weg versperren und die Aufgänge zu den Bahnsteigen verstopfen. In den Zügen starren die Gesichter uns immer ausdruckslos an, oder vielmehr durch uns hindurch – in den Bahnhöfen hingegen beachten sie uns in keiner Weise. Dort blicken sie nur noch wie gebannt auf den Zug und auf die Türen, durch die sie sich gemeinsam mit all den anderen leeren Gesichtern in die Abteile schieben werden. Wie auf Autopilot geschaltet, haste ich von dem einen Bahnsteig zum nächsten. Ich habe schon fast vergessen, was eigentlich der Hintergrund all dieser Rennerei ist. Ich kann mir gerade noch merken, in welchem Zug wir sind und wohin wir fahren, mehr nicht.

Am Piccadilly Circus steigen wir wieder um und drängeln uns durch die Menge zur Piccadilly Line, wo gerade ein Zug in den Bahnhof einfährt.

»Ist das unserer?«, ruft Brian, während wir ungeduldig hinter einem Pulk von Leuten hängen, die auch noch alle auf den Bahnsteig wollen.

»Keine Ahnung. Wir müssen die Wagennummern überprüfen.«

Wir schlagen uns bis zur Bahnsteigkante durch, und ich ziehe wieder den Zettel von Rolf aus der Tasche, um noch mal nachzusehen, nach welchen Wagen wir genau suchen müssen. Die beiden Wagen direkt vor uns haben die falschen Nummern, also hasten wir zum nächsten weiter – aber auch dessen Nummer stimmt nicht überein. Da die Türen sich jeden Moment schließen können, sind wir gezwungen, einzusteigen und uns bis zur nächsten Station zu gedulden.

»Oje, oje«, sagt Brian, als die U-Bahn sich in Richtung Green Park in Bewegung setzt. »Bist du sicher, dass das hier der richtige Zug ist?«

»Nein, bin ich nicht. Ich kann es nur hoffen.«

»Und was machen wir, wenn es der falsche ist?«

»Dann warten wir eben auf den nächsten, und dann auf den übernächsten. Was sollen wir denn sonst machen?«

Wir stehen dicht an der Tür und klammern uns an den Haltestangen fest, während der Zug durch die Dunkelheit des Tunnels rauscht. Ich muss zugeben, ich fühle mich nach wie vor nicht besonders gut. Die vielen Menschen hier im Abteil haben die Temperatur ziemlich nach oben getrieben, und ich spüre, wie mein Hemd mehr und mehr am Körper klebt. Mit trübem Blick stiere ich die Leute an, die Büromenschen und Schulkinder, die jedes Mal gleichförmig schwanken und mit den Köpfen nicken, wenn der Zug eine Kurve fährt.

»O Mann, ist das voll hier«, sage ich nach einer Weile. »Ich habe keinen blassen Schimmer, wie wir jemals diesen Umschlag finden wollen, selbst wenn wir endlich den richtigen Wagen haben. Hier stehen so viele Leute rum, dass wir gar nicht richtig suchen könnten.«

Brian folgt meinem Blick und lächelt verkrampft. Mir fällt sein klaustrophobischer Anfall von heute Morgen ein, und ich bereue sofort, das Thema angeschnitten zu haben.

»Und selbst wenn das betreffende Abteil völlig leer wäre, würde das noch lange nicht bedeuten, dass wir den

Umschlag auch finden, es sei denn, wir suchen alles mit der Lupe ab. Die Abteile sind schließlich nicht gerade klein. Rolf hätte ruhig ein kleines bisschen präziser sein können.«

»Vielleicht steht ja auf Rolfs Zettel noch irgendein Hinweis«, sagt Brian. »Hast du schon mal auf der Rückseite nachgesehen?«

Ich betrachte den Zettel von allen Seiten, aber da steht immer noch nicht mehr als zuvor. Ich starre auf die Angaben und plötzlich fällt mir etwas auf – etwas, was eigentlich ganz offensichtlich ist. »Zwei Wagen«, murmle ich. »Wie kann ein Umschlag in zwei Wagen gleichzeitig sein?«

Ich starre weiter auf den Zettel, obwohl ich gar nicht mehr richtig hinsehe, sondern angestrengt nachdenke. Ich versuche, mich an etwas zu erinnern. Was war noch mal mein erster Gedanke gewesen, als wir den Zettel endlich ergattert hatten? *Die Schreibweise ist etwas merkwürdig*. Und verglichen mit den anderen Mitteilungen von Rolf, ist sie tatsächlich merkwürdig. Keinerlei Angaben zum Ort. Zwei Wagen, statt einem. Und die Zeitangabe nicht am Anfang oder am Ende der Mitteilung, sondern zwischen den beiden Nummern.

Diese Überlegung bringt mich endlich auf die richtige Spur. »Zwischen den Nummern!«, sage ich laut. »*Zwischen* ihnen!«

Brian sieht mich verdutzt an, aber ich habe keine Zeit, ihm meine Aufregung zu erklären, denn schon fährt unser Zug in Green Park ein. Sobald er zum Stehen gekommen ist und sich die Türen öffnen, springen wir raus und rennen zum nächsten Wagen. Brian ist schneller als ich, deshalb entdeckt er auch vor mir die Nummer, die mit einer Schablone am Wagenende aufgedruckt ist: 690.

»Ich hab ihn!«, ruft er mir aufgeregt zu. »Das hier ist einer von den beiden.«

Ich versuche, nicht den Kopf zu verlieren. »Gut«, sage ich, »dann müssen wir jetzt nachsehen, welche Nummer der nächste hat.«

Auf dem Bahnsteig wimmelt es inzwischen von Fahrgästen, die entweder darauf warten, einsteigen zu können, oder sich langsam in Richtung Ausgang bewegen, der sich zu allem Überfluss auch noch hinter uns befindet, sodass wir gegen den Strom ankämpfen müssen. Rücksichtlos drängen wir uns durch die Menschenmenge, auch wenn wir dabei ständig irgendwen anrempeln, und schlagen uns eilig zum nächsten Wagen durch, dem zweiten von vorn. Seine Nummer ist schon von weitem zu sehen: 891. Alles klar, da hätten wir also tatsächlich auch den zweiten Wagen.

»Pass auf«, sage ich keuchend, während wir uns weiter vorwärtsschieben, »der Umschlag muss zwischen den Wagen versteckt sein. Vielleicht hat er ihn an die Kupplung geklebt, jedenfalls muss er sich irgendwo dort befinden, wo die beiden Wagen miteinander verbunden sind. Schnell! Wir müssen ihn finden, bevor der Zug wieder losfährt!«

Endlich haben wir die Verbindungsstelle erreicht. Ich ziehe die Gummiabdeckung beiseite, die den Zwischenraum zwischen den Wagen schützt, und da sehe ich ihn: Am Trittbrett des Wagens Nr. 690 ist ein grüner Umschlag festgeklebt, der bereits mit einer schwarzen Staubschicht überzogen ist.

»Hol ihn dir!«, rufe ich.

Brian bückt sich hinunter, und nachdem er ein bisschen an dem dicken Klebeband herumgepolkt hat, mit dem der Umschlag befestigt ist, kann er ihn schließlich vom Trittbrett lösen. Am liebsten würde ich ihn sofort öffnen, aber in dem Moment gehen auch schon die Türen zu. Ich packe Brian am Arm und werfe mich mit ihm ins nächste Abteil. Während sich hinter uns die Türen schließen, prallen wir heftig gegen die Menschenmenge, die sich bereits im Abteil befindet. Einige der Leute sehen uns missbilligend an, schließlich war es sowieso schon ziemlich eng hier drin, ohne dass wir beide uns auch noch dazuquetschen mussten, aber das lässt mich momentan offen gestanden völlig kalt. Denn in Brians Hand, die irgendwo zwischen ihm und mir eingezwängt ist, sehe ich den Gegenstand, dem wir bereits den ganzen Nachmittag hinterhergejagt sind: unseren dritten Umschlag.

»Also, was ist?«, sagt Brian. »Machst du ihn nun auf oder nicht?«

Ich greife aufgeregt nach dem Umschlag. Dann fahre ich vorsichtig mit dem Finger unter der Lasche entlang und werfe einen Blick hinein.

Kapitel 34

16:50 Green Park – South Kensington, Piccadilly Line

Wie Ihnen wahrscheinlich schon aufgefallen ist, bin ich im Grunde meines Herzens ein Optimist. Bei allem, was ich anpacke, gehe ich davon aus, dass es ein Kinderspiel sein wird, auch wenn es hochgradig unwahrscheinlich erscheint. Und ich gehe immer davon aus, dass alles ein gutes Ende nehmen wird. Regelmäßig unterschätze ich dabei allerdings den Zeitaufwand schwieriger Vorhaben, weil ich stets voraussetze, dass sich alles im Leben, Busse und Bahnen eingeschlossen, an einen festen Fahrplan hält. Zwangsläufig erlebe ich deshalb oft Enttäuschungen.

Der dritte Umschlag ist ein gutes Beispiel dafür. Nachdem wir ihm so lange hinterhergehetzt sind, so oft aufgehalten wurden und unsere Pläne ändern mussten, war ich unbewusst zu der Überzeugung gelangt, er müsse einen der wichtigeren Wetteinsätze enthalten – die Reservierungen für meine Hochzeitsreise oder meine Eurostar-Fahrkarten. Aber als ich den Umschlag öffne, finde ich bloß meine Monatskarte für die U-Bahn darin, und ich fühle mich irgendwie betrogen. Was soll ich jetzt noch mit meiner Monatskarte? Während der Flitterwochen kann ich sie sowieso nicht gebrauchen, und wenn ich zurückkomme, ist sie längst abgelaufen. Sie ist nur noch eine Woche lang gültig.

»Sieh mal nach, was auf dem Zettel steht«, sagt Brian.

Ich stecke die Monatskarte in die Jackentasche, greife wieder in den Umschlag und ziehe ein Blatt liniertes Papier heraus. Ich falte es auseinander und lese laut vor: *»20.30 – Harrow & Wealdstone – Anzeigetafel.«*

»Mehr steht nicht drauf?«

Ich drehe den Zettel um und sehe mir die Rückseite an. »Nein, das ist alles.« Mit einem müden Lächeln stecke ich den Zettel zu der Monatskarte in die Tasche.

Eine Zeit lang schweigen wir gedankenversunken und lassen uns von der Bewegung des Zuges sanft hin- und herschaukeln. Harrow & Wealdstone liegt ziemlich weit draußen, ganz am Ende der Bakerloo Line. Irgendwie ärgert mich das – Rolf macht es mir wirklich nicht leicht, ständig schickt er mich in die entlegensten Ecken des U-Bahn-Netzes. Und nicht nur das, ich muss auch noch dreieinhalb Stunden warten, bis ich den nächsten Umschlag abholen kann. Der Mistkerl spannt mich absichtlich auf die Folter.

»Na ja«, sage ich nach einer Weile, »wenigstens hört es sich so an, als wäre der nächste Umschlag ziemlich leicht zu finden.«

»Klar«, sagt Brian, »überhaupt kein Problem.«

»Und sobald wir den haben und den danach, sind wir auch schon fast am Ziel.«

»Klar«, sagt Brian, »und dann heißt es: Ende gut, alles gut.«

Brian scheint auf einmal ein ebenso unverbesserlicher Optimist zu sein wie ich. So viel Zuversicht bin ich von ihm gar nicht gewöhnt. Überrascht hebe ich deshalb den Kopf, und was ich dann sehe, versetzt mir einen Schrecken. Brian sieht ganz und gar nicht gut aus: Seine Angst vor überfüllten Räumen macht ihm inzwischen offenbar gehörig zu schaffen. Sein Blick ist starr, und auf seiner Stirn stehen dicke Schweißperlen. Sein Gesicht sieht irgendwie *angespannt* aus – als würde die Klaustrophobie sich langsam unter der Oberfläche ausbreiten und die Gesichtshaut wie die Hülle eines zu stark aufgeblasenen Luftballons straffen.

Ich sehe mich im Abteil um. Für ihn muss das hier die reine Hölle sein – wir stehen so dicht gedrängt, als wären wir vakuumverpackte Würstchen, und keiner kann sich auch nur ein Fitzelchen von der Stelle rühren. Ich versuche, Brian ein bisschen mehr Platz zu verschaffen, aber das erweist sich schlichtweg als unmöglich. Ich erreiche damit lediglich, dass ich den einen Arm in die Brüste einer jungen Frau, Typ Sekretärin, bohre und sich mein Ellbogen anfühlt wie zwischen zwei Sofakissen.

»Alles in Ordnung, Brian?«, frage ich ihn. »Du siehst ein bisschen … ich weiß nicht … blass aus.«

»Schon okay. Sobald wir aus dem Tunnel hier raus sind, geht's mir bestimmt wieder besser.«

»Kann ich irgendwas für dich tun? Ich bin dir schließlich noch was schuldig, wegen vorhin … Du weißt schon, als ich mich kurz mal hinsetzen musste. Ich weiß nicht, was ich gemacht hätte, wenn du nicht dabei gewesen wärst, um mich eine Zeit lang abzulösen.«

»Schon in Ordnung, Kumpel. Kann schließlich jedem mal passieren – wenn man müde ist oder einem schlecht ist. Oder man betrunken ist.«

Er lächelt, deshalb beschließe ich, einfach weiterzureden, um ihn auf andere Gedanken zu bringen.

»Ich weiß auch nicht, was mit mir los war. Vielleicht hat es an dieser Durchsage über den Selbstmord gelegen – diesem Ausdruck ›sich vor den Zug werfen‹. Mir fällt zwar auch keine bessere Formulierung ein, aber es ist halt so verdammt anschaulich. Ich war noch nie dabei, aber ich muss immer wieder daran denken, wie …«

Ich verstumme, weil mir plötzlich bewusst wird, dass dieses Thema vielleicht nicht ganz das Richtige ist, um jemanden von seiner Platzangst abzulenken. Also schweige ich, aber wenig später höre ich Brian zu meiner Überraschung sagen: »Ich war einmal dabei …«

Mit dieser Reaktion hatte ich nun überhaupt nicht gerechnet. »Wirklich?«

»Ja. Es war eine Freundin von mir. Sie hieß Janey.«

»O Gott, wie furchtbar.«

»Tja, das kommt bei Leuten wie mir leider ziemlich häufig vor. Obdachlosigkeit kann einen ganz schön fertig machen. Und einige halten so was dann für die einfachste Lösung.«

Er fängt an, von lauter Freunden zu erzählen, die sich im Laufe der letzten Jahre von der Brücke gestürzt oder die Pulsadern aufgeschnitten oder Tabletten geschluckt haben. Seine Schilderungen sind ziemlich detailliert – etwas zu detailliert für meinen Geschmack –, aber er scheint sich dadurch besser zu fühlen. Als würde ihn dieses Gesprächsthema seine Klaustrophobie vergessen lassen – eine kleine Unpässlichkeit, die angesichts von so viel Leid und Schrecken ihre Bedeutung verliert.

Die anderen Fahrgäste tun so, als würden sie nicht zuhören, aber in Wirklichkeit sind sie ganz Ohr. Man kann es an ihren Gesichtern ablesen – für einen kurzen Moment verlieren sie ihren leeren, nach innen gewandten Blick und richten ihn stattdessen auf uns beide, aber immer nur für den Bruchteil einer Sekunde, dann sehen sie wieder weg. Sie wollen nicht, dass wir ihr Interesse mitbekommen, weil sie nicht wollen, dass Brian zu reden aufhört: Solche Geschichten über Leute, die sich selbst ins Jenseits befördern, verkürzen einem die Fahrt – liefern einem etwas, worüber man auf dem Heimweg nachdenken kann. Sie sind eine willkommene Abwechslung im eintönigen Pendleralltag. Ich persönlich würde allerdings lieber nicht hinhören. Ich bemühe mich sogar nach Kräften, tatsächlich *nicht* hinzuhören – für heute habe ich eigentlich genug von Brians Schauergeschichten.

»Ich hab einen Kumpel, der immer in Charing Cross rumhängt«, sagt Brian, »den nennen alle nur Selbstmörder-Sam, weil er sich regelmäßig vor einen Zug wirft. Ein paarmal hat er eine Gehirnerschütterung abgekriegt, und letztes Mal sind ihm zwei Finger abgefahren worden, aber bisher hat es nie richtig geklappt. Ich schätze allerdings, über kurz oder lang wird er es wohl schaffen – es sei denn, sie sperren ihn vorher für immer in die Klapse.«

Die Sekretärin hinter mir macht eine kleine Bewegung, und ihre Brüste drücken sich noch etwas fester an meinen Ellbogen. Ich versuche, sie nicht zu beachten, aber das ist gar nicht so einfach. Sogar einigen der anderen Fahrgäste sind sie schon aufgefallen. Ein Schuljunge neben mir starrt sie mit verklemmter Neugier an, kann den Blick offenbar gar nicht mehr losreißen – von diesem großen weichen Busen, der meinen Ellbogen umschließt. Eine Frau Mitte dreißig beobachtet die beiden, den Busen und den Jungen, mit einem leisen Lächeln, so als fände sie das übermäßige Interesse des Jungen amüsant. Mir kommt das irgendwie unpassend vor, jedenfalls solange Brian noch redet. Mir ist nicht wohl dabei, dass Sexualität und Tod auf derart engem Raum zusammentreffen.

»Und dann gab's da auch noch Mick, den Blumenverkäufer. War eigentlich vorauszusehen, nachdem er mit seinem Stand Pleite gegangen war. Er hat's mit Paracetamol und einer halben Flasche Gin erledigt – ist einfach eingeschlafen und nie wieder aufgewacht …«

Wie war das – habe ich nicht kürzlich behauptet, Brian sei ein Optimist?

»Und dann war da auch noch Kate Brady …«

Es hört sich fast so an, als würde er eine Inventarliste oder einen Fahrplan vorlesen, und mir wird immer unbehaglicher zumute. Ich atme erleichtert auf, als wir endlich in Knightsbridge einfahren. Die Türen gehen auf, und Brian wird von den Leuten, die aussteigen wollen, zur Seite geschoben. Sie werden durch mindestens ebenso viele Leute vom Bahnsteig ersetzt, woraufhin es in der Nähe der Tür noch enger wird. Es gelingt mir, den Ellbogen zwischen den Brüsten des Mädchens herauszuziehen, um ein Foto vom Stationsschild zu machen – allerdings nur unter größten Mühen: Ich muss eine Kamera aus der

Plastiktüte holen, eine Lücke im Gedränge finden und das Foto machen, und das alles, bevor die Tür wieder zugeht. Gar nicht so einfach.

»Wie geht's jetzt weiter?«, fragt Brian angespannt, nachdem die Türen sich geschlossen haben und der Zug wieder weiterfährt. Seine Selbstmörder-Liste hat er offenbar vergessen.

»Wir fahren bis Hammersmith«, sage ich. »Dann nehmen wir die Hammersmith & City Line rauf bis Baker Street. Und von da aus machen wir uns dann auf den Weg zu unserem nächsten Umschlag.«

Brian wirft einen flüchtigen Blick in die Runde, als würde es ihn Überwindung kosten, sich dem Anblick all der aneinandergepressten Leiber auszusetzen. Aber es scheint ihm jetzt irgendwie besser zu gehen als noch vor ein paar Minuten – sein Blick ruht sogar kurzzeitig auf den Brüsten des Mädchens, bevor er ihn wieder auf mich richtet. »Wie viel Zeit haben wir wohl verloren?«, fragt er.

»Kann ich nicht genau sagen. Bestimmt über eine halbe Stunde.«

»Meinst du, wir schaffen es noch?«

»Keine Ahnung«, sage ich. »Ich weiß es wirklich nicht.«

Aber selbst jetzt, während ich das sage, bin ich trotzdem tief im Innern davon überzeugt, dass wir es schaffen *können*. Mehr noch: dass wir es nicht nur schaffen *können*, sondern auch schaffen *werden*. Noch ist meine Zeitreserve von 45 Minuten nicht aufgebraucht. Um die Wahrheit zu sagen, kann ich mir momentan einfach nicht vorstellen, was uns heute noch alles zustoßen könnte – das heißt, wenn sich einer von Brians Freunden etliche Mal vor die U-Bahn werfen kann, ohne dabei mehr als ein paar Finger zu verlieren, dann dürfte es doch nicht so schwer sein, bis heute Nacht um halb eins das ganze U-Bahn-Netz einmal abzufahren. Doch kaum schießt mir dieser Gedanke durch den Kopf – dieser verfluchte, Pech verheißende Gedanke –, da geschieht natürlich prompt ein Unheil.

Das ist natürlich das Dumme am Optimismus: Er bereitet einen ungenügend auf Fehlschläge vor. Wenn dann doch etwas schief geht, ist man erst einmal total aufgeschmissen, weil man nie im Leben auf den Gedanken gekommen wäre, dass tatsächlich etwas schief gehen könnte. Ich habe in meiner Blauäugigkeit begreiflicherweise angenommen, dass nach den vielen Zwischenfällen der vergangenen Stunden statistisch gesehen ab jetzt alles klappen müsste. Aber nur weil es heute schon eine Signalstörung gegeben hat, heißt das noch lange nicht, dass es auch die letzte sein muss. Und nur weil wir schon mehrfach Verspätungen aufgrund von Selbstmord, Weichenschaden und Notbremsung hinnehmen mussten, heißt das noch lange nicht, dass die U-Bahn nicht immer wieder eine immense Bandbreite an Störungen bereithält, mit denen sie uns Knüppel zwischen die Beine werfen kann.

Selbst ein eingefleischter Pessimist hätte jedoch das, was jetzt passiert, nie und nimmer voraussehen können. Ein Ruck geht durch den Wagen. Er wird von dem lauten kreischenden Geräusch begleitet, das immer dann entsteht, wenn sämtliche Bremsen eines Zuges gleichzeitig betätigt werden. Im Nu bricht in unserem Abteil das Chaos aus. Hunderte von Fahrgästen werden nach vorn geschleudert und purzeln wild durcheinander. Der Lärm um mich herum ist ohrenbetäubend: das Quietschen der Bremsen, die Schreie der Menschen, das knirschende Geräusch, mit dem der Wagen seitlich an der Tunnelmauer entlangschrammt – ich könnte schwören, dass ich, während ich zu Boden falle, vor den Fenstern Funken fliegen sehen. Binnen weniger Sekunden ist alles vorbei. Unser Zug ist abrupt und gewaltsam zum Stehen gekommen.

Kapitel 35

16:56 Wagen 891, Piccadilly Line

In unserem Abteil herrscht ein einziges Tohuwabohu. Brian ist auf einen vornehmen älteren Inder gefallen, die Sekretärin auf Brian, ich auf die Sekretärin, der Schuljunge auf mich, die Mittdreißigerin auf den Jungen, und immer so weiter durch das gesamte Abteil. Wie Dominosteine sind wir umgefallen, menschliche Dominosteine, die im Stürzen schreien und treten und in Panik ausbrechen. Urplötzlich hat sich meine Umgebung in ein Knäuel aus Armen, Beinen, Haaren, zerschrammten Gesichtern und eingeklemmten Fingern verwandelt – der Fahrgast neben mir auf dem Boden hat sich beim Aufprall offenbar die Nase gebrochen und versucht jetzt verzweifelt, die Blutung zu stoppen.

Ich hingegen bin mit dem Gesicht im weichen Dekolleté der Sekretärin gelandet. Ich bleibe noch einen Augenblick liegen, erleichtert darüber, in dem Durcheinander einen sicheren Hafen gefunden zu haben, doch dann merke ich, dass die Sekretärin mit den Beinen strampelt und angestrengt versucht, sich von meinem Gewicht zu befreien. Mühsam richte ich mich auf und helfe ihr dann auf die Füße. Neben mir macht die Mittdreißigerin dasselbe mit dem Schuljungen.

Unter dem Eindruck des Chaos hat sich die natürliche

Zurückhaltung der Pendler in Luft aufgelöst. Rundherum höre ich, wie die Leute sich angeregt unterhalten. »Was zum Teufel ist denn da passiert?«, fragt ein Fahrgast seinen Nebenmann, und jemand anderes will wissen, ob wir mit einem anderen Zug zusammengestoßen sind. Ein alter Mann erntet gedämpftes Gelächter, als er lauthals verkündet, das sei sein erster Bums seit Jahren gewesen. Ein anderer Mann behauptet in ernsterem Tonfall, er sei Arzt, und erkundigt sich, ob jemand verletzt ist.

Ich sehe mich im Abteil um. Wenn das hier ein Zusammenstoß war, dann muss es ein ziemlich harmloser gewesen sein. Das Abteil sieht völlig unbeschädigt aus, und niemand scheint ernsthaft verletzt zu sein. Ein paar Leute stehen allerdings unter Schock – der Schuljunge zum Beispiel, der aussieht, als wäre er den Tränen nah. Die Mittdreißigerin hält seinen Kopf an ihre Brust gedrückt und flüstert ihm beruhigende Worte ins Ohr.

»Bei dir alles in Ordnung?«, frage ich Brian, während ich ihm hoch helfe.

»Ja, ja«, sagt er ungehalten und klopft sich die Kleider ab. »Nur ein paar blaue Flecken. Was glaubst du, was passiert ist?«

»Ein Zusammenstoß kann es nicht gewesen sein – bei dem Tempo, das wir drauf hatten, wären wir sonst nicht so glimpflich davongekommen. Wir haben wahrscheinlich einfach nur eine Vollbremsung hingelegt – aus welchem Grund auch immer.«

»Und was jetzt?«

»Abwarten, was sonst? Vielleicht fährt der Zug ja gleich weiter.«

Aber schon während ich das sage, ist mir klar, dass das reines Wunschdenken ist. U-Bahn-Züge halten nicht grundlos auf freier Strecke an. Irgendetwas ist passiert – wenn ich einen Tipp abgeben müsste, würde ich sagen, der Zug ist entgleist. Was meine Siegeschancen bei der Wette wahrscheinlich endgültig zunichte gemacht hat.

Einen Moment lang blicke ich Brian ins Gesicht, sehe die Enttäuschung die sich immer stärker darauf abzeichnet, und mir ist klar, was er jetzt denkt. Er denkt, dass wir heute schon den ganzen Tag über unglaubliches Pech gehabt haben. Er verflucht im Stillen die Störanfälligkeit der Londoner U-Bahn, die Rücksichtslosigkeit des Selbstmörders und die fehlerhafte Bauweise des Zugs oder des Tunnels, oder was auch immer zu diesem denkbar ungünstigen Zeitpunkt einen Unfall verursacht hat. Er denkt, wenn wir schon gestern gefahren wären – oder erst morgen –, dann wären uns all diese Katastrophen erspart geblieben, dann hätten wir die Wette jetzt schon so gut wie gewonnen.

Ich dagegen bin überhaupt nicht enttäuscht. *Ich* bin einfach nur stinksauer. Weil ich etwas weiß, was Brian nicht weiß. Ich bin außerstande, auf unser Pech oder den Fahrer oder den Zug zu schimpfen. Ich bin außerstande, darum zu beten, dass ein Wunder geschieht und sich das Blatt noch wendet. Für mich gibt es nämlich keinen Zweifel mehr, dass dieser Zwischenfall nicht einfach nur Pech war. Jemand muss ihn absichtlich herbeigeführt haben.

Ich führe mir noch einmal die letzten Stunden unserer Fahrt vor Augen, und es ist für mich offensichtlich, dass uns jemand in diese katastrophale Lage hineinmanövriert hat. Erst die Signalstörung, dann der Weichenschaden, dann die ramponierte Tür in Bayswater, die Sperrung der Circle Line – nicht zu vergessen der Selbstmord. Und jetzt dieser Unfall, gewissermaßen der Todesstoß in einer albtraumhaften Häufung von Zeitverzögerungen. Das kann einfach kein Zufall sein.

Den ganzen Nachmittag über habe ich ja schon das Gefühl, dass Rolf mich bespitzeln lässt – er muss uns pausenlos beobachtet und nur auf eine günstige Gelegenheit gewartet haben, um zuzuschlagen. Und bevor Sie jetzt glauben, ich sei verrückt geworden, will ich auch gleich erklären, warum das für ihn überhaupt kein Problem darstellen würde. Also, habe ich den Selbstmord etwa mit eigenen Augen gesehen? Woher will ich wissen, ob er sich tatsächlich zugetragen hat? Solche Unfälle brauchen sich nämlich gar nicht wirklich ereignet zu haben, es reicht ja schon, dass sie über Lautsprecher verkündet werden, um mich aus dem Konzept zu bringen – und Rolf hat überall bei London Transport seine Freunde sitzen. Es ist also durchaus denkbar, dass er mich nach allen Regeln der Kunst ausgetrickst hat.

Offenbar hegt niemand sonst hier im Abteil den Verdacht, dass dieser Unfall arrangiert worden sein könnte. Die Fahrgäste halten das alles für reinen Zufall – und sind wahrscheinlich froh, dass nichts Schlimmeres passiert ist. Der vornehme Inder hat einen freien Platz gefunden und murmelt leise etwas vor sich hin – vermutlich ein Dankgebet. Die Sekretärin streicht ihren Rock glatt und zupft das Oberteil zurecht, aus dem die Spitzenborte ihres BH hervorlugt. Sie wird von drei, vier Männern umschwirrt, darunter auch Brian, die sich unablässig erkundigen, ob ihr auch wirklich nichts passiert sei – sie lächelt treuherzig, als fände sie diese Besorgnis einfach rührend. Ringsherum wird geredet, gescherzt und auch gelacht – mir kommt das alles völlig surreal vor, so etwas in der U-Bahn und vor allem in so einer Situation: Wildfremde reden miteinander. Vor meinen Augen küsst die Mittdreißigerin den Schuljungen auf die Stirn: Hat sie denn überhaupt kein Schamgefühl? Und obwohl niemand ernsthaft verletzt zu sein scheint, drängt sich der Mann, der behauptet, er sei Arzt, durchs gesamte Abteil, damit auch ja jeder mitbekommt, dass er jetzt hier die Verantwortung übernommen hat. Mich ergreift ein plötzliches und völlig irrationales Verlangen, ihm eine runterzuhauen.

Als der Lautsprecher endlich mit einem Knistern zum Leben erwacht, macht ein vielstimmiges *Pst* die Runde, bis auch das letzte Geplapper verstummt ist. Die jetzt eintretende Stille ist fast unheimlich – als stünden wir alle um ein altes Rundfunkgerät herum und warteten darauf, dass irgendein heutiger Neville Chamberlain uns mitteilt, England habe den Krieg erklärt.

Die Stimme, die jetzt aus dem Lautsprecher dringt, spricht langsam und deutlich:

»*Achtung, hier spricht der Zugführer. Ich bitte um Verständnis für die Notbremsung. Die beiden vorderen Wagen des Zuges sind entgleist. Es besteht kein Grund zur Beunruhigung – wir haben die Situation vollkommen unter Kontrolle. Allerdings können wir erst weiterfahren, wenn die entgleisten Wagen wieder auf die Schienen zurückgesetzt worden sind. Ich muss Sie daher bitten, zu Fuß bis zur nächsten Haltestelle zu gehen. Die Station South Kensington ist nur wenige hundert Meter von hier entfernt. Ich habe per Funk die Leitstelle alarmiert, und eine Hilfsmannschaft ist bereits unterwegs, um Sie sicher durch den Tunnel zu geleiten. In der Zwischenzeit möchte ich Sie bitten, sich in aller Ruhe in den vorderen Zugteil zu begeben. Ich wiederhole, es besteht kein Grund zur Beunruhigung. Am vorderen Ende des Zuges werden Sie in Empfang genommen und dann durch den Tunnel nach South Kensington geführt.*«

»Na klasse«, sage ich zu Brian. »Ganz große Klasse.«

»Ach komm, immerhin geht's uns beiden doch gut.«

Wütend starre ich ihn an – was Dämlicheres hätte er kaum sagen können.

»Gut? Du findest das hier in Ordnung?«

»Und ob.« Jetzt wird auch er wütend und ungehalten. »Immerhin sind wir zwei beiden noch gesund und munter, oder? Und wenigstens sind wir auch noch fast ganz vorn in diesem Zug. Also hör auf mit dem Gejammer auf. In null Komma nichts sind wir hier raus.«

Während wir wie eine Schafherde in Richtung des vorderen Zugteils trotten, schwant mir jedoch bereits, dass wir hier nicht in null Komma nichts raus sein werden. Das Abteil war voll besetzt gewesen, als der Zug entgleist ist, und dasselbe gilt garantiert auch für die Wagen weiter vorn – es kann eine Ewigkeit dauern, bis sich all diese Menschen durch die schmalen Verbindungstüren gezwängt haben, um anschließend aus der Tür des Führerstands in den Tunnel zu klettern. Ich werde es jetzt zwar nicht laut eingestehen, aber im Innern ist mir klar, dass es vorbei ist. Das hier war die letzte Katastrophe unserer unglückseligen Tour.

Ich werfe einen Blick auf die Uhr. Es ist 16:58. Ich folge Brian, so schnell die Menschenmenge es erlaubt, aber ohne zu drängeln. Alle Hast ist von mir gewichen. Weder rücke ich mit raschen Schritten auf, wenn sich vor mir eine Lücke auftut, noch klebe ich den Leuten vor mir auf den Fersen, um sie zur Eile anzutreiben. Warum auch? Ich habe keine Lust, noch länger als Zielscheibe von Rolfs Sabotageakten zu dienen. Ich habe die Nase gestrichen voll. Die Wette ist gelaufen.

Teil vier

Nordwestlondon

Kapitel 36

17:03 im Tunnel zwischen Knightsbridge und South Kensington, Piccadilly Line

»Das ist doch alles sinnlos«, sage ich zu Brian, während wir durch den Tunnel stapfen.

Es hat gut fünf Minuten gedauert, bis wir am vorderen Ende des Zuges waren, und nun gehen wir mit den anderen Fahrgästen entlang der Gleise zum Bahnhof South Kensington. Die Männer von London Underground haben Taschenlampen dabei, deren Licht die Dunkelheit aber nur so weit erhellt, dass wir gerade eben sehen können, wohin wir treten. Deshalb sieht es hier unten auch ganz anders aus als sonst. Gar nicht wie in einem U-Bahn-Tunnel – es könnte auch irgendein anderer Zugtunnel sein.

»Das ist doch alles völlig sinnlos«, wiederhole ich. »Wir haben inzwischen so viel Zeit verloren, dass wir es *nie und nimmer* schaffen, heute Nacht um halb eins fertig zu sein.«

»Wenn du mit der Einstellung an die Sache rangehst«, sagt Brian gereizt, »kann ich dir auch nicht helfen.«

Wir marschieren schweigend weiter. Hinter uns hört man das übermütige Lachen eines Mannes und einer Frau – für sie ist das hier offenbar ein Abenteuer, weil sie noch nie durch einen U-Bahn-Tunnel gelaufen sind. Ich wollte, ich könnte ihre Begeisterung teilen, aber für mich ist das leider überhaupt nichts Neues. An einem anderen Tag hätte ich vielleicht gewartet, bis sie zu mir aufgeschlossen haben, hätte sie ein Stückchen begleitet und ihnen womöglich die eine oder andere U-Bahn-Anekdote erzählt, aber heute bin ich dazu einfach nicht in der Stimmung.

Ich gehe noch ein paar Schritte und werde dann langsamer. »Blasen wir die Sache einfach ab, Brian. Es wäre ohnehin verdammt knapp geworden. Wir haben keine Chance mehr zu gewinnen.«

»Red keinen Quatsch«, sagt Brian schroff. »Es besteht immer eine Hoffnung.«

»Aber ich kann es unmöglich jetzt noch schaffen, rechtzeitig zur Hochzeit in Paris zu sein. Wir sollten den Tatsachen lieber ins Auge sehen.« Ich bleib mitten im Tunnel stehen. »O Gott, was sage ich bloß Rachel?«

Im Dunkeln kann ich gerade noch schemenhaft erkennen, wie sich Brians Gesicht mir bedrohlich nähert und dann zerrt mich plötzlich etwas am Hals und reißt mich ruckartig nach vorn. Brian hat mich am Hemd gepackt. »Ich sorg dafür, dass du zu jeder einzelnen dieser dämlichen U-Bahn-Stationen hinkommst, und wenn es das Letzte ist, was ich tue«, sagt er und schleift mich doch tatsächlich hinter sich her. »Du und dein ewiges Gejammer! Du hast schon in Upminster gedacht, wir wären erledigt – das waren wir aber nicht, und jetzt sind wir es auch nicht. Es sei denn, du willst schon aufgeben, ehe du's versucht hast.«

»Aber es ist aussichtslos«, sage ich mit weinerlicher Stimme, während ich hinter ihm herstolpere und dabei versuche, mein Hemd aus seinem Griff zu befreien. »Von jetzt ab müsste alles wie am Schnürchen klappen, damit ich meine restlichen Sachen zurückkriege. Wir können uns keine auch noch so kleine Verspätung mehr leisten.«

»Und woher weißt du, dass es noch weitere Verspätungen geben wird?«

»Die gibt's doch immer.«

»Klar gibt's die, verdammt noch mal! Aber woher willst du wissen, dass ausgerechnet heute Abend noch welche vorkommen werden?«

»Ich ... äh, mit Sicherheit weiß ich das natürlich nicht.«

»Siehst du«, sagt Brian mit einem verzweifelten Seufzer. Er bleibt stehen und dreht sich zu mir um. »Stell dir vor, ein Wunder geschieht, und von jetzt an sind alle Züge pünktlich. Was wäre dann? Na?«

»Na ja, ich schätze, dann könnten wir es vielleicht so gerade eben noch schaffen ...«

»Wenn wir also in dem Bahnhof da vorn sind, was wäre dann zu tun?«

Ich denke einen Augenblick nach. »Wir müssten die District Line nach Hammersmith nehmen. Dort könnten wir umsteigen und nach Nordwestlondon rauffahren ...«

»Wenn wir also überhaupt eine Chance haben wollen, es noch zu schaffen, dann dürfen wir keinen einzigen Zug mehr verpassen, stimmt's? Auch nicht, wenn er völlig überfüllt ist, stimmt's?«

»Stimmt.«

Er packt mich wieder am Hemd, während er mit der freien Hand hektisch auf die Menschenmenge im Tunnel deutet. »Und was zum Teufel glaubst du, wo all diese Leute hinwollen? Hier ist eine ganze Zugladung Menschen, die alle irgendwie an ihr Ziel kommen wollen. Und mindestens die Hälfte davon wird die District Line nehmen. Wenn wir uns nicht endlich sputen, sind wir die Letzten in der Schlange!«

Endlich dringt zu mir durch, was er sagt. Eines muss man Brian lassen – er gibt sich wirklich alle Mühe, diese Wette zu gewinnen, auch wenn sie ihn im Grunde genommen einen feuchten Kehricht angeht.

Er rennt los und hastet an den Leuten vor uns vorbei, und ich hefte mich ihm behutsam an die Fersen. Das reine Vergnügen ist dieser Fußmarsch wahrlich nicht.

Zum einen muss man ständig aufpassen, wo man hintritt, weil der Schotterboden des Tunnels voller Unebenheiten und Löcher ist, und zum anderen hat Brian die lästige Angewohnheit, jedes Mal zu überholen, wenn zwischen den Fahrgästen vor ihm eine Lücke entsteht. Aber zum Glück taucht schon bald der hell erleuchtete Bahnsteig vor uns auf, und obwohl ich eigentlich immer noch nicht einsehe, warum wir uns überhaupt so anstrengen, muss ich zugeben, dass der Anblick aufmunternd wirkt.

»Licht am Ende des Tunnels!«, ruft Brian.

»Ja, ja«, sage ich und trotte ohne große Begeisterung weiter hinter ihm her.

Kurz darauf klettern wir die Stufen zum South Kensingtoner Bahnsteig hinauf. Hier im Hellen sind auch die anderen Fahrgäste wieder richtig zu erkennen, die staubbedeckt aus dem Tunnel kommen und zu zweit oder zu dritt dem Ausgang entgegenstreben. Niemand scheint dabei sonderlich in Eile zu sein – als hätte der Vorfall ihnen alle Hektik ausgetrieben –, einige bleiben sogar stehen, um die Tierbilder an den Bahnsteigwänden zu bewundern. Brian und ich lassen all diese Leute hinter uns, nachdem ich im Vorbeigehen das Stationsschild fotografiert habe. Wir rennen durch den schmalen Ausgang und stürmen die Stufen zur District Line hinauf.

Erst als wir oben an der Treppe ankommen, sehen wir, vor welchen Schwierigkeiten wir wirklich stehen. Auch wenn ich im Tunnel vielleicht ziemlich pessimistisch war, hab ich doch trotz allem immer noch einen Funken Hoffnung in mir verspürt. Außerdem ist es gar nicht so einfach zu resignieren, wenn jemand wie Brian dabei ist, der einen im wahrsten Sinne des Wortes hinter sich herschleift, und tief im Innern war ich auch weiterhin davon überzeugt, dass es irgendwie möglich sein muss, Rolf zu besiegen, das U-Bahn-Netz zu besiegen und die Wette zu gewinnen. Aber der Anblick, der uns oben an der Treppe erwartet, zerstört bei mir auch noch den letzten Hoffnungsschimmer. Ich bleibe wie angewurzelt stehen und am liebsten würde ich zu Brian sagen: »Siehst du? Hab ich's dir nicht gesagt? Es hat keinen Sinn.« Aber ich lasse es bleiben. Ich stehe lediglich belämmert da. Vor uns befindet sich ein unüberwindliches Hindernis, ein massiver Wall aus hunderten von Menschen.

Kapitel 37

17:10 South Kensington, District Line

Ich weiß nicht, was ich tun soll. Ich weiß es einfach nicht. Der Tag heute war eine einzige Anhäufung von Katastrophen, und mittlerweile bin ich so groggy, dass mir nichts mehr einfällt. Mir sind die Ideen ausgegangen.

Die Situation ist hoffnungslos. Die Menschenmenge vor uns ist zu dicht gedrängt, um durchzukommen. Und umkehren wird auch immer schwieriger, weil von hinten ständig Leute nachschieben und die Treppe schon fast genauso voll ist wie der Bahnsteig. Einen derart überfüllten Bahnhof hab ich nur wenige Male in meinem Leben gesehen: das letzte Mal in Fulham, und da musste ich neun Züge abwarten, bis ich endlich an der Reihe war, einzusteigen. *Neun* Züge! Bei der Verspätung, die wir bereits haben, würde das unwiderruflich das Aus für uns bedeuten.

Gerade fährt ein Zug in den Bahnhof ein. Aus den Lautsprechern auf dem Bahnsteig kommt die Aufforderung, nicht von hinten zu schieben, weil der Bahnsteig so voll sei, dass die Leute in der vordersten Reihe sonst Gefahr liefen, auf die Gleise gestoßen zu werden.

Während ich verzagt und voller Selbstmitleid auf der obersten Treppenstufe verharre, sehe ich, wie Brian vor mir die Schultern strafft, und das erinnert mich wieder daran, dass ich mich ja in Begleitung eines ausgewachsenen Klaustrophobikers befinde. Die vielen Leute setzen ihm offenbar ziemlich zu. Ich schaue zu ihm hoch und frage mich, ob ich wohl noch genügend Energiereserven mobilisieren kann, um ihm beizustehen, aber bevor ich noch richtig darüber nachdenken kann, hat er mich auch schon bei der Hand gepackt. »Los, komm«, sagt er und zieht mich hinter sich her.

Ich würde ihm gern beruhigend die Hand auf die Schulter legen und ihm sagen, dass die Menge sich sicher bald auflösen wird und er sich bis dahin, so gut es eben geht, entspannen soll, aber ich tue es nicht – zum einen, weil ich einfach zu erschöpft bin, zum anderen, weil wir von allen Seiten angestarrt werden, da wir offenkundig die Aufforderung aus dem Lautsprecher missachten. Außerdem scheint Brian durchaus nicht in Panik zu handeln. Er bahnt sich geradezu systematisch einen Weg durch die Menge, schiebt einen nach dem anderen zur Seite, hier ein Schulkind, dort eine alte Frau. Skrupellos rempelt er die Leute mit der Schulter an, ohne sich um die bösen Blicke zu scheren, die er erntet.

Ich nehme an, er kommt damit durch, weil er ein Penner ist, noch dazu einer, der mit Tätowierungen übersät ist – aber ich bin weder das eine noch das andere, und so muss ich mich in seinem Gefolge notgedrungen pausenlos bei irgendwem entschuldigen. Niemand erwidert etwas darauf, aber die Mienen geben mir deutlich zu verstehen, dass ich nicht mit Verständnis rechnen kann. Als wir schon fast an der Bahnsteigkante sind, versuchen einige Leuten sogar, mich zurückzudrängen, aber noch immer sagt niemand ein Wort. Ich weiß, dass sie im Grunde nur neidisch auf unsere Unverfrorenheit sind: Einmal bemerke ich sogar, wie sich uns jemand wie unauffällig anschließt, um mit unserer Hilfe selbst ein paar Meter vorzurücken.

Als der Zug schließlich zum Stehen kommt, haben wir fast die vorderste Reihe erreicht, und die nächste Tür ist nur ein paar Schritte entfernt. Ich rechne eigentlich damit, dass Brian auch noch diese letzte Menschenwand durchbrechen wird, aber Fehlanzeige. Wir warten brav, bis der ganze Pulk vor uns eingestiegen ist und wir an der Reihe sind. Und *als* wir dann endlich an der Reihe sind, ist natürlich kein Platz mehr im Abteil. Der Zug ist zum Bersten voll.

Augenblicklich will ich wieder resignieren – ich *sehne* mich förmlich danach zu resignieren –, aber Brian schiebt sich unverdrossen vorwärts. Den einen Fuß noch auf dem Bahnsteig drückt er gegen die Körpermassen im Abteil, als wäre er inmitten eines Rugby-Gedränges.

»He!«, schimpft eine junge Schottin. »Was fällt Ihnen ein!« Aber Brian schiebt unbeeindruckt weiter, bis er sich einen Platz freigekämpft hat.

»Nun komm schon!«, fordert er mich auf, als er endlich drin ist.

»Das soll wohl ein Witz sein«, murmele ich. »Da passe ich unmöglich auch noch rein.«

»Sei nicht albern – natürlich passt du hier noch rein.« Er dreht den Kopf herum und brüllt ins Abteil: »Na los, Leute! Rückt mal alle ein Stück – einer muss noch mit!«

Ein Murren geht durchs ganze Abteil, während alle eher symbolisch einen Zentimeter weiterrücken, aber auf wundersame Weise wird tatsächlich gerade genug Platz frei, dass auch ich noch hineinpasse.

Am Bahnsteigende hebt einer der Bahnangestellten den Arm – das Zeichen zum Türeschließen. Kurzerhand packt Brian mich am Kragen und zerrt mich ins Abteil. Gleichzeitig spüre ich einen heftigen Stoß im Rücken – offenbar will sich noch jemand hineindrängen. Der Nachzügler quetscht sich schräg rechts hinter mir ins Abteil und dreht mich dabei halb herum, sodass die Tür, die in diesem Moment zugeht, mich an der linken Schulter und am Hinterkopf streift. Da ich befürchte, dass meine Tüte eingeklemmt werden könnte, bücke ich mich etwas, um sie zwischen meine Beine zu stellen. Aber dann ist es vollbracht. Die Türen sind zu, und mit einem leichten Ruck setzt sich der Zug in Bewegung.

»Na?«, sagt Brian. »Hab ich's nicht gesagt? Es ist noch Platz.«

Mehr als ein zustimmendes Grunzen bringe ich nicht zustande. Ich stehe so verrenkt da und bin dermaßen eingezwängt, dass ich einfach nicht genug Luft für ein vollständiges Wort habe. Ich frage mich, ob wir nicht doch lieber auf dem Bahnsteig geblieben wären – hier drin kann man kaum atmen. Ich werde gegen das wütende Gesicht der Schottin gepresst, die Brian weiter ins Abteil hineingeschoben hat. Und irgendwo rechts hinter mir, außerhalb meines Blickfelds, steht der Fremde, der mir in letzter Sekunde gefolgt ist. Aber wenigstens sind wir drin. Irgendwie ist es uns tatsächlich gelungen, in diesen Zug reinzukommen.

Kapitel 38

17:13 South Kensington – Hammersmith, District Line

DieserZugistsovoll,dassichkaumnochLuftkriege.Man kannnichtmehrunterscheiden,woeinKörperaufhörtund dernächsteanfängt,unddieHitzeisteinfachunerträglich. Jederdrücktgegenjeden–nichtausAbsicht,sondernweil einemnichtsanderesübrigbleibt.BeimEinatmenMUSS manzwangsläufigdieUmstehendenbedrängen,undwenn einervonihneneinatmet,wirdmanselbstbedrängt.Das ganzeAbteilistwieeingroßerBlasebalg,dersichbeijedem AtemzugderMengeausdehntundwiederzusammenzieht.

MeinrechterArmisteingeschlafen:Ichscheinelangsam mitderjungenSchottinzuverschmelzen.Ichbinerschöpft. Ichbinsoausgelaugt,dassichmichkaumnochaufrechthaltenkann–genaugenommenbinichnurdeshalbnochnicht umgefallen,weildashierdrineinfachunmöglichist.Man kannnichteinmalhin-undherschwanken,wennderZug umeineKurvefährt.Wirstehensoenganeinandergepresst, dasszwischenunskeinauchnochsowinzigesLuftpolster bleibt.Vielleichtkannichdeshalbkaumnochatmen.Hier dringibteskeineLuftmehr,nurnochdasRatterndesZuges. EsgibtkeinENTKOMMEN,dereinzigeOrt,andenman fliehenkann,istdereigeneKopf.

AusmeinemBlickwinkelseheichnichtsalsKörper–ein WirrwarrausArmen,BrüstenundOberkörpernfülltmein ganzes Gesichtsfeld. Plötzlich werde ich von der Vorstellung heimgesucht, ich befände mich in einer Grube, einem Massengrab, das mit den Leichen der anderen Fahrgäste gefüllt ist. Beim Bau der U-Bahn ist man auf viele Pestgräber gestoßen, in denen dicht an dicht hunderte, manchmal sogar tausende von Skelettenlagen, begraben unter Tonnen von Erde. Ich habe Bilder von den Maschinen gesehen, die am laufenden Band menschliche Schädel zu Tage gefördert haben. Einige der Männer, die am Bau der Victoria Line beteiligt waren, haben sich krank gemeldet, weil sie es nicht mehr aushielten, sich durch diese Erdschichten zu wühlen, die einst menschliches Fleisch darstellten.

Bei dieser Vorstellung wird mir flau im Magen, und ich hebe den Kopf und schaue zur Decke, damit ich all diese Körper nicht mehr anzuschauen BRAUCHE, und unterdrücke das Verlangen zu schreien, zu rennen, wegzulaufen. Jetzt sehe ich nur noch Gesichter. Hunderte von Gesichtern. Aber zu meinem Entsetzen stelle ich fest, dass diese Gesichter noch viel lebloser aussehen als die Körper, zu denen sie gehören – zahllose heruntergezogene Mundwinkel und schlaffe Hängebacken, hunderte Quadratmeter bleicher Haut, die im Neonlicht gelblich schimmert. Keiner schaut den anderen an. Keiner schaut überhaupt etwas an – die Augen sind tot, nach innen gerichtet, um der Realität dieser fürchterlichen Enge zu entgehen. Ich verrenke mir fast den Hals, um irgendwo ein halbwegs normales Gesicht zu entdecken, aber ich kann keines finden, sie sind alle gleich.

An diesem Punkt wird mir klar, dass sich das einzige Gesicht, das ich nicht sehen kann, direkt hinter mir befindet. Der Mann, der sich als Letzter ins Abteil gedrängelt hat, der Mann, der unbedingt denselben Zug wie ich nehmen wollte – *er* allein ist für mich unsichtbar. Ich kann seinen Körper dicht neben meinem spüren und ich bin verblüfft über seine Unverfrorenheit vorhin. Allein der Gedanke, dass er direkt hinter mir steht, verursacht mir Herzrasen. Ob das der Mann ist, der mich schon den ganzen Tag verfolgt – Rolfs Spitzel? Ich will mich umdrehen und ihm in die Augen sehen, aber ich habeeinfachnichtgenugPLATZ.DreiunendlichlangeMinutenspüreichdieBlickemeinesVerfolgersimRücken,ohneseinGesichtsehenzukönnen.AlswirdannendlichinEarl'sCourteinfahren,verursachendieMenschenmassen,diesichgegenseitigamEin-beziehungsweiseAussteigenhindern,einsolchesGedränge,dassichKEINEChancehabe,michnachihmumzudrehen.Alsmirdasendlichgelingt,entdeckeichmindestenszwanzigneueGesichterimAbteil.Jedervonihnenkönnteessein.

WährendderZugwiederanfährt,mustereicheingehenddieGesichterderNeuankömmlinge,abersiesindgenausoausdrucksloswiediederübrigenFahrgäste–einpaarvonihnenerwidernmeinenBlick,kehrenkurzindieWirklichkeitzurück,umsichzufragen,warumichsiewohlanstarre,abernurganzkurz,dannverschwindensiewiederhinterihrenMasken,seelenlosenSchaufensterpuppengleich.WenntatsächlicheinerdavonRolfsSpitzelist,dannmachterseineSachejedenfallssehrgut.AuchvondenanderenFahrgästenhebtsichniemandirgendwievonderMasseab.KeinerwirktnervöseralsdieÜbrigen,oderlebhafter,oderaufmerksamer,oderverdächtiger.Siesindallegleich.IchbinineinemAbteilvollerWachsfiguren.

WährendderZugdurchdenTunnelrattert,lasseichnichtsunversucht,ummirLuftzuverschaffen.IchreckedenHalssoweitwiemöglichüberdieschwitzendenKörperhinaus,inderHOFFNUNG,irgendwieindiedünneLuftschichtunterderAbteildeckevorzudringen.Aberesisteinfachzueng,undumüberhauptatmenzukönnen,bleibtmirnichtsanderesübrig,alsdieSchulternhochzuziehenunddieArmewieeinFötusvorderBrustzuverschränken.Ichweißnicht,wielangeichdasnochaushalte.Ichfühlemich,alswürdeichlangsamzermalmt.

In West Kensington steigen dann endlich ein paar Leute aus und das Gedränge lässt ein wenig nach, sodass ich wieder fotografieren kann. Bei Gloucester Road bin ich nicht dazu gekommen, das muss ich später nachholen. Wenigstens habe ich Earl's Court schon vorhin abgehakt. Als in Baron's Court erneut einige aussteigen, kann ich auch wieder richtig durchatmen. Langsam normalisiert sich die Lage im Abteil – es ist voll, aber nicht mehr überfüllt –, und alle, die hier geblieben sind, nehmen dankbar ein paar tiefe Atemzüge, als wäre das ein unvergleichlicher Luxus. Ich kann es nicht ganz genießen, ich muss sowieso gleich raus. In Hammersmith müssen Brian und ich umsteigen, und alles geht wieder von vorn los – die nächste U-Bahn, der nächste Bahnhof, das nächste Gedränge. Ich weiß, dass ich erst wieder richtig durchatmen werde, wenn dieses Herumgefahre ein Ende hat. Vorher werde ich keine Ruhe finden. Kein Entkommen, kein Platz, keine …

Kein gar nichts. Allein die Wette zählt.

Kapitel 38a

17:30 Belsize Park

Rachel beobachtete zwei Tauben dabei, wie sie sich auf dem Flachdach des Anbaus im Erdgeschoss um ein Stück Brot stritten. Eigentlich hatte sie gar keine Zeit, Tauben zu beobachten – sie hatte gerade eben die Danksagungskarten eingepackt und war auf dem Weg zum Telefon gewesen, um ihren Vater anzurufen, als sie die beiden Vögel sah. Das Schauspiel hatte jedoch etwas Faszinierendes an sich. Und angesichts der Alternative, weiterhin von vorhochzeitlichen Ängsten geplagt zu werden, fand sie es ziemlich verlockend, zwei Vögeln beim Streit um ein bisschen Brot zuzuschauen.

Die blöden Tauben trieben sich ständig auf dem Dach herum. Andy und sie hatten im vergangenen Sommer wochenlang versucht, sie zu verscheuchen, aber irgendwann hatten sie es aufgegeben – in puncto Hartnäckigkeit waren ihnen die Vögel bei weitem überlegen. Seither brachte Rachel ihnen so etwas wie widerwillige Bewunderung entgegen. Wenn sie verärgert oder wütend oder traurig war, dann empfand sie es oft als beruhigend, sich ans Fenster zu setzen und die Tauben dabei zu beobachten, wie sie auf dem Dach herumpickten, hin und her stolzierten oder sich stritten – und mit der Zeit wurde ihr klar, dass sie und Andy von Anfang an chancenlos gegen sie gewesen waren. Die Sturheit, mit der die Vögel ihren halbherzigen Attacken widerstanden hatten, zeigte sich in allem, was sie taten: beim Fressen, beim Kämpfen – und selbst bei der Paarung. Diese Tauben waren vermutlich die dickköpfigsten Lebewesen, die Rachel jemals untergekommen waren.

Heute allerdings überkam sie, nachdem sie die Vögel eine Weile dabei beobachtete hatte, wie sie sich immer wieder gegenseitig das Brot abjagten, das heftige Verlangen, die Viecher umzubringen. Der einzige Grund, weshalb sie den Tauben zusah, war nämlich ihr Wunsch, sich abzulenken – sie hatte sich eigentlich an dem besänftigenden Anblick einer heilen Taubenwelt erfreuen wollen, einer Welt, in der alles ganz einfach war, wo nichts anderes zählte als essen, schlafen und Sex. Je länger sie ihnen jedoch zusah, desto stärker fühlte sie sich an das Verhalten von Menschen erinnert – dieser endlose Streit um ein altes, gammeliges Stück Brot, das die Mühe kaum lohnte, wurde offenbar nur um des Streites willen ausgefochten. Der Vergleich mit Menschen war gar nicht so abwegig. Offenkundig gingen den Tauben die Anlässe für Streitereien nie aus. Tauben paarten sich doch auch auf Lebenszeit, oder täuschte sie sich da? Dann musste es für Tauben ja genauso schwierig sein, den richtigen Partner zu finden, wie für Menschen. Die Vorstellung ließ sie erschaudern, und sie musste wieder an Rolf denken. Sie konnte sich ihn ohne weiteres als eines dieser ekelig aussehenden Taubenmännchen mit zerzaustem ölig-schwarzem Gefieder und verkrüppelten Füßen vorstellen und malte sich aus, wie er sie unermüdlich auf dem Flachdach da unten verfolgte, um sich mit ihr zu paaren.

Ihr wurde wieder etwas beklommen zumute, und sie schüttelte unwillkürlich den Kopf. Sie hatte heute ohnehin schon genug um die Ohren, und trotzdem war noch ein weiterer Grund zur Besorgnis hinzugekommen. Wenn Rolf tatsächlich eine Taube wäre, würde sie ihn bedenkenlos abknallen. Bereits dreimal hatte sie ihn heute zurechtgewiesen, aber er hatte einfach nicht begreifen wollen, was Sache war – sie musste unbedingt etwas unternehmen, bevor seine Aufdringlichkeit psychopathische Züge annahm.

Seufzend wandte sie sich vom Fenster ab und ging ins Wohnzimmer. Sie griff nach dem Telefonhörer und wählte die Nummer ihres Vaters in Paris, aber nachdem es ein paarmal geklingelt hatte, schaltete sich der Anrufbeantworter ein. Sie überlegte kurz, ihm von Rolf zu erzählen, legte dann aber auf, ohne eine Nachricht zu hinterlassen. Sie wollte nicht, dass er sich Sorgen machte. Außerdem würde er wahrscheinlich erst spät am Abend nach Hause kommen – sie glaubte sich zu erinnern, dass er davon gesprochen hatte, heute mit seinem Freund Jean-Luc ein paar Runden Canasta spielen zu wollen.

Unentschlossen hockte sie neben dem Telefon. Wen könnte sie sonst noch anrufen? Ihre Mutter würde eine Nervenkrise kriegen, wenn sie ihr von ihrem Problem mit Rolf berichtete. Patrice arbeitete immer lange, außerdem hatte sie die Nummer seines Arbeitsplatzes nicht. Und Sophie – die war schon unterwegs nach Paris, zusammen mit Rachels Hochzeitskleid und einem Kofferraum voller Geschenke. Das waren die Einzigen, mit denen sie hätte reden wollen. Denn das Letzte, was sie morgen brauchen konnte, war eine Hochzeitsgesellschaft, in der die wildesten Gerüchte kursierten.

Schließlich gelangte sie, auch ohne fremden Rat, zu der Einsicht, dass sie keine andere Wahl hatte, als Rolf anzurufen und ihm den Marsch zu blasen. Und zwar knallhart. Offenbar hatte er sich den Floh ins Ohr gesetzt, dass sie sich für ihn interessierte – und diesen Floh würde sie gnadenlos totschlagen, denn halbherzige Versuche, ihn zu verscheuchen, wären garantiert ebenso erfolglos wie bei den Tauben. Sie würde gezwungen sein, ihm gegenüber rüde, wenn nicht gar verletzend zu sein, weil er ihren Anruf sonst bestimmt als eine Art verqueren

Annäherungsversuch missverstehen würde. Der Mann hatte nicht etwa eine dicke Haut, sondern einen regelrechten Panzer.

Sie sah das Telefon an – und zögerte. Sie war sich nicht sicher, ob sie ein viertes Gespräch mit Rolf verkraften würde – vor allem, nachdem die ersten drei Gespräche überhaupt nichts gefruchtet hatten: Der Mann war einfach nicht bereit, ein »Verpiss dich« als Antwort zu akzeptieren. Ein paar Minuten lang dachte sie erneut über mögliche Alternativen nach – etwa einen Drohbrief zu schreiben oder ihn von ein paar Kerlen ordentlich verprügeln zu lassen –, aber ein überzeugender Einfall war nicht dabei. Ein Gefühl der Ohnmacht stieg in ihr auf, durchmischt mit Wut: Wo zum Teufel war Andy, wenn man ihn brauchte?

Während sie sich bemühte, genügend Mut aufzubringen, um den Hörer abzunehmen, bemerkte sie, dass das Lämpchen am Anrufbeantworter blinkte. Das brachte sie unerwartet auf eine Idee. Ihr fiel wieder ein, dass sie zufällig das letzte Gespräch mit Rolf aufgezeichnet hatte – vielleicht konnte sie die Aufnahme ja irgendwie gegen ihn verwenden. Sie war doch bestimmt zu mehr nutze als nur dazu, sie Andy als Beweis dafür vorzuspielen, was sein Freund im Schilde führte. Vielleicht konnte sie Rolf damit unter Druck setzen, ihn erpressen. Diese Gelegenheit durfte sie sich auf keinen Fall entgehen lassen. Sie musste sich jetzt nur noch überlegen, wie sie vorgehen wollte.

Langsam nahm ein Plan in ihrem Kopf Gestalt an. Damit er funktionierte, musste aber deutlich werden, was Rolf sich hatte zuschulden kommen lassen. Ihr kam der Gedanke, dass ihre Erinnerung an das Gespräch sie womöglich trog und Rolf vielleicht gar nichts Ehrenrühriges gesagt hatte. Ohne ein paar Bemerkungen, die ihn eindeutig belasteten, konnte sie ihn mit der Tonbandaufnahme natürlich nicht unter Druck setzen. Zaghaft streckte sie die Hand aus und drückte die Start-Taste.

»Warum willst du jemand heiraten, der deiner offenkundig nicht wert ist?«, fragte Rolfs Stimme.

Und dann kam ihre Stimme: »Ich will ihn heiraten, weil ich ihn liebe.«

Es war immer wieder merkwürdig, die eigene Stimme vom Band zu hören. Als sie das sagte, hatte sie noch halb geschlafen, und die ganze Szene war ihr so unwirklich wie ein Traum vorgekommen. Aber jetzt, da sie ihre Stimme noch einmal hörte, klang sie entschlossen, hellwach und selbstsicher.

Sie spulte vor: »Moment mal ... damit wir uns richtig verstehen ... Du willst verhindern, dass ich Andy heirate?« Und dann Rolfs Antwort: »Na ja ... Ja.«

Ha!, dachte sie. Jetzt hab ich dich! Sie hielt das Band an und spulte es bis zum Anfang zurück. Dann hörte sie es noch einmal ab, bis zu der Stelle, kurz bevor Rolf die erste ihn belastende Frage stellte. Sie drückte auf *Pause*.

Jetzt musste sie nur noch bei Rolf anrufen. Sie griff nach Andys Adressbuch und blätterte es durch, bis sie die richtige Seite gefunden hatte. Dann atmete sie tief durch und wählte Rolfs Nummer.

Das Freizeichen tutete mehrmals. Sie erschrak fürchterlich, als schließlich eine Stimme ertönte – aber es war nur Rolfs Anrufbeantworter. Oder vielmehr einer von diesen elektronischen Anrufbeantwortern der British Telecom – einer von denen, bei denen der Anrufer die Nachricht löschen und neu aufnehmen kann, wenn er will.

Rachel konzentrierte sich und wartete, bis die Stimme am anderen Ende der Leitung verstummte, damit sie ihre Nachricht hinterlassen konnte. Sie wollte das Ganze möglichst schnell hinter sich bringen.

»Rolf«, sagte sie schließlich und setzte sich dabei kerzengerade hin. »Ich bin's, Rachel. Ich rufe allerdings nicht an, um mit dir übers Wetter zu plaudern – ich habe beschlossen, dir dein Benehmen mit gleicher Münze heimzuzahlen. Du solltest nämlich wissen, dass ich unser

Gespräch von vorhin aufgezeichnet habe. Falls du mir nicht glaubst, dann hör mal gut zu …«

Sie hielt die Sprechmuschel an den Anrufbeantworter und spielte den für ihn unangenehmen Teil des Gesprächs ab. Sie kam sich etwas verrucht dabei vor, wie eine skrupellose Femme fatale aus einem alten Schwarz-Weiß-Film. Aber die eine oder andere Boshaftigkeit war in diesem Fall auch unbedingt erforderlich. Offenbar hatte Rolf ein sehr verklärtes Bild von ihr – vielleicht würde dieser Anruf ihn seiner Illusionen berauben, ihm vor Augen führen, dass sie genauso gemein sein konnte wie jeder andere Mensch auch. Und das konnte sie wirklich. Manchmal war sie so fies, dass sie selbst staunte – keineswegs die bezaubernde Prinzessin, für die Rolf sie anscheinend hielt. Vielleicht würde ihm das hier eine Lehre sein.

»So«, sagte sie, als sie sich den Hörer wieder ans Ohr hielt, »und wenn du mich nur noch ein einziges Mal anrufst oder mir folgst oder mich sonst irgendwie belästigst, dann spiele ich das Band nicht nur Andy vor, sondern auch allen deinen Freunden vom London Transport Museum, in der Underground Railway Society und in all den anderen komischen Vereinen, in denen du Mitglied bist. Ich werde dafür sorgen, dass du bei all diesen Leuten für immer und ewig verschissen hast.«

Sie hielt kurz inne, dann fügte sie hinzu: »Ich habe kein Interesse an dir, und das wird sich auch nie ändern – kapiert? Andy ist der einzige Mann, an dem ich je ernsthaft interessiert war, und deshalb werde ich ihn heiraten. Es ist mir egal, was für eine Wette ihr beide laufen habt, und es ist mir auch egal, wer sie gewinnt – ich liebe Andy.«

Sie hielt wieder inne, aber da ihr nichts mehr einfiel, was sie hätte sagen können, legte sie auf.

Ein paar Minuten lang saß sie nur da und überlegte, ob sie wohl das Richtige gesagt hatte. Wahrscheinlich hatte sie nicht einschüchternd genug geklungen. Wahrscheinlich hätte sie sagen sollen, dass sie das Band der Polizei vorspielen würde – oder sogar ihrem Anwalt. Stattdessen hatte sie am Ende lediglich betont, dass sie Andy liebe, dass er der Einzige sei, mit dem es ihr je ernst war. Na ja, es konnte bestimmt nicht schaden, ihm mit Nachdruck unter die Nase zu reiben, dass sie einen anderen liebte, aber ihr hätten doch bestimmt auch noch andere Dinge einfallen können, oder?

Aber schließlich stimmte es ja – sie war nie richtig verliebt gewesen, bis sie Andy kennen lernte. Es war ihre erste erwachsene Liebe gewesen. Und selbst in den Zeiten, in denen er sich wie ein Arsch aufführte, passte Andy von allen Männern, die sie bisher gekannt hatte, immer noch am besten zu ihr, und sie konnte sich keinen anderen Mann an ihrer Seite vorstellen – am allerwenigsten Rolf. Und genau deshalb würde sie Andy heiraten.

Gereizt schwang sie sich vom Sofa und ging zurück ins Schlafzimmer, um die restlichen Reisevorbereitungen zu erledigen. Eigentlich war sie nicht bereit, schon wieder freundlich über Andy zu denken. Der Idiot hatte immer noch nicht angerufen. Und wie es schien, war die Geschichte, in die Andy und Rolf verwickelt waren, viel schlimmer, als Andy zugegeben hatte. Und überhaupt, es war einzig und allein Andys Schuld, dass sie in so einem Schlamassel steckte – schließlich war Rolf sein Freund. Eigentlich sollte Andy die Angelegenheit regeln, nicht sie.

Aber sie war trotzdem froh, Rolf angerufen zu haben. Selbst wenn dieser Anruf nicht den gewünschten Effekt brachte – Rolf würde es wahrscheinlich fertig bringen, sich einzureden, dass sie es gar nicht so gemeint hatte –, so war doch zumindest ein erster Schritt getan. Wenigstens hat sie das Gefühl, etwas unternommen zu haben.

Ihre Stimmung war jetzt etwas besser, und sie beschloss, die ganze Sache vorläufig zu vergessen. Sie konnte sich noch stundenlang den Kopf über Rolf zerbrechen, oder sie konnte sich aufraffen und etwas Sinnvolles tun – wie zum Beispiel ihr Adressbuch suchen. Sie würde in den Flitterwochen hunderte von Postkarten und Danksagungen verschicken müssen, und da die Wahrscheinlichkeit ständig wuchs, dass sie ganz allein auf Antigua sitzen würde, wäre es sicher nicht schlecht, wenn sie wenigstens ihren Freunden schreiben könnte.

Sie ging zurück ins Schlafzimmer, um den Stapel zu durchsuchen, den sie auf dem Bett aufgetürmt hatte. Auf dem Weg dorthin sah sie ganz automatisch aus dem Fenster im Flur – geistesabwesend registrierte sie, dass das ewige Hin und Her der Tauben ein Ende gefunden hatte. Die Vögel schienen ihr Problem gelöst zu haben: Mittlerweile war nur noch eine Taube auf dem Dach und ließ sich das Brot allein schmecken.

Kapitel 39

17:30 Hammersmith – Baker Street,
Hammersmith & City Line

Wenn man in Hammersmith umsteigen will, muss man nicht nur den Bahnsteig, sondern auch den Bahnhof wechseln. Man muss die Treppen hinauflaufen, durch eine Ladenpassage hindurch, auf den Gehsteig hinaus, quer über die Straße und in einen anderen Bahnhof hinein, der ebenfalls Hammersmith heißt. Ziemlich verwirrend, dass zwei voneinander unabhängige Bahnhöfe den gleichen Namen tragen, aber so ist das eben bei der Londoner U-Bahn. Schließlich gibt es auch zwei Haltestellen, die Edgware Road heißen. Getreu dem Motto: Warum einfach, wenn's auch kompliziert geht?

Brian und ich reihen uns in den Menschenstrom ein, der sich zu den Treppen am Ausgang bewegt. Ich unterdrücke den Drang, mich alle zwei Schritte umzudrehen, um festzustellen, ob uns jemand folgt. In diesem Gedränge hat das sowieso keinen Sinn – jeder einzelne hier könnte uns verfolgen. Trotzdem werde ich das Gefühl nicht los, dass Rolf sich irgendwo zwischen all diesen Menschen versteckt und uns mit seinen dunklen, stechenden Augen beobachtet. Und wenn nicht er selbst, dann einer seiner Handlanger, der ihn über all unsere Schritte auf dem Laufenden hält. Am liebsten würde ich mich umdrehen und mich der Menschenmenge entgegenstellen, um das eine Gesicht unter hunderten zu finden, dessen Augen auf mich gerichtet sind. Aber ich weiß, dass es keinen Zweck hat. Selbst wenn ich unseren Verfolger entdecken würde, könnte das an dem, was uns bevorsteht, doch nichts ändern. Und ich *weiß*, dass uns etwas bevorsteht. Rolf ist noch nicht fertig mit uns. Mein Gefühl sagt mir, dass er irgendetwas im Schilde führt.

Um 17:29 überqueren wir die Straße und betreten den zweiten Bahnhof namens Hammersmith. Zum Glück wartet schon ein Zug am Bahnsteig, und es dauert keine zwei Minuten, bis er abfährt. Brian und ich ergattern die letzten beiden Sitzplätze im Abteil – was ein echter Segen ist, denn mich überkommt schon wieder bleierne Müdigkeit.

Erschöpft und halb paranoid, wie ich bin, mache ich mir größere Sorgen als je zuvor. Und während mein Körper auf dem Sitz zusammensackt, rattert mein Gehirn auf Hochtouren weiter: Weiß Rolf, wo wir sind? Weiß er schon, wo wir jetzt hinfahren? Wenn er uns tatsächlich beobachtet, müsste er doch langsam der Verzweiflung nahe sein – schließlich sind wir, allen Schwierigkeiten zum Trotz, immer noch unterwegs. Aber wer weiß, zu welchen Mitteln er als Nächstes greifen wird? Auf der Hammersmith & City Line ist um diese Zeit viel zu viel los, als dass er es wagen könnte, physische Gewalt anzuwenden, aber wer weiß, ob er es nicht einfach auf später verschiebt, wenn wir draußen in den Vororten sind, allein im Abteil, weit vom Stadtzentrum entfernt? Und wer weiß, ob uns nicht längst jemand auf den Fersen sind und nur auf eine passende Gelegenheit wartet?

Prüfend mustere ich die anderen Fahrgäste. Ob einer von denen mich beobachtet? Jeder könnte Rolfs Komplize sein – ich habe keine Ahnung, was für einen Menschen er auf mich ansetzen würde. In Goldhawk Road steigt ein stämmiger, stiernackiger Mann in unser Abteil, aber an der nächsten Station steigt er auch schon wieder aus – um ehrlich zu sein, macht er sowieso nicht den Eindruck, als könnte er einer von Rolfs Komplizen sein. Mitglieder der London Underground Railway Society und von Subterranea Brittanica sehen einfach anders aus. In Shepherd's Bush steigt ein hochgewachsener Farbiger ein, der einen Anorak anhat und ein Kassengestell auf der Nase trägt – der könnte es schon eher sein –, aber auch er steigt zwei Haltestellen später wieder aus. Ich blicke ihm nach, wie er zum Ausgang geht.

Brians Stimme reißt mich aus meinen Gedanken.

»Weißt du was?«, sagt er und räkelt sich auf seinem Sitz. »Ich möchte wetten, dein Freund Rolf wäre nicht so weit gekommen wir. Nicht bei all den Verzögerungen, mit denen wir es zu tun hatten.«

»Schon möglich«, sage ich kurz angebunden, »aber bei Rolf hätte es gar nicht erst so viele Verzögerungen gegeben.«

Brian nimmt einen Schluck von dem Bier, an dem er seit mehreren Stationen nippt, und sagt dann nachdenklich: »Diesen Rolf würde ich gern mal kennen lernen. Ich möchte zu gern wissen, ob der wirklich so gut ist, wie du sagst.«

»Ist er. Das kannst du mir ruhig glauben.«

»Aber der kann doch unmöglich noch besessener sein als du.«

Ich schnaube verächtlich durch die Nase. »Du findest *mich* besessen? Lieber Himmel, Rolf ist *fünfmal* schlimmer als ich. Ach was, *zehnmal!* Er ist der *besessenste*, zwanghafteste, missgünstigste *Freak*, den ich kenne.«

»Aber ich dachte, er ist ein Freund von dir?«

»Ist er auch. Gewissermaßen.«

Brian sieht mich verständnislos an. »Das ist mir zu hoch. Entweder er ist dein Freund oder nicht.«

»Hör mal«, sage ich gereizt, »können wir Rolf nicht einfach aus dem Spiel lassen? Rolf ist der Einzige, über den ich jetzt wirklich nicht reden will.«

Brian verstummt, und ich habe sofort ein schlechtes Gewissen, weil ich so schroff zu ihm war. Ich seufze tief. Mir ist klar, dass mal wieder eines von diesen Gesprächen fällig ist.

»Also gut«, sage ich, »wenn du's unbedingt wissen willst – das Problem mit Rolf ist, dass er … dass er nicht immer …« Es fällt mir schwer, die richtigen Worte zu finden. »Ich glaub, im Grunde läuft es darauf hinaus, dass ich ihm nicht über den Weg traue.«

Brian zuckt die Achseln. »Also ist er *nicht* dein Freund. Freunden traut man nämlich über den Weg.«

»Nein, so einfach ist das nicht. Wir verbringen schließlich eine Menge Zeit miteinander, wir machen viel zusammen. Wir machen Sachen zusammen, die ich mit niemand sonst mache. Wichtige Sachen. Er ist nicht einfach irgendwer. Er hat bloß ein einzigartiges Talent dafür, mich in Schwierigkeiten zu bringen.«

Brian starrt mich wortlos an – offenbar reicht ihm diese Erklärung nicht.

»Ich will damit sagen, dass Rolf einfach unheimlich geschickt darin ist, Leute zu etwas zu bringen, was sie sonst niemals machen würden. Er hat sich schon mehr als einmal in die Leitstelle der Northern Line gemogelt. Und er hat schon mehr als einen Bahnangestellten dazu gebracht, ihm seine Bahnhofsschlüssel zu leihen. Ich habe mit eigenen Augen mit angesehen, wie er einen Fahrkartenkontrolleur so lange beschwatzt hat, bis der ihm ein Bußgeld von zehn Pfund erlassen hat – das muss man sich mal vorstellen! Und er hat überall seine Leute sitzen. Von daher würde es mich überhaupt nicht wundern, wenn er diese Verzögerungen nur für uns arrangiert hätte. Er ist eben irgendwie … na ja, irgendwie verschlagen. Deshalb kriegt er mich ja auch immer wieder rum, irgendwelche Sachen zu machen.« Nach einer kurzen Pause füge ich hinzu: »Rachel hasst ihn übrigens.«

»Das spricht für Rachel.«

»Meinetwegen, nur lässt sie es leider immer an mir aus. Hier, schau dir das an …« Ich streiche mir die Haare aus dem Gesicht und zeige Brian die Narbe, die ich an der Schläfe, unmittelbar am Haaransatz habe.

Brian zieht die Augenbrauen hoch und tut so, als wäre er schwer beeindruckt.

»Das hab ich Rachel zu verdanken. Als sie gehört hat, dass ich mir mit Rolf zusammen einen stillgelegten Bahnhof ansehen will, ist sie derart ausgerastet, dass sie mir die Haarbürste an den Kopf geworfen hat. Es war nämlich unser Jahrestag – an dem Tag war es genau zwei Jahre her, dass wir uns kennen gelernt haben.«

Brian schüttelt ungläubig den Kopf. »Versteh mich nicht falsch, aber wenn du wegen diesem Rolf immer wieder Ärger mit Rachel kriegst, warum bist du dann überhaupt noch mit ihm befreundet?«

»Weiß ich nicht. Ist halt so.«

»Tja«, sagt Brian, »so einen Freund hatte ich auch mal. Wusste immer alles besser. Hatte immer und überall Recht. Musste immer seinen Kopf durchsetzen. Und hat mir immer nur Ärger eingebrockt. Ich sag dir, um solche Leute macht man lieber einen großen Bogen. Für mich hört sich das alles so an, als hätte dein Rolf nur eins im Sinn: deine Hochzeit zu verhindern. Und als Nächstes versucht er dann wahrscheinlich, sich an deine Rachel heranzumachen.«

Ich schnaube verächtlich. »Das soll wohl ein Witz sein! Rolf – und Rachel …!«

»Warum nicht? Kann doch sein, dass er scharf auf sie ist.«

»Ach Quatsch, der ist höchstens ein bisschen verknallt in sie.«

»Meinst du? Dann hat er sich aber erstaunlich viel Mühe gegeben, dich am Tag vor eurer Hochzeit aus dem Weg zu schaffen. Und zwar den *ganzen* Tag lang. Für mich sieht das nach einer echten Verzweiflungstat aus. Wenn du mich fragst, solltest du ihm bei nächster Gelegenheit den Laufpass geben. Sag ihm, er kann dich mal.«

Ich wende mich kopfschüttelnd ab. Was Brian gesagt hat, kommt mir völlig absurd vor. »Ich kann Rolf nicht einfach den Laufpass geben. So was spricht sich sofort rum. Bei uns U-Bahn-Fans kennt doch jeder jeden.«

»Na und? In der Straße, wo ich gewohnt hab, kannte auch jeder jeden, und trotzdem habe ich *meinem* Freund einen Tritt versetzt, als ich gemerkt hab, wie er wirklich ist.«

»Kann schon sein«, sage ich und unternehme eine letzte Anstrengung, ihm die Sache zu erklären. »Aber dein Freund war bestimmt kein U-Bahn-Fan, oder?«

Brian sieht nachdenklich zu Boden. »Nein«, sagt er schließlich. »Nein, ein U-Bahn-Fan war er wahrhaftig nicht. Er war Küchenhändler.«

Der Zug verlangsamt seine Fahrt, und als ich aus dem Fenster schaue, stelle ich überrascht fest, dass wir schon in Westbourne Park sind. Ich stehe auf, um ein Foto zu machen, aber nur widerwillig – so leicht soll mir Brian diesmal nicht davonkommen. Erst will er mir vorschreiben, mit wem ich befreundet sein darf und mit wem nicht, und dann will er auch noch mein Leben mit seinem vergleichen – das kann ich überhaupt nicht vertragen. Ist mir doch egal, ob seine Frau mit einem Küchenhändler durchgebrannt ist! Ist mir doch egal, ob er sich von morgens bis abends die Hucke voll säuft! Ich bin anders. Und *Rachel* ist anders.

Rolf allerdings ist *nicht* anders. Ich knipse mein Foto, und als ich mich wieder neben Brian setze, ist es genau dieser leise aufkeimende Zweifel, der mich davon abhält, das Gespräch wieder aufzunehmen. Stattdessen sage ich erst mal gar nichts mehr. Sieht so aus, als hätte ich Rolf tatsächlich unterschätzt – und zwar nicht zu knapp. Die Erkenntnis trifft mich reichlich unvorbereitet, sodass ich ein paar Haltestellen brauche, um darüber nachzudenken. Es kostet mich große Mühe, diese beiden Gedanken unter einen Hut zu bringen: die Tatsache, dass meine

Verlobte mich für einen Idioten hält, und die Tatsache, dass einer meiner Freunde sie mir ausspannen will. Dass ich im Moment leicht paranoid und ziemlich angeschlagen bin, macht die Sache auch nicht besser. Sie ist jedenfalls durchaus dazu angetan, einen auf andere, noch viel schlimmere Gedanken zu bringen. Und sie ist auch dazu angetan, einen zu unüberlegten Aktionen zu verleiten.

Während wir uns der nächsten Haltestelle nähern, bin ich in einem Teufelskreis aus düsteren Gedanken und Verdächtigungen gefangen. Doch dann geschieht etwas, was mich aus meinen Grübeleien herausreißt – etwas ganz Simples, das aber eine unerwartet nachhaltige Wirkung auf mich hat. Von einer Sekunde auf die andere habe ich alles vergessen, worüber Brian und ich gesprochen haben. Jeder Gedanke an U-Bahn-Fans, an Rachel und an Brians Küchenhändler ist mit einem Schlag aus meinem Kopf verbannt. Denn auf einmal kommt jemand durch das Abteil auf mich zu, und ich weiß sofort, wer das ist: Rolfs Spitzel.

Kapitel 40

17:48 Baker Street – Kingsbury, Jubilee Line

Ihr Gesicht ist perfekt geschnitten – mit den ausgeprägten Wangenknochen, die man oft bei Models sieht, und Augen so groß und dunkel wie Schokoladendrops. Eine Flut von Haar, schwarz und glatt wie Lakritz, fällt ihr auf Schultern und Brüste. Sie trägt eine gelbe Bluse, die ihren dunklen Teint hervorhebt und die eng genug ist, um zwischen den untersten Knöpfen nicht nur einen schmalen Streifen nackter Haut, sondern auch den silbernen Stecker hervorlugen zu lassen, mit dem ihr Bauchnabel gepierct ist. Sie ist das genaue Gegenteil von dem, was man sich unter dem Komplizen eines Bahn-Freaks vorstellt. Mit einer Frau wie ihr hätte ich am allerwenigsten gerechnet.

Aber ich bin mir trotzdem sicher, dass sie Rolfs Spitzel ist. Ich weiß, das klingt verrückt, aber da gibt es für mich überhaupt keinen Zweifel. Zum einen ragt eine Ausgabe der *Underground News* aus ihrer Handtasche hervor (und Frauen, die so aussehen wie sie, lesen meiner Erfahrung nach keine Zeitschriften über die Bewegungen des rollenden Materials), und zum anderen verrät sie sich durch die Art und Weise, wie sie mich vom ersten Moment an fixiert, als sie das Abteil betritt. Sie hat mich sofort zwischen all den anderen Fahrgästen ausgemacht, und kaum dass sie mich entdeckt hat, steuert sie auch schon geradewegs auf mich zu. Da sie am anderen Ende des Abteils eingestiegen ist, hat sie einen ziemlich langen Weg vor sich. Aber sie ist nicht aufzuhalten.

Als sich unsere Blicke begegnen, sehe ich sofort weg. Das ist bei mir fast schon ein Reflex – ich vermeide es, schöne Frauen in der U-Bahn anzustarren, weil ich nicht will, dass sie mich dabei ertappen und merken, dass ich scharf auf sie bin. Deshalb beobachte ich jetzt die anderen Fahrgäste. Die haben offenbar weniger Skrupel als ich: Ob Mann oder Frau, alle folgen der dunklen Schönheit wie gebannt mit den Augen. Ein alter Mann, der im Gang steht, greift mit der Hand an den Hut, als wäre er versucht, ihn für sie zu lüpfen. Brian seinerseits glotzt sie mit einem dämlichen Grinsen im Gesicht hemmungslos an, und fummelt hektisch am Verschluss seiner Tasche herum, wohl um die Bierdose unauffällig verschwinden zu lassen. Und die Dame neben ihm starrt unseren Neuzugang mit einem Ausdruck fast kindlicher Bewunderung an.

Obwohl ich nicht zu ihr hingucke, verraten mir die Blicke der anderen Fahrgäste genau, was sie tut – bestimmt greift sie gerade nach der Haltestange über ihrem Kopf, wodurch ihre Brüste sich ein wenig nach oben verschieben und die gelbe Bluse sich an den Knöpfen vermutlich weit genug spannt, um Einblick auf ein winziges Stück weißer Spitze zu gewähren. Dann drängt sie sich zwischen einem Ehepaar hindurch, wobei sie der Frau den Rücken zukehrt und sich sicherlich nicht bewusst ist, welch eifersüchtige Blicke diese ihr zuwirft. Zielstrebig bahnt sie sich ihren Weg durchs Abteil, während alle ihr mit den Blicken folgen, bis sie schließlich vor mir stehen bleibt.

Jetzt erlaube auch ich mir, einen Blick zu riskieren – schließlich ist es das Normalste auf der Welt, eine Person anzusehen, die vor einem stehen geblieben ist – und als ich zu ihr aufschaue, lächelt sie mich an. Kein breites Lächeln, keine Einladung, ein Gespräch anzufangen, nur ein unpersönliches kleines Lächeln, mit dem sie meine Existenz zur Kenntnis nimmt. Sie hat volle, sinnliche Lippen. Ich erwidere ihr Lächeln – dann lasse ich den Blick auf ihren Halsansatz gleiten, und dann noch etwas tiefer …

Ich sehe, wie ihr BH sich unter der Bluse abzeichnet. Ich muss mir gar keine Mühe geben, um das zu erkennen – ihre Brüste sind auffallend groß und befinden sich nur knapp über meiner Augenhöhe. Es ist mir fast unangenehm, sie die ganze Zeit anzustarren, aber eben nur fast, denn gerade noch rechtzeitig fällt mir ein, dass diese Frau schließlich nicht aus Zufall hier ist und dass ihr Lächeln alles andere als unschuldig war. Sie ist nicht irgendein normaler Fahrgast, der einfach nur von A nach B will. Diese Frau ist ein Köder, ein Lockvogel, der mich ins Verderben stürzen soll.

Ich bin mir sicher, dass sie bald zum Angriff übergehen wird, da Brian und ich an der nächsten Station wieder umsteigen müssen. Und richtig: Als der Zug in den Bahnhof Baker Street einfährt und ich aufstehe, um mich an dieser Aphrodite vorbeizuschieben, nimmt sie nicht etwa meinen Platz ein, wie jeder andere es getan hätte, sondern folgt mir zur Tür. Damit hat sie sich allerdings endgültig entlarvt, denn warum sollte sich jemand die Mühe machen, einmal durchs ganze Abteil zu laufen, wenn er sowieso an der nächsten Haltestelle wieder aussteigen muss? Für eine so kurze Strecke hätte sie doch gleich an der anderen Tür stehen bleiben können. Es sei denn, sie wollte gesehen werden. Und zwar von mir.

Während wir alle drei an der Tür stehen und warten, weiche ich bewusst ihren Blicken aus, damit sie nicht merkt, dass ich weiß, was los ist. Brian dagegen gafft sie ungeniert an. Ich verpasse ihm unauffällig einen Rippenstoß, aber er ist dermaßen fasziniert von ihr, dass er es offenbar gar nicht mitbekommt.

Währenddessen lege ich mir schnell einen Plan zurecht. Sobald die Tür aufgeht, werde ich losrennen. Wir haben ohnehin keine Zeit zu verlieren, denn die Jubilee Line verläuft viel tiefer unter der Erde als die Hammersmith & City Line, die in offener Tunnelbauweise angelegt ist, und deshalb müssen wir eine Menge Stufen und Treppen hinter uns bringen, um unseren Anschlusszug zu erreichen. Und außerdem: Wenn wir die ganze Strecke bis unten rennen, hat diese Frau wohl kaum eine Chance, uns zu folgen, ohne sich endgültig verdächtig zu machen.

Aber mein Plan ist schon gescheitert, noch ehe die Tür sich öffnet. Kurz bevor der Zug zum Stillstand kommt, spüre ich, wie mir jemand auf die Schulter tippt. Ich drehe mich um und schaue unmittelbar in die großen braunen Augen der Frau.

»Entschuldigen Sie bitte«, sagt sie, »könnten Sie mir wohl zeigen, wie man zur Jubilee Line kommt?«

Ich zögere einen Moment – vielleicht habe ich mich ja doch getäuscht. Schon ihr Äußeres entspricht ja nicht ganz dem Bild, das ich mir von einem Spitzel von Rolf mache, aber ihre Stimme passt noch viel weniger dazu: Sie spricht zwar flüssig und fehlerfrei, hat aber unüberhörbar einen italienischen Akzent. Und wo könnte Rolf schon eine Italienerin aufgetrieben haben, die bereit war, diesen Job zu übernehmen – und noch dazu eine, die so umwerfend aussieht?

Nachdem sie ihren Satz beendet hat, schenkt sie mir ein strahlendes Lächeln, als wäre sie stolz, dass sie ihn so gut herausbekommen hat. Dabei sieht sie mir gerade so lange in die Augen, dass ich mir einbilden könnte, sie würde mit mir flirten. Ich fühle mich hin- und hergerissen. Soll ich sie einfach zum Teufel schicken, oder soll ich mich wie ein Kavalier verhalten und ihr tatsächlich den Weg zur Jubilee Line zeigen? Vielleicht ist das Ganze ja auch nur ein Trick, um mich möglichst lange aufzuhalten? Oder schlimmer noch: Will Rolf mich in Versuchung führen? Aber wie dem auch sei, ich muss ihr bald eine Antwort geben, denn jeden Augenblick werden sich die Türen öffnen.

Ich beschließe, dass es auf jeden Fall das Beste ist, so zu tun, als würde ich ihr Spiel nicht durchschauen. Ich setze also mein charmantestes Lächeln auf und sage: »Zur Jubilee Line? So ein Zufall – da wollen wir auch hin. Sie brauchen uns also nur zu folgen.«

Als die Türen sich öffnen, steigt sie so gemächlich aus, dass ich den Eindruck habe, sie will uns tatsächlich aufhalten, damit Rolf an den Bahnsteigen weiter unten in Ruhe seinen nächsten Schachzug vorbereiten kann. Aber darauf lasse ich mich nicht ein.

»Kommen Sie, wir haben's eilig!«, sage ich nur, schnappe mir ihre Hand und zerre sie durch den schmalen Gang, der zur Metropolitan Line hinunterführt, hinter mir her. Sie stößt vor Überraschung einen kleinen Schrei aus, aber da habe ich sie auch schon wieder losgelassen und renne jetzt, so schnell ich kann, den Bahnsteig der Metropolitan Line entlang.

»Alles in Ordnung«, rufe ich über die Schulter zurück, »ich muss bloß unbedingt meinen Zug kriegen, das ist alles. Folgen Sie mir einfach, dann sind Sie gleich bei der Jubilee Line!«

Und damit habe ich auch schon fast die Treppe erreicht, die nach unten zu den tieferen Ebenen führt. Brian hat mich inzwischen eingeholt und läuft Seite an Seite mit mir die Stufen hinab und den Gang entlang, der an den Rolltreppen endet. Hin und wieder blickt er über die Schulter zurück, um sich zu vergewissern, ob unsere neue Begleiterin Schritt halten kann. Auch ich sehe mich einmal kurz nach ihr um und stelle erstaunt fest, dass sie sich gar nicht so leicht abhängen lässt. Ihre Brüste, die zuvor noch so verführerisch wirkten, wippen bei jedem Schritt auf und ab und sehen jetzt eher lästig und lächerlich aus.

Unten an der Rolltreppe angekommen, höre ich ein dumpfes Grollen im Tunnel. Ohne auf die beiden anderen zu warten, renne ich auf den Bahnsteig, der in nördliche Richtung führt, wo tatsächlich gerade ein Zug, Baujahr 1996, einfährt. Das Foto ist schnell gemacht. Als der Zug hält, ist Brian wieder neben mir, dicht gefolgt von der Italienerin. Sie ist ziemlich außer Atem und sichtlich verwirrt.

»Willkommen auf der Jubilee Line!«, sage ich mit einer kleinen Verbeugung, während ich auf den Türknopf drücke.

Sie sieht mich erst verdutzt an, schenkt mir dann aber ein so strahlendes Lächeln, dass ich am liebsten dahinschmelzen möchte. »Ihr Engländer seid ein merkwürdiges Volk!«, sagt sie und steigt ein, ohne mich aus ihren wunderschönen Augen zu lassen.

»Alle Achtung«, flüstert Brian, bevor er ihr in den Wagen folgt. »Den Trick muss ich mir merken.«

Im ganzen Abteil ist nur noch ein einziger Platz frei, und Brian überlässt ihn großzügig der Italienerin. Sie schenkt auch ihm ein zuckersüßes Lächeln und geht dann zu ihrem Sitz hinüber, während Brian und ich im Gang stehen bleiben.

»Ich glaube, unsere neue Freundin ist ganz hin und weg von dir«, sagt er, sobald sie außer Hörweite ist.

»Was denn sonst«, sage ich.

»Funktioniert die Technik eigentlich bei allen Frauen? Also, sie über den Bahnsteig zu zerren und dann wegzurennen?«

»Aber sicher doch«, sage ich. »Das habe ich mir bei Mickey Price abgeschaut, der war in der Grundschule mein bester Freund. Als wir in der ersten Klasse waren, ist einmal ein neues Mädchen an unsere Schule gekommen, und die war so hübsch, dass alle sich sofort in sie verguckt haben – sie war ständig von einem ganzen Pulk Jungs umgeben, die alle darum gebettelt haben, sie küssen zu dürfen. Bis auf Mickey. Der hat sich einfach vor sie hingestellt und gesagt, dass *er* sie nie im Leben küssen würde – es sei denn, sie würde es schaffen, ihn zu fangen. Da ist sie natürlich hinter ihm hergerannt, und als sie ihn schließlich gefangen hatte, hat sie ihn mitten auf den Mund geküsst.«

»Ganz schön clever, dein Freund Mickey«, sagt Brian grinsend.

»Wie man's nimmt. Eigentlich wollte er nämlich wirklich nichts mit ihr zu tun haben, und als sie ihm den Kuss aufgedrückt hat, hat er sie sogar in die Rippen geboxt. Die anderen mussten ihn festhalten, sonst hätte er sie bestimmt noch mal geschlagen.«

»Wie furchtbar«, sagt Brian.

»Allerdings. Aber auch Mädchen müssen irgendwann lernen, dass nein nein bedeutet.«

Während ich das sage, schaue ich die Italienerin an und nicke ihr höflich zu.

»Und, willst du hingehen und mit ihr reden?«, fragt Brian.

»Nein, lieber nicht.«

»Aber warum denn nicht? Sie guckt dich schon die ganze Zeit an.«

Ich setze ein vielsagendes Lächeln auf. »Lass sie doch gucken.«

In St John's Wood steigen einige Leute aus, weshalb am anderen Ende des Wagens ein paar Plätze frei werden. Sobald ich mein obligatorisches Foto gemacht habe, gehen wir rüber und setzen uns hin. Nach dem Adrenalinschub bei unserem letzten Spurt ist mir wieder ein bisschen flau geworden, daher bin ich froh, eine Weile sitzen zu können.

Von hier aus kann ich die Italienerin immer noch gut sehen. Hin und wieder schaut sie zu uns herüber – ich glaube, sie behält uns tatsächlich im Auge. Als ich einmal ihrem Blick begegne, lächelt sie mich kurz an und schaut dann wieder weg, aber ich kann trotzdem nicht verhindern, dass ich Herzklopfen kriege. Ihre Schönheit ist wirklich atemberaubend. Wie leicht wäre es, einfach zu ihr hinüberzugehen, sie anzusprechen und nach ihrer Telefonnummer zu fragen.

Ich merke, dass Brian sie ebenfalls nicht aus den Augen lässt. Beim Halt in West Hampstead glotzt er sie bestimmt eine Minute lang ununterbrochen an. Als er schließlich merkt, dass ich ihn dabei beobachte, wendet er sich verlegen ab und tut so, als würde er die Werbeplakate betrachten. Aber nicht lange, denn schon dreht er sich wieder zu mir um.

»Kann ich dich mal was fragen?«, sagt er.

»Nur zu.«

Brian sieht mich geradewegs an. »Hast du Rachel eigentlich schon mal betrogen?«

»Nein.«

Er zieht die Augenbrauen hoch, als würde er mir nicht ganz glauben. »Aber du hast doch wenigstens schon mal dran gedacht, oder?«

»Nein«, sage ich wieder.

»Noch nie?«

»Na ja, vielleicht in dem einen oder anderen Tagtraum, aber im richtigen Leben noch nie.«

Brian lacht gereizt. »Ach komm, das kannst du mir nicht erzählen! Du musst doch wenigstens ab und zu daran *gedacht* haben – wir sind schließlich alle nur Menschen. Irgendwann hast du doch bestimmt schon mal Lust dazu gehabt.«

Am liebsten würde ich es einfach rundweg abstreiten, weil ich in Ruhe darüber nachdenken will, wie wir die Italienerin abschütteln können, aber aus irgendeinem Grund halte ich den Mund.

»Aha! Na bitte!«, ruft Brian triumphierend.

»Okay, vielleicht hab ich tatsächlich schon mal Lust dazu gehabt. Aber nur ein einziges Mal.«

»Nur ein einziges Mal?«

»Ja, nur ein einziges Mal!«, sage ich ungehalten. Ich schaue Brian an und sehe, dass er mich blöd angrinst, als würde er mir nicht glauben. »Aber ich habe es nicht *getan*.«

Brian kichert. »Wie hieß sie denn?«

»Fiona. Hat im Laden neben der Buchhandlung gearbeitet.«

»Und, sah sie gut aus?«

»Sie sah klasse aus.«

»Na los, erzähl schon«, sagt er ungeduldig. »Was habt ihr gemacht?«

»Nichts, hab ich doch gerade gesagt. Wir sind ab und zu einen Kaffee trinken gegangen, mehr nicht. Vermutlich war ich nicht mal ihr Typ.«

»Oh.« Er ist offensichtlich enttäuscht.

»Und selbst wenn – ich hätte trotzdem nichts mit ihr angefangen. Ich habe Rachel bisher noch nie betrogen, und ich habe auch nicht vor, jetzt damit anzufangen. Schon gar nicht heute, am Tag vor unserer Hochzeit.«

Eine Weile bleiben wir schweigend sitzen. Ich werfe unwillkürlich einen Blick auf die Italienerin, um zu sehen, ob sie immer noch zu uns herüberschaut, aber zu meiner Enttäuschung tut sie das nicht, obwohl ich mir sicher bin, dass sie uns trotzdem im Auge hat. Sie hat wirklich ein bezauberndes Gesicht. Rolf hat offensichtlich einen guten Geschmack, was Frauen angeht.

»Ich habe meine Frau betrogen«, sagt Brian unvermittelt.

Überrascht wende ich den Blick von der Italienerin ab. »Aber ich dachte, sie wäre diejenige gewesen, die ...«

»Stimmt. Aber ich hab damit angefangen.«

Ich weiß nicht, was ich darauf sagen soll. Eigentlich will ich das alles gar nicht wissen – im Moment habe ich wirklich Wichtigeres zu tun –, aber gleichzeitig ist mir klar, dass man ein solches Geständnis nicht einfach ignorieren kann. Da ich also irgendwie reagieren muss, schaue ich ihn an und sage: »Oh.«

»Ich wollte sie eigentlich nicht betrügen – nie. Ich habe meine Frau wirklich geliebt – und tue es noch. Aber wir hatten damals gerade einige Schwierigkeiten miteinander, so eine Art Krise, verstehst du, und ... na ja ... da ist es dann einfach passiert.«

»Was soll das denn heißen, *da ist es dann einfach passiert*?« Ich ertappe mich dabei, wie ich wieder zu der Italienerin hinübersehe – kann so etwas denn einfach *passieren*?

»Na ja«, fährt Brian fort, »ich hatte damals im Osten von London für den Eigentümer eines großen alten Hauses ein paar Schreinerarbeiten übernommen, und eines Tages hat mich seine Frau ins Schlafzimmer gerufen, weil ich ihr bei irgendwas helfen sollte. Es war natürlich klar, was sie eigentlich wollte, aber ich hab mir damals gedacht, warum eigentlich nicht? Rita hieß sie. Eine tolle Frau. Mit ihr ist wieder richtig Schwung in mein Leben gekommen.«

»Aber hattest du denn gar kein schlechtes Gewissen?«

»Doch, na klar. Das war ja gerade das *Gute* daran. Denn in dem Moment, wo das schlechte Gewissen da war, hab ich angefangen, besonders nett zu meiner Frau zu sein. Ich hab ihr zum ersten Mal gesagt, dass ich sie liebe. So, wie ich mich damals verhalten hab, hätte man denken können, meine Frau wäre mir scheißegal gewesen, und das wusste ich auch, deshalb hab ich mir ganz besonders Mühe gegeben, ihr zu zeigen, wie wichtig sie mir ist. Meine Frau hat sich jedenfalls nicht länger vernachlässigt gefühlt und dann auch wieder angefangen, nett zu mir zu sein. Eine Zeit lang waren wir wie frisch verliebt. Ich sage dir, Rita war wahrscheinlich das Beste, was meiner Ehe je passieren konnte. Mein Leben war auf einmal wieder spannend geworden, weil ich ja auch gleichzeitig noch mit ihr zusammen war. Es war richtig aufregend, und diese Aufregung habe ich auch mit nach Hause genommen – mit ins Schlafzimmer, wenn du verstehst, was ich meine.«

Er grinst mich an, ein schlüpfriges Grinsen, aber so schnell wie es gekommen ist, verschwindet es auch wieder.

»Das Problem war nur, dass es nicht lange gut ging. Meine Frau hat sich daran gewöhnt, dass ich immer so nett zu ihr war, und wenn ich es dann mal nicht war, hat sie sofort wieder rumgenörgelt. Ständig hat sie von mir hören wollen, dass ich sie liebe, aber ich hatte keine Lust, das ständig zu sagen. Und mit der Zeit wurde alles wieder genauso wie vorher, und schließlich wurde es sogar schlimmer als vorher. Ich wollte mit Rita darüber sprechen, aber die wollte von all dem überhaupt nichts wissen, und deshalb ist auch unser Verhältnis immer schlechter geworden, und am Ende war alles nur noch ein einziges Chaos.«

Ich nicke weise mit dem Kopf. »So was geht nie gut aus«, sage ich. »Und darum sollte man sich am besten immer im Griff haben.«

»Da bin ich mir allerdings nicht so sicher«, sagt Brian. Er scheint irgendwie gekränkt zu sein. »Ich weiß nicht, was daran so gut sein soll, sich immer im Griff zu haben.«

»Na ja, jedenfalls besser, als über die Stränge zu schlagen.«

»Meinst du?«

»Und ob.«

Er schüttelt den Kopf. »Glaub ich nicht. Wenn ich mit meiner Frau öfter mal über die Stränge geschlagen hätte, hätte ich das nicht mit Rita tun müssen.«

»Aber wenn du dich *die ganze Zeit* über beherrscht hättest, wäre das Rita-Problem erst gar nicht aufgetreten.«

Brian scheint beleidigt zu sein. Er zieht einen Flunsch und weicht meinem Blick aus. Da ich unser Gespräch für beendet halte, schaue ich wieder zu der Italienerin hinüber, um zu sehen, ob sie uns immer noch beobachtet. Da dreht sich Brian auf einmal abrupt zu mir um. »Soll ich dir mal was sagen?«, bricht es förmlich aus ihm hervor. »Es *freut* mich, dass du dich ein bisschen in diese Frau aus dem Laden verguckt hast. Aber ich hätte es noch besser gefunden, wenn du sie wenigstens mal geküsst hättest.«

»Und restlos begeistert wärst du wahrscheinlich, wenn ich sie im Hinterzimmer ordentlich durchgenudelt hätte, was? Das hätte dich dann so richtig gefreut. Tut mir Leid, dass ich dich enttäuschen muss.«

»Jetzt red doch keinen Quatsch«, sagt Brian. »Ich will doch bloß sagen, dass es dich ein bisschen *menschlicher* macht. Ich wette, dein Kumpel Rolf hat noch nie eine Frau betrogen.«

»Der? Ich glaube nicht, dass der überhaupt je was mit eine Frau gehabt hat.«

»Na bitte«, sagt Brian, »da hast du's.«

Ich weiß nicht genau, worauf er eigentlich hinaus will, aber er scheint sich damit zufrieden zu geben. Seine plötzliche Streitlust irritiert mich ein bisschen, aber mir bleibt keine Zeit, darüber nachzudenken, weil wir gerade im Bahnhof Kingsbury einfahren, und ich wieder aufstehen muss, um ein Foto zu machen. Aber noch etwas passiert in diesem Moment, und das ist wesentlich wichtiger: Zusammen mit mir steht die Italienerin auf, geht zur Tür und verlässt das Abteil, ohne uns eines weiteren Blickes zu würdigen.

Kapitel 41

18:11 Kingsbury – Stanmore – Wembley Park, Jubilee Line

Warum ist sie bloß in Kingsbury ausgestiegen? Es kommt mir merkwürdig vor, dass sie schon so früh ausgestiegen ist. Wenn sie tatsächlich zu Rolfs Spitzeln gehört, wäre es doch viel logischer gewesen, uns bis zum Schluss zu begleiten, um Rolf per Handy über unsere Bewegungen auf dem Laufenden zu halten. Außerdem, muss ich zugeben, hatte ich mich schon ein bisschen darauf gefreut, weiter von ihr verfolgt zu werden. Ganz schön erbärmlich, was? – Ich habe anscheinend überhaupt nichts dagegen, wenn meine Wette, und damit meine Hochzeit, sabotiert wird, solange eine schöne Unbekannte dabei ihre Finger im Spiel hat. Was Rachel wohl dazu sagen würde? Aber vielleicht war diese Italienerin ja doch kein Spitzel – ich weiß wirklich nicht mehr, was ich denken soll. Andererseits – wenn sie wirklich nicht auf uns angesetzt war, warum ist sie dann einfach grußlos gegangen?

In Queensbury, wo wir zwei Minuten später eintreffen, steigen wieder ein paar Leute aus. Sollte ein anderer Spitzel den Platz der Italienerin einnehmen, ist schwer zu sagen, wer das sein könnte. Am Ende des Abteils sitzen zwei alte Damen, aber die machen mir nicht gerade den Eindruck, als ob sie gegebenenfalls mit uns Schritt halten könnten. In Canons Park steigen ein paar asiatische

Teenager ein, aber ich kann mir einfach nicht vorstellen, dass sie mit Rolf gemeinsame Sache machen – Rolf *redet* ja nicht einmal mit Kindern, und auch umgekehrt glaube ich kaum, dass je ein Kind den Wunsch haben könnte, mit ihm zu reden. Bald sind wir fast allein im Abteil – je weiter wir uns vom Zentrum entfernen, desto mehr leert sich der Zug. Wenn uns wirklich jemand folgen würde, müsste er sich doch spätestens jetzt zu erkennen geben, spätestens jetzt müsste ich ihn doch entlarven können.

Aber niemand gibt sich zu erkennen. Bei unserer Ankunft in Stanmore um 18:18 sind nur noch zwei weitere Fahrgäste im Abteil, und als die Türen sich endgültig öffnen, um einen Schwall kalter Luft hereinzulassen, steigen auch diese beiden noch aus. Wir sind an der Endstation angekommen.

Wir haben ungefähr fünf Minuten Aufenthalt, bevor der Zug wieder nach London zurückfährt, und während Brian die Zeit nutzt, um pinkeln zu gehen, beschließe ich, den restlichen Zug nach unserem Verfolger zu durchsuchen. Ich lasse die Tüte in unserem Abteil zurück, wandere einmal den ganzen Zug entlang und stecke meinen Kopf in jedes Abteil. Dabei nehme ich mich allerdings ziemlich in Acht, denn gerade jetzt bin ich besonders angreifbar – nicht mal Brian ist in der Nähe, um mir zu helfen, falls mir jemand ans Leder will. Aber je länger ich suche, desto klarer wird mir, dass mir niemand ans Leder will. Es ist nämlich einfach niemand da. Der Zug ist völlig leer. Weit und breit kein Spitzel, kein Schläger. Hier ist kein Mensch außer Brian und mir.

Als wir kurz darauf wieder gemeinsam im Abteil sitzen und auf die Abfahrt des Zuges warten, sehe ich mich trübselig in unserem Wagen um.

»O Mann, ich hasse leere Züge«, sage ich.

»Ich auch«, sagt Brian. »Die erinnern mich immer an meine erste Freundin.«

»Echt?«

»Ja.« Er seufzt tief auf. »Maureen Butcher hieß sie. Sie hat am anderen Ende der Stadt gewohnt, und mein Leben schien ausschließlich daraus zu bestehen, spätabends quer durch die Stadt nach Hause zu fahren – ich durfte nämlich nicht bei ihr übernachten, wenn du verstehst, was ich meine. Ein Jahr lang bin ich immer nur hin- und hergefahren, von einem Ende der Stadt zum andern, um dieses Mädchen zu sehen, aber sie hat sich nicht ein einziges Mal von mir flachlegen lassen. Irgendwann hat sie mir dann gesagt, sie wär nicht mehr an mir interessiert. Seitdem kann ich leere Züge nicht mehr ausstehen, weil sie mich immer an diese Zeit erinnern. Ziemlich deprimierend, kann ich dir sagen.«

Ich nicke gemächlich. Ich weiß genau, was er meint. »Ich krieg das gleiche Gefühl, wenn ich abends um elf an einer Bushaltestelle stehe«, sage ich. »Ich durfte auch nicht bei meiner ersten Freundin übernachten, weil ihre Eltern das nicht wollten. Also hab ich nächtelang an einer Bushaltestelle herumgestanden und auf den 143er gewartet, der aber nur alle Jubeljahre gefahren ist.«

»Wie hieß das Mädchen?«

»Katrina Morpeth. Sie war vierzehn, und ich war fünfzehn.«

»Und was ist dann passiert?«

»Sie hat Schluss gemacht, weil mein bester Freund sie mir ausgespannt hat.«

»Oh«, sagt Brian mitfühlend. »Ein bisschen wie bei meiner Frau und ihrem Küchenhändler.«

Da sitzen wir nun also in dem hell erleuchteten Abteil, nur ich und Brian und vierzig orange-braune Sitze, bis der Zug sich wieder in Bewegung setzt und seine lange Fahrt antritt, über Canons Park und Queensbury zurück in die Stadt.

Brian hat Recht – es ist wirklich deprimierend. Ich glaube, es liegt daran, dass wir hier in den Vororten sind. Wenn man am Oxford Circus plötzlich allein im Zug sitzt, ist man froh, weil man endlich mal genügend Platz hat – aber hier draußen fühlt man sich einfach nur einsam. Es ist das gleiche Gefühl, das einen spätnachts auf einem Bahnhof auf dem Land überkommt: wenn man weiß, dass der Zug nur deshalb leer ist, weil er *immer* leer ist, weil er eben nur von einem Kaff zum nächsten fährt. Es gibt, wenn überhaupt, nur einen einzigen guten Grund, spätabends allein in einem dieser Züge zu sitzen – man ist unterwegs zu einer Frau. Oder man ist, wie in Brians Fall, gerade bei einer Frau gewesen.

Das ist ja das Blöde, wenn man Single ist: Man macht Sachen, die man im Traum nicht täte, wenn man einen Partner hätte. Zum Beispiel hoffnungsvoll in schäbigen Nachtclubs herumzuhängen, bis das Licht angeht und der Rausschmeißer einen auf die Straße setzt. Oder in einer Bar in der Innenstadt zu versuchen, mit peinlichen Sprüchen bei der Frau hinter der Theke Eindruck zu schinden, die davon aber nur genervt ist und einfach ihre Ruhe haben will. Und am Ende steht dann immer die U-Bahn-Fahrt nach Hause, allein in einem leeren Zug.

In solchen Momenten kann ich nur meinem Schicksal danken, dass ich Rachel habe. Zumindest muss ich nicht quer durch London fahren, nur um ihr vielleicht mal an die Wäsche gehen zu dürfen. Und ich muss mir nicht stundenlang den Kopf zerbrechen, ob sie mich nun mag oder nicht oder ob sie wohl sauer wird, wenn sie mich dabei erwischt, wie ich ihre Brüste anstarre. Ich muss ihr nichts beweisen und muss auch nicht irgendeine Show abziehen, um sie rumzukriegen. Wenn ich nachts allein in der U-Bahn sitze, dann nicht, weil ich es wieder den ganzen Abend nicht geschafft habe, eine Frau aufzureißen, sondern weil ich auf dem Heimweg zu Rachel bin, die in unserem schönen warmen Bett in unserer gemütlichen Wohnung auf mich wartet.

Da drängt sich schon irgendwie die Frage auf, was zum Teufel ich hier eigentlich mache.

Kapitel 42

*18:36 Wembley Park – Watford/Chesham/
Amersham, Metropolitan Line*
*19:46 Amersham – West Harrow-Northwick Park,
Metropolitan Line*
20:25 Northwick Park – Kenton, zu Fuß

Die nächsten zwei Stunden verlaufen ziemlich eintönig: leere Züge, neonerhellte Abteile, und niemand außer Brian, mit dem ich reden oder den ich ansehen kann. Wir fahren durch die nordwestlichen Ausläufer Londons, haken eine Station nach der anderen ab und schlagen die Zeit tot, bis wir um 20:30 den nächsten Umschlag in Harrow & Wealdstone abholen können. Auf dem Weg von Wembley Park nach Watford, Chesham und Amersham, die zu den einsamsten und entlegendsten Haltestellen des Londoner U-Bahn-Netzes gehören, nickt Brian zwischen den Stationen immer wieder ein, und sein Schnarchen klingt wie das Echo der Räder, die über die Schienen rattern.

Ich rechne die ganze Zeit damit, Rolf zu begegnen – schließlich kann man davon ausgehen, dass er irgendwo hier draußen mit meinen Sachen unterwegs ist. Ich stelle mir vor, wie wir ihn auf irgendeinem Bahnsteig in dieser gottverlassenen Gegend entdecken, um ihn dann kurzerhand an eine Bank zu fesseln, damit er unsere Fahrt nicht länger sabotieren kann. Aber wir begegnen ihm nicht. Es scheint, als wäre er mit dem U-Bahn-Netz verschmolzen und beobachtete uns nun auf Schritt und Tritt, unsichtbar und doch allgegenwärtig.

Unaufhaltsam fahren wir weiter und immer weiter – durch Moor Park, Northwood und Pinner – nur Brian, ich und die leeren Sitze. Ich versuche mich wach zu halten, indem ich hin und wieder aufstehe und im Abteil auf und ab laufe. Zurzeit ist das hier die einzige Aufgabe: wach zu bleiben. Solange der Zug fährt, fahren auch wir, und wir können nichts tun, um seine Fahrt zu beschleunigen. Aber aus demselben Grund können wir auch keinen Fehler machen – jedenfalls nicht, solange ich wach bleibe und die Stationsschilder fotografiere.

Aber leider wird es mit der Ruhe bald ein Ende haben. Denn nach West Harrow und Harrow-on-the-Hill kommt wieder Northwick Park. Und in Northwick Park werden wir nicht nur den Zug verlassen, sondern auch den Bahnhof.

Ich mache mir schon seit einer Weile Gedanken darüber, wie wir die Bakerloo Line am besten in unseren Streckenverlauf einbauen können. Ich habe diese U-Bahn-Linie noch nie gemocht. Sie ist einfach *langweilig*. Es gibt nichts, wodurch sie sich in irgendeiner Weise von all den anderen U-Bahn-Linien auf der Welt unterscheidet. Sie ist nicht besonders zuverlässig, aber auch nicht besonders unzuverlässig, weshalb sie nicht einmal dann echte Leidenschaft in einem wecken kann, wenn man auf sie flucht. Sie ist nicht völlig veraltet, aber auch nicht gerade auf dem neuesten Stand der Technik, und obwohl sie durchaus einige Unfälle, Verspätungen, Überflutungen und Verbrechen vorzuweisen hat, sind es keineswegs *auffallend viele* Unfälle, Verspätungen, Überflutungen und Verbrechen – nur gerade so viele, um im Mittelmaß zu bleiben. Und mehr lässt sich über sie eigentlich auch nicht sagen. Sie ist in jeder Hinsicht durchschnittlich. Langweilig, bieder und durchschnittlich.

Für mich stellt sich jetzt vor allem die Frage, wie wir zu ihr rüberkommen, ohne ganz bis in die Stadt hinein- und dann wieder hinausfahren zu müssen. Die nächste Möglichkeit, direkt von der Metropolitan auf die Bakerloo Line umzusteigen, wäre wieder die Haltestelle Baker Street – aber wenn wir wirklich die ganze Strecke zurückfahren wollten, nur um dort umzusteigen, würde uns das mindestens eine Stunde kosten.

Glücklicherweise hat Brian eine Idee.

»Kenton«, sagt er.

»Was?«

»Kenton. Der U-Bahnhof. Liegt auf der Bakerloo Line. Ich hab früher mal ganz in der Nähe gewohnt. Wenn wir in Northwick Park aussteigen, können wir zu Fuß rüberlaufen.«

»Ist das wahr?« Der Gedanke weckt sofort einen Funken Hoffnung in mir – wenn das stimmt, könnten wir eine Menge Zeit gewinnen. »Bist du dir ganz sicher?«

»Und ob. Schließlich hab ich mal da in der Gegend gewohnt, wie gesagt. Sind keine fünf Minuten zu Fuß.«

Das Angebot ist einfach zu verlockend, um es abzulehnen. Und ich bin viel zu müde, um Brian mit weiteren Fragen zu löchern – zum Beispiel, wie weit wir laufen müssen und ob er den Weg auch bestimmt finden wird. Ich beschließe, ihm zu vertrauen und ihm einfach zu folgen. Und so kommt es, dass ich bei unserer Einfahrt in Northwick Park nicht wie auf der Hinfahrt nur schnell mein Foto mache, um dann auf meinen Sitz zurückzusinken, sondern mit Brian zusammen an der Tür stehe und mich innerlich auf einen schnellen Spurt zum U-Bahnhof Kenton vorbereite.

Der U-Bahnhof Northwick Park hat zwei Ausgänge: Einer davon führt zum Krankenhaus, und über dem anderen hängt ein großes Schild mit der vielversprechenden Aufschrift: *U-Bahnhof Kenton, Kenton Road*. Diesen Ausgang nehmen wir. Ich gehe stillschweigend davon aus, dass Brian weiß, wo die Kenton Road liegt. Wir hasten also aus dem Bahnhof hinaus und biegen nach links in eine von großen Doppelhäusern gesäumte Straße ein.

Der Wind hat zugenommen, seit wir zuletzt draußen waren, und er kommt auch noch unmittelbar von vorn. Meine Beine sind schwer wie Blei. Ich weiß, dass wir eigentlich rennen müssten, aber mehr als ein gemächliches Jogging-Tempo ist bei mir nicht mehr drin. Zähneknirschend verfluche ich den Gegenwind. Ich verfluche meine Beine, die sich anfühlen, als könnten sie mir jeden Moment den Dienst versagen. Ich verfluche die Leute von London Underground, weil sie es nicht für nötig befunden haben, eine direkte Verbindung zwischen diesen beiden Haltestellen einzurichten, und ich verfluche Brian, weil er mir mit einem Vorschlag gekommen ist, der zur Folge hat, dass ich schon wieder rennen muss. Bin ich heute nicht schon genug gerannt? Wann nimmt diese Rennerei endlich ein Ende?

Ich verfluche auch die Straße, die wir hinunterlaufen – nicht aus irgendeinem bestimmten Grund, sondern weil ich sowieso gerade einen Hass auf die ganze Welt verspüre. Allerdings hat dieser Teil der Welt etwas an sich, was ihn tatsächlich besonders hassenswert macht: Er ist unglaublich *spießig*. Die Häuser hier sind allesamt groß – nicht *zu* groß, aber doch größer als alles, was ich mir je werde leisten können. Zur Straße hin sind sie alle durch eine Hecke abgeschirmt – deren Pflege natürlich einem unterbezahlten Gärtner obliegt – und in jeder Einfahrt steht mindestens ein großer Wagen (keine Luxuskarossen der Marken Bentley, Ferrari oder Jaguar, sondern die üblichen Modelle der gehobenen Mittelklasse von Ford, Nissan oder Rover). Ich nehme an, dass die Leute, die hier wohnen, diese Gegend für einen Ort unendlicher Vielfalt halten – für einen Außenstehenden wie mich sieht hier jedoch alles gleich aus. Nicht zu groß, aber auch nicht zu klein. Nicht billig, aber auch auf keinen Fall protzig. Northwick Park ist die Bakerloo Line unter den Londoner Vororten. Ich habe zwar, erschöpft wie ich bin, ohnehin schon beschlossen, die ganze Welt zu hassen, aber für Northwick Park habe ich allemal noch eine Extraportion Hass übrig.

Mühsam schleppen wir uns bis zum Ende der Straße, wo sie in eine breite Hauptstraße mündet, und entdecken dort ein großes Schild mit der Aufschrift:

HARROW TOWN CENTRE

Leichtes Unbehagen beschleicht mich. Das heißt, warum steht da nicht zum Beispiel »Kenton Town Centre« oder besser noch »zum U-Bahnhof Kenton«? Brian hat gesagt, die Station sei keine fünf Minuten zu Fuß entfernt, aber jetzt sind wir schon mindestens drei oder vier Minuten lang gerannt – wir müssten eigentlich fast da sein. Wir halten an der Bordsteinkante an, und Brian sieht sich suchend um.

»Ist es noch weit?«, frage ich keuchend, während wir am Straßenrand stehen. Obwohl es schon halb neun ist, herrscht in beiden Richtungen immer noch reger Verkehr.

»Nein, wir sind gleich da.«

Er packt mich am Arm und zerrt mich mitten durch den dichten Verkehrsstrom. Als wir heil auf der anderen Straßenseite angekommen sind, blickt er sich kurz um und lotst mich dann in eine weitere Seitenstraße, die diesmal Gayton Road heißt. Sie gleicht bis aufs Haar der Straße, durch die wir gerade gelaufen sind – noch mehr Doppelhaushälften mit noch mehr dicken Autos davor. Ich laufe Brian hinterher, vorbei an hässlich gestutzten Bäumen und orangefarben leuchtenden Straßenlaternen, bis er nach ungefähr hundert Metern an einer Straßenecke wieder stehen bleibt.

»Was ist los?«, frage ich, als ich ihn eingeholt habe.

»Nichts. Ich muss mich nur kurz orientieren.«

»Du musst dich *was*?« Alle Befürchtungen, die mich anfangs davon abhalten wollten, mich in Brians Hände zu begeben, brechen mit einem Schlag wieder über mich herein. »Bitte, Brian – bitte, sag mir, dass du weißt, wo wir sind.«

Brian antwortet nicht sofort. Stattdessen wirft er erneut einen Blick in die Runde und sagt dann: »Da geht's lang.«

Er biegt in eine Straße namens Gerard Road ein, und ich quäle mich hinterher, so schnell ich kann.

Mir drängt sich allmählich die Frage auf, wie Brian sich in dieser Gegend überhaupt zurechtfinden will. Hier sieht doch einfach alles tupfengleich aus. Es kommt mir so vor, als wären wir in eine Art Vorstadthölle geraten, ein Labyrinth aus Doppelhaushälften, wo die unvermeidlichen Vorgärten und Einheitsfassaden sich schier endlos aneinander reihen. Vor lauter Eile hat Brian schon wieder einen großen Vorsprung gewonnen, und ich fühle, wie Panik in mir aufsteigt: Was, wenn ich ihn plötzlich aus den Augen verliere? Was, wenn er hinter irgendeiner Ecke verschwindet und mich einfach mir selbst überlässt? Nie im Leben käme ich hier allein wieder raus. Und während ich ängstlich beobachte, wie er sich immer weiter von mir entfernt, kommt mir plötzlich der Gedanke, dass genau das sein Plan sein könnte: mich erst müde zu machen und dann hilflos in diesem Spießerghetto zurückzulassen.

»Brian«, rufe ich laut. »Brian, warte doch mal!«

Er läuft weiter, als hätte er meine Rufe nicht gehört. Ich stolpere an einem Vorgarten vorbei, in dem ein kitschiger Zierbrunnen steht, nebst zwei kunstvoll arrangierten Wagenrädern. Anders als bei den anderen Häusern ist dieser Garten hier nicht von einer Hecke umgeben – die Bewohner sind offenbar stolz auf ihre Gartendekoration –, sondern nur von einer niedrigen Backsteinmauer. Ich merke plötzlich, dass ich nicht mehr weiterkann und eine Pause einlegen muss.

»Brian!«, rufe ich wieder, während ich mich vorsichtig auf das Mäuerchen niederlasse. Und dann noch einmal lauter: »*Brian!*«

Endlich bleibt er stehen und dreht sich um. Er zögert kurz, dann trottet er langsam zu mir zurück.

»Was soll das?«, frage ich ihn gereizt, als er bei mir angekommen ist. »Willst du mich abhängen, oder was?«

»Natürlich nicht. Komm, wir müssen weiter.«

»Vielleicht könntest du mir freundlicherweise erst mal erklären, *wohin* wir so dringend weitermüssen. Du hast gesagt, es wären fünf Minuten zu Fuß, und das ist inzwischen zehn Minuten her. Ich bin völlig am Ende.«

»Es kann nicht mehr weit sein. Vielleicht schon gleich um die nächste Ecke.«

Ich starre ihn entgeistert an. »*Vielleicht?* Was soll das heißen, *vielleicht*?«

»Das soll heißen …« Er sieht sich wieder unsicher um. »Das soll heißen, wahrscheinlich.«

Ich hole tief Luft und stelle meine Tüte ab. »Du weißt schon längst nicht mehr, wo wir sind, hab ich Recht?«

»Doch, weiß ich wohl. Jedenfalls in etwa.«

»*In etwa?*«

»Na ja, ich weiß, wo *wir* sind«, sagt er betreten. »Ich bin mir nur nicht mehr ganz sicher, wo der Bahnhof ist.«

Wenn ich noch die Kraft dazu hätte, würde ich ihm jetzt eine reinhauen.

»Ich hätte schwören können, dass es irgendwo hier ist«, fährt er fort. »Das Dumme ist bloß, dass die Gegend vor zwanzig Jahren ganz anders ausgesehen hat.«

»Das darf doch nicht wahr sein! Verfluchte Scheiße noch mal, ich glaub's einfach nicht!« Ich stütze den Kopf in die Hände und raufe mir die Haare. »Als hätten wir heute noch nicht genug Ärger gehabt. Wir sind schon seit einer halben Ewigkeit unterwegs, und jetzt kommst du und jagst mich *für nichts und wieder nichts* durch diesen Scheißvorort?«

»Tut mir Leid«, murmelt Brian. »Ich dachte, es wäre hier gleich um die Ecke …«

»Ist es aber nicht. Hier ist sowieso kaum was außer ein paar beschissenen Ford Mondeos.«

Brian steht da wie ein begossener Pudel, und das bringt mich nur noch mehr in Rage.

»Ich kehre um«, sage ich energisch. »Ich gehe zurück nach Northwick Park und versuche zu retten, was zu retten ist.«

»Aber das darfst du nicht machen«, sagt Brian mit weinerlicher Stimme, »das wär reine Zeitverschwendung.«

»*Zeitverschwendung ...!*« Ich bin kurz davor, aus der Haut zu fahren. »Und wie zum Teufel nennst du das hier?«

Ich will aufstehen, fest entschlossen, so schnell wie möglich nach Northwick Park zurückzulaufen, aber es geht nicht – meine Beine knicken mir weg, und ich lande unsanft wieder auf der Gartenmauer. Wutentbrannt trete ich mit der Ferse dagegen, dann stütze ich wieder mutlos den Kopf in die Hände. Alles scheint sich heute gegen mich verschworen zu haben. Der Zeitpunkt für diesen Rückschlag könnte nicht ungünstiger sein: Ich bin müde, ich habe Hunger, ich habe die Nase gestrichen voll, und nun sitze ich auch noch in dieser gottverlassenen Gegend fest. Brian hat mich ganz schön in die Klemme gebracht. Man könnte fast meinen, er hätte diesen Moment extra abgepasst. Man könnte fast meinen, er hätte absichtlich so lange gewartet, bis ich völlig wehrlos bin. Nicht einmal Rolf hätte das geschickter einfädeln können.

Ich merke, wie Brian sich neben mir auf die Mauer setzt. Ich sehe ihn von der Seite an und stelle fest, dass er ebenfalls den Kopf in die Hände stützt, ein Spiegelbild meiner eigenen Pose. »Es tut mir Leid«, sagt er.

»Gut«, sage ich.

»Ich hab alles vermasselt, stimmt's? Wir haben gerade wieder so gut in der Zeit gelegen, und dann komm ich und mach alles kaputt.«

»Ja«, sage ich. »Genau.«

Ich rechne eigentlich damit, dass er sich lautstark verteidigt, aber er tut nichts dergleichen. Stattdessen bleibt er merkwürdig still. Das kommt mir eigenartig vor, und so werfe ich ihm einen Blick von der Seite zu – gerade rechtzeitig, um noch die Andeutung eines Lächelns auf seinen Lippen zu erkennen. Es ist nur für den Bruchteil einer Sekunde zu sehen, aber ich bin mir ganz sicher, dass ich es gesehen habe: ein leichtes Zucken seiner Mundwinkel, bevor er wieder den reumütigen Gesichtsausdruck aufgesetzt hat.

Ich wende mich ab und schaue wieder auf die Straße. Was zum Teufel soll ich jetzt tun? So leicht will ich mich nicht geschlagen geben, nicht jetzt, nach allem, was ich schon durchgestanden habe. Aber was bleibt mir anderes übrig? Soll ich nach Northwick Park zurücklaufen – was höchstwahrscheinlich bedeutet, die Wette zu verlieren – oder soll ich versuchen, den Bahnhof Kenton allein zu finden? Oder soll ich weiter darauf vertrauen, dass Brian mich hinführt?

Ich schaue zu ihm hinüber und mir wird erneut bewusst, wie wenig ich eigentlich über diesen Menschen weiß. Klar, ab und zu kriege ich die eine oder andere Geschichte aus seinem Leben zu hören, aber woher soll ich wissen, ob die alle überhaupt der Wahrheit entsprechen? Vielleicht ist er gar kein Penner – vielleicht ist das alles nur eine raffinierte Tarnung? Oder er ist vielleicht irgend so ein Psychopath, der schon den ganzen Tag vorhat, mich in eine einsame Gegend, in irgendeine dunkle, menschenleere Straße zu locken. Ist schließlich alles schon vorgekommen. Er könnte alles Mögliche sein. Da sitze ich nun hier auf einer Gartenmauer, irgendwo am Ende der Welt, neben einem Mann, der vielleicht ein Axtmörder, ein Sittenstrolch, ein religiöser Fanatiker, ein Straßenräuber oder ein Betrüger ist. Ich muss an das Lächeln denken, bei dem ich ihn gerade ertappt habe. Ob es ein triumphierendes Lächeln war? Das verräterische, hämische Lächeln eines *Bahn-Freaks*? Nein, das kann und will ich nicht glauben. *So* gemein könnte nicht einmal Rolf sein, oder?

Brian ahnt offenbar nichts von all diesen Verdächtigungen, er redet einfach weiter – und tut immer noch so, als hätte er Gewissensbisse, weil er mich in die Irre geführt hat. »Ich war mir ganz sicher, dass ich den Bahnhof wieder finden würde«, sagt er. »Aber es ist einfach schon so lange her. Hier sieht alles inzwischen ganz anders aus.«

»Ach, wer hätte *das* gedacht?«, sage ich. Meine Stimme trieft vor Sarkasmus.

»Es ist wirklich zu blöd«, fährt er fort. »Wo mir doch so viele Häuser hier in der Gegend noch bekannt vorkommen. Zum Beispiel das Haus da drüben an der Ecke. An dem bin ich in den Siebzigerjahren jeden Tag auf dem Weg zur Arbeit vorbeigefahren.«

Er zeigt auf ein großes weißes Haus, das an der nächsten Ecke steht, und dabei hellt sich sein Gesicht plötzlich auf. »Moment mal!«, sagt er und springt unvermittelt auf.

Ich sehe ihn verächtlich an. »Ah ja, und jetzt wirst du mir bestimmt gleich erzählen, dass dir wieder eingefallen ist, wo der Bahnhof liegt, was? Dass ich nicht lache!«

»Pst, hör doch mal!«

Er steht vor mir, völlig unbeweglich, und lehnt sich mit schiefgelegtem Kopf übertrieben weit zur Seite, als wollte er pantomimisch jemanden darstellen, der lauscht. Er sieht aus wie ein zweitklassiger, Schmierenschauspieler – jetzt legt er auch noch die Hand ans Ohr. »Hör genau hin«, scheint er sagen zu wollen. »Hör dir die Stille an, das Geräusch des Nichts, denn genau das wirst du bald sein – ein Nichts. Ein Versager.« Und ich höre tatsächlich hin, weil mir sowieso nichts anderes übrig bleibt. Ich neige in einer schlechten Imitation von Brians Haltung ebenfalls den Kopf, und da höre ich es auch. Irgendwo vor uns, ganz in der Nähe, fährt ein Zug vorbei.

Kapitel 43

20:37 Irgendwo in Kenton

Es dauert kaum eine Sekunde, dann bin ich aufgesprungen und renne hinter Brian die Straße hinunter in die Richtung, aus der das Rattern der Räder auf den Schienen zu hören ist. Das ist inzwischen fast ein Reflex bei mir – ich bin heute so vielen Zügen hinterhergerannt, dass meine Füße inzwischen darauf programmiert sind, bei jedem Geräusch, das auch nur im Entferntesten wie ein Zug klingt, sofort loszulaufen. Wir halten das Tempo bis ans Ende der Straße durch, stürmen dann einen Hügel hinunter und gleich darauf in eine Sackgasse hinein, aus der aber bei näherem Hinsehen ein schmaler Fußweg hinausführt. Dann noch durch eine Schikane hindurch, um die nächste Ecke herum, und da sehen wir sie auch schon vor uns aufragen: eine Fußgängerbrücke, die über den Bahndamm führt.

Wir hasten die steile Treppe hinauf, an riesigen Graffitibuchstaben vorbei, bis ganz nach oben. Und was entdecken wir auf der gegenüberliegenden Seite? Eine Hauptstraße? Einen U-Bahnhof, an dessen Bahnsteigen sich die Züge der Bakerloo Line förmlich drängeln? Leider nicht. Jenseits der Brücke ist vage ein riesiges Freizeitgelände zu erkennen, ein paar Bäume und eine rote, leere Telefonzelle. Von hier oben kann man sehen, wie die Bahngleise sich in beide Richtungen bis zum Horizont erstrecken. Der Zug, den wir gehört haben, ist natürlich längst verschwunden, und ein Bahnhof ist nirgends auszumachen.

»Und wohin jetzt?«, frage ich Brian, während ich nach Luft schnappe.

»Keine Ahnung«, sagt Brian.

»Wir könnten den Schienen folgen. Aber in welcher Richtung?«

»Keine Ahnung. Ich habe völlig die Orientierung verloren.«

Wir bleiben mitten auf der Brücke stehen und während wir langsam wieder zu Atem kommen, blicken wir bedrückt die leeren Schienen entlang. Wir haben eigentlich keine Zeit zu verlieren, aber gleichzeitig wissen wir auch, was uns blüht, wenn wir jetzt in die falsche Richtung loslaufen. Der Bahnhof Kenton kann nicht weit entfernt sein – aber wenn wir aus Versehen die falsche Richtung erwischen und nach Norden laufen, nach Harrow & Wealdstone, wird es eine Ewigkeit dauern, bis wir bei einer Haltestelle sind.

»Uns bleibt wahrscheinlich nichts anderes übrig, als auf den nächsten Zug zu warten und aufzupassen, was vorn dran steht«, sagt Brian. »Dann wissen wir, welche Richtung welche ist.«

Wir stellen uns ans Geländer und sehen auf den Bahndamm hinunter. Um uns herum sind kaum Lichter zu sehen, auch das Freizeitgelände jenseits der Brücke liegt in völliger Dunkelheit, abgesehen von dem schwachen Schimmer, der aus der Telefonzelle dringt. Für eine Weile scheint um uns herum nichts anderes mehr existent zu sein: nur die Dunkelheit, ein Bahndamm und eine Telefonzelle.

Der Wind hat noch einmal aufgefrischt und weht mir mit kalten Böen ins Gesicht. Die feuchte Kälte bringt mich plötzlich wieder zur Besinnung. Ich sehe Brian von der Seite an, und mit einem Schlag wird mir bewusst, was für ein Idiot ich gewesen bin. Der Mann neben mir ist ein alter, vom Leben gezeichneter Alkoholiker – also genau die Sorte Mensch, die Rolf verabscheut. Es ist völlig *undenkbar*, dass er mit so jemandem gemeinsame Sache machen würde. Mir ist, als wäre ich soeben von einer paranoiden Wahnvorstellung kuriert worden.

Brian merkt, wie ich ihn anschaue, und wirft mir einen fragenden Blick zu. Mir ist klar, dass ich jetzt etwas sagen muss.

»Weißt du, vorhin hab ich eine ganze Weile gedacht ...« Ich breche mitten im Satz ab und verstumme.

»Was hast du gedacht?«

»Ach, ich dachte halt, weil wir uns doch verlaufen haben und so, dass du vielleicht ... Du weißt schon ...«

Aber Brian scheint mir gar nicht richtig zuzuhören. Etwas anderes hat seine Aufmerksamkeit erregt. »Da kommt einer!«, ruft er aufgeregt. »Da hinten – ein Zug!«

Ich folge seinem Blick. Vielleicht einen Kilometer von uns entfernt sind tatsächlich Zugscheinwerfer aufgetaucht. Kurz darauf beginnen die Schienen auf dem Bahndamm unter uns zu singen. Der Zug scheint allerdings ein ganz schönes Tempo draufzuhaben – er braust mit einer Geschwindigkeit auf uns zu, von der andere U-Bahn-Züge nur träumen können, und in wenigen Sekunden hat er uns schon fast erreicht. Er sieht überhaupt nicht wie ein U-Bahn-Zug aus: Die Lok scheint vorn schmal zuzulaufen, und außerdem ist nirgends ein Schild zu sehen, auf dem die Endstation angegeben ist. Als der Zug unter der Brücke hindurchbraust, beugt Brian sich weit über das Geländer vor, und es gelingt ihm offenbar tatsächlich, eines der Wörter zu entziffern, die seitlich auf einem der Wagen stehen.

Mit schreckgeweiteten Augen schaut er mich an. »Virgin! Virgin stand da drauf! Das ist keine U-Bahn-Strecke, sondern eine für den Fernverkehr!«

»Wer weiß, ob hier nicht trotzdem auch U-Bahnen fahren«, sage ich, »so wie in Upminster heute Morgen.«

»Und wenn nicht?«

Die Frage bleibt unbeantwortet zwischen uns stehen. Keiner von uns beiden weiß, wo wir genau sind. Wir sind davon ausgegangen, dass hier die Bakerloo Line verläuft und dass wir deshalb nur den Gleisen folgen müssen, um den nächsten U-Bahnhof zu erreichen. Keiner von uns hat in Betracht gezogen, dass dieser Bahndamm etwas anderes als eine U-Bahn-Strecke sein könnte. Sollte es tatsächlich keine U-Bahn-Strecke sein, sind wir geliefert.

»Was machen wir jetzt?«, fragt Brian.

»Uns bleibt nur noch eine Möglichkeit.« Ich setze meine Tüte ab und halte die Hand auf. »Hast du mal zwanzig Pence?«

KAPITEL 44

20:39 Das Freizeitgelände in Kenton

Brian und ich quetschen uns in die Telefonzelle unten am Freizeitgelände, und ich hole tief Luft. Ich habe keine Ahnung, was ich sagen soll. Seit unserem Streit letzte Nacht habe ich nicht mehr mit Rachel gesprochen. Genau genommen bestand unser letzter Kontakt darin, dass sie mir das Wort »Arsch« auf die Stirn gemalt hat. Nicht gerade die optimale Ausgangslage.

Ich weiß, dass sie sich über den Grund dieses Anruf nicht freuen wird. Eigentlich sollte ich sie anrufen, um mich mit ihr auszusöhnen, mich zu entschuldigen und ihr zu sagen, dass ich nach Hause komme – sie stattdessen um einen Gefallen zu bitten, ist sicher kein besonders geschickter Schachzug.

Ich wähle die Nummer, *meine* Nummer, und warte dann zappelig wie ein Schuljunge. Es klingelt viermal, fünfmal. Ich will schon fast wieder auflegen, da bricht das Klingeln plötzlich ab, und ihre Stimme ertönt. »Hallo?«

»Hallo, Rachel.«

Für ein paar Sekunden herrscht Schweigen, als hätten wir beide Angst, jetzt etwas Falsches zu sagen.

Doch dann höre ich wieder Rachels Stimme. »Ich hab mich schon gefragt, ob du überhaupt noch anrufst«, sagt sie. »Ich warte nämlich schon den ganzen Tag darauf, etwas von dir zu hören.«

»Tja«, sage ich, »jetzt hat das Warten ein Ende.«

»Na super«, sagt sie. Ihre Stimme klingt sarkastisch. »Da soll ich dir jetzt wohl auch noch dankbar sein.«

»Ich hab heute schon ein paar Mal bei dir angerufen. Beim ersten Mal war auf beiden Leitungen gleichzeitig besetzt, sowohl zu Hause als auch auf deinem Handy – weiß der Geier, wie du das hingekriegt hast –, und beim zweiten Mal ...«

»Ach, Andy, das ist doch jetzt egal. Hauptsache, du hast mich jetzt erreicht. Ich hab mir solche Sorgen gemacht! Ich hab schon gedacht, dir ist irgendwas passiert. Ich hab gedacht, du bist vielleicht ... na ja, abgehauen oder so.«

»Abgehauen? Warum sollte ich denn abhauen?«

»Ich weiß nicht.«

Wieder herrscht einige Sekunden lang Schweigen. Wir wissen beide nicht, was wir sagen sollen. Ich bin noch etwas irritiert von dem, was sie gerade gesagt hat: Sie weiß doch genau, was ich heute mache – was für einen Grund hätte ich, abhauen zu wollen? Ich dachte eher, *sie* wäre diejenige, die womöglich abhaut.

Auch diesmal bricht Rachel als Erste das Schweigen. »Wo bist du jetzt?«

Ich nehme all meinen Mut zusammen. »Tja, ich hab gehofft, dass vielleicht du mir das sagen kannst. Ich hab mich nämlich verlaufen. Brian wollte mir den Weg zum U-Bahnhof Kenton zeigen, aber jetzt findet dieser Vollidiot ihn selbst nicht mehr.«

»Ich kann nichts dafür«, unterbricht mich Brian, der immer noch neben mir steht. »Seit 1979 hat sich hier alles völlig verändert.«

Rachels Stimme klingt auf einmal gar nicht mehr besorgt, sondern misstrauisch. »Wer zum Teufel ist Brian?«

»Ach, das ist nur ...«, ich sehe den ungepflegten alten Mann neben mir an, »... das ist einer, den ich in der U-Bahn kennen gelernt habe.«

»Andy, du bist doch nicht etwa immer noch dabei, das ganze U-Bahn-Netz abzufahren?«

»Doch, na klar. Letzte Nacht hast du gesagt ...«

»Vergiss, was ich letzte Nacht gesagt habe. Ich will nur noch, dass du so schnell wie möglich nach Hause kommst, damit wir unseren Zug erwischen. Es tut mir Leid, was ich gesagt habe. Du ... du fehlst mir.« Sie bricht plötzlich ab, und ich befürchte schon, dass sie angefangen hat zu weinen. Rachel weint immer ganz leise.

»Du mir auch«, sage ich schnell, um die Stille zu durchbrechen.

»Und es tut mir Leid, was ich gemacht habe.«

»Was du gemacht hast ...?«

»Das mit dem Lippenstift.«

»Ach das.« Ich fasse mir an die Stirn. »Ist schon gut. Du hattest ja Recht. Ich bin wirklich ein Arsch gewesen.«

»Dann bist du mir also nicht mehr böse?«

»Nein, ich bin dir nicht mehr böse.«

»Und du kommst jetzt nach Hause?«

Genau vor dieser Frage habe ich mich die ganze Zeit gefürchtet. »Nein ...«, sage ich zögernd. »Noch nicht.«

»Warum nicht?«

»Rachel, ich habe es fast geschafft. Ich kann jetzt nicht aufhören.«

»Aber warum denn nicht?« Sie klingt verzweifelt.

»Ich kann einfach nicht. Ich muss das jetzt zu Ende bringen.«

Am anderen Ende der Leitung ist ein dumpfes Geräusch zu hören, als hätte sie irgendwo gegen geboxt. »Herrgott noch mal, was ist denn bloß in dich und Rolf gefahren? Ihr benehmt euch wie zwei zu groß geratene Schuljungen, mit eurer Wette und eurem albernen Imponiergehabe. Warum kannst du die Sache nicht einfach abblasen und *nach Hause* kommen?«

»Glaub mir, Rachel, es gibt nichts, was ich lieber täte – aber ... aber im Moment geht das einfach nicht.«

Einen Moment lang ist es still, dann fragt sie verärgert: »Und wann darf ich wieder mit dir rechnen?«

»Wenn du mir sagst, wie ich nach Kenton komme, dann können wir uns schon in wenigen Stunden sehen. Am besten treffen wir uns am Bahnsteig vom Eurostar – du musst mir nur sagen, wie ich von hier wegkomme…«

»Soll das heißen, dass du vorher nicht mehr nach Hause kommst? Du hast doch noch nicht mal gepackt!«

»Na ja, ich hab insgeheim gehofft, dass du das vielleicht für mich übernimmst…«

»So, hast du das…«

»Bitte, Rachel! Ich verspreche dir, sobald wir uns sehen, werde ich dir alles erklären, aber jetzt muss ich erst noch die letzten paar Stationen abhaken. Wir treffen uns dann am Bahnsteig, okay?«

Sie stöhnt. »Was bleibt mir denn anderes übrig?«

»Es wird schon alles klappen, Rachel – glaub mir. Wenn du mir jetzt noch schnell sagst, wie ich nach Kenton komme…«

Wieder ist es eine kurze Weile still, dann höre ich einen resignierten Seufzer. »Warte, ich hol den Straßenatlas«, sagt sie.

Ich erkläre Rachel, wo wir uns in etwa befinden und höre, wie sie blättert. Schließlich hat sie die Fußgängerbrücke über den Bahndamm gefunden und beschreibt mir, wie wir zum U-Bahnhof Kenton kommen. Er scheint tatsächlich nicht weit entfernt zu sein – offenbar hat Brian uns zumindest in die richtige Richtung geführt, wenn auch mit einigen Umwegen. Zwei Minuten später habe ich den Weg im Kopf und bin zuversichtlich, dass ich ihn jetzt finden werde.

»Danke, Rachel«, sage ich. »Ich muss jetzt los – wir sehen uns spätestens am Eurostar.«

»Okay«, sagt sie. »Aber Andy…?«

»Ja?«

»Andy, wenn du nicht rechtzeitig da bist…«

Wieder höre ich sie seufzen, und diesmal bin ich mir sicher, dass sie weint. Ich werde kribbelig, weil ich los will, um den nächsten Zug zu erwischen. Aber sie hält mich mit ihren Tränen am Apparat fest. Und ich weiß, was diese Tränen zu bedeuten haben – wenn ich nicht rechtzeitig beim Eurostar bin, wird sie ohne mich fahren.

Die langen Gesprächspausen scheinen Brian auf die Nerven zu gehen – er rüttelt mich ungeduldig am Arm. »Komm schon«, sagt er. »Wir müssen los!«

Der Druck seiner Finger auf meinem Arm holt mich wieder in die Gegenwart zurück. »Tut mir Leid, Rachel«, sage ich. »Ich liebe dich. Wirklich. Aber ich muss jetzt los.«

Hastig werfe ich den Hörer auf die Gabel, rühre mich dann aber nicht vom Fleck, sondern starre auf das Telefon hinunter, als würde Rachel noch irgendwo da drinnen stecken. Auf einmal verschwimmt es vor meinen Augen, und stattdessen taucht Rachels Gesicht vor mir auf – ich kann sehen, wie sie zu Hause neben dem Telefon steht und weint.

Als ich plötzlich Brians Stimme dicht neben mir höre, fahre ich erschrocken zusammen.

»Hör mal, wenn du jetzt fertig bist, könnten wir dann vielleicht endlich los? Wir müssen dringend zum Bahnhof.«

Ich reiße mich zusammen. »Ja«, sage ich. »Sorry.«

Wir zwängen uns aus der Telefonzelle und schlagen dann den Weg ein, den Rachel mir beschrieben hat. Vom Freizeitgelände führt eine lange Straße weg, und ergeben folgen wir zunächst einmal – erst im Trab, kurz darauf nur noch im flotten Spazierschritt. Wir halten uns genau an Rachels Anweisungen – die Carlton Avenue runter, dann rechts, die Erste links, und ehe wir's uns versehen, sind wir auch schon da. Hell erleuchtet liegt der U-Bahnhof Kenton vor uns und bescheint die Hauptstraße: eine Oase des öffentlichen Nahverkehrs.

Und diesmal haben wir sogar richtig Glück, denn als wir durch die Sperre gehastet und die Treppe hinuntergerannt sind, steht auch schon ein Zug abfahrbereit am Bahnsteig. Mit einem Freudenschrei springt Brian in den nächstbesten Wagen; ich muss erst noch mein Foto machen und steige dann schweigend ein. Anders als Brian habe ich nicht das Gefühl, soeben einen Sieg errungen zu haben. Klar, wir haben den Zug hier gerade noch rechtzeitig erwischt – der nächste würde erst in zehn Minuten fahren –, aber bei mir will darüber keine rechte Begeisterung aufkommen.

Kapitel 45

20:46 Kenton-Harrow & Wealdstone – Oxford Circus, Bakerloo Line

Was soll ich sagen? Da sitze ich also wieder in der U-Bahn. Und ich muss gestehen, irgendwie fühle ich mich gut. Etwas nervös, aber gut. Wir waren gerade oben in Harrow & Wealdstone und sind jetzt auf dem Weg zurück in die Stadt.

Der vierte Umschlag war leicht zu finden. Er war oben auf einer der Anzeigetafeln versteckt, gut geschützt vor neugierigen Blicken. Keine Ahnung, wie Rolf ihn da raufgekriegt hat – ich musste mich jedenfalls auf Brians Schultern stellen, um an ihn heranzukommen. Er enthielt meinen Pass – unverzichtbar für die Zugfahrt heute Nacht – und einen Zettel, auf dem nur zwei Wörter standen: »*Bob – Richmond*«. Sonst nichts.

Und nun sitze ich also wieder hier, in einem Zug in Richtung Innenstadt. Es ist kurz vor neun. Vier der sechs Umschläge haben wir uns nun schon geholt. Wir sind schon fast sechzehn Stunden unterwegs, und so bleiben uns noch gerade mal drei Stunden, die restlichen Stationen abzufahren, um die Wette zu gewinnen. Aber wissen Sie was? Trotz all der Verzögerungen, trotz Zugentgleisung und Signalstörung und trotz unseres Herumirrens in den Straßen um Northwick Park, bin ich erstaunlich zuversichtlich. Zum ersten Mal an diesem Tag glaube ich, dass ich eine realistische Chance habe, zu gewinnen.

Während unser Zug Harlesden, Kensal Green und Kilburn Park passiert, denke ich an Rachel, die jetzt zu Hause die letzten Vorbereitungen für die Reise nach Paris trifft. Seit heute Morgen habe ich immer wieder überlegt, was ich zu ihr sagen soll, wenn ich sie das nächste Mal sehe. Heute früh, als ich mir den Lippenstift von der Stirn wischen musste, habe ich mir zahllose Kränkungen ausgedacht, um mich für all die Dinge zu rächen, die sie mir an den Kopf geworfen hat. Später am Morgen habe ich mir dann ein vernünftigeres Gespräch ausgemalt, an dessen Ende sie einsehen würde, wie ungerecht es von ihr gewesen war, sowohl meine Bereitschaft, mit ihr eine Bindung einzugehen, als auch meine Fähigkeit, die Wette zu gewinnen, in Zweifel zu ziehen. Aber jetzt habe ich gar keine Lust mehr dazu. Jetzt will ich nur noch mit ihr in den Eurostar steigen und ihr sagen, wie Leid mir das alles tut. Und vielleicht auch noch, dass ich sie liebe – aber diesmal von Angesicht zu Angesicht, und ohne dass mir Brian dazwischenquatscht.

Und während wir weiter durch Maida Vale, Edgware Road und Marylebone brausen, denke ich auch an Rolf. Vielleicht habe ich ihm ebenfalls Unrecht getan. Vielleicht ist er mir gar nicht den ganzen Tag gefolgt. Vielleicht aber doch. Ich weiß nicht mehr, was ich denken soll. So viele Eindrücke sind in den letzten Stunden auf mich eingestürmt, dass ich kaum noch weiß, was ich tatsächlich erlebt oder was ich nur geträumt habe. Der ganze Tag heute ist eine solche Strapaze gewesen, dass es mich nicht wundern würde, wenn ich mir alles nur eingebildet hätte – die Wette, die Herumfahrerei, und alles Übrige auch. Der Gedanke ist ziemlich ernüchternd.

Aber eines weiß ich ganz bestimmt: Wenn ich den Eurostar rechtzeitig erreichen will, muss ich die Sache bis spätestens um halb eins über die Bühne bringen. Und obwohl es momentan sehr gut aussieht, habe ich es noch längst nicht geschafft. Der ganze Londoner Westen liegt noch vor mir, und weiß der Himmel, was dort alles passieren wird. Eine kurze Konzentrationsschwäche, eine Unachtsamkeit oder eine geringfügige Verzögerung können ausreichen, alles zunichte zu machen.

Und so muss ich mich, als unser Zug in Oxford Circus einfährt, wieder aufraffen und meine letzten Reserven mobilisieren, sowohl körperlich als auch geistig. Wir dürfen uns jetzt keine Sekunde lang hängen lassen. Die letzte Etappe beginnt.

TEIL FÜNF

WESTLONDON

Kapitel 46

21:25 Reisevorbereitungen in Belsize Park, alle Linien

Nachdem Rachel sich ausgeweint hatte, fing sie an zu packen – *seine* Sachen. Und während sie packte, überlegte sie sich alle möglichen Methoden, wie sie die Londoner U-Bahn zerstören könnte. Für die nächsten paar Minuten lenkten diese Gedanken sie von ihrem Kummer ab. Sie staunte, wie einfallsreich sie sein konnte. Sollte sie je in diesem Land an die Macht kommen, wäre das ihre erste Amtshandlung – sie würde dafür sorgen, dass die U-Bahn Station für Station und Linie für Linie vom Londoner Stadtplan verschwand und mitsamt ihrer Geschichte, dem ewigen Gedrängel, den Lautsprecherdurchsagen und den Verspätungen aus dem Gedächtnis der Menschen getilgt wurde.

Als Erstes würde die Northern Line an die Reihe kommen, weil das Andys Lieblingslinie war. Rachel würde ihr ein langsames, qualvolles Ende bereiten. Sie würde ganz einfach sämtliche Pumpen in den Tunneln abschalten und zuschauen, wie sie sich nach und nach mit dem Wasser der vielen unterirdischen Flüsse füllten, die sie kreuzten. Vielleicht würde sie Andy zwingen, ebenfalls zuzuschauen – damit er mit ansah, wie seine geliebte U-Bahn-Linie langsam, aber sicher überspült wurde. Es würde zwar Wochen dauern, aber das war es wert. Es *hatte* geradezu wochenlang zu dauern, um das Leid wieder gutzumachen, das ihr heute widerfahren war.

Als Nächstes würde sie die Jubilee Line zerstören, weil das Rolfs Heimatlinie war. Sie würde mit seiner Haltestelle, Willesden Green, anfangen und dort soviel Sprengstoff anbringen, dass die Wucht der Detonation ausreichte, die gesamte Bahnlinie in einer Art Kettenreaktion in Schutt und Asche zu legen. Und um sicherzustellen, dass Rolf seine penetranten Telefonanrufe bei ihr wirklich büßte, würde sie ihn, kurz bevor Willesden Green in die Luft flog, dort mit Handschellen an ein Geländer fesseln – damit er noch sah, wie seine kostbare Haltestelle explodierte, bevor er selbst zerfetzt wurde.

Die beiden blau markierten Bahnlinien, die Victoria und die Piccadilly Line, würde sie zubetonieren. Sie würde eine Armada von Betonmischern mieten und die Anweisung erteilen, sämtliche Aufzugs- und Rolltreppenschächte entlang dieser beiden Linien bis zum Rand mit Stahlbeton allerbester Qualität zu füllen.

Was ihre Pläne für die District Line, die Circle Line, die Metropolitan Line und die Hammersmith & City Line betraf – hatte Andy ihr nicht erzählt, dass diese Linien ausnahmslos unter Straßen entlangliefen? Wenn das stimmte, wäre es ein Leichtes, sich ihrer zu entledigen – sie würde die Tunnel zum Einsturz bringen, damit dort, wo jetzt noch Züge verkehrten, Autos fahren konnten. Die Bahnsteige der Haltestellen würden in Bürgersteige unfunktioniert werden, die Schienen würden eine Asphaltdecke bekommen, und schon würden die ältesten U-Bahn-Linien der Welt der Vergangenheit angehören. Mit den oberirdischen Teilstrecken würde sie gnädiger umgehen. Sie würde die Schienen einfach abmontieren und verschrotten, um die freien Flächen dann überwuchern zu lassen.

Rachel pfefferte Andys Badehose in die Reisetasche. Sie wischte sich über die Augen, rollte Andys Anzug achtlos zusammen und stopfte ihn rabiat zu all den anderen Sachen – T-Shirts, Unterhosen, Rasierer, Rasierschaum –, die sie schon eingepackt hatte. Sie ließ ihre Wut an seiner Kleidung aus, indem sie immer wieder die Faust wie einen Rammbock benutzte, um die Sachen zusammenzuquetschen, und gab sich dabei weiter ihren Fantasien über die Zerstörung der Londoner U-Bahn hin. Allein die Vorstellung, was sie alles tun würde, hob ihre Stimmung.

Die Bakerloo Line – was würde sie mit der anstellen? Sie könnte sie ausbrennen. Sie könnte sie mit Holz, Kohle und Gummi voll stopfen, hektoliterweise Benzin darübergießen und dann mit einer Schachtel Streichhölzer an der Endstation Elephant & Castle Aufstellung beziehen und trotz Andys inständiger Bitten, es nicht zu tun, eines davon anzünden und in den Tunnel werfen. Die Schienen würden schmelzen. Die Tunnel würden Risse bekommen und in sich zusammenfallen, und die Bakerloo Line würde für alle Zeiten ausgelöscht sein.

Die Waterloo & City Line würde sie kurzerhand aus der Erde herausreißen, sodass wie eine riesige, klaffende Wunde ein langer Graben die City of London und die South Bank durchzog – ein Graben, der niemals zugeschüttet oder bedeckt werden dürfte. Sie würde ihn zu einem Mahnmal erklären, das gleichermaßen an die Widerwärtigkeiten des unterirdischen Schienennahverkehrs als auch an die der Hochfinanz erinnerte.

Dann würde sie bei allen Bahnhöfen der East London Line die Abrissbirne zum Einsatz bringen und die Tunnel mithilfe von Bulldozern und schwerem Räumgerät beseitigen.

Bei der Docklands Light Railway hätte sie leichtes Spiel, denn sie brauchte bloß die Stahlviadukte, die über den Straßen von Ostlondon thronten, umzukippen und zu zersägen. Damit wäre diese Bahnlinie dann auch erledigt.

Und wenn sie mit all dem fertig war, wenn sie sämtliche U-Bahn-Strecken ausgebrannt, unter Wasser gesetzt, in die Luft gesprengt, zertrümmert oder zum Einsturz gebracht hatte, würde sie alle Züge einen nach dem anderen mit Höchstgeschwindigkeit über die Gleise der Central Line jagen und so viele Zusammenstöße herbeiführen, dass die vielen Wracks – riesige Klumpen aus zerknautschtem, zerfetztem Metall – die Tunnel schließlich komplett ausfüllten und auf ewig unpassierbar machten.

Nachdem Rachel die letzten Sachen in Andys Tasche gestopft und den Reißverschluss zugezogen hatte, war sie zwar erschöpft, fühlte sich aber schon entschieden besser, so als hätte sie sich innerlich gereinigt. In ihrer Fantasie hatte sie ein komplettes öffentliches Nahverkehrsnetz vernichtet, und das verlieh ihr ein Gefühl von Zufriedenheit und Macht. Jetzt war nur noch Andy übrig. Sollte sie ihn auch beseitigen? Sollte sie ihn wie Kojote Karl an die Schienen fesseln und von einem Zug überrollen lassen? Oder sollte sie ihn mit seinem Grauen über die von ihr angerichtete Zerstörung allein lassen und beschwingt nach Frankreich heimkehren?

Aus irgendeinem Grund war ihr aber nicht recht danach zumute. Das ging ihr doch etwas zu weit, vor allem heute, am Abend vor ihrer Hochzeit, und ganz gleich, wie sauer sie auch war, sie wollte Andy nicht wehtun, nicht einmal in Gedanken. Sie wollte, dass er begriff, was er angerichtet, was sie seinetwegen heute durchgemacht hatte, das ja. Aber ihn zu verletzen, und sei es nur, dass sie ihm erneut mit Lippenstift ein Schimpfwort auf die Stirn schrieb, kam für sie nicht infrage.

Seufzend hob sie Andys Tasche vom Bett und trug sie ins Wohnzimmer. Ein letztes Mal ging sie im Geiste ihre Checkliste durch. Jetzt war alles gepackt – sowohl ihre Sachen als auch Andys. Ihr Brautkleid wurde gerade von Sophie nach Paris gebracht. Das Hotelzimmer war reserviert, der Hochzeitsempfang organisiert, und in der Kirche war alles für die Trauung bereit. Sie hatte ihren Pass, ihre Eurostar-Fahrkarten und ihre Kreditkarte eingesteckt – alles andere hatte Andy bei sich. Die Hochzeitsgäste waren entweder bereits in Paris oder dorthin unterwegs.

Jetzt war nur noch eines zu tun. Sie sank in den Sessel, griff nach dem Telefonhörer, wählte die Nummer einer Taxizentrale und bestellte sich ein Taxi für 24 Uhr. Nachdem sie den Hörer wieder aufgelegt hatte, war alles erledigt. Jetzt konnte sie nichts anderes mehr tun, als abzuwarten.

Kapitel 47

21:28 Oxford Circus – Ealing Broadway – West Ruislip, Central Line
22:20 West Ruislip – Ickenham, zu Fuß
22:25 Ickenham – Uxbridge – Heathrow – Turnham Green, Metropolitan/Piccadilly Line

Also, die Lage ist wie folgt. Ich muss noch vier verschiedene Linien zu Ende abfahren: die Central Line, die Metropolitan Line, die Piccadilly Line und die District Line – genau in dieser Reihenfolge. Ich muss noch zwei Umschläge einsammeln, von denen der erste bei jemand namens Bob in Richmond hinterlegt ist. Ich muss noch zu 65 Bahnhöfen und 54 davon fotografieren. Und das alles bis spätestens 0:30. Ich rechne das Ganze rasch im Kopf durch. Theoretisch ist es zu schaffen. Solange von jetzt ab alles nach Plan läuft.

Aber eines nach dem anderen: zuerst die Central Line.

Wir brauchen genau zwei Minuten, um in Oxford Circus zum Bahnsteig der Central Line zu rennen. Die meisten Leute kennen Oxford Circus nur aus der Rushhour, wenn dort so viel Betrieb herrscht wie in kaum einer anderen Haltestelle, aber jetzt, um diese Zeit, ist der Bahnhof fast leer – man kann, so schnell man will, durch die Unterführungen rennen. Brian und ich, wir kommen mir wie Ratten in der Kanalisation vor – wir huschen die Gänge entlang, die Treppen hinunter und auf den Bahnsteig, und innerhalb kürzester Zeit sitzen wir in einem Zug in Richtung Westen.

Ich mag die Central Line. Ich mag sie, weil sie schnell ist, weil ihre Züge nicht so versifft sind und weil sie schnurgerade durch die Innenstadt und das Westend führt: Die Wahrscheinlichkeit, dass ein Zug der Central Line entgleist, ist ziemlich gering. Und zu dieser späten Stunde, wenn die Strecke nicht mehr von hunderten anderer Züge verstopft ist, schießt man in seinem Abteil wie ein geölter Blitz durch den Tunnel. Queensway, Holland Park, Shepherd's Bush: Wir sausen dahin und brauchen im Durchschnitt nur zwei Minuten von einer Station zur nächsten. Eigentlich müsste das ja eine beruhigende Wirkung auf mich haben – hat es aber nicht. Auf der Fahrt zwischen den Haltestellen schlurfe ich unruhig im Wagen auf und ab, die *Fun Camera* in der einen und den A4-Streckenplan in der anderen Hand, um bei jedem Halt möglichst schnell das Foto zu machen und die Haltestelle durchzustreichen. Ich bin weder in der Lage mich zu setzen noch still zu stehen. Es ist eine wahre Qual.

Ich glaube, meine Unruhe geht Brian zunehmend auf die Nerven. »Herrgott noch mal, Andy, jetzt setz dich endlich mal hin! Durch dein Hin- und Hergelaufe wird die Bahn auch nicht schneller.«

»'tschuldigung«, sage ich und setze mich neben ihn, aber schon wenige Sekunden später klopfe ich nervös mit der *Fun Camera* auf der Armlehne herum, und aus Angst, sie kaputtzumachen, stehe ich wieder auf, um erneut auf und ab zu gehen.

»Hör mal«, sagt Brian, »wir liegen gut in der Zeit. Warum entspannst du dich nicht ein bisschen?«

»Ich kann nicht.«

Brian seufzt schwer. »Weißt du was? Du musst wirklich lernen, weniger verbissen zu sein. Ich glaube, das ist dein allergrößtes Problem.«

»Ach, sag bloß.«

»Ja. Ständig stehst du unter Strom, machst dir wegen

allem möglichen Kleinkram Sorgen. Wenn du nicht aufpasst, schaufelst du dir schon bald dein eigenes Grab. Ich finde, du solltest mal einen dieser Kurse mit Entspannungsübungen …«

»Brian«, sage ich, »wie lange kennst du mich?«

»Nicht besonders lange, aber …«

»Siebzehn Stunden kennst du mich. Sechzehn Stunden und vierzig Minuten, um genau zu sein. Und darf ich dir etwas verraten, Brian? Heute ist nicht *irgendein* Tag, kapiert?«

Er zuckt die Achseln. »Ich habe heute vermutlich mehr Zeit mit dir verbracht als die meisten anderen Leute in einem ganzen Monat. Ich glaube, das ist lange genug, um zu erkennen, was mit dir los ist.«

»Was soll denn das jetzt bitte schön heißen?«

»Nichts.«

»Ach, komm schon. Spuck's aus.«

»Du bist ein echter Stressbolzen.«

»Ein Stressbolzen?«

»Ja. Also jemand, der sich selbst ständig Stress unter setzt. Klar liegt es an der Wette, aber morgen stresst du dich, weil du nicht weißt, wovon du die Miete bezahlen sollst, oder weil du verschlafen hast oder im Stau festsitzt oder sonst was. Hauptsache, du hast etwas, was dich von deinen wahren Problemen ablenkt.«

»Die da wären?«

»Woher soll ich das wissen? Wie du schon gesagt hast, ich kenne dich ja erst seit sechzehn Stunden und einundvierzig Minuten.«

»Mein Gott, du bist echt unmöglich.« Ich schüttle ungläubig den Kopf. Für wen hält er sich eigentlich – für den dicken Fitz aus dem Fernsehen oder was? Nur weil er einen ganzen Tag lang mit mir U-Bahn gefahren ist, bildet er sich ein, Experte für mein Seelenleben zu sein. »Und überhaupt«, sage ich mit einem Blick auf meine Uhr, »es sind mittlerweile sechzehn Stunden und *zwei*undvierzig Minuten.«

Brian schaut mich kurz an, dann zuckt er wieder die Achseln und wendet sich ab – vermutlich ist das seine Art, mich mir selbst zu überlassen. Ich fange wieder an, auf und ab zu gehen.

Nachdem wir in Ealing Broadway angekommen sind, fahren wir zwei Stationen zurück und steigen in einen Zug des anderen Zweigs der Central Line, der uns nach West Ruislip bringt. In diese Gegend bin ich bestimmt schon seit zehn Jahren nicht mehr gefahren. Normalerweise wäre ich bei einem solchen Ausflug ziemlich aufgeregt, aber heute bin ich kein bisschen aufgeregt. Ich bin besorgt. *Aus gutem Grund* besorgt, ganz gleich, wie Brian dazu stehen mag. Ich kann nämlich einfach nicht glauben, dass weiterhin alles so gut laufen wird. Ich befürchte, dass zwangläufig irgendwann wieder etwas schief geht.

Aber vorerst ist das nicht der Fall. Wir kommen kurz vor 22:20 in West Ruislip an. Wir verlassen den Zug und rennen durch Vorortstraßen nach Ickenham. Ganz anders als vorhin in Northwick Park finden wir sofort den Weg und fahren dann mit der Metropolitan Line bis nach Uxbridge. Während wir dort darauf warten, dass unser Zug wieder zurückfährt, steigt Brian kurz aus, um zu pinkeln. Ich habe fürchterliche Angst, dass er nicht rechtzeitig wieder da ist, dass der Zug ohne ihn losfährt, aber meine Sorge ist völlig unbegründet, denn lange bevor die Türen sich schließen, ist Brian wieder da. Und auf geht's, durch Hillingdon und Eastcote nach Rayners Lane, alles ohne besondere Vorkommnisse. Wir steigen um in die Piccadilly Line und fahren über Sudbury, Alperton und Park Royal. Kein Weichenproblem, kein Signalfehler, kein kaputtes Gleis, kein unerwarteter Defekt an unserem Wagen. Niemand zieht die Notbremse, niemand wirft sich vor einen Zug. Alles klappt wie am Schnürchen.

Lediglich am Flughafen Heathrow ereignet sich ein winziger Zwischenfall. In unserem Abteil sitzt ein überaus betrunkener Mann, der schon eine ganze Weile gnadenlos falsch vor sich hinsingt. Er macht allerdings einen harmlosen Eindruck. Er ist keiner von diesen aggressiven jungen Typen, die sofort Streit anfangen, wenn man sie nur einmal schief ansieht, sondern er ist Mitte fünfzig, trägt einen Leinenanzug und einen Panamahut und scheint eine Vorliebe für alte Dean-Martin-Songs zu haben. Die wenigen anderen Fahrgäste, die alle neben Reisekoffern, Handgepäck und Duty-Free-Tüten sitzen, finden ihn wohl eher amüsant denn bedrohlich. Er sieht aus wie der Mann aus der Del-Monte-Werbung vermutlich aussähe, wenn man ihm Wodka in den Orangensaft kippen würde.

Während der Zug also in Heathrow hält, steigt ein Polizist ein, der den Mann umgehend auffordert, sämtliche Taschen zu leeren. Der arme Kerl muss in seiner Jacke und seiner Hose herumwühlen und alles, was er an irdischen Besitztümern bei sich führt, auf dem Sitz neben sich ausbreiten, ehe der Polizist einsieht, dass dieser Mann keine Gefahr für die Allgemeinheit darstellt. Anschließend findet dann ein ausgedehntes Frage-und-Antwort-Spiel statt, das noch zusätzlich in die Länge gezogen wird, weil der Betrunkene unbedingt will, dass der Polizist und er ihre Kopfbedeckung tauschen. Am Ende gibt der Polizist auf und steigt aus dem Zug. All das passiert, während der Zug im Bahnhof steht. Ich habe keine Ahnung, ob er nicht ohnehin so lange dort gehalten hätte, denn schließlich sind wir ja an einer Endstation – aber es wäre schön gewesen, sich diese Gedanken nicht machen zu brauchen.

Danach läuft wieder alles prima. Der Zug saust, erneut ohne besondere Vorkommnisse, durch Hounslow, Boston Manor und Acton Town. Als wir Turnham Green erreichen, sieht unsere Lage ziemlich rosig aus. Jetzt müssen wir nur noch mit einem Zug der District Line das kleine Stück nach Richmond fahren – um dort Bob zu treffen, der den vorletzten Umschlag hat. Und sobald wir den abgeholt haben, fehlt nur noch ein Umschlag – dann gehört der Sieg uns.

Kapitel 48

23:33 Turnham Green – Piccadilly/District Line

Es ist 23:33, als wir in Turnham Green eintreffen. Mit anderen Worten: Wir haben noch genau zehn Minuten Zeit, um nach Richmond zu fahren und dort in die letzte Bahn stadteinwärts zu steigen. Zehn kurze Minuten für drei Haltestellen – grundsätzlich machbar, wenn auch ein bisschen knapp.

Zum Glück steht bei unserer Einfahrt in Turnham Green der Zug nach Richmond schon am anderen Bahnsteig bereit. Mich erfasst eine kurze Panikattacke, während wir aus dem Abteil springen und über die Fußgängerbrücke sprinten, aber wir erreichen ihn noch mit Leichtigkeit. Ein überwältigendes Gefühl der Befriedigung erfasst mich, als wir uns im Abteil auf die Sitze fallen lassen: Dies ist unser vorletzter Zug für heute. Jetzt müssen wir nur noch warten, bis er sich in Bewegung setzt, dann haben wir es so gut wie geschafft.

Aber er setzt sich nicht in Bewegung. Und es sieht auch nicht so aus, als würde er das in nächster Zeit tun: Er steht einfach nur da. Im ersten Moment fällt uns das gar nicht auf, weil wir einfach nur froh sind, ihn noch erreicht zu haben – aber nach einer Weile werden wir doch unruhig. Ich stehe auf und stecke den Kopf aus der Tür.

Weiter hinten auf dem Bahnsteig gibt es anscheinend Ärger: Zwei Männer streiten sich, und ein Bahnangestellter in orangefarbener Weste redet beruhigend auf sie ein. Einer der beiden Männer zeigt auf den anderen und schreit irgendetwas über einen Schlüsselbund. Der andere schreit zurück, irgendetwas über eine Hochzeit. Ich beschließe, sie nicht weiter zu beachten. Wir haben keine Zeit, dramatische Szenen zu beobachten, und ich glaube kaum, dass der Zug ihretwegen im Bahnhof stehen bleibt. Züge warten in der Regel nicht mit der Abfahrt, bis die Fahrgäste ihre Streitereien beendet haben. Wenn sie das täten, würde der Londoner Zugverkehr binnen kurzem zum Erliegen kommen.

»Wie viel Zeit haben wir noch?«, fragt Brian von seinem Platz aus.

Ich sehe auf meine Uhr. »Neun Minuten. Der letzte Zug fährt um 23:43 in Richmond ab – fast zur gleichen Zeit, wie der hier eigentlich für die Nacht ins Depot fahren sollte. Was er hoffentlich auch bald tut.«

Ich setze mich wieder und werfe besorgt einen Blick in die Runde. Außer uns ist niemand in diesem Wagen. Nach der Sperrstunde um elf sind die Züge normalerweise ziemlich voll – allerdings ist heute ein normaler Wochentag, und außerdem sind wir hier nicht am Leicester Square, sondern in Turnham Green.

Nachdem ich etwa eine Minute gewartet habe, gehe ich wieder zur Tür. »Verdammter Mist«, murmle ich wütend vor mich hin, »worauf warten die denn noch?«

Ich schaue wieder den Bahnsteig entlang. Die beiden Männer streiten sich immer noch, aber der Bahnangestellte ist mittlerweile verschwunden. Ich warte ungeduldig ein paar Sekunden, dann drehe ich mich zu Brian um: »Ich frage mal nach, was da los ist.«

Brian wirkt beunruhigt. »Und was machst du, wenn der Zug plötzlich losfährt?«

»Keine Sorge – dann bleibt mir immer noch Zeit, um schnell reinzuspringen.«

Der Gedanke scheint Brian jedoch nicht zu gefallen. »Ich komme mit«, verkündet er und steht auf, um mir auf den Bahnsteig zu folgen.

Wir gehen auf die beiden Streithähne zu, aber noch bevor wir bei ihnen sind, sehe ich den Bahnangestellten in einem der anderen Abteile. »Da ist er ja.« Wir steigen wieder in den Zug.

»Entschuldigen Sie bitte«, rufe ich, »wann fährt der Zug hier denn endlich los?«

Er dreht sich um und mustert mich von oben bis unten mit diesem besonderen, sarkastischen Blick, den nur Angestellte von London Underground beherrschen. »Eigentlich sollte er längst losgefahren sein«, sagt er dann, »aber ich fürchte, er wird ausgesetzt werden.«

»Ausgesetzt?«, frage ich ungläubig. »Und warum?«

Der Bahnangestellte antwortet nicht – er deutet nur mit dem Finger. Vor ihm hockt, in sich zusammengesunken, ein Mann.

»Na so was!«, sagt Brian.

Er starrt den Mann mit offenem Mund an, und ich kann es ihm nicht mal verdenken. Der Mann, der dort vor uns sitzt, ist nämlich nackt. Splitterfasernackt. Und als wäre das noch nicht schlimm genug, ist er mit Handschellen an eine der Haltestangen gefesselt.

»Kleiner Scherz auf einem Junggesellenabschied«, erklärt der Bahnangestellte. »So was haben wir hier mindestens zweimal im Jahr – ich versteh nicht, warum die Leute sich nicht mal was Neues ausdenken.«

»Können wir ihn nicht einfach hier sitzen lassen?«, frage ich.

»Kommt gar nicht in die Tüte«, nuschelt der Mann, der offensichtlich betrunken ist. »Ich bin schon bis Upminster und zurück gefahren. Ich will jetzt endlich hier raus.«

Ich sehe den Bahnangestellten flehend an. »Bitte! Ich muss ganz dringend nach Richmond.«

»Tut mir Leid«, sagt der Angestellte. »Ich kann den Mann hier nicht so sitzen lassen. Ich muss Sie bitten, einen anderen Zug zu nehmen – in zirka zehn Minuten geht der nächste nach Richmond.«

»Zehn Minuten! Aber das ist doch unmöglich – in zehn Minuten muss ich bereits *in Richmond* sein!«

»Tja, Sir, da kann ich Ihnen leider nicht helfen. Dieser Zug muss ausgesetzt werden.«

Der Gedanke, den *eigenen* Junggesellenabschied ohne größeren Schaden überstanden zu haben, nur um dann wegen der dämlichen Folgen eines anderen Junggesellenabschieds Gefahr zu laufen, dass man seine Hochzeit verpasst, kann einen wirklich zur Verzweiflung treiben.

Ich will gerade eine Diskussion mit dem Bahnangestellten anfangen, da ertönt plötzlich von draußen ein Schrei. Die beiden Männer haben ihre Lautstärke noch weiter gesteigert und beschimpfen sich, was das Zeug hält – offenbar geht es um irgendein Loch in einer Tasche.

»Was ist denn da los?«, frage ich geistesabwesend.

»Das sind meine Freunde«, sagt der nackte Mann. »Die haben mich hier angekettet.«

»Ach, die waren das? Na prima! Dann können die dich doch jetzt wieder losmachen …«

»Können sie nicht«, sagt der nackte Mann. »Deswegen kabbeln sie sich ja gerade. Sie haben den blöden Schlüssel verloren.«

Von draußen hört man plötzlich ein lautes Krachen. Die beiden haben offenbar aufgehört, sich anzuschreien, und stattdessen angefangen, sich zu prügeln. Und das Krachen rührte daher, dass der eine den anderen gegen den Süßigkeitenautomaten geschubst hat.

Wie der Blitz schießt der Bahnangestellte auf den Bahnsteig hinaus. »He, ihr da! Das reicht jetzt aber!«

Aber den beiden scheint es noch nicht zu reichen. Wie Windmühlenflügel lassen sie ihre Arme kreisen. Soweit man von außen erkennen kann, gelingt es keinem der beiden, den anderen tatsächlich zu treffen – ihre wilden Armbewegungen erinnern eher an wütendes Gestikulieren als an gezielte Boxhiebe –, aber als der Bahnangestellte dazwischengehen will, um die beiden zu trennen, läuft er direkt in einen dieser unkontrollierten Schwünge hinein. Von unserem Abteil aus sieht es beinahe wie in Zeitlupe aus: Die Faust des einen Mannes landet auf dem Kinn des Bahnangestellten, der dadurch zunächst fast vom Boden abhebt, ehe er dann auf dem Bahnsteig zusammenbricht. Klarer Fall von k. o.

Die beiden Streithähne bleiben wie angewurzelt stehen und starren entgeistert auf den Mann hinunter, den sie soeben niedergestreckt haben. Dann schauen sie sich gegenseitig an, als wollten sie sagen: »Da, schau mal, was du jetzt wieder angerichtet hast!« – und gleich darauf geht die Prügelei weiter.

»Wir müssen ihm helfen«, sagt Brian.

»Ja«, sage ich, »das glaub ich auch.«

»Na los, dann komm!«

Er will schon zur Tür hinaus, doch aus einem plötzlichen Einfall heraus halte ich ihn zurück.

»Warte mal«, sage ich. »Hat er eigentlich gesagt, ob er schon Anweisung gegeben hat, den Zug hier zu behalten?«

Ungeduldig dreht Brian sich zu mir herum. »Das ist doch jetzt völlig egal! Wir müssen ihm helfen!«

Plötzlich wird das Brummen der Maschinen lauter. »Hat er offenbar noch nicht«, sage ich triumphierend. »Der Zug fährt gleich ab!«

»Kann sein, aber ohne mich«, sagt Brian und geht auf den Ausgang zu. Doch zu spät – schon haben sich die Türen geschlossen, und der Zug setzt sich langsam in Bewegung. Brian trommelt wütend mit den Fäusten gegen die Scheibe. Ich gehe zu ihm hinüber, um ihn zu beschwichtigen.

»Hör auf, Brian! Es ist doch alles in Ordnung!« Ich deute auf das Türfenster. »Sieh mal, da!«

Zwei Männer von London Underground kommen die Treppe am hinteren Ende des Bahnsteigs heruntergerannt, um ihrem bewusstlosen Kollegen zu Hilfe zu eilen.

»Ist doch alles in Ordnung«, sage ich noch einmal. »Die werden sich schon um ihn kümmern. Und wir sind endlich unterwegs.« Zufrieden werfe ich einen Blick durch das Abteil. »Unterwegs nach Richmond.«

Kapitel 49

23:38 Turnham Green – Gunnersbury, District Line

Sofern uns der nackte Mann nicht noch einen Strich durch die Rechnung macht.

»Verdammte Scheiße«, murmelt er undeutlich. »Ich wollte doch hier raus!«

Er erhebt sich schwankend und streckt den Arm aus, um die Notbremse zu ziehen – ich kann mich gerade noch rechtzeitig dazwischenwerfen und seine Hand festhalten.

»Halt!«, brülle ich.

»Genau, aber dann lass mich doch die Notbremse ziehen«, nuschelt der Mann und blickt verwirrt auf meine Hand hinunter, mit der ich die seine umklammert halte. »Ich will doch auch, dass wir anhalten.«

»Aber du kannst doch nicht einfach die Notbremse ziehen!«, sage ich.

»Und ob ich das kann.« Er hebt die andere Hand, um nach dem Hebel zu greifen, muss aber zu seiner Überraschung feststellen, dass sie immer noch an die Haltestange gekettet ist. »Oh«, sagt er. »Wohl doch nicht.«

Plötzlich wird mir bewusst, dass dieser Mann völlig nackt ist, und dass ich auch noch sehr dicht neben ihm stehe, deshalb schubse ich ihn erst mal auf seinen Sitz zurück. »Hör zu«, erkläre ich ihm, »es sind nur noch drei

Haltestellen bis zur Endstation – dann ist für diesen Zug Betriebsschluss, und jemand wird kommen und dich rausholen. Tu mir den Gefallen und halte dich bis dahin zurück. Ich muss nämlich unbedingt in fünf Minuten in Richmond sein.«

»Oooooh!«, macht der Mann ironisch. »Da hat es aber jemand furchtbar eilig!«

»Allerdings. Du bist nämlich nicht der Einzige, der morgen heiraten will – ich will das auch. Aber das kann ich vergessen, wenn ich nicht innerhalb der nächsten fünf Minuten nach Richmond komme!«

Ich liefere ihm eine kurze Zusammenfassung meiner Situation. Als ich damit fertig bin, sitzt er zunächst nur schweigend da und kratzt sich den nackten Oberschenkel. »Wow!«, sagt er dann. »Das ist genau der Grund, warum ich so gern U-Bahn fahre. Man trifft die sonderbarsten Leute.«

Ich setze mich neben Brian, dem nackten Mann direkt gegenüber. Seine Nacktheit ist ihm offenbar überhaupt nicht peinlich. Er lümmelt sich auf seinem Sitz herum, die Beine weit gespreizt, als wäre es die normalste Sache der Welt, nackt in der U-Bahn herumzusitzen. Für mein Gefühl ist es allerdings keine Sache, die ich mir so spät am Abend unbedingt ansehen muss. Aber natürlich sehe ich trotzdem hin. Ein nackter Mann, noch dazu mit gespreizten Beinen, das zieht einfach unwillkürlich die Blicke an, auch wenn man eigentlich gar nicht hinsehen will. Kurz entschlossen ziehe ich meine Jacke aus und werfe sie ihm hinüber. »Hier«, sage ich, »zieh das an.«

Dummerweise ist es eine kurze Jacke, sodass sie, nachdem er sie sich über die Schultern gelegt hat und mit dem freien Arm in den einen Ärmel geschlüpft ist, ausgerechnet die Körperregion freilässt, die eigentlich bedeckt werden sollte. Ich frage Brian, ob er mir seine Jacke gibt, aber Brian ist offenbar sauer auf mich.

»Mit dir rede ich nicht mehr«, sagt er unwirsch.

»Was? Wieso denn?«

»Du weißt genau, wieso.« Um meinem Blick auszuweichen, starrt er zum anderen Ende des Abteils hinüber.

»In Ordnung«, sage ich, »du musst ja auch gar nicht mit mir reden, du sollst mir bloß deine Jacke geben. Damit der Typ sie sich über die Beine legen kann.«

»Ich heiße James«, mischt sich der nackte Mann da ein.

Ich nicke ihm bestätigend zu. »Alles klar«, sage ich, »James ...«

»Aber die meisten sagen Jim zu mir. Oder Jimmy. Kommt drauf an, wie lange sie mich schon kennen.«

Ich beachte ihn nicht weiter. »Na komm schon, Brian, wir sind doch gleich da. Nur noch dieser eine Anschluss, dann haben wir's geschafft. Oder willst du, dass jemand den Zug anhält, wenn er sieht, dass hier ein nackter Mann drinsitzt?«

Brian fährt wütend zu mir herum. »Was anderes interessiert dich wohl überhaupt nicht mehr, was? Der Mann auf dem Bahnsteig hätte unsere Hilfe gebraucht, aber du hast nur deine verfluchte Wette im Kopf!«

»Es war doch schon Hilfe im Anmarsch. Die beiden Männer, die ...«

»Darum geht es überhaupt nicht, und das weißt du auch ganz genau.« Trotzig verschränkt er die Arme vor der Brust. Aber kurz darauf scheint er es sich doch noch anders zu überlegen, zieht hastig seine Jacke aus und wirft sie dem nackten Kerl zu – Jim oder Jimmy oder wie zum Teufel er heißt. Während der ganzen Zeit würdigt er mich keines Blickes, als hätte er beschlossen, dass ich für ihn nicht mehr existiere.

Ich starre ihn eine Weile an, aber ohne Erfolg, und irgendwann gebe ich es schließlich auf. Außerdem fahren wir jetzt in einen Bahnhof ein. Ich schaue besorgt auf meine Armbanduhr. Es ist 23:40, und wir sind gerade erst in Gunnersbury. Mein Mund fühlt sich plötzlich ganz trocken an. Uns bleiben noch genau drei Minuten, um nach Richmond zu kommen, bevor dort die letzte Bahn abfährt.

Kapitel 50

23:40 Gunnersbury – Richmond, District Line

Ich habe einen häufig wiederkehrenden Traum, in dem ich verbissen versuche, einen steilen Hügel hinaufzurennen. Aber irgendetwas bremst meine Bewegungen, und meine Beine fühlen sich bleischwer an. Ich schaue nach unten und stelle fest, dass ich hüfthoch in einer Art Sirup stecke. Das heißt, ich renne eigentlich gar nicht, sondern ich *wate*, und auf meinen Armen und Beinen breitet sich langsam ein klebriges Gefühl aus …

Genauso kommt es mir momentan mit diesem Zug vor. Mir ist klar, dass ich mir das nur einbilde, aber wenn man es derart eilig hat wie ich, hat man bei fast jeder Geschwindigkeit den Eindruck, nur im Schneckentempo dahinzuschleichen. Draußen ziehen schemenhafte Schatten vorbei – sie scheinen sich träge an den zerkratzten Scheiben festzuklammern, als wollten sie uns nicht vorbeilassen. Vor meinem geistigen Auge erscheint ein Bild von Rolf, wie er eine Fernbedienung auf uns richtet und auf »Zeitlupe« drückt.

Ich erinnere mich daran, dass ich bei meiner letzten Fahrt mit einem Zug dieser Linie das rhythmische Geräusch der sich drehenden Räder genossen habe – *di-dumm, di-dumm, di-dumm* machte es – und das Tempo dieses Rhythmus ungeheuer anregend fand. Jetzt kann ich nichts Anregendes daran finden. *Di … dumm … di … dumm … di .... dumm.* Es ist, als würde ich mir einen grottenschlechten Film aus den Fünfzigerjahren anschauen – einen dieser Western, in denen der Bösewicht am Ende eine halbe Ewigkeit braucht, um zu sterben. So hört sich in meiner Vorstellung sein Herzschlag dabei an: *di .... dumm ..... di .... dumm.*

Es ist 23:41 – in zwei Minuten fährt in Richmond der letzte Zug stadteinwärts ab. Ich versuche, nicht darauf zu achten, wie langsam wir vorankommen, weil ich genau weiß, dass ich nichts dagegen ausrichten kann – aber vergebens. Ich spüre förmlich, wie die Sekunden verrinnen. Bei jedem trägen *Di-dumm* könnte ich schreien – am liebsten würde ich durch den gesamten Wagen bis zum vordersten Abteil rennen und mit den Fäusten gegen die Tür der Führerkabine hämmern, um den Fahrer aufzufordern, schneller zu fahren. Aber ich tue es nicht. Ich sitze einfach nur da und kralle mich krampfhaft an den Armlehnen des Sitzes fest. Der Zug scheint ständig langsamer zu werden, so als ginge ihm allmählich die Puste aus – immerhin ist er ja schon seit fünf Uhr früh unterwegs –, und dann bleibt er doch tatsächlich auf freier Strecke stehen.

»Was ist denn jetzt los?«

Jim schaut zwischen den Aufschlägen meiner Jacke zu mir hoch. »Ich glaub, wir haben angehalten.«

»*Das* weiß ich selbst – aber wieso?«

Offenbar ist er wegen meines schroffen Tons beleidigt. »Woher soll ich das wissen?«

Ich stehe auf, gehe zur Tür und drücke das Gesicht an die Glasscheibe, in der Hoffnung, erkennen zu können, was der Grund für den unplanmäßigen Zwischenstopp ist. Die Scheibe fühlt sich kalt an. Ich kann nichts sehen – draußen ist es stockfinster.

»O Gott«, sage ich, »das darf doch nicht wahr sein. Bitte sagt mir, dass es nicht wahr ist. Wir waren doch schon fast da.«

»Wie spät ist es?«, fragt Brian, der anscheinend beschlossen hat, wieder mit mir zu reden.

»Scheiße! Es ist 23:43. Scheiße!«

»Vielleicht wartet die letzte Bahn ja«, sagt er. »Das passiert manchmal, damit die Leute, die ein bisschen zu spät kommen, sie noch erwischen.«

Ich weiß, dass er das nur sagt, um mich zu beruhigen. Der Gedanke, dass müde Bahnangestellte, die sich nichts sehnlicher wünschen, als endlich Feierabend zu machen, Rücksicht auf zu spät kommende Fahrgäste nehmen könnten, ist einfach absurd. Ich halte es im Gegenteil für viel wahrscheinlicher, dass die Leute von London Transport sich so verhalten, wie jeder normale Mensch dies tun würde, der um diese Zeit noch arbeiten muss, und dass sie die letzte Bahn eher zu früh abfahren lassen, damit sie ein paar Minuten eher nach Hause kommen.

Und abgesehen davon werden wir gleich etwas sehen, das all diesen Überlegungen schlagartig ein Ende bereitet. Da ich das Gesicht immer noch dicht an der Scheibe habe, sehe ich es zuerst. Einen Zug. Einen Zug der District Line, der uns entgegenkommt. Ich sehe noch einmal auf die Uhr: 23:44.

Allem Anschein nach ist die letzte Bahn ab Richmond heute auf die Minute pünktlich.

Mir fehlen die Worte. Uns fehlen die Worte. Der Zug saust an uns vorbei, und wir sitzen schweigend da, trauen uns kaum, einander anzuschauen. Der Gedanke, dass wir nach so vielen Stunden und so vielen Anstrengungen an der letzten Hürde gescheitert sind, bringt mich schier um den Verstand.

Der Zug fährt vorbei, aber unser Zug rührt sich noch immer nicht vom Fleck. Er steht wie festgeschweißt da. Ich schaue die beiden anderen an und murmle ohne großen Nachdruck ein einziges Wort: »Scheiße.«

Brian versucht, mich zu trösten. »Andy, wir wissen doch gar nicht genau, ob das *wirklich* die letzte Bahn war.«

»Stimmt«, antworte ich ihm leise. »Das wissen wir nicht genau.« Aber es würde mich wundern, wenn Brian nicht, ebenso wie ich, insgeheim davon überzeugt wäre, dass sie es vermutlich doch war.

»Wir erkundigen uns sofort, wenn wir in Richmond ankommen.«

»Okay. Machen wir.«

»Und selbst wenn wir die letzte Bahn verpasst haben – deinen Umschlag kriegst du doch auf jeden Fall. Das heißt, falls wir diesen Bob finden.«

Kurz darauf fährt unsere Bahn weiter, aber besondere Begeisterung darüber stellt sich bei mir nicht ein. Wieso sollte ich mich auch freuen? Mir fehlen zwar nur noch zwei Umschläge – aber da ich nicht das komplette Streckennetz abgefahren habe, werde ich nur einen davon bekommen. Außerdem muss ich auch noch zurück in die Stadt – was jetzt, da die letzte Bahn weg ist, ziemlich schwierig werden dürfte. Denn egal, was passiert, ich muss Rachel abpassen, bevor sie in den Eurostar einsteigt. Und Waterloo ist verdammt weit von Richmond entfernt.

Endlich fährt der Zug in die Endstation ein. Brian und ich stehen auf, und er greift nach seiner Tasche und ich nach meiner Tüte. Dann sagen wir Jim, er soll uns unsere Jacken wieder geben, und er tut es auch, wenn auch höchst ungern.

»Lasst mir doch wenigsten eine Jacke hier«, fleht er uns an. »Mir ist so kalt!«

»Vergiss es«, sagt Brian. »Das ist die einzige Jacke, die ich habe.«

»Und was ist mit dir, Andy? Bitte, leih mir deine. Du kriegst sie auch bestimmt zurück – Ehrenwort.«

Ich sehe, wie er vor Kälte zittert. »Ach, was soll's«, sage ich und lege ihm meine Jacke wieder über die Schultern, nachdem ich die Taschen entleert habe. »Wenn man bedenkt, was ich heute alles verloren habe – da kommt's jetzt auf die Jacke auch nicht mehr an.«

Die Tür öffnet sich, und Brian und ich steigen aus. Es ist weit und breit kein Mensch zu sehen, also gehen wir auf der Suche nach jemandem, der uns verraten kann, wer dieser geheimnisvolle Bob ist, zum Ausgang. Wir passieren die Sperre am Ende des Bahnsteigs und steigen die Treppen hinauf. Es gibt hier eine richtige Bahnhofshalle mit einer wunderschönen Decke, die ich normalerweise ausgiebig bewundern würde. Aber heute bin ich dazu einfach nicht in der Stimmung.

Am Fahrkartenschalter steht ein unruhig wirkender Mann in einer London-Underground-Uniform. Es ist spät. Wahrscheinlich will er möglichst schnell nach Hause. Er mustert uns und streckt dann ungeduldig die Hand aus, um unsere Fahrkarten zu kontrollieren. Als ich ihn anspreche, ist er sichtlich überrascht.

»Entschuldigen Sie bitte«, sage ich, »arbeitet in diesem Bahnhof jemand, der Bob heißt?«

Er schaut mich argwöhnisch an. »Worum geht's denn?«

»Ich heiße Andy. Ein Freund von mir hat bei einem Mann namens Bob einen Umschlag für mich abgegeben. Darum suche ich ihn«

Plötzlich lächelt er. »Ach so! Dann sind Sie also Rolfs Freund! Warum haben Sie das nicht gleich gesagt?« Er greift in die Jackentasche, zieht einen grünen Umschlag heraus und reicht ihn mir.

Ich nehme ihn und sehe hinein. Die Reservierungsunterlagen für meine Hochzeitsreise. Zwei Wochen in einem Hotel auf Antigua – zwei traumhafte Wochen, die ich mir leider abschminken muss, weil so ein dämlicher Zug der District Line nicht in der Lage war, mich pünktlich hierher zu bringen. Es ist zum Heulen.

Außer den Reservierungsunterlagen steckt in dem Umschlag, wie zu erwarten, auch noch ein Zettel von Rolf. Auf dem steht:

Bin gegen Mitternacht mit dem letzten Umschlag in Monument, auf dem Bahnsteig Richtung Osten

Bob beugt sich vor, um einen Blick auf die Nachricht zu werfen. »Rolf hat mir erzählt, was Sie heute tun«, sagt er. »Alle Achtung. Ich habe das schon seit einer Ewigkeit vor, aber irgendwas kommt mir immer dazwischen. Sie wissen ja, wie das ist.«

»Na ja«, sage ich, »so toll, wie man sich das vorstellt, ist es gar nicht.«

»Sie müssen doch jetzt fast durch sein, oder? Bestimmt sind Sie ganz schön erleichtert.«

»Ja, das wäre ich, wenn ich nicht hier draußen die letzte Bahn verpasst hätte.«

Der Fahrkartenkontrolleur schaut mich erstaunt an. »Die letzte Bahn verpasst?«, sagt er. »Welche letzte Bahn?«

»Der Zug 23:43 in Richtung Innenstadt. Der ist gerade an uns vorbeigefahren.«

»Ach was, das war der Zug 23:40 nach Earl's Court. Der, den Sie meinen, ist immer noch hier. Hat wie üblich ein bisschen Verspätung.«

»Aber ... aber ...«, stottere ich. »Aber wir waren doch eben noch unten am Bahnsteig – da steht kein Zug.«

»Natürlich steht da einer«, sagt der Kontrolleur und zeigt in die Richtung, aus der wir gekommen sind. »Da.«

Ich drehe mich um. »Aber das ist doch der Zug, der uns hergebracht hat ...«

Er lächelt mich gönnerhaft an. »Tja, und wenn ich Sie wäre, würde ich schnell wieder einsteigen.«

Brian und ich schauen uns für den Bruchteil einer Sekunde an, bis bei uns beiden gleichzeitig der Groschen fällt: Der Zug, in dem wir noch vor kurzem gesessen haben, bleibt gar nicht hier – er fährt zurück in die Stadt. Wir waren die ganze Zeit im richtigen Zug.

Wir rennen wie angestochen zur Treppe, weil wir befürchten, der Zug könnte doch noch ohne uns abfahren. Eine Befürchtung, die durchaus berechtigt sein dürfte – schließlich hätte er schon vor einigen Minuten abfahren sollen. Mit vollem Risiko jagen wir, jeweils drei

Stufen auf einmal nehmend, die Treppe hinunter und springen mit solchem Karacho in den Zug, dass wir das Gleichgewicht verlieren und zu Boden purzeln.

Wie sich zeigt, hätten wir uns jedoch gar nicht so zu beeilen brauchen, denn die Zugtüren gehen erst zu, nachdem wir bereits wieder eine halbe Minute im Abteil sind. Zeit genug, um das Foto zu schießen. Trotzdem kommt es mir so vor, als hätten wir nur mit knapper Not das rettende Ufer erreicht. Und deshalb dauert es auch ein Weile, bis mir das Wichtigste bewusst wird – wir haben es geschafft. Dies ist unsere letzte U-Bahnfahrt für heute. Und falls sich nicht noch ein Erdbeben oder etwas Ähnliches ereignet, werden wir rechtzeitig in Monument sein.

Ein Problem haben wir allerdings noch nicht gelöst: Jimmy.

Kapitel 51

23:47 Richmond – Kew Gardens, District Line

Mir war bewusst, dass er die Notbremse ziehen würde, sobald der Zug sich wieder in Bewegung gesetzt hat. Also, *einmal* nackt von Upminster nach Richmond zu fahren ist schon schlimm genug – aber niemand, der einigermaßen bei Trost ist, würde freiwillig dasselbe noch einmal, nur in entgegengesetzter Richtung, auf sich nehmen. Brian und ich rennen die Abteile entlang und durch die Verbindungstüren, aber mir ist bereits klar, dass wir zu spät kommen. Die Bahn fährt zwar, als wäre nichts passiert – sie fährt sogar ziemlich schnell –, aber wenn Jim die Notbremse erst gezogen hat, während der Zug schon in voller Fahrt war, wird der Zugführer aller Voraussicht nach nicht vor dem nächsten Bahnhof anhalten. Das heißt, Brian und ich müssen bei Jim sein, bevor wir in Kew Gardens ankommen.

Wir hasten durch den Zug und schwingen immer wieder die Tasche und die Tüte von einem Wagen in den nächsten. Es ist nicht ganz ungefährlich, was wir da tun. Zwischen den Verbindungstüren sehen wir die Gleise unter uns vorbeirasen – ein falscher Schritt und wir werden zu Hackfleisch. Aber gleichzeitig ist es auch aufregend. Ich habe das noch nie gemacht – bin noch nie in einem schnell fahrenden Zug von Abteil zu Abteil gesprungen, habe noch nie gespürt, wie der Fahrtwind dabei an Haaren und Kleidung zerrt. Das tun sonst nur besoffene Hooligans oder Schüler, die unter den tadelnden Blicken der übrigen Fahrgäste durch den Zug toben.

Gerade als der Zug abbremst, um in die Station Kew Gardens einzulaufen, kommen wir in Jims Abteil an. Er steht aufrecht da, hat immer noch meine Jacke über den Schultern hängen, ist immer noch von der Taille abwärts nackt und immer noch mit Handschellen an die Haltestange gekettet.

Als er mich sieht, brüllt er wutentbrannt: »He! Du hast mir doch gesagt, dass der Zug in dem Bahnhof bleibt! Du hast gesagt, dass jemand kommt und mich losmacht! Aber jetzt geht's wieder genau dahin zurück, wo ich hergekommen bin! Verdammt noch mal, ich will morgen *heiraten* ...«

Ich muss ihn unbedingt bremsen, denn in wenigen Sekunden werden wir in Kew Gardens sein. »Tut mir Leid«, sage ich rasch. »Tut mir wirklich furchtbar Leid, aber das habe ich selbst nicht gewusst. Setz dich jetzt hin und deck dich, so gut es geht, zu ...«

»Nein, ich werde mich *nicht* hinsetzen! Ich sitze schon seit Stunden. Ich will stehen. Ich will nach Hause!«

»Es dauert nicht mehr lange, bis du zu Hause bist – aber ich muss erst noch nach Monument. Wenn ich nicht rechtzeitig dort bin, war alles umsonst.«

»Und was ist mit mir? Du bist, wie gesagt, nicht der Einzige, der morgen heiratet!«

»Ich weiß ...«, sage ich verständnisvoll, um ihn zu beruhigen.

»Meine Hochzeit ist genauso wichtig wie deine! Ich muss nach Hause!«

»Es dauert nicht mehr lange, das verspreche ich dir. Du wirst hier rauskommen, nur warte bitte noch bis Monument. Vertrau mir.«

»Warum sollte ich?«

»Immerhin hab ich dir meine Jacke geliehen.«

Er sieht an sich hinunter. Die Jacke reicht ihm kaum bis an den Bauchnabel. »Ach, ja«, sagt er leise. »Das ist wahr.«

»Na also! Wie wär's mit folgendem Vorschlag: Du darfst meine Jacke behalten, dafür lässt du mich aber in Ruhe bis Monument fahren. Und sobald wir dort sind, zieh ich eigenhändig die Notbremse für dich.«

»Ich will nichts, als endlich diese Scheißhandschellen hier loswerden und nach Hause«, sagt er, wie in einem letzten Aufbegehren. Er schaut dabei nach unten, um meinem Blick auszuweichen, und ich spüre, dass er womöglich doch noch nachgeben wird.

»Na, was ist? Vertraust du mir?«

Keine Antwort.

Ich lege ihm eine Hand auf die Schulter: »Bitte ...«

Als der Mann von London Underground kommt, um herauszufinden, wieso jemand die Notbremse gezogen hat, sind Jims Beine bereits wieder von Brians Jacke verhüllt. Den einen Ärmel meiner Jacke haben wir mithilfe von Brians Schweizer Offiziersmesser an der Längsnaht aufgetrennt und ihn dann über Jims gefesselten Arm drapiert, damit es so aussieht, als hätte er ihn richtig übergestreift. Die Handschellen haben wir notdürftig verdeckt, indem wir Brians schmuddeliges Taschentuch um Jims Handgelenk und die Stange gebunden haben. Das Einzige, das wir nicht bedecken konnten, sind Jims Füße, die so nackt sind, wie Gott sie schuf. Wir können nur hoffen, dass sie dem Bahnangestellten nicht auffallen.

Er betritt unser Abteil. Ich sitze gleich neben Jim und passe auf, dass Brians Jacke ihm nicht von den Beinen rutscht. Brian hingegen hat sich etwas weiter weg gesetzt und tut so, als würde er nicht zu uns gehören.

»Okay«, sagt der Mann, »wer von Ihnen hat die Notbremse gezogen?«

»Wir nicht«, sage ich. »Ehrlich.«

»Ach ja?« Er schnaubt verächtlich. »Und wer war es dann, bitte schön?«

»Weiß ich nicht. Irgend so ein Junge – ist gleich weggerannt, als die Türen aufgegangen sind.« Ich zeige zum hinteren Ende des Abteils. »Da lang.«

Der Mann sieht mich an, dann Jim, dann wieder mich. Schließlich bemerkt er Brian. »Haben Sie den Jungen auch gesehen?«, ruft er zu ihm hinüber.

»Ja. War höchstens vierzehn. Hätte um diese Zeit gar nicht mehr unterwegs sein dürfen.«

Der Bahnangestellte wendet sich wieder Jim und mir zu. Sein Blick wandert an Jim hinunter: die zerrissene Jacke, das Taschentuch um sein Handgelenk, die zweite Jacke über den Knien … seine nackten Füße.

»Laufen Sie öfter ohne Schuhe rum?«, fragt er.

»Äh …«, sagt Jim und wirft mir einen Hilfe suchenden Blick zu, »äh … ja.«

»Und warum?«

»Ist gut für den Kreislauf«, sage ich rasch, »stimmt's, Jim? Bringt das Blut ordentlich in Schwung.« Ich schaue auf meine Schuhe hinunter. »Ich selbst würde das auch liebend gern machen«, sage ich, »nur habe ich leider Fußwarzen.«

»Fußwarzen?«

»Ja. Die sind furchtbar ansteckend. Ich will nicht schuld sein, dass andere, die barfuß herumlaufen, auch Warzen kriegen – Sie wissen schon, Kinder zum Beispiel. Oder Hunde.«

Ich zucke innerlich zusammen. *Hunde*. Wie bin ich denn auf die Schnapsidee gekommen, so was zu sagen?

Der Bahnangestellte fixiert mich misstrauisch. »Sie sind sich doch hoffentlich im Klaren darüber, dass jeder, der ohne triftigen Grund die Notbremse betätigt, mit einem Bußgeld belegt wird.«

»Genau das haben wir dem Jungen auch gesagt«, meldet sich Brian zu Wort.

»Ja«, sage ich. »Wahrscheinlich ist der deshalb auch so schnell weggerannt.«

»Ja«, fügt Jim wenig einfallsreich hinzu, »stimmt genau.«

Der Bahnangestellte seufzt. »Na ja, da es nicht so aussieht, als würde ein Notfall vorliegen, und da es fast Mitternacht ist und der Zug ohnehin schon Verspätung hat, will ich die Sache mal auf sich beruhen lassen.«

Er geht zur Tür, doch kurz bevor er aussteigt, dreht er sich noch einmal um und sagt: »Übrigens, sollte noch mal ein Junge hier reinkommen – oder vielleicht ein Hund –, sagen Sie ihm bitte, er soll sich gefälligst ordentlich benehmen.«

Die Tür schließt sich hinter ihm, und eine Weile lang sitzen wir mucksmäuschenstill da, weil wir es noch nicht ganz fassen können, dass wir tatsächlich ungeschoren davongekommen sind. Keiner von uns sagt auch nur ein Wort, nicht einmal Jim – wir sehen einander an und wissen nicht, was tun. Ich habe irgendwie das Gefühl, aufspringen zu müssen, um die nächste Etappe der Fahrt zu planen – aber eine solche Etappe gibt es nicht. Jetzt, da der Mann von London Underground weg ist, jetzt, da die Bahn wieder weiterfährt, ist der Sieg zum Greifen nahe. Zum allerersten Mal heute haben wir tatsächlich gar nichts zu tun. Ich schaue zu Brian hinüber, dann zu Jim, dann wieder zu Brian. Wenn man bedenkt, was wir heute alles durchgemacht haben, dann ist es geradezu unfassbar, dass wir es geschafft haben. Aber es sieht tatsächlich so aus.

Ein zaghaftes Lächeln zieht Brians Mundwinkel nach oben und breitet sich dann langsam, so wie ein Tintenfleck auf einem Papiertaschentuch, auf seinem ganzen Gesicht aus. »Also«, sagt er schließlich, »ich glaube, jetzt ist eine kleine Feier fällig.« Er kramt in seiner Tasche herum und holt drei Dosen Bier heraus. Eine wirft er mir zu und eine Jim, der es aber nicht schafft, sie mit der freien Hand aufzufangen. Die Dose prallt an seinem Knie ab und fällt zu Boden. Die dritte behält Brian und macht sie auf.

Jim strahlt uns beide an, als er seine Dose aufhebt. »Eine Feier!«, sagt er. »Super!« Und dann, etwas verunsichert: »Was genau feiern wir eigentlich?«

»Unsere letzte U-Bahnfahrt«, erkläre ich.

»Was … Soll das etwa heißen, dass ihr es geschafft habt? Ihr wart in jedem einzelnen U-Bahnhof von ganz London?«

»Stimmt genau.«

»Wow! Das ist ja superklasse!«

»Ja. Ja, das ist es.« Meine Bierdose zischt kurz, als ich sie aufmache. Ich proste Brian zu, und er antwortet mit einem kurzen Nicken.

Jim klemmt sich die Dose zwischen die Knie. Er zieht am Metallring, und gleich darauf schießt eine Bierfontäne quer durch den Wagen bis an das Fenster auf der anderen Seite. Wie flüssige Lava rinnt ihm der Schaum über Brians Jacke. »Geil!«, ruft Jim. »Schampus ist nichts dagegen!«

Brian und ich brechen in Jubel aus, was Jim veranlasst, die Dose mit dem Daumen zuzuhalten und sie noch ein paarmal zu schütteln, woraufhin eine zweite Bierfontäne in die Luft schießt. Das Bier spritzt überallhin, an die Decke, an die Haltestangen, auf die Sitze, auf den Boden – winzige, weiße Tröpfchen gehen wie Konfetti auf Brian und mich nieder.

Ein Glücksgefühl erfasst mich, steigt wie Luftblasen in mir auf, und auf einmal ist mir, als würde etwas in mir platzen. Ehe ich mich's versehe, bin ich aufgesprungen, schüttle ebenfalls meine Dose, versprühe das Bier durchs ganze Abteil und tanze in dem Bierregen herum. Die Luft ist vom Hopfengeruch erfüllt – sie kommt mir regelrecht klebrig vor – und Jim und ich baden förmlich in überschäumender Freude. Inzwischen ist auch Brian aufgestanden, wir umarmen uns, und dann hält es Jim ebenfalls nicht mehr auf dem Sitz, er schnellt hoch, wobei ihm Brians Jacke von den Beinen rutscht, und wir fallen uns zu dritt in die Arme und brüllen immer wieder: »Wir haben gewonnen!« Unsere Freudenschreie hallen durch das Abteil, und wenn Jim nicht angekettet wäre, würden wir bestimmt tanzen – stattdessen hüpfen wir einfach nur auf und ab und rufen pausenlos: »Wir haben gewonnen! Wir haben gewonnen!« Und trotz unserer Ausgelassenheit, kann ich es immer noch nicht ganz fassen, aber wir *haben* gewonnen. *Wir* haben gewonnen. Wir haben *gewonnen.*

Kapitel 52

23:53 Kew Gardens – Westminster, District Line

»Übrigens«, sagt Jim nach einer Weile, als wir uns wieder hingesetzt haben und Brian für uns aus den unergründlichen Tiefen seiner Tasche noch ein paar Bierdosen hervorgezaubert hat – dieses Mal ungeschüttelte –, »was haben wir eigentlich gewonnen?«

Ich grinse zufrieden. »Na ja, die weltweit größte Sammlung von Londoner U-Bahn-Fahrkarten aus der Zeit vor 1990.«

»Wow! Eine Fahrkarten-Sammlung. Ihr beide seid wohl echt hartgesottene U-Bahn-Fans, was?«

»Mich brauchst du nicht anzuschauen!«, sagt Brian lachend und zeigt auf mich. »Er hier ist der blöde Bahn-Freak.«

Ich lache auch, aber gleichzeitig habe ich das Bedürfnis, die Sache klarzustellen. »Es geht nicht darum, dass wir gewonnen haben. Es geht darum, dass wir nicht verloren haben. Wenn du Rolf kennen würdest, und wenn du wüsstest, was ich dabei aufs Spiel gesetzt habe, dann würdest du verstehen, warum das alles so wichtig war.«

Eine Weile sitzen wir nur schweigend da, und dann sagt Jim: »Ich weiß nicht – manchmal stellt sich raus, dass einem nichts Besseres passieren konnte als zu verlieren. Aber das weiß man natürlich immer erst hinterher.

Nehmt mich zum Beispiel – wenn ich bei diesem Spiel heute Abend nicht verloren hätte, dann wäre ich jetzt nicht hier. Dann hätte ich euch zwei nicht kennen gelernt, und mir wär eine Geschichte entgangen, die ich noch meinen Enkelkindern erzählen werde. Da habt ihr's. Manchmal ist es gar nicht so schlecht, wenn man verliert.«

»Stimmt«, sagt Brian, »das wollte ich dich sowieso noch fragen. Was ist denn passiert, dass du … ähm … in deinem Zustand hier gelandet bist?«

Jim hält sein Handgelenk hoch, das immer noch an die Haltestange gekettet ist. »Du meinst mit den Handschellen und so? Wie gesagt, ich hab bei einem Spiel verloren.«

»Und was für ein Spiel war das?«

»Wahrheit oder Wagnis.«

Brian wirft mir einen Blick zu und fragt dann ungläubig grinsend: »Soll das heißen, dein Wagnis hat darin bestanden, dich nackt auszuziehen und in einer U-Bahn anketten zu lassen?«

»Nee, das nicht. Es hat darin bestanden, im Pub zehn Kurze zu kippen, und zwar direkt hintereinander weg.« Er sieht uns etwas betreten an. »Na ja, heute war schließlich mein Junggesellenabschied. Ich war zuerst sogar ganz froh, dass ich nichts Schlimmeres machen musste. Das heißt, zehn Kurze zu trinken war ja nicht weiter schlimm – sie hätten sich auch was viel Peinlicheres ausdenken können.«

Ich unterdrücke mühsam ein Glucksen, was Jim aber dummerweise bemerkt.

»Da gibt's überhaupt nichts zu lachen! Meine Freundin muss mich doch für total plemplem halten, wenn sie das hier erfährt.« Er hält kurz inne. »Ich mein natürlich, meine Verlobte«, korrigiert er sich dann. »Meine zukünftige Frau …«

»Ich hab das noch nicht ganz verstanden«, sagt Brian. »Wieso muss man nach zehn Kurzen unbedingt nackt in einer U-Bahn landen?«

»Na ja, zum einen waren es nicht einfach nur Kurze, sondern doppelte Kurze. Und zehn Doppelte, das ist fast ein halber Liter. Und dann waren es auch noch zehn verschiedene – also ein doppelter Wodka, ein doppelter Gin, ein Scotch ... sogar einen Pfefferminzlikör musste ich runterkippen. Und das Nächste, woran ich mich erinnere, ist, wie ich mich in irgendeiner U-Bahn-Station über die Bahnsteigkante beuge und mir die Seele aus dem Leib reiher.«

»Reiher?«, frage ich. »Ach so, du meinst ...«

»Genau – reihern, kotzen, rückwärts frühstücken. Dabei ist natürlich auch was auf meinem Hemd gelandet, und da hat einer von meinen Kumpeln vorgeschlagen, ich soll es doch einfach ausziehen, was ich zu dem Zeitpunkt auch für eine prima Idee gehalten hab – und irgendwie haben sie mich dann dazu gekriegt, auch noch den Rest meiner Klamotten auszuziehen, ohne dass mir überhaupt richtig klar war, was ich da tue. Stellt euch das vor – die hatten mich dermaßen abgefüllt, dass ich mich nicht nur *nicht* gewehrt, sondern es auch noch freiwillig selbst gemacht hab. Bis auf die Handschellen natürlich – das haben *die* gemacht, als wir in der U-Bahn saßen.«

»Und dann haben sie den Schlüssel verloren?«

»Genau. Diese Idioten. Aber wie gesagt, eigentlich ist das ja alles gar nicht so schlecht. Und die viele frische Luft hat mich auch schon wieder ziemlich ausgenüchtert. Was absolut nicht schaden kann, denn schließlich muss ich morgen früh um zehn auf dem Standesamt sein.« Er verstummt kurz und starrt auf den Boden. Dann fängt er plötzlich an zu grinsen. »Da fällt mir ein«, sagt er, »dass Mel heute ja auch ihr Jungfernkränzchen gehabt hat hat. Ich würde zu gern wissen, was ihre Freundinnen alles mit ihr angestellt haben.«

»Ist das ihr richtiger Name?«, fragt Brian. »Mel?«

»Ja, Abkürzung von Melanie. Sie ist das Beste, was mir je passiert ist.«

»Also kein Muffensausen in letzter Minute?«

»Überhaupt nicht«, sagt er – aber es klingt eher wie ein Reflex. Einen Moment lang starrt er verunsichert aus dem Fenster, die Stirn gerunzelt, als würde er nach einem Grund für mögliche Zweifel suchen. Aber dann lächelt er wieder, als lautete das Resultat seines Nachsinnens glücklicherweise Fehlanzeige.

»Und was ist mit dir?«, fragt er Brian. »Bist du verheiratet?«

»Ja, aber wir haben uns getrennt.«

»Oh.«

»Keine Bange«, sagt Brian. »Ich werd dir jetzt keinen Vortrag halten, warum man lieber nicht heiraten sollte. Sieh einfach zu, dass du nicht die gleichen Fehler machst wie ich, dann wird's schon gut gehen.«

»Na hoffentlich.«

»Tja«, fährt Brian fort, »ich hab damals immer von morgens bis abends gearbeitet, damit wir uns ein paar hübsche Dinge leisten konnten. Aber weil ich so viel gearbeitet habe, hatte ich natürlich kaum noch Zeit für meine Frau. Und ich hab überhaupt nicht gemerkt, dass sie auf all diese hübschen Dinge eigentlich gar keinen Wert gelegt hat. Es wäre ihr viel lieber gewesen, wenn jemand da gewesen wäre, mit dem sie hätte reden können. Aber ich war ja nie da, und deshalb hat sie sich dann jemand anders gesucht.«

»Oh«, sagt Jim. »Das tut mir Leid ...«

»Schon gut, das liegt Jahre zurück. Ich habe viel Zeit gehabt, um drüber wegzukommen. Oder sagen wir mal lieber, um drüber nachzudenken.« Er wirft mir einen kurzen Blick zu und nimmt dann einen großen Schluck aus seiner Bierdose. »Nun ja, die Ehe ist ein bisschen wie ein Garten: Sie braucht viel Pflege. Wenn du deiner Ehe die Pflege zukommen lässt, die sie braucht, dann blüht und gedeiht sie auch, dass es ein wahres Vergnügen ist. Wenn du dich allerdings ständig mit anderen Dingen beschäftigst und dich nicht genug kümmerst ... tja, dann kann alles sehr leicht den Bach runtergehen. Ich hab so viel Zeit damit verbracht, mir über andere Dinge Sorgen zu machen, über die Arbeit, die vielen Rechnungen und all so was, dass meine Frau sich nach einer Weile ziemlich vernachlässigt gefühlt hat. Und irgendwann ist sie dann stinkig geworden. Und wenn deine Frau permanent stinkig auf dich ist, dann hast du echt Ärger am Hals.«

Jetzt bin ich an der Reihe, einen Schluck Bier zu trinken. Brians Worte sind zwar an Jim gerichtet, aber ich bin mir sicher, dass jedes davon auch mir gilt. Ich werde auch den Eindruck nicht los, dass er uns das alles mit voller Absicht erzählt.

»Tja«, sagt Jim, »hast du denn für einen Anfänger wie mich ein paar Tipps für eine gute Ehe auf Lager?«

»Und ob ich die habe.« Brian beugt sich vor, als würde er uns gleich einen Ratschlag von unschätzbarem Wert erteilen. »Der Trick bei Frauen ist«, sagt er, »dass man alles Mögliche im Kopf behält. In der Hinsicht habe ich komplett versagt. Frauen sind da nämlich anders gestrickt als Männer – für sie sind zum Beispiel Daten im Kalender unheimlich wichtig: ihr eigener Geburtstag, der Geburtstag ihrer Mutter, der Geburtstag vom Hund ihrer Schwester, Valentinstag … Jahrestage. Und so weiter und so fort. Solange man sich an solche Sachen erinnert, gehen sie davon aus, dass sie einem etwas bedeuten, und dann sind sie auch nicht launisch oder wankelmütig.«

»Ach du Schande«, sagt Jim. »Ich hab ein Gedächtnis wie ’n Sieb.«

»Sagst du deiner Verlobten denn gelegentlich, dass du sie liebst?«

»Na klar mach ich das«, sagt Jim. »Ständig.«

»Aber *zeigst* du ihr das auch? Bringst du ihr ab und zu Blumen mit? Oder massierst du ihr die Füße, wenn sie total erledigt nach Hause kommt?«

»Na ja, manchmal.« Jim macht ein verunsichertes Gesicht. »Manchmal koche ich ihr Tee, wenn sie zu erledigt ist, um aufzustehen.«

Brian lächelt. »Das ist gut. Und wenn du so was auch noch in dreißig Jahren machst, dann kann nichts mehr schief gehen.«

Plötzlich sehe ich Jim und seine zukünftige Frau in dreißig Jahren vor mir, wie sie nackt auf zwei Schaukelstühlen sitzen und sich ihre Hochzeitsfotos ansehen. Es ist ein Klischee, ich weiß, ein vorgefertigtes Bild, das ich wahrscheinlich aus irgendeiner Werbung im Fernsehen kenne (bis auf den Umstand, dass sie nackt sind, natürlich – irgendwie kann ich mir einfach nicht vorstellen, wie Jim angezogen aussieht) – aber trotzdem rührt mich der Gedanke. Denn genau so wünsche ich es für mich. Herrje, wünschen wir uns das nicht im Grunde alle? Eine Frau, ein Zuhause, eine fette schläfrige Katze, die vorm Kamin liegt? Um dann mit neunzig, während man gerade leidenschaftlichen Sex mit der Frau hat, die man liebt, an einem Herzinfarkt zu sterben? Wenn die Alternative darin bestünde, bis in alle Ewigkeit U-Bahn-Fahrpläne auswendig zu lernen, dann wüsste ich, wofür ich mich entscheiden würde.

Und ich merke, wie ich Jim und seiner Braut im Stillen alles Glück dieser Welt wünsche. Und ich merke auch, wie ich plötzlich zu sprechen beginne, was komisch ist, weil ich eigentlich nicht das Bedürfnis hatte, etwas zu sagen. Es ist fast so, als würde ich ein Selbstgespräch führen, meine Gedanken einfach laut aussprechen. »Ich habe Rachel heute Abend gesagt, dass ich sie liebe«, sage ich. »Von einer Telefonzelle aus.«

»Ach ja?«, sagt Jim voller Begeisterung. »Und was hat sie gesagt?«

»Nichts. Nur, dass ich schnell nach Hause kommen soll.«

»Hoho! Du weißt doch, was das zu bedeuten hat, oder?«

»Nein«, sage ich ungehalten. »Außerdem konnte ich nun mal nicht nach Hause kommen.«

»Du *konntest* nicht? Du lieber Himmel, wie kann man so eine Gelegenheit auslassen?«

Ich seufze tief. »Ich musste einfach, okay? Ich musste doch diese verdammte Wette gewinnen.«

»Aber wieso denn?« Jim schaut mich fragend an. »Also, ich hab immer noch nicht verstanden, was an der Wette eigentlich so wichtig ist. Okay, du hast jetzt einen Haufen Fahrkarten gewonnen – aber was wäre denn schon groß passiert, wenn du verloren hättest?«

»Dann hätte ich Rachel verloren, das wäre passiert. Erst wenn ich das ganze U-Bahn-Netz abgefahren habe, gibt Rolf mir meine Eurostar-Fahrkarten zurück – und ohne Fahrkarten komm ich nicht in den Zug. Letzten Endes habe ich damit meine Hochzeit aufs Spiel gesetzt.«

Jim sieht gedankenverloren auf seine Bierdose hinunter. »Wow!«, sagt er, »und wie hast du deiner Freundin *das* beigebracht?«

»Noch gar nicht. Sie hätte mich umgebracht.«

»Und was hast du ihr stattdessen erzählt?«

»Ich habe behauptet, ich würde es um der Sache selbst willen machen. Du weißt schon – die Herausforderung und so. Darüber war sie natürlich auch nicht besonders glücklich, aber ich glaube, das wird sie mir gerade noch verzeihen. Und genau da liegt das Problem.«

Ich hebe den Kopf und schaue meine beiden Begleiter an. Jim macht ein verwirrtes Gesicht, aber Brian hat sich im Sitz zurückgelehnt und lächelt mich wohlwollend an, als wüsste er genau, was ich als Nächstes sagen werde.

»Das Problem ist, dass ich es nicht *verdiene*, dass man mir verzeiht. Wie kann ich mich morgen hinstellen und Rachel all diese Sachen geloben, wenn ich gleichzeitig weiß, dass ich sie heute den ganzen Tag über angelogen habe? Sie glaubt, es handelt sich nur um irgendein dämliches, kindisches Spiel zwischen Rolf und mir. Wenn sie wüsste, was wirklich los ist – wenn sie wüsste, dass ich unsere gemeinsame Zukunft aufs Spiel gesetzt habe –, na ja, dann würde sie mir bestimmt nicht verzeihen. Ich weiß nicht, was schlimmer war: sie angelogen zu haben oder dass ich mich überhaupt auf diese Wette eingelassen habe.«

Jim stellt sein Bier ab. »Nun mach dich nicht schlechter als du bist, Kumpel. Wenigstens hast du deine Wette gewonnen, also ist doch im Grunde nichts passiert.«

»Stimmt«, sage ich, »aber es hätte was passieren können. Und jetzt muss ich mir irgendwas ausdenken, um das wieder gutzumachen.«

Jim scheinen erst mal die Worte zu fehlen, aber Brian lehnt sich vor und legt mir die Hand auf die Schulter. »Alles zu seiner Zeit, mein Freund«, sagt er. »Alles zu seiner Zeit.«

Eine Weile bleiben wir drei so sitzen: ich selbst, den Kopf in die Hände gestützt, Brian, der mir beruhigend auf die Schulter klopft – und Jim, der uns beobachtet, während er abwechselnd an der Kette seiner Handschellen ruckelt und einen Schluck aus der Bierdose nimmt. Er scheint sich unbehaglich zu fühlen, als ob meine Schuldgefühle ihn nervös machen würden. Ich merke, wie er unruhig auf seinem Sitz herumrutscht und im Rhythmus des Ratterns der Räder mit den Knien wippt. Schließlich kann er sein Unbehagen nicht länger verbergen.

»Mann, o Mann«, sagt er mit übertriebener Munterkeit, »das wird mir hier jetzt aber ein bisschen zu ernst. Wir wollten doch feiern, oder? Los, spielen wir was.«

Brian nimmt die Hand von meiner Schulter und richtet sich auf. »Gute Idee«, sagt er. »Was schlägst du vor?«

»Wie wär's mal wieder mit Wahrheit oder Wagnis?«

Brian prustet laut. »Ha, das könnte dir so passen! Wie sollen wir uns denn für dich was ausdenken, was noch schlimmer ist, als nackt in der U-Bahn zu sitzen?«

»Na gut, dann von mir aus was anderes. Wie heißt noch das eine Spiel, dass sie auf Radio Four immer spielen – ihr wisst schon, dieses Nonsens-Spiel, das genauso heißt wie eine U-Bahn-Station?«

»Ach, du meinst Mornington Crescent?«, fragt Brian.

»Genau. Wie sind da noch mal die Spielregeln?«

Plötzlich krampft sich mir die Brust zusammen. Es tut richtig weh, so als würde mich unerwartet eine längst vergessen geglaubte Angst überfallen, und mich überkommt das unbändige Verlangen wegzulaufen. Oder laut loszubrüllen. Aber ich sage nur tonlos: »Mornington Crescent!«

»Genau«, sagt Jim. »Weißt du denn noch, wie die Spielregeln waren?«

»Ich dachte, das wäre gerade der Witz an dem Spiel – dass es keine hat«, sagt Brian.

Hektisch greife ich nach meiner Tüte. »Mornington Crescent!«

»Alles in Ordnung?«, sagt Brian, der offenbar die Panik in meiner Stimme bemerkt hat.

Ich hole meine verknitterte A4-Vergrößerung des U-Bahn-Plans heraus und halte sie ins Licht. Da ist es, im Norden von London, zwischen Camden Town und Euston. Dieses elende Mornington Crescent. Ich kann es kaum fassen. Wie konnte ich nur so bescheuert sein?

Kapitel 53

0:25 Westminster – Monument, District Line

Den ganzen Tag über habe ich auf meinem U-Bahn-Plan die Stationsnamen durchgestrichen. Ich bin dabei sehr penibel gewesen – bei jedem Bahnhof, den wir passiert haben, habe ich mit meinem roten Stift sorgfältig ein rotes Kreuz durch den Namen gemacht. Auf diese Weise, dachte ich, gehe ich sicher, dass ich keinen Bahnhof auslasse. Angesichts des Zeitdrucks wollte ich einen derart gravierenden Fehler nämlich unbedingt vermeiden.

Die Sache hat nur einen Haken: Eine der Stationen war bereits ausgestrichen, ehe ich überhaupt losgefahren bin. Auf dem Plan von 1997, den ich benutze, ist der Stationsname Mornington Crescent mit einem roten Kreuz markiert, weil dieser Bahnhof zu der Zeit, als dieser Plan gedruckt wurde, aufgrund langwieriger Renovierungsarbeiten immer noch geschlossen war. Kein Wunder also, dass es bei einem flüchtigen Blicken auf den Plan so aussah, als wäre ich schon dort gewesen. Bei der Erwähnung des Stationsnamens bin ich innerlich erstarrt, und als ich den Plan jetzt ins Licht halte, sehe ich meine schlimme Vorahnung bestätigt: Das rote Kreuz durch den Stationsnamen stammt nicht von meinem roten Stift – es ist aufgedruckt. Mit anderen Worten: Ich bin dort noch nicht gewesen. Ich habe Mornington Crescent aus reiner Nachlässigkeit vergessen.

»Vielleicht merkt er's ja gar nicht«, sagt Jim. »Ich meine, woher soll er denn wissen, ob du da warst oder nicht?«

»Er wird es merken«, sage ich. »Frag mich nicht wie, aber er wird es merken.«

»Aber er wird dir doch wohl trotzdem deine Fahrkarten geben, oder? Okay, du hast eine Station vergessen – na und? Du hast dich trotzdem ziemlich gut geschlagen.«

»Das schon, aber ich fürchte, ›ziemlich gut‹ ist nach Rolfs Maßstäben einfach nicht gut genug.«

»Aber es geht doch schließlich um deine Hochzeit. Er hat doch sicher ... Sicher hat er ...«

Der Satz bleibt unvollendet. Ich glaube, er kapiert langsam, was für ein Mensch Rolf ist – einer, der keine halben Sachen macht. Für ihn gibt es kein *beinahe* – entweder ist man ein U-Bahn-Fan, oder man ist es nicht, entweder ist man in einer Haltestelle gewesen oder nicht. Und wenn man sich auf eine Wette eingelassen hat, dann kann man nicht im letzten Moment einen Rückzieher machen, nur weil sich abzeichnet, dass man verlieren wird. Eine Wette ist eine Wette – erst recht unter Bahn-Freaks.

Während unser Zug den Bahnhof Embankment hinter sich lässt und nach Temple weiterfährt, sitzen wir alle da und starren trübsinnig auf die Bierpfützen hinunter, die sich auf dem Fußboden des Abteils gebildet haben. Keinem von uns ist mehr nach Feiern zumute. Was vor ein paar Minuten noch wie ein erstaunlicher Sieg aussah, hat sich schlagartig in eine bittere, kostspielige Niederlage verwandelt. Und Rolf ist der Dreh- und Angelpunkt des Ganzen. Ich sehe ihn schon vor mir, wie er uns im Bahnhof Monument feixend erwartet.

»Ich finde, wenn er gleich wirklich am Bahnsteig steht, dann sollten wir ihm die Fahrkarten einfach *abknöpfen*«, sagt Brian nach einer Weile. »Und wenn er es nicht freiwillig rausrückt, dann wenden wir eben Gewalt an.«

»Super Idee«, sage ich. »Polierst du deinen eigenen Freunden auch immer die Fresse, wenn es dir zufällig in den Kram passt?«

»Ach komm, er hat sich dir gegenüber auch nicht gerade wie ein Freund verhalten, oder? Außerdem hat kein Mensch was von Fresse polieren gesagt.«

Ich will Brian schon fragen, was mit ›Gewalt anwenden‹ sonst noch gemeint sein könnte, da unterbricht mich Jim mit einer Frage.

»Vielleicht hab ich ja irgendwas nicht richtig verstanden«, sagt er, »aber warum fährst du nicht einfach nach Mornington Crescent? Bis zur letzten U-Bahn auf der Northern Line ist doch noch reichlich Zeit, oder?«

»Stimmt«, sage ich, »aber was hätte ich davon?«

»Du würdest deine Eurostar-Fahrkarten zurückkriegen. Und du wärst in allen Bahnhöfen gewesen.«

»Das ist mir momentan total egal. Um eins fährt der Eurostar ab – bis dahin schaffe ich nie und nimmer die Strecke bis Mornington Crescent und zurück.«

»Tja, wenn das so ist …«, sagt er gedehnt, während er sich mir zuliebe das Hirn zermartert, »kannst du dir dann nicht einfach neue Fahrkarten kaufen?«

»Keine Chance – der Sonderzug heute Nacht ist schon seit Monaten ausgebucht.«

Jim zuckt die Achseln. »Tja, in dem Fall bleibt euch wirklich nur eins übrig: eurem Kumpel die Fresse polieren.«

Unser Zug fährt weiter, unbeeindruckt von den Sorgen und Nöten seiner drei Insassen. Die nächste Station ist Monument. Mit einem sarkastischen Lächeln sehe ich auf die Tüte voller Kodak *Fun Cameras* hinunter – was nutzt mir eine Foto-Sammlung von *fast* allen U-Bahnhöfen? Ich frage mich, was ich bloß mit ihnen anfangen soll, wenn Rachel mich zu Hause rausgeschmissen hat? Vielleicht sollte ich sie in ein Album kleben, als Monument für meine Dämlichkeit.

Als der Zug die Fahrt verlangsamt, wendet Jim sich mir zum Abschied zu.

»Wir sind gleich da«, sagt er.

»Ja, ich weiß.«

»Sobald ihr ausgestiegen seid, ziehe ich noch mal die Notbremse. Damit man mich hier endlich rausholt. Wegen morgen Vormittag. Aber eins wollte ich dich noch fragen: Kann ich deine Jacke erst mal behalten? Ich bring sie dir auch bestimmt zurück, du brauchst mir nur deine Adresse zu geben.«

Ich reiße ein Eckchen von dem U-Bahn-Plan ab und kritzle die Adresse auf die Rückseite. »Viel Glück«, sage ich, »für die Hochzeit und so.«

»Danke, gleichfalls.« Er steckt den Zettel in die Brusttasche meiner Jacke. »Ach, und noch was, Andy …«

»Ja?«

»Du musst mir unbedingt erzählen, wie alles ausgegangen ist, okay? Wenn ich dir die Jacke zurückbringe. Ich kann es auf den Tod nicht leiden, den Schluss einer guten Geschichte zu verpassen.«

»Okay«, sage ich. »Ich erzähl's dir.«

Als der Zug pünktlich um kurz vor halb eins in Momument einfährt, weiß ich allerdings schon längst, wie die Geschichte ausgehen wird. Ich werde reichlich zu Kreuze kriechen müssen. Als Erstes muss ich vor Rolf zu Kreuze kriechen, damit er mir die Fahrkarten zurückgibt – auch wenn ich jetzt schon weiß, dass es nichts nützen wird, denn ich kenne niemand, der so hartherzig ist wie Rolf. Und dann muss ich Rachel unter die Augen treten. Auch vor ihr werde ich zu Kreuze kriechen müssen, falls ich es überhaupt noch schaffe, den Zug zu erreichen. Ich werde ihr haarklein erzählen müssen, was heute vorgefallen ist. Und ich werde ihr sagen müssen, dass sie Recht hatte, dass ich wirklich nur ein erbärmlicher, kleiner Bahn-Freak bin – und selbst dabei ein Amateur, ein Versager.

Als der Zug schließlich zum Stehen kommt, hat ein simpler Plan in meinem Kopf Gestalt angenommen. Irgendwie muss es mir gelingen, die Fahrkarten von Rolf zu bekommen. Zuerst werde ich ihn freundlich bitten, und wenn das nicht funktioniert, werde ich ihm einen Handel vorschlagen. Es muss doch irgendetwas geben, was ich habe und das Rolf gern hätte, irgendein U-Bahn-Sammlerstück, das er bereitwillig gegen meine Fahrkarten eintauschen wird – selbst ein ramponierter alter U-Bahn-Plan müsste ihm doch mehr wert sein als Eurostar-Fahrkarten, die für ihn sowieso nutzlos sind. Außerdem habe ich auch immer noch Rolfs Schließfachschlüssel, und wenn es hart auf hart kommt, werde ich mich einfach weigern, ihn herauszugeben. Und wenn selbst das alles nicht hilft, greife ich vielleicht doch noch auf Brians Methode zurück und poliere ihm die Fresse. Was auch immer passieren mag, es muss jedenfalls schnell gehen, denn mittlerweile ist es halb eins, und um diese Zeit sind dreißig Minuten für die Fahrt zur Waterloo Station schon verdammt knapp kalkuliert.

So sieht mein Plan also aus, als wir im Bahnhof Monument den Bahnsteig betreten – mir unter allen Umständen die Fahrkarten von Rolf zu besorgen, sei es durch Argumente oder durch Angebote oder notfalls mittels roher Gewalt. Leider hat dieser Plan einen Haken. Mit einem kurzen Blick über den Bahnsteig stellen wir nämlich fest, dass er menschenleer ist.

»Vielleicht wartet der Idiot auf dem Bahnsteig für die Züge in Richtung Westen?«, sagt Brian.

Ich ziehe den Zettel aus der Tasche, den Rolf für uns in Richmond deponiert hatte. »Nein«, sage ich, »er schreibt eindeutig, dass er auf dem Bahnsteig Richtung Osten warten wird.«

»Aber hier ist er doch nirgends, oder?«

Wir laufen zur Treppe am Ausgang. Ein Bahnangestellter kommt die Stufen herunter und spricht geschäftig in sein Funkgerät – offenbar hat Jim wie angekündigt die

Notbremse gezogen. Leider haben wir keine Zeit, hier zu bleiben und abzuwarten, was passiert.

Wir rennen an dem Bahnangestellten vorbei zur Treppe. Und dort finden wir auch die Erklärung für Rolfs Abwesenheit. An der Wand ist mit Isolierband ein Zettel befestigt, auf dem in Rolfs unverwechselbarer Handschrift geschrieben steht:

Hatte keine Lust mehr zu warten. Bin nach Hause gefahren. R.

»Hatte keine Lust mehr zu warten«, sage ich ungläubig. »Hatte keine Lust mehr zu *warten!* Dieser Scheißkerl!«

»Besonders lange kann er nicht gewartet haben. Wir sind doch bloß eine halbe Stunde zu spät.«

»Dieser Scheißkerl«, sage ich noch einmal. »Von wegen, er hatte keine Lust mehr zu warten – er wollte sich mit meinen Fahrkarten aus dem Staub machen, das ist alles! Dieser miese dreckige Scheißkerl!«

»Und was machen wir jetzt?«

»Er muss gewusst haben, dass ich Mornington Crescent vergessen hab, deshalb hat er sich gar nicht erst die Mühe gemacht zu warten. Wenn ich den in die Finger kriege, diesen Scheißkerl, dann bring ich ihn um …«

»Andy!« Brian legt mir die Hand auf die Schulter. »Hör mir doch mal zu. Was machen wir jetzt?«

Ich starre ihn ausdruckslos an. Zum ersten Mal an diesem Tag hat keiner von uns beiden eine Antwort parat. Den Zug nach Paris kann ich auf jeden Fall vergessen, soviel steht fest – ohne Fahrschein werde ich nicht mal auf den Bahnsteig gelassen. Und Rachel wird ohne mich fahren, da brauche ich mir gar keine Illusionen zu machen. Ich weiß, ehrlich gesagt, keinen Ausweg.

Einen kurzen Augenblick lang geht mir ein geradezu perverser Gedanke durch den Kopf: Ich habe mich zwar als der totale Versager entpuppt, aber in einer Hinsicht kann ich nach wie vor gewinnen, und zwar was meine Wette mit Rolf angeht. Alles andere kann ich sowieso schon abschreiben – Rachel, meine Hochzeit, unsere gemeinsame Zukunft –, alles, was mir jemals am Herzen lag. Wenn ich wollte, könnte ich es aber immer noch nach Mornington Crescent schaffen. Wenn ich wollte, könnte ich den anderen trübseligen Bahn-Freaks noch immer beweisen, dass ich El Ubahno Supremo bin – ein Mann, der es zwar nicht fertig bringt zu heiraten, dafür aber an jedem x-beliebigen Tag das U-Bahn-Netz bezwingen kann.

Ich starre in Brians müde Penner-Augen, und seine Frage steht immer noch im Raum. Was tun wir jetzt? Alles andere ist jetzt bedeutungslos. *Was* tun wir jetzt?

Kapitel 54

0:56 Eurostar-Terminal, Waterloo Station, Internationaler Fernverkehr

Draußen in der Dunkelheit setzt Regen ein. Anfangs geht er nur im Westen der Stadt nieder, in Uxbridge und Hillingdon, zieht dann aber rasch ostwärts. Unablässig prasselt er auf das Dach des Bahnhofs in Perivale, strömt die Art-déco-Fassade hinunter und durch eine zerbrochene Glascheibe in der Fensterfront ins Innere des Gebäudes. Er zieht über Acton, über Shepherd's Bush und über Latimer Road hinweg, wo er wie ein Miniaturwasserfall vom Viadukt in die Tiefe stürzt und im Rinnstein der unten entlangführenden Straße abfließt. Binnen kurzem erreicht er das Westend und die City of London, trommelt auf die Dächer der ebenerdigen U-Bahn-Stationen, spritzt in dicken Tropfen auf die Schienen und hinterlässt Schlieren auf den Scheiben der letzten Züge des Abends, wenn sie auf ihrer eiligen Fahrt ins Depot aus einem der vielen kurzen Tunnel auftauchen. Selbst an den U-Bahn-Stationen tief unter der Erde geht er nicht spurlos vorüber, denn als die unterirdischen Bäche immer mehr anschwellen, hebt in den menschenleeren Bahnhöfen ein Summen an, das Geräusch der Pumpen, die dafür sorgen, dass die vielen Hektoliter Regenwasser abfließen, ohne Schaden anzurichten.

Draußen in Richmond fällt der Regen auf den Kopf

von Bob, dem Fahrkartenkontrolleur, als dieser mit zugeknöpftem Mantel über den Bahnhofsvorplatz eilt. In Kingsbury durchweicht er das Paar Gucci-Schuhe, das die schöne Italienerin draußen auf der Veranda hinter dem Haus ihres neuen Liebhabers stehen gelassen hat. Und in Cockfosters flucht der fettleibige Stationsvorsteher, der seinen Mantel zu Hause vergessen hat, laut vor sich hin, während er hastig den Eingang der U-Bahn-Station verriegelt, um dann zu seinem Auto zu rennen. Der Regen ergießt sich in Strömen auf die Wagen Nr. 690 und 891, die in ihrem Depot in Northfields stehen, und im Bahnhof Upminster tropft er durch einen winzigen, jedoch ständig breiter werdenden Riss in der Bahnsteigüberdachung stetig auf den Süßigkeitenautomaten. Und in Morden, dem südlichsten Zipfel des U-Bahn-Netzes, plätschert er in kleinen Sturzbächen vom Vordach des Bahnhofs hinab und zwingt den dort sitzenden obdachlosen Jungen, sich noch enger an die Wand des Gebäudes zu drücken.

Rachel kann den Regen durch die Glaskuppel über dem Eurostar-Terminal sehen, aber sie kann ihn nicht hören. Das laute Summen der Triebwagen, das klingt, als würden sie sich bereits auf die nächtliche Fahrt nach Paris vorbereiten, übertönt fast jedes andere Geräusch; und außerdem ist die imposante Glaskuppel mit ihren blauen Stahlträgern garantiert mit irgendeiner Schalldämmung ausgestattet, die den Lärm der Naturgewalten abfängt.

Genau genommen hat Rachel den Regen auch nur deshalb bemerkt, weil sie sich quasi die Augen aus dem Kopf guckt. Seit einer Viertelstunde hält sie mit wachsender Besorgnis auf dem Bahnsteig nach Andy Ausschau. Als Folge davon hat sich ihr Wahrnehmungsvermögen um ein Vielfaches gesteigert. Mit jeder Sekunde, die vergeht, nimmt sie zusätzliche Details wahr, auch solche, die sie gar nicht interessieren, die sie aber trotzdem zur Kenntnis nimmt, während sie den Bahnhof nach ihrem Verlobten absucht.

Um sie herum sind die Gepäckstücke aufgereiht – nicht nur ihre, sondern auch seine. Hin und wieder setzt sie sich auf den Koffer, steht aber, unruhig wie sie ist, gleich wieder auf. Jedem Beobachter würde sofort auffallen, wie nervös sie ist. Und ihm wäre klar, dass sie auf den Mann ihres Herzens wartet – womöglich auf einen verheirateten Liebhaber oder auf jemanden, den sie noch nicht lange kennt und mit dem sie bislang nur eine kurze, aber wundervolle Affäre verbindet, von der sie aber hofft, dass sie sich zu einer festen Beziehung entwickeln wird. Wie auch immer, es ist nicht zu übersehen, dass ihr der Mann, auf den sie wartet, wichtig ist. Und die Verzweiflung, die ihr ins Gesicht geschrieben steht, verrät eindeutig, dass er sie versetzt hat.

Sie wirft einen Blick auf ihre Armbanduhr: noch etwas mehr als drei Minuten. Vor ihr steht der Eurostar, dessen Türen einladend geöffnet sind. Sie hätte längst einsteigen sollen, um ihr Abteil zu suchen und das Gepäck zu verstauen – aber aus irgendeinem Grund will sie damit warten, bis Andy kommt. Sie redet sich ein, dass es ihr dabei ums Prinzip geht: Warum soll sie sich ganz allein mit dem Gepäck abmühen? Nachdem sie sich heute schon um alles andere hat kümmern müssen, soll Andy ihr jetzt wenigstens die Schlepperei abnehmen. In Wahrheit will sie jedoch nur sichergehen, dass er auch tatsächlich mitfährt, und tief im Innern ist ihr das auch bewusst.

Sie schaut wieder auf die Armbanduhr. Ihre Besorgnis nimmt weiter zu. Sie trägt das Gepäck zur Bahnsteigkante und stellt es unmittelbar vor der Zugtür ab, damit sie es auch noch in letzter Sekunde hineinhieven kann – nur um gleich darauf zu merken, dass sie dadurch zwei Leuten, die gerade einsteigen wollen, den Weg versperrt. Hastig schiebt sie die Gepäckstücke beiseite und blickt dann zu den Neuankömmlingen hoch. Es ist ein Paar. Ein junges, Händchen haltendes Paar.

Wo man auch hinschaut, sieht man jetzt Leute angelaufen kommen, die den Zug noch erreichen wollen. Es ist allerdings eine andere, weniger verbissene Eile als während der Rushhour, wenn sowohl Geschäftsleute als auch alte Damen keuchend und mit hochroten Gesichtern über den Bahnsteig hasten. Diese Menschen hier sind in Eile, weil eine Reise vor ihnen liegt, weil sie aufgeregt sind und es kaum noch erwarten können, dass es endlich losgeht. Oder es sind Gruppen von Urlaubern, deren Ferien gerade begonnen haben und die voller Vorfreude den kommenden Tagen entgegenblicken. Oder es sind Liebespaare auf einem romantischen Wochenendtrip, die sich ungeduldig danach sehnen, die Tür ihres Schlafwagenabteils hinter sich zu schließen.

Aber *wo* bleibt nur Andy! Warum tut er ihr das an? Sie hat ihn den ganzen Tag nicht zu Gesicht bekommen – da könnte er doch wenigstens pünktlich zum Zug kommen. Sie hatte sich diese nächtliche Fahrt zu zweit nach Paris so romantisch vorgestellt – sie sollte symbolisch für den Aufbruch in eine gemeinsame Zukunft stehen. Aber diese romantische Stimmung hat er ihr wirklich gründlich verdorben. Sie ist wütend. Seit heute Morgen wartet sie auf Andy, und jetzt reicht es ihr. Es war ihr ernst mit dem, was sie am Telefon gesagt hat. Wenn er nicht kommt, wird sie ohne ihn fahren.

Sie schaut wieder auf die Uhr. Es ist 0:58 und eine halbe Minute! Zum Teufel mit Andy und seinen grandiosen Ideen! Sie hatte von Anfang an gewusst, dass es sehr knapp kalkuliert war, erst am Vorabend der Hochzeit nach Paris zu fahren. Eigentlich wollte sie einen der Nachmittagszüge nehmen, damit sie in Paris noch genügend Zeit haben würden, sich in aller Ruhe auf alles vorzubereiten, aber dann hatte Andy diesen Nachtzug vorgeschlagen, und es hatte sich derart romantisch angehört, dass sie spontan zustimmte. Aber sie hätte auf ihre innere Stimme hören sollen. Es ist nämlich nicht die Spur romantisch, allein auf einem Bahnsteig zu sitzen und zu warten. Und es ist auch nicht die Spur romantisch, die eigene Hochzeit zu verpassen, weil der Bräutigam sich zu spät auf den Weg gemacht hat.

Sie beschließt, ihm noch dreißig Sekunden zu geben. Wenn er bis dahin nicht auf dem Bahnsteig auftaucht, wird sie das Gepäck in den Zug stellen. Wieder steigt dieses Gefühl in ihr auf, dass er sie betrügt, dass er seine heimliche Geliebte – die U-Bahn, dieses Flittchen – ihr, Rachel, vorzieht. Vielleicht sollte sie sich rächen. Vielleicht sollte sie jetzt einfach einsteigen, den Gang hinuntergehen und zu dem erstbesten allein reisenden Mann ins Bett steigen. Mit Sicherheit ist irgendein junger Geschäftsmann im Zug, der morgen früh einen Termin in Paris hat. Oder sollte sie sich lieber einen älteren Mann suchen, der raue Hände hat, nach Gauloise riecht und ein französisches Eau de Cologne benutzt, das morgen, wenn sie vor den Altar tritt, noch an ihr haften wird? Vielleicht sollte sie das wirklich tun, dann könnte sie nämlich erhobenen Hauptes das Gelöbnis sprechen, weil es Andy, trotz aller Bemühungen, nicht gelungen wäre, sie zu demütigen.

Die Uhr springt auf 0:59 um. Rachel blickt hinunter zu den beiden großen Taschen und dem Koffer: Es wird kein Problem sein, sie im allerletzten Moment in den Zug zu hieven. Ein paar Sekunden wird sie Andy noch geben, ehe sie die Hoffnung endgültig aufgibt.

Um Himmels willen, was würden ihre Freunde bloß sagen, falls sie je erfuhren, dass Andy sie hier im Bahnhof hat sitzen lassen? Patrice hatte ihr doch noch *gesagt*, dass es Unglück bringe, wenn Braut und Bräutigam die letzte Nacht vor der Hochzeit zusammen verbrächten. Und Esther, die Besitzerin des Hochzeitsladens, hatte dasselbe behauptet. Beim Thema Hochzeit schienen alle möglichen Leute plötzlich abergläubisch zu werden. Tja, in dieser Hinsicht brauchten sie sich keine Sorgen zu machen: Es sieht nicht danach aus, als sollte sie in den Genuss dieser Unglück bringenden Nacht kommen. Noch dreißig Sekunden, und ihr zukünftiger Ehemann ist nirgends zu sehen.

Hat er in letzter Minute Nervenflattern bekommen? Ist diese Szene hier auf dem Bahnsteig nur der Vorgeschmack auf eine noch viel schlimmere morgen Vormittag? Oder will Andy auf diese Weise gleich für klare Verhältnisse in ihrer Ehe sorgen: Lass die Alte ruhig eine Weile warten, damit sie sich rechtzeitig daran gewöhnt. Aber was es auch ist, sie wird es sich nicht gefallen lassen. Der Moment der Entscheidung ist da. Bleiben oder fahren.

Das Geräusch der Motoren schwillt zu einem dumpfen Grollen an, und die Wagen beginnen leicht zu vibrieren. Ein Schaffner läuft den Bahnsteig entlang, um den Zug ein letztes Mal vor der Abfahrt zu kontrollieren. Sie ist der letzte Fahrgast auf dem Bahnsteig. Alle Türen außer ihrer sind bereits geschlossen. Der Schaffner nimmt die Pfeife in den Mund. Es ist soweit – der Zug fährt gleich ab.

Sie wirft einen letzten Blick auf den leeren Bahnsteig, stößt einen traurigen, resignierten Seufzer aus und greift nach ihrem Gepäck. Sie hängt sich die Reisetaschen über die Schulter, umklammert den Griff des Koffers mit ihrer freien Hand und geht einen Schritt auf die Zugtür zu.

Draußen ist der Regen noch stärker geworden. Am Taxistand vor dem Bahnhof läuft er in Strömen übers Pflaster, fließt aber nicht zu den Bahngleisen, sondern wählt den Weg des geringsten Widerstands seitlich um das Gebäude herum und dann zum Fluss hinunter. Auf der Straße lässt er Wasserspritzer wie Blütenkelche emporschießen, die augenblicklich wieder eingehen, nur um von hunderten anderer ersetzt zu werden. Er hämmert auf die Überdachung des Terminals, aber die Verglasung ist neu und stabil, und kein einziger Tropfen dringt hindurch. Als der Zug schließlich unter dem Kuppeldach hervorrollt, wird der Regen allmählich schwächer.

Kapitel 55

0:57 Waterloo – Haltestelle der Northern Line und Fernbahnhof

Als meine U-Bahn endlich in Waterloo einfährt, gerate ich in Panik. Mein Herz rast, und ich schnappe nach Luft, als hätte ich gerade einen Dauerlauf hinter mir. Der zusätzlichen Sauerstoff wirkt offenbar wie eine Art Droge, denn mir ist leicht schwindelig, was meine Panik aber nur noch weiter verstärkt. Lange bevor der Zug anhält, drücke ich immer wieder auf den »Tür öffnen«-Knopf, obwohl ich doch genau weiß, dass sich die Türen nach einmaliger Aufforderung automatisch öffnen. Aber ich kann nicht anders, ich will so schnell wie möglich hier raus. Es ist 0:57. Mir bleiben noch drei Minuten bis zur Abfahrt des Eurostar.

Kaum ist die Tür offen, da bin ich schon hinausgesprungen und stürme den Bahnsteig entlang, die Stufen hoch und durch den Gang zu den Rolltreppen. So schnell wie jetzt bin ich den ganzen Tag über nicht gerannt – es ist, als wären meine inneren Batterien neu aufgeladen, randvoll gefüllt mit frischer, unbändiger Energie. Und während ich durch den Gang zu den Rolltreppen hetze, fühle ich mich zu meiner Verwunderung wie befreit. Brian ist nicht mehr bei mir. Ich habe keinen U-Bahn-Plan, keine Instruktionen von Rolf, keine *Fun Cameras* dabei – ich habe alles zurückgelassen. Ich habe nicht mal mehr eine Jacke an, denn ich habe sie dem nackten Jim geliehen. Und mit der Wette habe ich aufgehört, weil sie mir nicht mehr wichtig ist. Für mich zählt jetzt einzig und allein, dass ich den Eurostar erwische.

Aus irgendeinem Grund sind die Rolltreppen ausgefallen, also steige ich sie eilig hinauf, wobei ich zu Anfang ziemlich aufpassen muss, weil die ersten Stufen flacher sind als die folgenden. Es ist eine ziemlich lange Treppe – ungefähr so lang wie die in Charing Cross oder Leicester Square –, und nur durch meinen hohen Adrenalinpegel gelingt es mir, mein Tempo bis oben durchzuhalten. Dort angekommen, stürze ich gleich auf die Sperre am Ausgang zu. Da ich keine Zeit habe, meine Fahrkarte aus der Hosentasche zu holen, klettere ich unbeholfen über die Sperre, ohne auf die Rufe des Kontrolleurs zu achten, der dort einsam Wache steht.

Über den Fahrkartenautomaten hängt eine Uhr, und als ich im Vorbeihasten einen Blick darauf werfe, bleibt mir fast das Herz stehen. Während mir nach meiner eigenen Uhr noch fast zwei Minuten bleiben, behauptet diese Uhr, es sei bereits Punkt eins. Aber was soll ich mir jetzt darüber Gedanken machen? Wenn ich erst auf dem Bahnsteig bin, werde ich schon sehen, wie spät es wirklich ist. Schon spurte ich quer durch die Schalterhalle zu dem Ausgang mit dem Schild »Abfahrt Eurostar« hinüber, haste in Riesensätzen die letzte Rolltreppe hinauf, bis ich in der weitläufigen Halle des Fernbahnhofs am Südufer der Themse stehe.

Der Bahnhof liegt völlig menschenleer da. Ich bin noch nie mit dem Eurostar gefahren, und zum ersten Mal, seit Brian und ich uns in Northwick Park verlaufen haben, weiß ich nicht mehr, wo ich lang muss. In der Waterloo Station gibt es mehr als fünfundzwanzig Bahnsteige – und ich habe keinen blassen Schimmer, welcher der richtige ist.

Verzweifelt schaue ich mich nach einem Hinweisschild um. Aus irgendeinem unerfindlichen Grund scheint es hier aber kein Schild zu geben. Kein Schild, kein Logo, kein Bahnangestellter, den ich fragen könnte. Wie zum Teufel soll ich da den Bahnsteig finden?

Ungefähr fünfzig Meter weiter entdecke ich einen Mann vom Reinigungspersonal, der vor dem Burger King den Boden fegt.

»He! Wo lang zum Eurostar?«, brülle ich zu ihm hinüber.

Der Mann weist auf eine unbeschilderte, nach unten führende Rolltreppe, und sofort wird mir mein Fehler klar. Der Eingang des Eurostar-Terminals befindet sich direkt hinter mir, aber hektisch wie ich bin, habe ich ihn glatt übersehen. Typisch. Ausgerechnet, wenn man es wirklich eilig hat, ist man plötzlich mit Blindheit geschlagen.

Ohne ein Wort des Dankes an den Mann mit dem Besen sause ich die Rolltreppe hinunter und finde mich in einer zweiten, kleineren Bahnhofshalle wieder, die ein bisschen an die Abfertigungshalle eines Flughafens erinnert. Vor mir befindet sich eine Reihe von Fahrkartensperren und darüber ein Schild mit der Aufschrift »Waterloo International«. Plötzlich fällt mir wieder ein, dass ich ja meine Fahrkarte brauche, um auf den Bahnsteig gelassen zu werden, diese Fahrkarte aber vermutlich irgendwo in Nordlondon in einem grünen Umschlag in Rolfs Tasche steckt. Und die Hoffnung, heimlich über die Sperre klettern oder sich sonst wie vorbeimogeln zu können, wird sofort im Keim erstickt. Nicht weniger als fünf Kontrolleure bewachen den Eingang. Und wenn ich richtig sehe, bin ich der einzige Mensch, den sie im Auge behalten müssen.

Ich schlucke einmal kurz und trete forsch vor den nächstbesten Kontrolleur hin.

»Ist der Eurostar schon weg?«

»Wenn Sie mitfahren wollen, müssen Sie sich beeilen«, sagt er kurz angebunden. »Er fährt jede Sekunde ab.«

»Um Himmels willen! Ich muss den Zug unbedingt noch erwischen!«

Ich mache Anstalten, mich an ihm vorbeizudrängeln, aber der Kontrolleur streckt den Arm aus und versperrt mir den Weg.

»Ähm, dürfte ich bitte Ihre Fahrkarte sehen, Sir?«, sagt er.

»Keine Zeit«, sage ich und versuche erfolglos, seinen Arm wegzuschieben.

»Tut mir Leid, Sir, ich darf Sie erst durchlassen, wenn Sie mir Ihre Fahrkarte gezeigt haben. Und Ihren Pass übrigens auch.«

»Ich hab meine Fahrkarte nicht dabei …«, setze ich an.

»Dann darf ich Sie leider nicht durchlassen.«

»Tun Sie mir das bitte nicht an. Ich will morgen in Paris heiraten. Ich *muss* diesen Zug erwischen.«

»Tut mir Leid, Sir, ohne Fahrkarte kommen Sie hier nicht durch.«

»Aber meine zukünftige Frau sitzt in dem Zug!«

»Tut mir Leid, Sir …«

Er hört sich an wie eine Schallplatte mit Sprung. Es ist zum Aus-der-Haut-Fahren. »Hier, sehen Sie, ich bin EU-Bürger«, sage ich und wedle ihm mit meinem Pass vorm Gesicht herum. »Ich muss diesen Zug erwischen. Und ich habe keine Fahrkarte, weil …« Fieberhaft suche ich nach einer Ausrede. »… weil meine Frau sie hat! Genau, meine Frau hat die Fahrkarten. Und sie sitzt in dem Zug dahinten und wartet auf mich!«

Einen Moment lang sieht er mich unschlüssig an, lässt mich dann jedoch durch, allerdings nur unter der Bedingung, dass er mich zum Bahnsteig begleitet. Natürlich laufe ich sofort los, nachdem er mich durch die Sperre gelassen hat. Soll er doch selbst zusehen, wie er hinter mir herkommt. Ich muss schließlich meinen Zug kriegen – nur das allein zählt.

Verbissen hetze ich durch die Bahnhofshalle, vorbei an Warteräumen und an geschlossenen Getränkeständen, ohne auf die Rufe des Kontrolleurs hinter mir zu achten, der mühsam versucht, mit mir Schritt zu halten. Ich konzentriere mich ganz allein darauf, den Aufgang zum Bahnsteig zu finden, und als ich ihn schließlich entdecke, nehme ich drei Stufen auf einmal. Ich kann kaum glauben, dass ich wirklich hier bin, dass ich die Rolltreppe hinauffliege, um meinen letzten Zug am heutigen Tag zu erwischen – den Sonderzug nach Paris, den zu erreichen mein Ziel ist, seit ich heute Morgen aufgestanden bin. Und endlich bin ich oben im Freien, schnelle unter der mächtigen Glaskuppel des Eurostar-Terminals aus der Tiefe hervor und stürme auf die breiten, modernen Bahnsteige zu. Das Adrenalin in meinem Blut bringt mein Herz fast zum Explodieren, und mein Atem geht so heftig, dass ich ihn kaum noch unter Kontrolle habe.

Aber egal, wie schnell ich auch laufe, egal, wie schnell ich atme, als ich die Eurostar-Bahnsteige erreiche, sehe ich sofort, dass ich mir all meine Anstrengungen hätte sparen können. Ich komme zu spät. Alles was ich getan habe – Treppen hoch sprinten, über eine Fahrkartensperre klettern, den Kontrolleur anlügen – war vergebens. Als ich auf dem richtigen Bahnsteig ankomme, rollt der Zug nämlich gerade aus dem Bahnhof. Ich will ihm noch hinterherrennen, aber er verlässt bereits den Schutz der Glaskuppel, um dann zu beschleunigen und sich auf den Weg nach Süden, nach Paris zu machen. Er ist weg. Der Eurostar ist ohne mich abgefahren.

Kapitel 56

1:02 Eurostar-Terminal, Waterloo Station, Internationaler Fernverkehr

Waterloo Station. U-Bahn-Haltestelle der Bakerloo, der Northern und der Jubilee Line. Ausgangspunkt der einstigen Bestattungsbahn »Necropolis Railway« zum am Stadtrand gelegenen Friedhof in Brookwood und der Waterloo & City Line, auch genannt »The Drain«, das Kanalisationsrohr. Knotenpunkt des Zugverkehrs auf dem Südufer der Themse. Ausgangsbahnhof des Eurostar. Umsteigebahnhof. Endstation.

Eigentlich ein angemessener Ort für eine Niederlage. Über mir wölben sich Glas und blau gestrichener, hochzugfester Stahl: das neue Zeitalter des Eisenbahnverkehrs. Nicht des öffentlichen Schienennahverkehrs, den ich heute den ganzen Tag benutzt habe; auch nicht des landesweiten Zugverkehrs mit seinen legendären Bahnlinien des 19. Jahrhunderts, die sich von London aus wie ein riesiges Spinnennetz über die Industriezentren Mittelenglands bis in die entlegendsten Winkel unserer Insel ausdehnen.

Nein, dies ist der lang erwartete internationale Eisenbahnverkehr: eine Eisenbahnline, die Großbritannien mit dem übrigen Europa verbindet – mit der Zukunft. Einer Zukunft, die eine Vielzahl von Risiken, aber auch Möglichkeiten birgt, eine Zukunft, die jedoch ohne mich unterwegs ist.

Es ist drei Minuten nach eins am Tag der Hochzeit von Rachel und mir. Ich *gehe* den Bahnsteig entlang. Ich *gehe* an den ein, zwei Zügen vorbei, die noch im Bahnhof stehen und die Nacht im Schutze der gewaltigen Glaskuppel verbringen werden. Ich gehe, allein, auf die Stelle zu, an der ich eigentlich zusammen mit Rachel in den Eurostar hätte einsteigen sollen, um die Fahrt in unsere gemeinsame Zukunft anzutreten.

Auf halber Höhe der Bahnsteigs sitzt eine einsame Gestalt auf ihrem Koffer. Sie sieht klein aus, verletzlich vor dieser imposanten Kulisse und auch irgendwie fehl am Platz, wie eine Meerjungfrau, die in einer großen Stadt an Land gespült wurde, einer Stadt, die ihr fremd ist. Aber womöglich durchschaut sie die Stadt nur allzu gut. Es ist ein so weitläufiger, dicht bevölkerter Ort, dass man sich hier sehr leicht verirren kann. Ein Ort, wo die Menschen tagtäglich, ohne es zu ahnen, Dinge opfern, die ihnen wichtig sind. Ein Ort, wo nahezu jeder ein klein wenig geistesgestört ist. Und da sitzt sie nun, allein auf diesem Bahnsteig, und hat soeben die Chance zur Flucht verstreichen lassen.

Ich gehe langsam auf sie zu und setze mich neben sie auf den Koffer.

»Wir haben den Zug verpasst«, sage ich.

»Tja«, sagt sie, »das ist wohl mein ewiges Problem.«

»*Unser* ewiges Problem.«

Eine Weile sitzen wir schweigend da und starren auf die Reisetaschen zu unseren Füßen. Eine von ihnen ist halb geöffnet, als hätte Rachel irgendetwas darin gesucht, ohne sich hinterher die Mühe zu machen, den Reißverschluss wieder zuzuziehen. Die Tasche liegt da wie eine aufgeplatzte Wurst, die ihr Inneres offenbart: Socken, Slips, Büstenhalter, Feuchtigkeitscreme, Tampons, Wattebäusche, Shampoo – ein wildes Durcheinander aus persönlichen Gegenständen. Der Anblick ist mir irgendwie peinlich, so als würde ich die Privatsphäre eines anderen Menschen verletzen.

»Du hast gesagt, du würdest ohne mich fahren, wenn ich nicht rechtzeitig da bin«, sage ich schließlich.

»Ich weiß.«

»Warum hast du's nicht getan?«

»Ich war drauf und dran. Aber dann ist mir ein Satz eingefallen, den ich früher oft von meinem Vater gehört habe: *Courage, tout n'est pas perdu*. Es bedeutet, dass man einen hoffnungslosen Fall nicht gleich verloren geben soll.«

Während sie spricht, spielt sie mit dem Schulterriemen ihrer Reisetasche und verdrillt ihn immer weiter. Oben am Bahnsteig steht mit verschränkten Armen der Kontrolleur und lässt uns nicht aus den Augen.

»Aber eigentlich trifft es nicht ganz zu«, sagt sie. »Du bist kein hoffnungsloser Fall – jedenfalls noch nicht. Und eigentlich ist es mir auch völlig egal, was mein Vater früher immer gesagt hat. Als mir klar geworden ist, dass du nicht mehr kommen würdest, war ich stinksauer auf dich und fest entschlossen, den Zug unter allen Umständen zu nehmen. Ich wollte einfach nur weg hier. Und ich wollte dir eine Lektion erteilen. Aber schließlich habe ich es doch nicht fertig gebracht.«

»Warum nicht? Es wäre dein gutes Recht gewesen.«

»Stimmt, aber was hätte es für einen Sinn gehabt? Schließlich wollen wir morgen heiraten.« Sie sieht mich an – zum ersten Mal, seit ich mich neben sie gesetzt habe. »Wir *wollen* doch immer noch heiraten?«

»Ja«, sage ich. »Wenn du mich noch willst.«

»Red doch keinen Stuss – natürlich will ich dich noch.« Sie klingt ungehalten. »Warum sagst du so was?«

Ich begreife, dass jetzt der Moment gekommen ist, bei Rachel Abbitte zu leisten. Schließlich habe ich mich ihr gegenüber wirklich wie ein Idiot benommen – bin den ganzen Tag mit der U-Bahn herumgefahren und habe sie nur ein einziges Mal kurz angerufen. Wenn wir Zeit hätten, wenn wir in London bleiben würden, dann wäre jetzt der Moment gekommen, um zu Kreuze zu kriechen.

Jetzt wäre der Zeitpunkt gekommen, ihr die Wahrheit über meine Wette zu beichten, ihr zu sagen, wie wichtig mir unsere Hochzeit ist, wie sehr ich sie liebe. Aber wir werden nicht in London bleiben. Wir wollen nach Paris, daher muss ich mit alldem noch ein bisschen warten.

Ich stehe auf und strecke Rachel eine Hand entgegen. »Komm«, sage ich, »auf geht's.«

Verständnislos starrt sie auf meine Hand. »Und wohin?«, fragt sie.

»Nach Paris«, sage ich. »Wohin denn sonst?«

»Aber wir haben den letzten Zug verpasst.«

»Dann fahren wir eben zum Flughafen und versuchen, dort noch einen Flug zu kriegen.«

»Meinst du, das könnte klappen?«

»Warum nicht? Von Gatwick aus fliegen rund um die Uhr Maschinen – bestimmt gibt es noch irgendeinen Flug nach Frankreich, der nicht ausgebucht ist. Und wenn nicht, dann überlegen wir uns etwas anderes.«

Sie greift nach meiner Hand und zieht sich hoch. Wir nehmen die Taschen und den Koffer und gehen Hand in Hand über den Bahnsteig in Richtung Ausgang. Es wäre viel bequemer, wenn wir uns loslassen würden, aber das wollen wir beide nicht. Es hat etwas Unschuldiges, sich so an den Händen zu halten, so als wären wir wieder Kinder, beste Freunde bei einem Schulausflug. Und ich hatte in letzter Zeit schon fast vergessen, wie weich sich die Haut von Rachels Fingern anfühlt.

»Fährt die U-Bahn noch?«, fragt Rachel und kommt etwas näher, sodass unsere Arme sich bei jedem Schritt streifen.

»Ich weiß nicht«, sage ich, obwohl es mir vermutlich einfallen würde, wenn ich darüber nachdächte.

»Wir müssen irgendwie zur Victoria Station kommen und von dort den Zug nach Gatwick nehmen. Komm, wir rennen, dann kriegen wir vielleicht noch die letzte U-Bahn.«

Sie sagt das ganz arglos, denn sie kann ja nicht wissen, wie vielen Zügen ich heute schon hinterhergerannt bin. Unwillkürlich muss ich lächeln.

»Ich hab eine bessere Idee«, sage ich.

Ich möchte am liebsten ihre Hand loslassen und ihr beim Gehen den Arm um die Schulter legen. Ich möchte am liebsten stehen bleiben, hier mitten in der Bahnhofshalle, und sie küssen. Aber ich tue es nicht, denn dazu ist es noch zu früh. Stattdessen führe ich sie zum Haupteingang des Bahnhofs, wo der Regen leise auf das Glasdach pocht. Und dann, nachdem ich den Koffer abgestellt habe, hebe ich die Hand, um ein Taxi anzuhalten.

Kapitel 57

Zusammen mit Rachel

Ich weiß zwar nicht, *wie* wir nach Paris kommen, aber ich weiß, *dass* wir hinkommen. Wenn von Gatwick kein Flug geht, dann vielleicht von Heathrow oder von einem anderen Londoner Flughafen. Wir könnten auch mit dem Auto zur Küste fahren, um eine Kanalfähre zu nehmen – bei weitem nicht so romantisch wie ein Nachtzug, aber zweckmäßig, und um diese Uhrzeit dürfte auch nicht viel Verkehr sein. Oder vielleicht lassen wir uns einfach von diesem Taxi hier ganz nach Paris fahren. Uns stehen alle Möglichkeiten offen. Ich sehe keine Schwierigkeiten, egal, wofür wir uns auch entscheiden.

Nach dem gestrigen Tag, nach dem vielen kräftezehrenden Gerenne von einer U-Bahn zur nächsten, kommt mir die Aussicht, eine Weile in einem Taxi zu sitzen, wie ein echter Luxus vor. Ich werde es genießen, mich in die bequemen Ledersitze zurückzulehnen. Ich werde es genießen, dass mich jemand chauffiert, der die Entscheidungen fällt, der die Strecke aussucht. Trotz meiner Niederlage bei der Wette habe ich das Gefühl, es mir verdient zu haben.

Und wenn wir gleich in die Nacht hinausgefahren sind, kann ich zum ersten Mal tun und lassen, was ich will. Vielleicht werde ich Rachel alles über meine gestrigen

U-Bahn-Fahrten erzählen. Vielleicht werde ich ihr von Brian erzählen, davon, wie sehr er mir geholfen hat, von der Zugentgleisung und den vielen Verzögerungen, von der Begegnung mit Jim und von meiner Paranoia, was Rolf anging. Und vielleicht erzähle ich ihr auch endlich von der Wette, von den Sachen, die ich aufs Spiel gesetzt habe, und wie ich sie zurückgewonnen habe, eine nach der anderen. Irgendwann werde ich es ihr sowieso erzählen müssen.

Aber insgeheim weiß ich, dass ich es nicht tun werde, denn jetzt ist nicht die Zeit für Gespräche. Die letzten vierundzwanzig Stunden waren für uns beide furchtbar anstrengend, und der bevorstehende Tag wird nicht nur von Freude, sondern auch von Sorgen geprägt sein. Es käme mir irgendwie unpassend vor, auf dem Weg zum Flughafen über meine Wette zu sprechen. Es ist jetzt nicht die Zeit für Erklärungen, Entschuldigungen und Rechtfertigungen. Jetzt ist die Zeit, behutsam miteinander zu sein.

Nachdem das Gepäck im Kofferraum verstaut ist, bitte ich den Fahrer, uns zum Flughafen Gatwick zu bringen, und steige dann mit Rachel in den Fond, ihre Hand immer noch in meiner. Ich fühle mich wie ein Teenager, der voll Staunen die Wärme und die weiche Haut der Finger seiner ersten Freundin spürt, und mir ist, als würde ich aus einem langen Traum erwachen – einem unruhigen Traum, erfüllt von Anstrengungen und verpassten Chancen. Ich habe das Gefühl, endlich ganz wach zu sein – wacher, als ich es gestern je war. Endlich ruht mein Blick fest auf dem Menschen, der mir am wichtigsten ist, und zum ersten Mal in meinem Leben wäre ich froh, wenn ich nie wieder eine U-Bahn zu Gesicht bekäme. Und das ist nicht nur so dahingesagt. U-Bahn-Fanatiker hin oder her, es gibt Momente im Leben, wo man Bilanz ziehen und Prioriäten setzen muss.

Während unser Taxi die Waterloo Station hinter sich lässt, küsse ich Rachel und lehne mich dann zurück, um die Fahrt zu genießen. Es regnet immer noch, während wir durch Kennington, Brixton und Streatham rollen – die Tropfen bilden Schlieren auf den Wagenfenstern. Ab und zu fällt das Licht einer Straßenlaterne durch die Scheibe und wirft einen orangefarbenen Schimmer auf Rachels Gesicht. Sie sieht erschöpft aus – erschöpft, aber wunderschön.

Rechts und links von uns vergrößern sich allmählich die Lücken zwischen den Gebäuden. Hinter Croydon und Purley wird die Straße breiter, und wenig später kreuzen wir die M25 und verlassen das Londoner Stadtgebiet. Anstelle zubetonierter Flächen sieht man nun Felder und Wiesen. Kein Haus weit und breit, nur Bäume und Hecken. Kein Mensch weit und breit. Rachel und ich sitzen auf der Rückbank des Taxis, halten uns an den Händen und lächeln uns hin und wieder an, während sich vor uns die Landschaft von Surrey auftut, weit und leer und dunkel.

Epilog

Willesden Green – 1:30 Uhr

Brian wäre am liebsten im Taxi sitzen geblieben, als es in der Willesden High Road an den Straßenrand fuhr. Die letzte Haltestelle hatte ihm beinahe den Rest gegeben – um ein Haar hätte er den letzten Zug nach Mornington Crescent verpasst, und dabei war er den ganzen Weg bis zum Bahnsteig gerannt, um ihn noch zu erwischen. Ein Glück, dass er diese Aufgabe übernommen hatte und nicht Andy. Wäre er in Andys Tempo gelaufen, hätte er nicht den Hauch einer Chance gehabt.

Brian hatte ohnehin nur wenig Sinn darin gesehen, überhaupt noch nach Mornington Crescent zu fahren, da es ja doch bereits zu spät gewesen war, um den letzten Umschlag noch abzuholen. Aber Andy hatte darauf bestanden. Brian hatte auch nur wenig Sinn darin gesehen, hier nach Willesden Green rauszufahren, aber auch darauf hatte Andy bestanden. Und da das Ganze ursprünglich Andys Vorhaben gewesen war, hatte er sich wohl oder übel damit einverstanden erklärt. Und so war jetzt er hier, an Andys Statt. Er hatte Andys Tüte voller *Fun Cameras* dabei, ebenso Andys U-Bahn-Plan und den roten Stift. Und in der Hand hatte er einen kleinen Schlüssel, den ihm Andy zugeworfen hatte, bevor er zum Zug nach Waterloo gelaufen war – den Schlüssel zu einem Bankschließfach.

Als das Auto hielt, schaute Brian zu dem Mehrfamilienhaus vor ihm hinauf – dem Haus, in dem Rolf wohnte. Es sah fast genauso aus wie das Haus, in dem er zusammen mit seiner Frau gewohnt hatte, bevor sie nach Kenton gezogen waren, zu einer Zeit, als er noch geglaubt hatte, dass nichts sie auseinander bringen könnte. Bei diesem Gedanken lächelte er wehmütig. Er war damals ungefähr im gleichen Alter gewesen wie Andy jetzt, und genauso ichbezogen wie er.

Brian zog den Zehner aus der Tasche, den Andy ihm für das Taxi gegeben hatte, reichte ihn dem Fahrer und sagte ihm, er solle das Wechselgeld behalten. Dann stieg er aus, nahm seine Tasche und die Tüte und ging zum Eingang von Rolfs Haus. Nun war er doch froh, hergekommen zu sein. Vielleicht konnte er die Gelegenheit nutzen und Andy einen zusätzlichen Gefallen tun. Schließlich hatte er im Laufe des Tages mehr als genug über diesen Rolf erfahren. Das eine oder andere Wörtchen wollte er schon gern mit ihm reden.

Nur wenige Sekunden nachdem er geklingelt hatte, wurde auch schon der Türöffner betätigt – es war fast so, als hätte man ihn erwartet. Einen Moment lang blieb er zögernd im Eingang stehen, in der Erwartung, dass ihn eine Stimme aus der Gegensprechanlage fragen würde, wer er sei, da aber nichts dergleichen geschah, stieß er die Tür auf und stieg dann die Treppe hoch. Rolfs Wohnung lag im ersten Stock. Als Brian vor der Wohnungstür ankam, war niemand zu sehen, die Tür stand jedoch einen Spalt offen, also ging er einfach hinein.

Er betrat eine Wohnung, die keiner anderen Wohnung ähnelte, in der er je gewesen war. Vom Grundriss her war sie nichts Besonderes – ein langer Flur, von dem beidseitig Zimmer abgingen –, die Dekoration jedoch war äußerst ungewöhnlich. Die Wände des Flurs waren mit Hunderten von Ansichtskarten übersät – Aufnahmen von U-Bahn-Stationen und Ansichtskarten von alten U-Bahn-Plakaten aus den Dreißigerjahren. Brian sah sofort, dass sie allesamt identische Rahmen hatten und in gleichmäßigen Abständen aufgehängt waren, sodass man auf den ersten Blick meinen konnte, es handele sich um ein Tapetenmuster.

Zu seiner Rechten lag ein Zimmer, das bis unter die Decke mit Krimskrams vollgestopft war: U-Bahn-Logos, Stationsschilder, U-Bahn-Sitze, Halteschlaufen – der reinste U-Bahn-Trödelladen. Brian wollte gerade hineingehen, um sich dort ein wenig umzusehen, als er vom anderen Ende des Flurs ein Geräusch hörte – eine Fernsehsendung. Er hielt kurz inne und warf noch einmal einen Blick auf all den Kram. Doch dann riss er sich zusammen. Er war nicht hier, um in Rolfs Wohnung herumzustöbern. Er war hier, um Andys Eurostar-Fahrkarten zu holen und Rolf gründlich die Meinung zu sagen. Am besten brachte er die Sache schnell hinter sich.

Mit energischen Schritten ging er auf das Zimmer zu, in dem der Fernseher lief. Unwillkürlich überlegte er, wie es dort wohl aussehen würde. So wie Andy ihm Rolf beschrieben hatte, wäre er nicht überrascht gewesen, auf einen finsteren Schurken mit schwarzem Umhang und Kapuze zu treffen, der in einem Ledersessel saß und beim Licht einer einzelnen Kerze irgendeinen obskuren Fahrplan studierte. Als Brian schließlich den Kopf durch die Tür steckte, erwartete ihn jedoch ein gänzlich anderer Anblick. Rolf saß auf seinem Bett, hielt sich einen Teller dicht unters Kinn und aß einen angebrannten Toast. Er trug einen blau gestreiften Pyjama und einen schmuddeligen weißen Frotteebademantel. Die Füße steckten in merkwürdigen Streifenhörnchenschlappen mit durchgelaufen Sohlen. Die Szenerie hatte beileibe nichts Unheimliches. Keine Kerzen, kein Umhang, keine Kapuze. Selbst die Sendung, die Rolf anschaute, war nicht im Mindesten seltsam oder geheimnisvoll oder gar gespenstisch. Es war die Wiederholung der Folge einer amerikanischen Krimiserie aus den Siebzigern, die gerade auf Channel 5 lief. Kein Klassiker wie *Kojak* oder *Starksy & Hutch*, sondern eine Serie, die es nie richtig über den großen Teich geschafft hatte. Eine, die man schon nach ein paar Folgen wieder abgesetzt hatte.

Brian stieß die Tür auf und trat ins Zimmer. »Rolf?«

Diese eine Silbe wurde mit einem erschrockenen Aufschrei beantwortet und hatte zur Folge, dass Rolf den Teller fallen ließ und die fettigen Toastkrümel über der ganzen Bettdecke verstreute. »O mein Gott! Wer sind Sie?«

»Keine Angst«, sagte Brian, »ich bin bloß ein Freund von Andy. Ich bin hier, um seine Fahrkarten zu holen.«

Rolf rührte sich nicht und glich dabei einem ängstlichen Tier im Scheinwerferkegel eines heranbrausenden Lasters. »Hat Andy Sie geschickt?«

»Ja, kann man so sagen.«

»Dann hat er also das gesamte U-Bahn-Netz geschafft?«

»Er nicht. Aber *ich*.« Brian ging zum Bett und leerte die Tüte mit den *Fun Cameras* darauf aus. Sie bildeten auf der Bettdecke einen kleinen Haufen – einen Haufen aus leuchtend gelben Kästchen, die in Rolfs Schlafzimmer irgendwie zu bunt und fröhlich wirkten. »Ich war den ganzen Tag mit Andy unterwegs, und ich muß sagen, das war nicht gerade ein Zuckerschlecken.«

»Ja, ja«, sagt Rolf etwas unsicher, »ich habe schon gehört, dass es ein paar Zwischenfälle gegeben hat.«

»Ein paar?! Es hat andauernd Zwischenfälle gegeben. Es war der schlimmste Tag, den ich je in der U-Bahn erlebt hab. Ich finde, du solltest dich wirklich schämen, dass du Andy überredet hast, so was am Tag vor seiner Hochzeit zu machen. Das ist ja direkt kriminell.«

Rolf griff nach einer der *Fun Cameras* und betrachtete sie. »Ich habe ihn zu überhaupt nichts überredet. Das Ganze war seine Idee.«

»Aber ich dachte, du wärst sein Freund.«

»Bin ich auch.« Er drehte die *Fun Camera* in den Händen herum. »Aber es gibt Dinge, die sind wichtiger als Freundschaft.«

Rolf sah fast ein wenig bemitleidenswert aus, wie er da auf seinem Bett neben all den *Fun Cameras* saß, und Brian mußte dem Drang widerstehen, ihn wie ein bockiges Kind zu behandeln, das eine kräftige Ohrfeige verdient hatte. »Pass auf«, sagte er, »ich muss was mit dir besprechen.«

»Ja, gut, aber vorher würde ich gern noch wissen, was es mit diesen Zwischenfällen auf sich hatte. Das waren doch bestimmt wieder die üblichen Signalausfälle, oder?«

Brian war einen Augenblick lang sprachlos. »Ähm ... ja. Aber nicht nur.«

»Was denn sonst noch? Weichenschäden?«

»Eine Zugentgleisung zum Beispiel ...«

»Eine Zugentgleisung? Wo?«

»In South Kensington, wenn du's unbedingt wissen willst.«

»Auf welcher Linie? Piccadilly oder District?«

Brian gab keine Antwort. Rolf hatte offenbar noch nicht kapiert, dass er aus einem ganz anderen Grund hier war. Vielleicht würde er ihm doch noch eine Ohrfeige verpassen müssen. Gerade jetzt, zum Beispiel, holte Rolf einen Notizblock und einen Stift aus seiner Nachttischschublade. Brian starrte ihn an. »Rolf«, sagte er, »was soll das?«

Rolf schaute kurz zu ihm hoch. »Ich bin in solchen Sachen gern auf dem Laufenden. Also, um wie viel Uhr genau ist das passiert?«

»Gegen fünf, glaube ich.«

»Und es war auf der Piccadilly Line – Richtung Norden oder Süden?«

»Richtung Süden.«

»Die Zugnummer haben Sie sich nicht zufällig gemerkt, oder?«

Brian schnaubte verächtlich. Nicht zu fassen – der Kerl machte sich *Notizen*. Da kannten sie sich gerade mal zwei Minuten, und schon fragte Rolf ihn über Zugentgleisungen, Signalstörungen und Zugnummern aus und schrieb jede Antwort fein säuberlich mit. Witzigerweise erinnerte Brian sich tatsächlich an den Zug – es war der Zug gewesen, in dem Rolf zwischen den Wagen 690 und 891 den dritten Umschlag versteckt hatte. Aber das wollte er Rolf natürlich nicht verraten, denn das hätte er nur als Ermunterung aufgefasst. Und außerdem hatte Brian die Nase voll.

Ohne auf Rolfs letzte Frage einzugehen, schaute er ihm geradewegs in die Augen. »Schluss jetzt mit diesen Spielchen«, sagte er.

Rolf hielt inne und ließ den Notizblock sinken. »Ich verstehe nicht, was Sie meinen.«

»Mir kannst du nichts vormachen, Rolf. Ich hab dich durchschaut. Ich weiß, warum du das Ganze angezettelt hast.«

»Reden wir noch über die Zugentgleisung?«

»Du weißt ganz genau, worüber ich rede. Über die Wette. Über das, was zwischen Andy und dir läuft. Es geht dabei gar nicht um die U-Bahn. Es geht um Rachel.«

Rolf schluckte mühsam. »Um Rachel?«

»Ja, um Rachel. Warum hättest du dir sonst solche Mühe geben sollen, Andys Hochzeit zu verhindern? Und warum wärst du sonst bereit gewesen, deine kostbare Sammlung von U-Bahn-Fahrscheinen aufs Spiel zu setzen, obwohl die doch dein ganzer Stolz ist? So ein Risiko wärst du doch niemals eingegangen, wenn du nicht auf was Bestimmtes aus gewesen wärst. Oder vielmehr auf jemanden. Andy hat das vielleicht noch nicht begriffen, aber für jeden andern ist es sonnenklar – und lass dir eins gesagt sein, das läuft hier nicht.«

»Dann hat Andy Ihnen also von meiner Fahrkartensammlung erzählt?«, sagte Rolf hastig.

Brian streckte den Arm aus und fasste Rolf am Kinn. »Lenk nicht vom Thema ab«, sagte er und drückte noch etwas fester zu. »Mit Typen wie dir kenn ich mich aus. Über Leute wie dich weiß ich genau Bescheid, und ich lasse nicht zu, dass du Andys Hochzeit ruinierst. Merk dir eins: Von jetzt an bin ich Andys Schutzengel. Und sollte mir jemals zu Ohren kommen, dass du versuchst, die beiden auseinander zu bringen, dann geht's dir an den Kragen, das schwör ich dir. Bevor du irgendwas Unüberlegtes tust, solltest du an zwei Dinge denken. Erstens, dass ich weiß, wo du wohnst. Und zweitens, dass ich nichts zu verlieren habe. Kapiert?«

Rolf nickte.

»So, nachdem das geklärt ist, müssen wir noch eine Sache erledigen, damit ich wieder hier weg kann. Andy hat mich gebeten, dir das hier zu geben.« Brian ließ Rolfs Kinn los und wühlte in seiner Hosentasche, bis er den Schließfachschlüssel gefunden hatte, den Andy ihm in Monument gegeben hatte. Er hielt ihn demonstrativ hoch und warf ihn dann neben die *Fun Cameras* aufs Bett. »So, und wenn du mir jetzt noch die Fahrkarten gibst, dann lasse ich dich auch wieder allein.«

Rolfs Gesicht verlor schlagartig alle Farbe. »Die Fahrkarten?«, fragte er nervös.

»Ja, die Fahrkarten. *Deswegen* bin ich ja hier.«

Der Bahn-Freak zögerte. »Hat das nicht bis morgen Zeit? Ich muss doch erst noch die Fotos prüfen, ob auch wirklich alle da sind.«

»Nein, so lange kann ich nicht warten.«

»Ich muss aber erst die Fotos prüfen.«

»Nein«, sagte Brian barsch. »Du musst gar nichts prüfen. Ich habe bisher viel Geduld mit dir gehabt, aber jetzt hör auf, mich zu nerven, und gib mir die Fahrkarten.«

»Aber das ist unmöglich. Die sind in dem Schließfach, zu dem der Schlüssel hier gehört.« Er deutete auf den Schlüssel, der auf dem Bett lag, und Brian bemerkte, dass Rolfs Hand dabei zitterte. »Ich komm da erst ran, wenn die Bank geöffnet hat.«

Brian war verwirrt. Irgendwas passte hier nicht zusammen. »Soll das heißen, Andys Eurostar-Fahrkarten sind in einem Bankschließfach?«

»Eurostar-Fahrkarten? Wovon reden Sie?«

»Von Andys Eurostar-Fahrkarten. Die in einem von diesen grünen Umschlägen stecken. Andy hat gesagt, ich kann sie behalten.«

»Ach so!«, sagte Rolf sichtlich erleichtert. »Ich dachte, Sie reden von meiner U-Bahn-Fahrkarten-Sammlung.« Er griff hinüber zu dem Stuhl, über dem sein Mantel hing, und zog den letzten grünen Umschlag aus der Innentasche. »Den können Sie gern haben, kein Problem. Sie wollen bestimmt zur Hochzeit nach Paris fahren, hab ich Recht? Andy hat mich auch eingeladen, aber mir war nicht danach ...«

»Rolf«, sagte Brian knapp, »halt die Klappe.« Er riss ihm den Umschlag aus der Hand, hielt noch einmal inne, um Rolf einen kurzen, aber drohenden Blick zuzuwerfen, ging dann aus dem Zimmer, den Flur entlang, die Treppe hinunter und auf die Straße hinaus.

Zwanzig Minuten später war Brian in Kilburn. Er hatte gerade einen Schlafplatz im Eingang eines Ladens ausfindig gemacht. Als er seine Tasche öffnete und die Decke herausnahm, die er den ganzen Tag mit sich herumgeschleppt hatte, musste er lächeln. Es war lange her, dass er versucht hatte, jemand einzuschüchtern, aber er war recht zufrieden mit dem Resultat. Besonders stolz war er auf den Einfall, sich als Andys Schutzengel bezeichnet zu haben. Obwohl er überhaupt nicht den Eindruck hatte, dass Andy jemanden brauchte, der auf ihn aufpasste. Wie es aussah, hatte er seine Lektion gelernt.

Brian wickelte sich in die Decke und setzte sich auf den harten Bürgersteig. Von dem vielen Gerenne heute taten ihm die Beine weh, und er spürte einen dumpfen Schmerz zwischen den Zehen, dort, wo der Fußpilz sich eingenistet hatte. Er ruckelte eine Weile hin und her, bis er eine angenehme Sitzposition gefunden hatte. Die Kombination von Hämorrhoiden und Hexenschuss machte es ihm schwer, eine Stellung zu finden, die nicht auf die eine oder andere Art schmerzte. Aber im Grunde war ihm das alles ziemlich egal. Wie er vorhin schon zu Andy gesagt hatte: Es war alles relativ. Und der heutige Tag war besser gewesen als die meisten anderen Tage, warum sollte er sich da beklagen?

Brian griff nach seiner Tasche und steckte den grünen Umschlag samt Inhalt zur Sicherheit ganz nach unten. Wer weiß, vielleicht würde er diese Eurostar-Fahrkarten nächste Woche benutzen. Er hatte schon immer mal Paris sehen wollen.

Und da er sowieso schon in seiner Tasche herumkramte, beschloss er, vor dem Schlafen noch ein letztes Bier zu trinken. Schließlich hatte er heute den ganzen Tag über nicht besonders viel getrunken, und es war auch niemand da, der mit ihm meckern würde. Das wäre doch nett – ein letztes Bier vor dem Schlafengehen.

Er zog gerade am Ring der Dose, da fiel sein Blick auf Andys U-Bahn-Plan, der aus seiner Jackentasche ragte. Es war ein merkwürdiges Gefühl, dass ihm von der Fahrt heute nur dieser Plan als Erinnerungstück geblieben war: ein A4-Blatt, übersät mit kleinen roten Kreuzen. Es war wirklich sonderbar, dass das alles sein sollte – dass er nicht wenigstens ein Foto oder so etwas hatte. Da hatten sie den ganzen Tag diese vielen *Fun Cameras* bei sich gehabt, aber kein einziges Foto von sich selbst gemacht, nur Fotos von U-Bahn-Schildern. Sie hatten sich nicht einmal richtig voneinander verabschiedet – nur eine kurze Umarmung, bevor Andy losgerannt war. Egal. Er würde an Andy denken, falls er je dazu kommen sollte, diese Eurostar-Fahrkarten zu benutzen. Vorläufig hob er die Bierdose und prostete seinem Freund schweigend zu. Gratuliere, Andy – und viel Glück für morgen und für den Rest deines Lebens.

Er nahm einen großen Schluck und stellte die Dose ab. Dabei fiel ihm erneut der U-Bahn-Plan ins Auge. Er zog ihn aus der Tasche und betrachtete ihn. Der Plan war inzwischen ziemlich zerknittert und vom vielen Gebrauch schon etwas abgenutzt – irgendwie erinnerte er

Brian an ein paar Leute, die er kannte. Es war höchste Zeit, dem Plan – und sich selbst – ein bisschen Ruhe zu gönnen.

Er musste auf der Suche nach Andys rotem Stift eine Weile in seiner Tasche herumkramen. Nachdem er ihn gefunden hatte, legte er den U-Bahn-Plan aufs Pflaster. Mornington Crescent war bereits rot angekreuzt, aber das Kreuz stammte nicht von Andy, sondern war aufgedruckt. Es wäre nicht richtig, das so zu lassen. Brian drückte den Stift fest auf das Papier und machte zwei dicke Striche durch den Stationsnamen. Zweihundertfünfundsechzig Bahnhöfe – mehr als zwanzig Stunden ständig auf Achse –, aber jetzt war es vollbracht. Brian lächelte. Es war *wirklich* eine Leistung, aber er war froh, dass er es hinter sich hatte. Er faltete den Plan zusammen und steckte ihn wieder in die Tasche. Nach einem letzten Schluck Bier legte er den Kopf auf das kalte Pflaster und versuchte, ein bisschen Schlaf zu bekommen.

Chesham
Chalfont & Latimer
Watford
Croxley
Amersham
Chorleywood
Rickmansworth
Moor Park
Northwood
Northwood Hills
Pinner
North Harrow
West Ruislip
Hillingdon
Ruislip
Ruislip Manor
Eastcote
Uxbridge
Ickenham
Ruislip Gardens
Rayners Lane
West Harrow
Harrow & Wealdstone
Kenton
Northwick Park
Harrow-on-the-Hill
Preston Road
Stanmore
Canons Park
Queensbury
Kingsbury
Wembley Park
Neasden
Dollis Hill
Willesden Green
Kilburn
Edgware
Burnt Oak
Colindale
Hendon Central
Brent Cross
Golders Green
Hampstead
Belsize P
South Ruislip
South Harrow
South Kenton
North Wembley
Wembley Central
Stonebridge Park
Harlesden
Willesden Junction
Northolt
Greenford
Perivale
Sudbury Hill
Sudbury Town
Kensal Rise
Brondesbury Park
Brondesbury
West Hampstead
Finchley Road & Frognal
Finchley Road
Swiss Cottage
St. John's Wood
Kensal Green
Queen's Park
Silverlink Metro
Kilburn Park
Maida Vale
Warwick Avenue
Royal Oak
Westbourne Park
Edgware Road
Marylebone
Baker Street
Gre Portl Stre
Hanger Lane
Alperton
Paddington
Edgware Road
Warre
Ladbroke Grove
Latimer Road
Regent's Park
Park Royal
North Ealing
North Acton
White City
Holland Park
Marble Arch
Oxford Circus
Queensway
Ealing Broadway
West Acton
East Acton
Shepherd's Bush
Notting Hill Gate
Lancaster Gate
Bond Street
To Co
Acton Central
Shepherd's Bush
Kensington (Olympia)
High Street Kensington
Green Park
Ealing Common
Hyde Park Corner
Knightsbridge
Piccad Cir
South Acton
Goldhawk Road
Acton Town
Barons Court
Gloucester Road
Sloane Square
Wes
Hammersmith
South Ealing
Northfields
Boston Manor
Osterley
Hounslow East
Chiswick Park
Turnham Green
Stamford Brook
Ravenscourt Park
West Kensington
Earl's Court
South Kensington
Victoria
St. James's Park
Heathrow Terminals 1, 2, 3
Hounslow Central
Hounslow West
Hatton Cross
Gunnersbury
West Brompton ★★
Fulham Broadway
Parsons Green
Putney Bridge
Pimlico
Kew Gardens
Richmond
Heathrow Terminal 4 †
River Thames
Vauxhall
East Putney
Southfields
Wimbledon Park
Wimbledon
Stockwel
Clapham High Street
Clapham North
Clapham Common
Clapham South
Balham
Tooting Bec
Tooting Broadway
Colliers Wood
South Wimbledon
Morden
Key to lines
Bakerloo
Central
peak hours only
Circle
District
East London
closed for refurbishment - re-opens early 1998
Hammersmith & City
Jubilee
under construction
Metropolitan
peak hours only
Northern
Piccadilly
Victoria
Waterloo & City
restricted service - see opposite key
Docklands Light Railway
under construction
National Railways
restricted service